皇皇后土

—中国后土崇拜及万荣后土祠

宁志荣 著

作家出版社

序 一

张 平

为了深入贯彻落实习近平总书记视察山西重要讲话和重要指示精神,山西省运城市委宣传部策划编撰了"典藏古河东丛书",共十一本。本丛书旨在反映河东的悠久历史和文化底蕴,传承和弘扬河东优秀传统文化,为推动经济社会发展提供强大的价值引导力、文化凝聚力和精神推动力,提升运城的知名度、美誉度。

运城,位于黄河之东,又称"河东"。河东是一片古老而神奇的土地,数千年来,大河滔滔,汹涌奔腾,物华天宝,钟灵毓秀,人杰辈出,群星灿烂,孕育了悠久而灿烂的历史文化,具有厚重的人文历史积淀,构成了中国传统文化的重要基因,植根于中国人的血脉,不愧为中华文明的摇篮。

关于"河东"的说法,最早来源于《尚书·禹贡》的记载。《禹贡》划分天下为九州,首先是冀州,其次分别为兖州、青州、徐州、扬州、荆州、豫州、梁州、雍州,皆以冀州为中心。冀州,即古代所谓的"河东"。当时的河东是华夏文明的轴心地带。河东,在战国、秦汉时指今山西西南部,后泛指今山西省,因黄河经此由北向南流,这一带位于黄河以东而得名。战国中期,秦国夺取了魏国的西河和韩国的上党以后,魏国为加强防守,遂置河东郡,国都在今运城市安邑镇。公元前290年,秦昭王在兼并战争中迫使魏国献出河东地四百里给秦。秦沿袭魏河东郡旧名不变,治所在安邑(今山西夏县西北禹王城）。秦始皇统一六国，设三十六郡，运城属河东郡，治所安邑。汉代的河东，辖今山西阳城、沁水、浮山以西，永和、隰县、霍州市以南地区。东晋义熙十四年（418年），河东郡移治蒲坂（今山西永济市蒲州镇），辖境缩小至今山西西南汾河下游至王屋山以西一角。隋废，寻复置。唐改河东郡为蒲州，复改为河中府。唐天宝、至德时又曾改蒲州为河东郡。宋为河东路，辖山西大部、河北及河南部分地区，至金朝未变。元、明、清与临汾同为平阳府，治所平阳（今临汾尧都区）。民国三年至十九年，运城、临汾及石楼、灵石、交口同属河东道。古代，由于河东位于两大名都长安和洛阳之间，其他州郡对其形成众星捧月之势，因此，河东无论在政治、经济、文化上都具有重要的地位。河东所辖的地区范围不断发生变化，但其疆界基本上以现代的山西运城市为中心。今天的河东地区，特指山西运城市。

河东，位于山西西南部，是中国两河交汇的风水佳地。黄河滔滔，流金溢银，纵横晋陕峡谷；汾水漫漫，飞珠溅玉，沃育河东厚土。在今天之运城，黄河从河津寺塔西侧入境，沿秦晋峡谷自北向南，出禹门口后，一泻千里，由北向南经河津、万荣、临猗、永济，在芮城县的风陵渡曲折向东，过平陆、夏县，到垣曲县的碾盘沟出境，共流经运城市八个县（市）。汾河是山西的母亲河，发源于宁武管涔山脉，从南至北流经河东大地。汾河自新绛县南梁村入境，经新绛、稷山、河津、万荣四县（市），由万荣县庙前汇入黄河，灌溉着河东万顷良田。华夏民族的始祖在河东繁衍生息，中国古代第一部诗歌总集《诗经》里的许多诗篇歌吟过河东大地。黄河和汾河交汇之处——山西运城市，吸吮黄河和汾河两大母亲河的乳汁，滋生了悠久灿烂的华夏文明，源远流长。在朝代的兴替与岁月的更迭中，河东大地描绘了多少华夏儿女的动人画卷，道尽多少人间的沧桑变化！

河东，地处晋、豫、陕交会的金三角地区。山西省运城市、河南省三门峡市、陕西省渭南市，区域总面积约五万二千平方公里，总人口约一千七百余万，共同形成了晋陕豫三省边缘"黄河金三角区域"，构成了以运城市为核心的文化经济圈。这个区域，位于我国中、西部交界地带，接通华北，连接西北，笼罩中原，位置优越，不仅是华夏文明的发祥地，而且在全国经济发展中具有承东启西、贯通南北的作用。该区域的历史文化、资源禀赋、旅游优势、经济协作，可以发挥重要的经济文化互相促进的平台效应，具有"以东带西、东中西共同发展"的战略价值。研究河东历史文化，对于繁荣黄河金三角地区的文化，打造区域经济圈，都具有非常重要的现实意义。

河东，是"古中国"的发祥地。河东地区，属于人类最早活动的区域之一。这片美丽富饶的大地上，远古时期气候温和，土地肥沃，山脉起伏，河汉纵横，绿草丰茂，森林覆盖，飞鸟鸣啾，走兽徜徉，是人类栖息的理想地方。著名考古学家苏秉琦教授在其《华人·龙的传人·中国人》一文中指出："晋南地区是当时的'帝王所都'。帝王所都为'中'，故曰'中国'。而'中国'一词的出现正在此时。'帝王所都'，意味着古河东地区曾经是华夏民族的先祖创建和发展华夏文明的活动中心。"自从盘古开天地、三皇五帝到今天，从远古文明到石器时代，从类人猿到原始人、智人的进化，河东这块土地都充当了亲历者和见证者。

人类的远祖起源于河东。1995年5月，中美科学家在山西省垣曲县寨里村，发现了世界上最早的具有高等灵长类动物特征的猿类化石，命名为"世纪曙猿"。它生活在距今四千五百万年以前，比非洲古猿早了一千多万年。中美科学家在英国权威科学期刊《自然》杂志上联合发表论文，证实了人类的远祖起源于山西垣曲县寨里村，推翻了"人类起源于非洲"的论断。

人类文明的第一把圣火燃烧于河东。西侯度遗址位于山西省芮城县西侯度村，考古学家发掘出土的石器有石核、石片、砍斫器、刮削器和三棱大尖状器，动物化石有巨河狸、山西披毛犀、中国野牛、晋南麋鹿、步氏羚羊、李氏野猪、纳玛象等，尤其在文化层中发现了带切痕的鹿角和动物烧骨，这是中国最早的人类用火证据。证明远在二百四十三万年前，人类就在这里生活居住，并已经掌握了"火种"。

中国的蚕桑起源于河东。《史记》记载了"嫘祖始蚕"的故事。河东地区有"黄帝正妃嫘祖养蚕缫丝"的传说。西阴遗址位于山西省夏县西阴村。1926年，考古学家李济主持发掘该处遗址，出版了《西阴村史前遗存》一书。该遗址属于新石器时代，西北倚鸣条岗，南临青龙河，面积约三十万平方米。此处发掘出土了许多石器和骨器，最具震撼力的是发现了半枚经人工切割过的蚕茧壳。这为嫘祖养蚕的传说提供了有力实证。2020年，人们又在山西夏县师村遗址出土了仰韶文化早期遗物，主要有罐、盆、钵、瓶等。尤为重要的是，还出土了四枚仰韶早期的石雕蚕蛹。西阴遗址和师村遗址互相印证，意味着至迟在距今六千年以前，河东的先民们就掌握了养蚕缫丝的技术，成为中华文化的重要标识之一。

远古时代，黄帝为首的华夏族部落生活在河东一带。黄帝的元妃嫘祖是河东地区夏县人，宰相风后是河东地区芮城县风陵渡人。黄帝和蚩尤大战于河东地区的盐池一带。传说黄帝取得胜利后尸解蚩尤，蚩尤的鲜血流入河东盐池，化为卤水，因而这里被命名为"解州"。今天运城市还保存着"解州镇"的地名。盐池附近有个村庄名叫蚩尤村，相传是当年蚩尤葬身的地方。后来人们将蚩尤村改名"从善村"，寓弃恶从善之意。黄帝战胜蚩尤之后，被各诸侯推举为华夏族部落首领。《文献通考》道："建邦国，先告后土。"黄帝经过长期战争后，希望国泰民安，天下太平，得到大地之神——后土的护佑。于是，黄帝带领部落首领来到汾阴脽上，扫地为坛，祭祀后土，传为千古佳话。明代嘉靖版《山西通志》记载："轩辕扫地坛在后土祠上，相传轩辕祭后土于汾脽之上。"

河东地区是中华民族的先祖尧、舜、禹定都的地方。文献记载："尧都平阳（今临汾）、舜都蒲坂（今永济）、禹都安邑（今夏县）。"据史料记载，尧帝的都城起初设在蒲坂，后来迁至平阳。清光绪十二年（1886年）的《永济县志》记载："尧旧都在蒲。"《水经注》："雷首，俗亦谓之尧山，山上有故城，又曰尧城。"阚骃《十三州志》："蒲坂，尧都。"如今运城永济市（蒲坂）遗存有尧王台，是当年尧舜实行"禅让制"的见证地。舜亦建都于蒲坂。史籍载：舜生于诸冯，耕于历山，陶于河滨，渔于雷泽，都于蒲坂。远古时期，天地茫茫，人民饱受水灾之苦。禹的父亲鲧治水失败。禹吸取教训，从冀州开始，踏遍九州，改"堵"为"疏"，三过家门而不入，历经十三年最终治水成功。《庄子·天下》记载："昔禹之湮洪水，决江河而通四夷九州也。名山三百，支川三千，小者无数。"禹治水有功，舜把天子之位禅让给禹。禹建都安邑，其遗址在山西夏县的禹王城。《括地志》道："安邑故城在绛州夏县东北十五里，本夏之都。"禹王城遗址出土了东周至汉代的许多文物，其中有"海内皆臣，岁丰登熟，道无饥人"十二字篆书。从尧舜禹开始，河东便是帝王的建都之地。

运城盐池是中国古代重要的食盐产地，被田汉先生赞为"千古中条一池雪"。它南倚中条，北靠峨嵋，东邻夏县，西接解州，总面积一百三十二平方公里。盐湖烟波浩渺，硝田纵横交织，它与美国犹他州澳格丁盐湖、俄罗斯西伯利亚库楚克盐湖并称为世界三大硫酸钠型内陆盐湖。据《河东盐法备览》记载，五千多年前，我们的祖先在运城盐池发现并食用盐。《汉书·地理志》："河东，地平水浅，有盐铁之饶，唐尧之所都也。"黄河和汾河两河交汇的地理优势、丰富的植被和盐业资源，为古人类提供了良好的生活条件。当年，舜帝曾在盐湖之畔，抚五弦之琴，吟唱《南风歌》：

南风之薰兮，
可以解吾民之愠兮。
南风之时兮，
可以阜吾民之财兮。

运城在春秋时称"盐邑"，汉代称"司盐城"，宋元时名为"运司城""凤凰城"等。因盐运而设城，中国仅此一处。河东人民在千百年的生产实践中总结出的"五步法"产盐工艺，是全世界最早的产盐工艺，被英国科学家李约瑟称为"中国古代科技史上的活化石"。

万荣县后土祠是中华祠庙之祖。后土祠位于山西万荣县庙前镇，《水经注》道：河东汾阴"有长阜，背汾带河，长四五里，广二里有余，高十余丈，汾水历其阴，西入河"。孔尚任总纂《蒲州府志》记载："二帝八元有司，三王方泽岁举。"尧帝和舜帝时期，确定八个官员专管后土祭祀，夏商周三朝的国君每年在汾阴举行祭祀后土仪式。遥想当年，汉武帝在汾阴建立后土祠，写下了传诵千古的《秋风辞》。从汉、南北朝、隋、唐、宋至元代，先后有八位皇帝亲自到万荣祭祀后土，六位皇帝派大臣祭祀后土。万荣后土祠，堪称轩辕黄帝之坛、社稷江山之源、中华祠庙之祖、礼乐文明之本、黄河文化之魂、北京天坛之端。

河东是中国农耕文明的发祥地之一。河东地处黄河流域、黄土高原腹地，远古时代气候温润，物产丰富，具有发展农业生产的优越的自然地理环境。舜耕历山，禹凿龙门，嫘祖养蚕，后稷稼穑，这些历史传说都发生在河东大地。《晋书·天文志上》："稷，农正也，取乎百谷之长以为号也。"后稷是管理农业的长官、百谷之长。《孟子》："后稷教民稼穑，树艺五谷；五谷熟，而民人育。"意思是，后稷教民从事农业，种植五谷，五谷丰收，人民得到养育。传说后稷在稷王山麓（在今山西稷山县境）教民稼穑，播种五谷，是远古时代最善种稷和粟的人，被称之为"稷王"。人们把横跨万荣、稷山、闻喜、运城东西二十里、南北三十里的山脉，叫作"稷王山"。迄今为止，在河东已发现石器时代遗址四百余处，出土的农耕工具有石斧、石锛、石锄、石铲等；粮食加工工具有石磨盘、石磨棒、石杵等；收割工具有半月形石刀、石镰、骨铲、蚌镰等。万荣县保存有创建于北宋时期的稷王庙，是我国现存唯一一座宋代庑殿顶建筑。

大江东去，浪淘尽，千古风流人物。五千年的中华文明史，孕育了无数杰出人物，史册的每一页都有河东的亮丽身影。

荀子，名况，战国晚期赵国郇邑（故地在山西临猗、安泽和新绛一带）人，在历史上属于河东人。他一生辉煌，兼容儒法思想；贡献杰出，塑形三晋文化。中国古代社会，先秦两汉之际是一个巨大的转折点，开启了新型的大一统时代。荀子继承和发扬了孔孟以来的儒家思想，提出儒、法融合，把道德修身、道德教化、道德约束之政治结合在一起，强调以先王之道、圣人之道和仁义之道治理天下，主张思想统一、制度统一，对秦汉以后的中国古代政治制度建设起了重要作用。从对社会现实和历史进程的影响来看，荀子是中国古代最有贡献的思想家之一。

关羽，东汉末年名将，被后世崇为"武圣"，与"文圣"孔子齐名。《三国志·蜀书》道："关羽，字云长，本字长生，河东解人也。"东汉末年朝廷暗弱，军阀混战，百姓流离失所，在兵燹战火中煎熬挣扎。时天下大乱，各种政治势力分合不定，各个阵营的人物徘徊左右。选择刘备，就是选择了艰难的人生道路；忠于汉室，就意味着奋斗和牺牲。关羽一生堂堂正正，坦坦荡荡，报国以忠，为民以仁，待人以义，交友以诚，处事以信，对敌以勇，俯仰不愧天地，精诚可对苍生。关羽身上体现了中国传统道德的忠义孝悌仁爱诚信。古代以民众对关公的普遍敬仰为基础，以朝廷褒封建庙祭祀为推动，以各种艺术的传播为手段，以历史长度和地域广度为经纬，产生了体现中华传统文化核心价值和民族道德伦理的关公文化。

卢纶，字允言，河中蒲州（今山西永济市）人。唐玄宗天宝末年进士，历官秘书省校书郎、监察御史、检校户部郎中等。唐代杰出诗人。明王士禛《分甘余话》道："卢纶，大历十才子之冠冕。"卢纶存诗三百三十九首，是处于盛唐到中唐社会动乱时代的诗人。他的《送绛州郭参军》，至今读来，仍有慷慨之气：

炎天故绛路，
千里麦花香。
董泽雷声发，
汾桥水气凉。
……

卢纶无疑是大历时期最具有独特境界的诗人，他的骨子里流淌着盛唐的血液，积极向上，肯定人生；不屈不挠，比较豁达；关心社会民生，不斤斤计较个人得失，一生都在努力创作诗歌。卢纶的诗歌气魄宏伟，境界广阔，善于用概括的意象，描绘盛唐的风韵。他在唐诗长河中的贡献与孟郊、贾岛等相比丝毫不弱。他的诗歌不仅在大历时期，在整个唐代也具有独特的价值。

司马光，字君实，陕州夏县（今山西夏县）涑水乡人。他历仕仁宗、英宗、神宗、哲宗四朝，是北宋伟大的政治家、史学家、文学家。司马光主政期间，提出"兴教化，修政治，养百姓，利万物"的治国理念，加强道德教育，改变社会风气；严格选用人才，严明社会法治；倡导"轻租税，薄赋敛，已逋责"的民本思想，希望实现"致中和，天地位焉，万物育焉"的天下大治的理想社会。他主持编纂的中国最大的一部编年体通史《资治通鉴》，与《史记》并列为中国古代史家之绝笔。全书共二百九十四卷三百万字，上起周威烈王二十三年（前403年），下迄五代后周世宗显德六年（959年），共记载了十六个朝代一千三百六十二年的历史，历经十九年编辑完成。清代学者王鸣盛评价《资治通鉴》说："此天地间必不可无之书，亦学者必不可不读之书。"司马光的著作另有《司马文正公集》《稽古录》《涑水纪闻》《独乐园集》等。

河东历史上的许多大家族，代有人杰，长盛不衰。河东的名门望族主要有裴氏家族、薛氏家族、王氏家族、柳氏家族、司马家族等。闻喜县裴氏家族为世瞩目，被誉为"宰相世家"。裴氏自汉魏，历南北朝，至隋唐、五代是其最兴盛时期。据《裴谱·官爵》载，裴氏家族在正史立传者六百余人，大小官员三千余人；有宰相五十九人，大将军五十九人，尚书五十五人。比较著名的有：西晋地理学家裴秀撰《禹贡地域图序》，提出了编绘地图的"制图六体"，在世界地图史上占有重要地位。西晋思想家裴𬱟著有《崇有论》，是著名的哲学家。东晋裴启的《语林》，是我国文学史上最早的一部志人小说。南北朝时的裴松之、裴骃（松之子）、裴子野（裴骃孙），被称为"史学三家"。唐代名相裴度，平息藩镇叛乱，功勋卓越，被称为"中兴宰相"。欧阳修《新唐书·宰相世系表》，将裴氏列为天下第一家族，感叹"其才子贤孙不殒其世德，或父子相继居相位，或累数世而屡显，或终唐之世不绝"。

习近平总书记在党的十九大报告中指出："深入挖掘中华优秀传统文化蕴含的思想观念、人文精神、道德规范，结合时代要求继承创新，让中华文化展现出永久魅力和时代风采。"中华优秀传统文化是"中华民族的基因""民族文化血脉"和"中华民族的精神命脉"，堪称中华民族的源头和根基。在具体撰写过程中，各位作者力求基于严谨的学术性、臻于文学的生动性，以史料和考古为基础，以学术界的共识为依据，不作歧义性研究和学术考辨，采用文化散文体裁，用清朗健爽、流畅明丽的语言，梳理河东历史文化的渊源和脉络，挖掘河东文化的深厚内涵，探寻其在华夏文明中的重要地位，弘扬民族文化的自尊和自信。希望通过这套丛书，使人们更加了解和认识河东历史文化，深化对中华文明的认知与感悟，进一步增强文化自信，推动中华民族的伟大复兴。

序 二

李敬泽

运城是山西南部的一个地级市，也是我的老家所在。

说起运城，自然会想起黄河、黄土高原和中条山、吕梁山以及汾河、涑水。黄河经壶口的喷薄，沿着吕梁山与陕北高原间逼仄的晋陕峡谷，汹涌奔腾，越过石门，冲出龙门，然后，脚步骤然放缓，犁开黄土地，绕着运城拐了个温柔的弯，将这片地方钟爱地搂抱在怀中。从青藏高原奔流数千里，黄河头一次遇到如此秀美的地方。

这里古称河东，北有吕梁之苍翠，南有中条之挺秀，两座大山一条大河，似天然屏障，将这片土地护佑起来，如此，两座大山便如运城的城垣，一条大河绕两山奔流，又如运城的城堑。两山一河之间，又有涑水与汾水两条古河自北向南流淌，中间隆起的峨嵋岭将两河分开，形成两个不同的流域——汾河谷地与涑水盆地。一片不大的土地上，各种地貌并存：山地、丘陵、平原、河谷、台地。适合早期先民生存的地理环境应有尽有，农耕民族繁衍发展的条件一应俱全，仿佛专门为中华民族诞生准备的福地吉壤。

我的祖辈、父辈都出生在这片土地上，我也多次在这片土地上行走，我热爱这片土地，即使身在异乡，这片土地上的山山水水，也经常出现在我的想象中。少年时代，我根本不会想到，这片看似寻常的土地，是中华民族最早生活的地方，山水之间，绽放过无数辉煌，生活过无数杰出人物。年龄稍长，我才发现：史书中，一件又一件的大事发生在河东；传说中，一个又一个神一般的华夏先祖出现在河东；史实中，一位又一位的名将能臣从河东走来；诗篇中，一个又一个的优秀诗人从河东奏出华章。他们峨冠博带，清癯高雅，用谋略智慧和超人才华，在中国的历史文化图景中，为河东占得一席之地。如此云蒸霞蔚般的文化气象，让我对河东、对家乡生出深厚兴趣。

这套"典藏古河东丛书"邀我作序。遍览各位学者、作家的大作，我对运城的历史文化有了更深入的了解。

华夏民族的早期历史，实际是由黄河与黄土交融积淀而成的，是一部民间传说、史实记载和考古发掘相互印证的历史。河东是早期民间传说最多的地方，司马迁《史记·五帝本纪》中提到的五帝事迹，多数都能在运城这片土地上找到佐证。尧都平阳（初都蒲坂），舜都蒲坂，禹都安邑，均为史家所公认。黄帝蚩尤之战、嫘祖养蚕、尧天舜日、舜耕历山、大禹治水、后稷教民稼穑，在别的地方也许只是传说，带着浓重的神话色彩，而在河东人看来都是有据可依、有迹可循的。运城大量的史前文化遗址，从另一方面证明了运城人的判断。也许你不能想象，这片仅一万四千平方公里的土地上，全国文物保护单位竟多达一百零三处，比许多省还多，位列全国地级市第一，其中新、旧石器时代遗址埋藏之丰富、排列之密集，被考古学家们视为史前文化考古发掘的宝地。为探寻运城的地下文化宝藏，中国田野考古发掘第一人李济先生来过这里，新中国考古发掘的标志性人物裴文中、苏秉琦、贾兰坡来过这里，参加夏商周断代工程的二百多位专家学者大部分都来过这里。西侯度、匼河、西阴、荆村、西王村、东下冯等文化遗址，都证明这里是中华民族的重要发祥地，这里的历史根须扎得格外深，枝叶散得格外开，结出的果实格外硕壮。

中条山下碧波荡漾的盐湖，同样是运城人的骄傲。白花花的池盐，不仅衍生出带着咸味儿的盐文化，还诞生了盐运之城——运城。

山西地域文化中有两个值得关注的生僻字：一个是醯（音西），一个是盬（音古）。山西人常被称作老醯儿，也自称老醯儿，但没人这样称呼运城人，运城人也从不这样称呼自己。醯即醋，运城人身上少有醋味儿，若把醯字拿来让运城人认，大部分人都弄不清读音。鹽是个与醯同样生僻的字，但运城人妇孺皆识，不光能准确地读出音，还能解释字义，甚至能讲出此字的典故，"猗顿用鹽盐起"，这句出自司马迁《史记·货殖列传》的话，相当多的运城人都能脱口而出。因为古色古香的鹽街，是运城人休闲购物的好去处。盐池神庙里供奉的三位大神，是只有运城人才信奉的神灵。一酸一咸，两种截然不同的味道，不光滋润着不同的味蕾，也养育了两种不同的文化。作为山西的一部分，运城的文化更接近关中和中原，民俗风情、人文地理就不说了，连方言也是中原官话，语言学界称之为中原官话汾河片。

如此丰沛的源头，奔腾出波涛汹涌的历史文化长河，从春秋战国，到唐宋元明清，一路流淌不绝，汹涌澎湃。春秋战国，有白手起家的商业奇才猗顿，有集诸子大成的思想家荀况。汉代，有忠勇神武的武圣关羽。魏晋南北朝，有中国地图学之祖裴秀、才高气傲的大学者郭璞，有书圣王羲之的老师卫夫人。隋代，有杰出的外交家裴矩、诗人薛道衡。至唐代，河东的杰出人才，如繁星般数不胜数，璀璨夺目，小小的一个闻喜裴柏村，出过十七位宰相，连清代大学者顾炎武也千里跋涉，来到闻喜登陇而望；猗氏张氏祖孙三代同为宰辅，后人张彦远为中国画论之祖，世人称猗氏张家"三相盛门，四朝雅望"；唐代的河东还是一个诗的国度，自《诗经·魏风》中的"坎坎伐檀兮"在中条山下唱响，千百年间，河东弦歌不辍，至唐朝蔚为大观。龙门王氏的两位诗人，叔祖王绩诗风"如鸾凤群飞，忽逢野鹿"；侄孙王勃为"初唐四杰"之首，一句"落霞与孤鹜齐飞，秋水共长天一色"，奇思壮阔，语惊四座。王之涣篇篇皆名作，句句皆绝响，"欲穷千里目，更上一层楼"一联，足以让他跻身唐代一流诗人行列。蒲州诗人王维，诗中有画，画中有诗，田园诗的境界让人无限神往。更让人称道的是位列"唐宋八大家"的柳河东柳宗元，有他在，唐代河东文人骚客们可称得上诗文俱佳。此外，大历十才子之一的卢纶，以《二十四诗品》名世的司空图，同样为唐代河东灿烂的诗歌星空增添了光彩。至宋代，涑水先生司马光一部《资治通鉴》，与《史记》双峰并峙。元代，元曲四大家之一的关汉卿，一曲《窦娥冤》凄婉了整个元朝。明代，理学家、河东派代表人物薛瑄用理与气，辨析出天地万物之理。清代，

"戊戌六君子"之一、闻喜人杨深秀则在变法图强中，彰显出中国读书人的气节。

如此一一数来，仍不足以道尽运城历史文化底蕴的深厚，因篇幅原因，就此打住。

本丛书围绕习近平总书记2017年和2020年两次视察山西时提到的运城历史文化内容，遴选十一个主题，旨在传承弘扬河东的优秀文化传统，增强文化自信，为社会发展助力。

参与丛书写作的十一位作者，都是山西省的知名学者、作家，我读罢他们的作品，能感受到他们深厚的学术和文学功力，获益匪浅。

从这套丛书中，我读出了神之奇，人之本，天之伦，地之道，武将之勇猛，文人之风雅，仿佛看到河东先祖先贤神采奕奕，从大河岸畔、田野深处朝我走来。

好多年没回过老家了。不知读者读过这套丛书后感觉如何，反正我读后，又想念运城这片古老的土地了，说不定，因为这套丛书我会再回运城一次。

是为序。

目录

绪　论

大地是人类的栖息之处。人类自产生以来就生存在大地之上，中华民族的先祖尊大地为——"后土"。

从民间信仰的角度讲，后土为大地之神，承载万物，生长五谷，养育人类。《辞海》解释"后土"：大地的尊称、土神或社神、古代掌管土地的官吏。后土具有丰富的文化内涵，自古以来的哲人仰观天文，俯察地理，崇拜大地，敬仰大地，对大地具有与生俱来的感情。

《周礼·大卜/诅祝》："建邦国，先告后土，用牲币。"郑玄注："后土，社神也。"

《周易·离·象传》："日月丽乎天，百谷草木丽乎土，重明以丽乎正，乃化成天下。"

老子《道德经·第二十五章》道："人法地，地法天，天法道，道法自然。"

屈原《天问》道："地方九则，何以坟之？"

荀子《礼论》道："天地者，生之本也；先祖者，类之本也；君师者，治之本也。无天地，恶生？无先祖，恶出？无君师，恶治？三者偏亡，焉无安人。故礼，上事天，下事地，尊先祖而隆君师，是礼之三本也。"

王充《论衡·祭意》道："社稷报生万物之功，社报万物，稷报五谷。"

马端临《文献通考》（卷七十六）道："后土，社神也。既曰土神，又名社神，是两之也。《书》曰：敢昭告于皇天后土。"

毛泽东《沁园春·长沙》道："怅寥廓，问苍茫大地，谁主沉浮？"

哲人们从不同的角度咏叹大地，表达了人类对于大地的认知。大地是人类赖以生存的保障，领土是国家存在的根本条件。那么，远古时期的先民最初在哪里祭拜大地之神——"后土"呢？

据说，大约远在五千年前，中华民族的先祖黄帝统一华夏部落后，在今山西省万荣县汾阴脽上举行大典，扫地为坛，祭祀后土。《山西通志》记载："轩辕扫地坛在后土祠上，相传轩辕祭后土于汾脽之上。"

万荣县荣河镇庙前村的黄河、汾河交汇之处——脽上，又称汾阴脽，在古代是一处天然的祭祀圣地。《水经注·汾水》（卷六）道："又西至汾阴县北，西注于河。水南有长阜，背汾带河，阜长四五里，广二里余，高十丈，汾水历其阴，西入河。"清代段玉裁《说文解字注》："（颜）师古曰：以其形高起如人尻脽。故以名云。"

这里有一座举世闻名的祠庙——后土祠，它是中华民族最古老的祭祀后土的祠庙，也是最早的国家祭祀之地，人们称之为海内祠庙之冠、北京天坛之源。1996年，国务院确定万荣县后土祠为全国重点文物保护单位。远古时期这里就有人类活动，这块土地受到先民的青睐，得到帝王的垂青，拥有无与伦比的神奇魅力。从轩辕黄帝在脽上扫地为坛祭拜后土伊始，这里已有五千年的历史，万荣县后土祠蕴含着厚重的土地文化、古老的祭祀文化、悠久的黄河文化、独特的民俗文化。

黄河是中华民族的母亲河，黄河之东——河东大地（今山西运城），是华夏文明的摇篮；汾河是山西的母亲河，发源于宁武管涔山脉，从南至北流经河东大地，灌溉着千里沃野。华夏民族的始祖在此繁衍生息，中国古代第一部诗歌总集《诗经》里的许多诗篇吟唱过河东大地。黄河和汾河交汇之处——万荣县，吸吮黄河和汾河两大母亲河的乳汁，滋生了悠久灿烂的华夏文明，源远流长。地处黄汾之交、万荣大地上的脽上，物华天宝，人杰地灵，作为后土文化的渊薮，在朝代的兴替与岁月的更迭中，描绘了许多华夏儿女的动人画卷，道尽了许多人间的沧桑变化！

本书旨在梳理后土文化的渊源和脉络，记载历代人们对于后土的祭拜，挖掘后土文化的深厚内涵，探寻后土文化在黄河文明中的重要地位。万荣县在历史上曾经被称之为汾阴县、宝鼎县、荣河县、万泉县，本书所引用的县名依照当时朝代记述。

第一章　黄帝万荣建地坛

第一节　万荣脽上

传说一——

万荣县民间传说，女娲在万荣汾阴脽上抟土造人。天生伏羲，地生女娲，两人互生爱慕之情，在汾阴脽上定情盟誓，担负起了繁衍人类的使命。可是，十月怀胎是十分艰难的事情，速度十分缓慢。于是，伏羲协助女娲在脽上抟土造人，孕育万物。伏羲用黄土和泥，女娲用黄土捏人，十分费劲。后来，他们想了一个好办法，用一条长绳蘸泥，举起来朝着大地甩去，飞溅的泥点变成了一个个人，从此，人类在大地上繁衍生息，生生不已，世界充满了生机。

《太平御览·风俗通》记载："俗说，天地开辟，未有人民。女娲抟黄土作人，剧务，力不暇供，乃引绳絙于泥中，举以为人。故富贵者，黄土人也；贫贱凡庸者，引絙人也。"意思是，民间传说，开天辟地之初，还没有人类。女娲捏黄土造人，十分繁忙，有心无力。于是，她把绳子蘸上泥浆，甩到地上的泥变成人。富贵的人是用黄土捏的，贫贱平庸的人是从泥浆中甩出来的。

传说二——

汾阴脽上是古代巨灵神治理洪水的地方。《山西通志》道："汾阴县治脽之上，后土祠在西。脽在巨灵坐处。"孔尚任总纂《平阳府志》中记载："脽者，河东岸特堆堀，长四五里，广一里余，高十余丈，巨灵坐处以形高起如人尻脽，故名。"在远古时期，中条山和华山连在一起，洪水肆虐，毁坏田地，人类无法生存。巨灵神本来是守卫天宫的大将，力大无穷。天帝命令巨灵神来到河东大地，治理洪水，救苦救难。巨灵神站在河汾之间的土丘上，伸出两条有力的臂膊，把中条山和华山一分两半，洪水从两山之间经过后，一路奔向大海，消除了洪灾，从此，人类过上了美好生活。巨灵神治理好洪水后，坐在汾阴土丘上休息，人们把巨灵神坐的地方叫作"脽上"。

后土文化在中华文明史上具有重要地位，源远流长，发扬光大。万荣后土祠堪称轩辕黄帝之坛、社稷江山之源、中华祠庙之祖、礼乐文明之本、黄河文化之魂。史料记载，汾阴脽上有高丘，耸立在黄河和汾河岸畔，形状如人之臀部，从侧面说明了黄帝选中脽上作为祭祀后土地点的重要原因。大地是人类的母亲，黄河是中华民族的母亲河，天然形成的汾阴脽是黄帝在此祭祀后土的原因。

后土祠位于黄河和汾河两大水系交汇之处，雄踞于两河之间的绿洲之上。它见证了从黄帝开始至先秦、两汉、隋、唐、宋、元、明、清的中华民族的辉煌历史，印证了中国古代的文明发展史。从传说中的黄帝到汾阴扫地为坛祭祀后土算起，华夏民族对后土的祭祀已经有五千余年；从汉武帝公元前113年在汾阴建筑后土祠算起，已经有两千一百余年，有八位皇帝二十次亲自祭祀后土，六位皇帝七次派大臣祭祀后土；汉武帝、汉宣帝、唐玄宗、宋真宗等四位皇帝，为了祭祀后土，或改年号，或改县名，或作诗，或作文，或立碑刻石，都证明了后土在传统中国的尊崇地位。

写作本书之际，笔者伫立在山西万荣县荣河镇庙前村的堡子崖之上，远望黄河的金色飘带萦绕在黄土高原上，汾河在这里汇入黄河，滔滔不绝，地老天荒，动人心魄。白云在山间飘动，大雁在天空飞翔，绿色的蒲苇随风摇曳，与岸边激荡的浪涛共鸣，令人遐思无边。

这是一片神奇的土地，

这是黄帝扫地为坛的地方，

这是汉武帝建后土祠的地方，

这是唐玄宗发现宝鼎的地方，

这是宋真宗刻碑立石的地方，

这是黄河文化的源头，也是中华民族的精神祖庙！

第二节　文明渊薮

有个成语叫皇天后土，皇天指的是天帝，后土指的是地神，天地为众生之母，养育万物。后土祠作为祭祀大地之神的场所，实际上也是祭天的场所。祭祀是古人类沟通天地、祈祷福祉的活动，是连接现在和未来的媒介，也是沟通已知和未知的桥梁。在人类蒙昧时代，对自然充满神秘和敬畏，作为祭祀大地之神的地方，必须选择风水宝地。那么，万荣县这块土地有什么魅力呢？

万荣县位于晋南——河东地区，这里属于人类最早活动的区域之一。这片广袤肥沃的土地上，远古时期水草丰茂，森林覆盖，飞鸟鸣啾，具有良好的生态环境。著名考古学家苏秉琦教授在其《华人·龙的传人·中国人》一文指出："晋南地方是当时的'帝王都所'。帝王都所曰'中'，故曰'中国'。而'中国'一词的出现正在此时。'帝王都所'意味着古河东地区曾经是华夏民族的先祖创建和发展华夏文明的活动中心。"从远古文明到石器时代，从类人猿到能人、智人的进化，从人类燃起第一个圣火到传说中的黄帝时代，这块土地都充当了亲历者和见证者。

有关"河东"的说法，源于《禹贡》的记载。当时的河东属于冀州。冀州，战国、秦汉时指今山西西南部。黄河在山西由北向南流，山西位于太行山以西而得名。战国中期，秦国夺取了魏国的西河和韩国的上党以后，魏国为加强防守，遂置河东郡。其辖境相当于今沁水县以西，霍山以南地区，这里原是魏国的国都安邑所在地。公元前290年，秦昭王在兼并战争中迫使魏国献出河东四百里之地，秦沿袭魏河东郡旧名不变，治所在安邑（今山西夏县西北禹王城），后移治临汾（今山西曲沃北）。汉代时期，河东辖今山西阳城、沁水、浮山以西，永和、霍州以南地区。东晋时期移治蒲坂（今山西永济蒲州镇），辖境缩小至今山西西南汾河下游至王屋山以西一角。隋开皇初废，隋大业及唐天宝、至德时改蒲州为河东郡。河东所辖的地区范围不断发生变化，但其疆界基本上以现代的山西西南部为中心。现在所谓的河东地区，特指山西运城市一带。

河东作为中华民族五千年文明的发祥地之一，历史悠久，积淀深厚。运城盐池在古代是重要的食盐产地，在春秋时称"盐邑"，汉代改称"司盐城"，宋元时名为"运司城""凤凰城"等。因盐运而设城，中国仅此一处，史书曾称运城有"盐铁之饶"。黄河和汾河两河交汇的地理优势、丰富的植被和盐业资源，为古人类提供了良好的生活条件。运城市遗存着"古中国"许多标识和遗迹。文献记载，"尧都平阳（今临汾）、舜都蒲坂（今永济）、禹都安邑（今夏县）"，又有"尧初都蒲坂，后迁平阳"之说。史籍载："舜生于诸冯，耕于历山，陶于河滨，渔于雷泽，都于蒲坂，崩于苍梧，葬于九嶷山。"诸冯就是永济市的舜帝村，历山存有尧王台，蒲坂是古河东地区的政治、经济、文化和军事中心。尧王台曾是尧帝的祭天台、禅让台。从尧舜禹时代开始，运城便是古代帝王的建都之地，是当时的"万国之中"，即"中国"。女娲补天、黄帝战蚩尤、舜耕历山、禹凿龙门、嫘祖养蚕、后稷教民稼穑等传说，都发生在河东大地上。

运城市万荣县以及周围的几个县，远古时期就有古人类活动的痕迹。

1995 年 5 月，考古学家在垣曲县寨里村的黄河北岸，发现了世界上最早的具有高等灵长类动物特征的猿类化石——牙齿化石和颌骨化石，命名为"世纪曙猿"。"曙猿"的意思是"类人猿亚目黎明时的曙光"。据专家考证，曙猿是生活在距今四千五百万年前的灵长类动物，比非洲发现的高等灵长类动物早一千万年，这个发现在考古学和人类学上具有划时代的意义。

西侯度遗址位于黄河中游芮城县西侯度村，是中国最古老的一处旧石器时代遗址。通过考古发掘发现，距今大约一百八十万年，那时，河东大地森林茂密，气候温暖，雨量充沛，生长着至少二十二种哺乳动物，包括巨河狸、剑齿象、平额象、步氏羚羊、晋南麋鹿、纳玛象等，它们在森林里徜徉，在河边漫步，一派生机勃勃的景象。原始人类生活在动物成群的地方，他们学会制作简单的石器维持生存，用砍斫器、刮削器砍伐树木；用石核、石片等制作生活用品；运用三棱大尖状器同动物搏斗。他们用火将动物的肉烤熟，享受丰盛的美味。西侯度遗址证明远在一百八十万年前，人类文明的第一把圣火在河东大地燃起，显露出"万物之灵"的智慧。

匼河遗址位于芮城县匼河村附近，北至永济市独头村北涧，南至芮城县涧口南沟，长达 13.5 公里，由十七个地点形成一个遗址群，是山西旧石器时代早期的代表遗址，距今约六十万年。匼河背靠中条山，面向大河，雨水充足，物产丰美。从出土的动物化石可知，中条山一代在远古时期就有披毛犀、扁角鹿、对丽蚌、德氏水牛、二门马、野猪、师氏剑齿象、东方剑齿象、纳玛象、三趾马、野牛等等，它们在这块土地上生长繁衍，形成一个令人神往的动物世界。此地出土一百三十八件石器，主要有砍斫器、石球和三棱大尖状器等。早期人类利用这种粗糙而简陋的工具，过着采集狩猎生活。

大约距今十万年至五万年，在晋南襄汾县的丁村生活着早期智人。这里有温暖湿润的气候，茂密繁盛的原始森林，分布着河流和湖泊，丁村人在这里悠闲自在地生活。河流里，鲤鱼、青鱼、鲩鱼、鲶鱼、鲇鱼游动不已；森林和草原上，梅氏犀、披毛犀、野马、纳玛象、斑鹿、方氏鼢鼠、原始牛四处出没；天空中，各种鸟展翅高飞。丁村人制造了许多石器，用石斧、砍斫器砍削植物；用石球击打动物和捕获猎物；用三棱大尖状器和鹤嘴形尖状器采集果实和渔猎。丁村遗址出土了人类牙齿化石三枚、小孩右顶骨化石，这表明丁村人介于北京猿人和现代人之间。丁村遗址的发现填补了我国旧石器时代中期人类化石和文化的缺环，是我国旧石器时代中期文化的代表。

西阴遗址位于山西省夏县西阴村。1926 年，考古学家李济主持发掘此遗址，并出版了《西阴村史前的遗存》一书。该遗址属于新石器时代，西北倚鸣条岗，南临青龙河，面积约三十万平方米。发掘了石锤、石斧、石刀、石箭头、石杵、石臼、石球、骨锥、骨簪、骨针、骨环等，最具震撼力的是发掘出土了半枚经人工切割过的蚕茧壳，这为嫘祖养蚕的传说提供了有力佐证。2020年，夏县师村遗址出土了丰富的仰韶早期遗物，陶器主要有罐、盆、钵、瓶等，彩陶均为黑彩，具有丰富的纹饰，如直边和弧线三角形、直线、圆形、圆点、平行四边形等基本纹样及其组成的复合纹。尤为重要的是，还出土了四枚仰韶早期的石雕蚕蛹。石雕整体呈黄褐色，带有天然黑褐色斑点，带有螺旋状的横向弦纹，简洁地勾勒出蛹的头和尾部，酷似现代家桑蚕蛹。西阴遗址和师村遗址互相印证，这意味着至迟在距今六千年以前，黄河中游运城盆地先民们就已喜爱并进行蚕桑养殖，可能掌握了养蚕缫丝的技术。师村遗址出土的石雕蚕蛹是我国目前发现年代最早的石雕蚕蛹形象，成为中华文化的重要标识之一。

陶寺遗址位于襄汾县，属于公元前2300年至公元前1900年之间的以龙山文化为特征的遗址。在这里发现了世界上最古老的观象台，呈半圆形平台，有三个圈层的夯土结构。考古专家认为，这几座夯土柱上面原来竖立着十三根石柱，高约五米，古人透过柱与柱之间的缝隙观测日出，以此来确定节气。2009年6月21日，即二十四节气中的夏至日，"陶寺史前天文台考古天文学研究"项目组，利用陶寺遗址出土的"圭表"复制品测量日影成功。这表明早在帝尧时期，我国就已经拥有了"测日出方位"和"测正午日影"两套天文测量系统和当时世界上最先进的天文观测技术。陶寺遗址虽然略晚于黄帝时代，但是它的发现足以说明晋南地区在远古时期是中华文明的中心地带，它应当是黄帝时期华夏文明的延续。

荆村遗址位于万荣县万泉乡荆村，面积约十万平方米，属于新石器时代人类遗存。1931年进行发掘，一是出土了红陶、灰陶、彩陶、夹砂陶片，以及石斧、石镰、石刀、蚌镰、蚌铲等。卫聚贤《中国考古小史》记载，荆村遗址中有鼎、鬲、甗、尊、罐、瓮、盆、洗、碗、盘、灯、纺织轮、球、环等；陶器内面和外面有刻纹的有十余种。二是出土了稻黍。考古学家董光忠主持发掘出土的谷类碳化物，经鉴定为粟和高粱的碳化物，揭开了我国高粱栽培历史研究的新篇章。1943年，和岛诚一在其所著《山西省河东平原以及太原盆地北半部的史前调查概要》中说："在新民教育馆藏品中有董光忠当时出土的荆村谷类灰烬中的碳化物，这份东西经理学士高桥基生先生鉴定为粟和高粱品种。"三是出土了距今六千多年的埙，有一孔、二孔、三孔的，尚可吹响。后被登载于《音乐》教材。1995 年出版的《万荣县志》记述荆村遗址"早期出土过三枚陶埙，是原始社会相当流行的乐器。"2012 年出版的《三晋文明之最》，详细地介绍了荆村遗址出土的"单孔陶埙""双孔陶埙"和"三孔陶埙"的音乐原理。这说明了早在远古时代，我们的祖先在万荣一带生活和繁衍，能制造日常生活用具，并且发明了埙，使音乐渗透到生活之中。音乐是祭祀必不可少的内容之一。

当代文化学者、诗人薛勇勤写诗《七律·荆村遗址》：

孤麓流云日照崖，神农往日作蓑袈。

千钟稻黍铭星野，三个陶埙响海涯。

独到山间寻石瓦，闲来此处话桑麻。

千秋敢问兴衰事，无语荒丘伴晚霞。

二十世纪五十年代以来，考古工作者在晋南一带发掘了数百处旧石器时代遗址。这些发现证明河东地区在远古时期一直有人类繁衍生息。许倬云先生《万古江河——中国历史文化的转折与发展》说："在'中国'这个观念还未形成前，人类早已在中国这块大地上活动。他们从旧石器时代茹毛饮血，渐渐懂得栽种、畜牧，自己生产食物，也开始群居，发展出多元的地区文化。经过分分合合，这些地区文化逐渐聚合为几个主要的文化系统，成了日后中国文明建构的基础。"

第三节　华夏部落统一

大约五千年前，中华大地出现了一位划时代的人物——黄帝。黄帝，又称姬轩辕、有熊氏，本姓公孙，后改为姬姓，有土德之瑞，五帝之首。黄帝统一华夏部落，征服东夷、九黎族，是华夏民族的始祖。

漫长的石器时代，人类在自然中艰难生存，经常面对生存的威胁，在与自然斗争中学会制造劳动工具，并逐渐形成了氏族部落和群居组织。据《史记·五帝本纪》载，黄帝是少典与附宝之子，从小聪明，对周围事物领会快，善于言谈，敦厚勤勉，成年后成为有熊氏部落首领。那时，神农氏炎帝部落已失去统治地位，各部落之间互相发动战争，残害百姓，民不聊生。黄帝带领自己的部落讨伐不义的部落，平息战争，受到各个部落的拥戴，形成了黄帝部落联盟集团。当时，有三个大的部落联盟集团：炎帝、黄帝、蚩尤，形成了鼎足而立的局面。

黄帝担任有熊氏部落首领时，邀请风后担任宰相。今山西省运城市解州镇东门外社东村有一块"风后故里"的碣石和"风神庙"，芮城县风陵渡有风后墓并以此为地名。说明风后确有其人，故里就在运城。相传黄帝做了一个梦，一场罕见的大风把大地上的尘垢刮得荡然无存，只剩下一片清白的世界。他梦醒后思考："风为号令，执政者也。垢去土，后在也。天下岂有姓风名后者哉？"他食不甘味，寝难安席，到处留神察访，在海隅（运城市解州镇社东村）这个地方找到了风后，即拜为相。传说风后精通天文地理，他发明的指南车在黄帝统一华夏时发挥了重要作用。

黄帝部落扩张发展中，与神农氏炎帝进行了阪泉之战。炎帝号神农氏，又号魁隗氏、连山氏、烈山氏。传说炎帝始种五谷，制作耒耜，遍尝百草，以医民恙。他由于懂得用火而得到王位，所以称为炎帝。《大戴礼·五帝德》记载，黄帝和炎帝在阪泉之野进行了三次大规模战争。黄帝调集"熊、罴、狼、豹、貙、虎"六个部落来到阪泉之野摆开阵势。炎帝善于用火，战场上浓烟滚滚，遮天蔽日。黄帝设法熄灭火焰，在山谷竖起七面大旗，摆开了星斗七旗战法，最终战胜了炎帝。

蚩尤部落比较强大，常常侵凌各个部落。在距离万荣数十公里的地方有个运城盐池，是古代重要的产盐基地。黄帝曾在涿鹿（今运城盐池）一带与蚩尤发生了一场大战。《汉书·地理志》："河东，地平水浅，有盐铁之饶，唐尧之所都也。"盐池位于中条山麓，由于造山运动和地壳变化，中条山北麓断裂，出现了一个狭长的凹陷地带，逐渐形成湖泊，天长日久，水中的钾盐、石灰石、镁盐、硫酸盐以及食盐慢慢与早期淤积层结合，经过长期自然蒸发作用，盐类沉淀，结成了很厚的矿石层，形成了盐池。随着部落联盟的强大，黄帝在涿鹿和蚩尤展开决战。蚩尤带领的九黎部落，善于制作兵器，勇猛剽悍。蚩尤张开大口，喷出滚滚浓雾，三日三夜不散，黄帝的部队迷失了方向。风后使用指南车辨清方向，穿过重重迷雾，摆脱了蚩尤的围攻。蚩尤向风神和雨神求援，在黄帝的阵地上刮起狂风，降下暴雨。黄帝召唤女神旱魃助阵，驱散狂风暴雨，战胜洪水，击败了蚩尤的九黎部落。黄帝取得胜利后尸解蚩尤，蚩尤的鲜血流入河东盐池，化为卤水，因而这里被命名为"解州"；盐池附近有个村庄名叫蚩尤村，相传是当年蚩尤葬身的地方，后来蚩尤村改名"从善村"，即改邪归正、弃恶从善之意。黄帝战胜蚩尤之后，巩固了统治地位，被各诸侯推崇为天子。由于黄帝、炎帝是华夏集团的主要代表人物，后人把他们称作华夏民族的祖先，自称炎黄子孙。

第四节　祭祀条件具备

黄帝统一华夏族，奠定中华，肇造文明，惜物爱民，在万荣祭祀后土，被后人尊为"中华人文初祖"。黄帝在位时政治安定，文化进步。他建立古国体制，制定职官制度，设置了左右大监，负责监督天下诸部落；发展农业生产，种植五谷，种桑养蚕，饲养家禽；命人制作干支，以十天干配合十二地支以纪时，作为农时；穿土凿井，用水灌溉农田，满足生活需要。中国古代的养蚕、舟车、文字、冶金、医学、算术、音律等，被认为是始于黄帝时期。司马迁赞扬黄帝的功绩："维昔黄帝，法天则地，四圣遵序，各成法度。"

人类蒙昧时期，对于自然界的各种现象无法解释。人们认为天上的风云变幻、日月运行，地上的山石树木、飞禽走兽，自然界中的旱灾洪灾、天灾人祸，由神秘力量主宰，因而产生万物有灵的观念。他们认为这些神灵既影响人类的生活和生产，又能主宰人类和部族的命运，带来吉祥或者灾祸，因而对神灵顶礼膜拜，求其降福免灾。人类如何与天地间神秘的力量沟通呢？祭祀和巫术就出现了，人们通过祭祀和巫术沟通神灵，消解内心的恐惧，祈求心灵与天地的沟通。

古语有言："建邦国先告后土。"黄帝统一了华夏族之后，就要祭告天地，一则沟通天人关系，一则得到土地之神的护佑。据《蒲州府志·事纪》："黄帝祀汾阴脽，扫地而祭。"黄帝祭祀后土的目的何在呢？《史记·五帝本纪》载："万国和，而鬼神山川封禅与为多焉。"意思是，众多的诸侯国安定太平，祭祀鬼神山川的现象，要数黄帝时最多。那时候邦国林立，互相交融，处于蒙昧时期。在初民看来，一山一水，一草一木，似乎都由神灵管辖，人们的衣食住行和国家的安定冥冥之中由神秘力量支配。后人传说，黄帝"有土德之瑞，故号黄帝"，所以黄帝平定天下之后，首先要祭祀后土。黄帝立国与"土地"是分不开的。《淮南子·天文》："中央，土也，其帝黄帝，其佐后土，执绳而治四方。其神为镇星，其兽黄龙，其音宫，其日戊己。"黄帝崇尚黄色，有土德之瑞。作为中央之帝的黄帝，崇拜土地之神，土地象征国家和权力，承载众生，化育万物。《管子·五行》道："昔黄帝以其缓急作五声，以政五钟。……五声既调，然后作立五行以正天时、五官以正人位。"黄帝尊崇黄色，必然要祭祀土地之神。

黄帝统一华夏族之后，生产经济得到发展，人们的生活水平提高，祭祀文化就提到日常事务上来了。《淮南子·时则》道："中央之极，自昆仑东绝两恒山，日月之所道，江汉之所出，众民之野，五谷之所宜，龙门、河、济相贯，以息壤埋洪水之州，东至于碣石。黄帝、后土之所司者，万二千里。"黄帝作为华夏族的首领，感恩天地，祭祀神灵。祭祀需要满足三个条件：一是祭祀场所；二是"牺牲"，指马、牛、羊、鸡、犬、豕等牲畜；三是玉帛，各种礼器和布帛。根据考古发掘证明，黄帝时期，这些祭祀条件基本上具备了。

祭祀场所——祭台。上古之世，人们居无定所，衣不蔽体，生活在动物成群的森林和草原之上，不仅受到风雨雷电的威胁，而且饱受禽兽蛇虺的荼毒。后来出现了"三皇"之一有巢氏，仿鸟筑巢，构木为屋，既可挡风遮雨，又能躲避禽兽，古人欣喜无比，拥其为王，号"有巢氏"。《韩非子·五蠹》载："上古之世，人民少而禽兽众，人民不胜禽兽虫蛇。有圣人作，构木为巢以避群害，而民悦之，使王天下，号曰有巢氏。"有巢氏发明房屋之后，人类从原始的与动物杂居时代摆脱出来，进入文明启蒙时代，是人类文明进步的一个标志。黄帝时期，人们开始修建宫室，建筑祭台，人类的文明更进一步了。

祭祀礼器——玉器。黄帝生活的年代，对应于红山文化和良渚文化，正是中华文明进一步发展的时期。1979年5月，考古工作者在辽宁省凌源市三官甸子城子山发现红山文化玉器墓葬，从而使红山文化有玉器成为定论。中华文明探源工程玉器工艺组副组长雷广臻先生指出，中国古文献记载的黄帝图腾（熊、龙、龟、云、鸟等），均有红山文化玉器与之对应。雷广臻根据古文献记载认为，黄帝图腾主要有两种：一是熊。班固《白虎通义》道："黄帝有天下，号曰有熊。"在朝阳牛河梁红山文化遗址考古发掘中，不但出土了泥塑的熊下颚和熊掌残体，还出土了双熊头三孔玉器。二是龙。玉在祭祀中有非常重要的作用，《周礼》记载以玉做礼器以祭天地四方之说。《墨子·尚同》云："其事鬼神也，圭璧币帛，不敢不中度量。"根据考古中发现，红山文化中的玉雕工艺水平较高，玉簪、玉环、玉璜、玉玦一类是装饰用玉；玉龙、玉鸟等可能为图腾神物；玉琮、玉璧等为宗庙礼器，具有宗教或权力的象征意义。良渚文化遗址中，玉器品种丰富，工艺精湛，包含有璧、琮、钺、璜、冠形玉器、三叉形玉器、玉镯、玉管、玉珠、玉坠、柱形玉器、锥形玉器、玉带及环等。随葬玉璧、玉琮等礼器的墓主，应是有特殊地位的人物。黄帝时期，人们在石头上刻绘图画，发明了计时的四季晷，琢磨出大量的玉猪龙、玉斧等具有时代文化特征和象征意义的玉器，为祭祀提供了条件。

祭祀礼器——陶器。陶器是生活的必需品，也是祭祀的礼器。燧人氏钻木取火使人们告别了茹毛饮血的时代，学会了把东西烧熟吃，但不会储藏食物。黄帝时期，陶器发明出来了。发明陶器的是宁封子，担任黄帝的陶正（专门负责烧制陶器的官）。宁封子小的时候，看见族人吃饭没有器皿，很不方便。他有一次烤制食物时，不小心把食物烤焦了。于是，他想个办法，用泥土把食物包裹后进行烤制。不承想，泥土在烈火中变得坚硬，宁封子突发奇想，认识到经过烈火焚烧的泥土可以做器皿。他经过多次试验，终于发明了陶器。陶器的发明不仅给人们的生活带来了便利，而且给祭祀提供了简便实用的器皿。我们在出土的陶器中，看到了许多图案和类似文字的符号，说明陶器不仅仅作为生活的器皿使用，而且成为祭祀和供奉的礼器。西安半坡、河南的仰韶、龙山等地遗址发现的大量彩陶如尖底瓶、陶罐、陶碗、陶盆等，证明了陶器使用的悠久历史。

祭祀礼器——青铜器。青铜器是祭祀的礼器。考古发掘证明，在今山西运城市一带发现了多处龙山文化时期和仰韶时期的采铜遗址。夏代以前中国有关的铜器和铸铜遗址主要分布在两个地方，一是黄河中下游的河东地区，二是黄河上游的甘肃、青海、新疆地区。甘肃等地区的铜器遗物基本是自然铜制造，仅仅作为使用的器物。2004年，考古工作者发现了距离中条山铜矿不远的周家庄遗址，该遗址出土了黄铜片，属于龙山文化时期。2011年，在山西省闻喜县石门乡玉坡村发现一座采矿炼铜遗址，有露天采矿坑、矿井、巷道、烧制木炭窑穴等多处，还有采矿用的大小石锤、生活用的陶器皿（残片）一百余件，采冶时代为夏朝至战国初期。2010年，中国国家博物馆、山西省考古研究所发现闻喜县千金耙采铜遗址，有采矿井巷遗迹、亚腰形石锤、石臼等采矿、选矿工具，以及炼炉残块、炼渣等冶炼遗存，属于夏商时期的铜采冶遗址，是迄今为止我国发现的最早一处采铜及冶铜遗址。2018年至2019年，中国国家博物馆等单位在绛县仰韶时期的西吴壁遗址，发现十万平方米的冶铜遗址，弥补了从铜矿开采到集中铸造之间所缺失的冶炼环节，填补了冶金考古的一个重要空白。

青铜的使用与祭祀和战争是分不开的。据河东地区的闻喜县铜矿遗址和绛县西吴壁等遗址的发现，可以推测，黄帝时代开采首山之铜，是极有可能的事情。《史记》记载："黄帝采首山铜，铸鼎于荆山下。"根据专家研究，首山即运城中条山西部的首阳山；荆山，即今万荣县的孤山，古代称孤山为荆山、介山。现在万荣县还有一个村庄叫荆村。

唐代诗人李白作诗《飞龙引》，以诗人的想象描绘了黄帝在荆山采铜铸鼎的场景：

> 黄帝铸鼎于荆山，炼丹砂。丹砂成黄金，骑龙飞上太清家，云愁海思令人嗟。宫中彩女颜如花，飘然挥手凌紫霞，从风纵体登鸾车。登鸾车，侍轩辕，遨游青天中，其乐不可言。

意思是，黄帝采集首阳山的铜，于荆山之下铸造宝鼎。他用宝鼎炼制仙丹，仙丹炼制成功了，黄帝乘龙飞升到太清之地。天上的云彩缥缈，变幻如海，令人感叹。天上的宫女披着七彩霞帔，貌美如花。她们飘飘然挥手召唤，凌驾美丽的紫霞。她们登上黄帝乘坐的鸾车，陪侍着轩辕黄帝，遨游在青天之上，快乐的时光美不可言。

鼎是一种饪食器，后来发展为礼器，是祭祀必不可少的器具。鼎一般分为三足的圆鼎和四足的方鼎。青铜鼎上常有精美的纹饰，一些青铜鼎上还有铭文，记载制作此器的由来，表达希望子子孙孙永存此器的愿望。在古代礼法制度下，不同社会阶层在着装、出行、器物使用上都有严格的等级差别。《春秋公羊传·桓公二年》记载了用鼎的规定："天子九鼎，诸侯七鼎，卿大夫五鼎，士三鼎。"鼎的数量限制，说明了古代等级社会中的礼法制度具有严格的要求。

黄帝元妃嫘祖发明了蚕桑。蚕桑的发明，为祭祀提供了礼服的便利。嫘祖的故里何在？学术界认为如下：山西运城的夏县；河南的开封、荥阳、西平；湖北的宜昌、远安、黄冈、浠水；四川的盐亭、茂县、乐山等。从嫘祖的传说、夏县西阴遗址发现的半枚经人工切割过的蚕茧壳，以及距离西阴村不远的师村遗址发现的四枚仰韶早期的石雕蚕蛹来看，嫘祖的故乡应该是山西夏县。黄帝娶西陵氏之女嫘祖，嫘祖生了玄嚣、昌意二子。昌意娶蜀山氏女为妻，生高阳。高阳继承天下，是五帝中的颛顼。《史记》记载了"嫘祖始蚕"的故事，河东地区有"黄帝正妃嫘祖养蚕缫丝"的传说，嫘祖当时生活在河东大地上，在今天的夏县一带教导人们养蚕缫丝，被后人奉为"先蚕娘娘"。北宋建隆元年（960年），无名氏赞颂嫘祖："教民养蚕治丝，无须树叶蔽体；令地产桑育蚁，遂教人力回天。脱渔猎以事农耕，制衣裳而兴教化。德配黄帝，辅成怀柔统一之功；恩重元孔，垂教以农立国之本。"蚕桑业的兴起，意味着中华民族的服饰历史被改变了，进入一个辉煌的阶段，也是丝绸之路的前奏。

第五节　扫地为坛

黄帝统一华夏族之后，拥有了广袤的领土和人民。司马迁《史记·五帝本纪》记载："东至于海，登丸山，及岱宗。西至于空桐，登鸡头。南至于江，登熊、湘。北逐荤粥，合符釜山，而邑于涿鹿之阿。迁徙往来无常处，以师兵为营卫。官名皆以云命，为云师。置左右大监，监于万国。万国和，而鬼神山川封禅与为多焉。"《文献通考》（卷七十八）道："建邦国，先告后土。"黄帝经过长期战争建立了邦国，希望通过祭祀大地之神——后土得到护佑，国运长久，天下太平。

黄帝打败蚩尤之后举行了祭祀后土的仪式。那么，黄帝选择哪里祭祀后土？万荣县后土祠保存的《历朝立庙致祠实迹》碑文记载："轩辕氏祀地祇，扫地为坛于脽上。"黄帝在今天的万荣县后土祠一带的"脽上"，祭祀了后土。万荣县处于河东地区，具有悠久的文明史。1978年，中国科学院脊椎动物与古人类研究所的专家在万荣县荣河镇西卓子村发现了哺乳动物的化石，间接证明了这里在远古时期就有人类生存。

按照中国古代礼制要求，"祀地于泽中方丘"，即在"泽中方丘"祭祀土地神。《周礼·春官宗伯·大司乐》："夏日至，于泽中之方丘奏之，若乐八变，则地示皆出，可得而礼矣。""泽中之方丘"就是四面环水的"水中高地"。泽，即水聚集的地方；方丘，祭祀地神的方形祭坛。古人认为，要选择"泽中之丘"祭祀大地之神。宋真宗赵恒《汾阴二圣配飨之铭》道："脽上者，汾水之曲，巨河之滨，故魏之国都，旧晋之疆土。"汾阴脽高十余丈、宽两里、长四五里，位于黄河和汾河交汇之处，四面环水，正好是一处天然的"泽中方丘"。同时，汾阴脽属于河东地区，黄帝的元妃嫘祖是河东地区夏县人，宰相风后是河东地区风陵渡人，黄帝和蚩尤大战于河东地区的盐池。每年的春天，来自中条山的南风吹拂着河东大地，水草丰茂，五谷播种，还有盐池供应着人们生活必需的食盐。因此，黄帝选择了今天万荣县后土祠附近的汾阴脽上祭祀大地之神——后土。

距今五千年前左右，轩辕黄帝带领华夏族的重要部落首领，携带了祭祀的礼器和祭品——玉器、陶器、丝织品等，来到黄汾交汇处的脽上。他亲自清除荒草，堆起土坛，祭拜大地之神——后土。大河滔滔，群山耸立，皇天后土，实鉴为证。有道是："轩辕扫地而安九土。"从此，华夏民族进入融合时期，天下安定，百姓富足，生产力进一步得到了发展。

黄帝在万荣县脽上扫地为坛祭祀后土，有关史料记载如下：一、明代嘉靖版《山西通志》记载："轩辕扫地坛在后土祠上，相传轩辕祭后土于汾脽之上。"二、后土祠现存庙像图石碑。这块石碑最早刻于金代天会年间，正面为宋时庙貌图。从图中可以看出，宋时，后土祠最北端有建筑，名为"旧轩辕扫地坛"。三、后土祠收藏的《历朝立庙致祠实迹》碑文记载："轩辕氏祀地祇扫地为坛于脽上"。"扫地"的"扫"，为祭祀的意思，如人们在清明节祭祖，就说"扫墓""祭扫"。四、祠内现存另一块石

扫地坛简介

碑，为明代嘉靖年间荣河县知县侯祁所刻，碑正面有六个大字："轩辕扫地之坛"。据说，侯祁担任知县时，万荣脽上遗址尚存，他担心"泽中方丘"被淹后无人知是轩辕扫地之处，故立此碑。五、清同治年间所建扫地坛。扫地坛现存秋风楼下，为一方形砖坛，横跨在张仪古道上，打开坛门，即见"扫地坛"三字。

从传说中的黄帝在汾阴扫地为坛祭祀后土算起，华夏民族对后土的祭祀已经有五千余年的历史。公元前113年，汉武帝率领群臣坐船来到汾阴，举行了后土祭祀大典，开

扫地坛

创了祭祀后土的新纪元，将后土祭祀提升为皇家祭祀。同时，民间祭祀后土的活动不断发展，成为河东一带的民俗文化，如今每年春秋两季的后土祭祀活动影响深远。

第二章　先秦帝王拜后土

第一节　二帝三王祭祀后土

　　自从中华人文始祖黄帝祭祀汾阴后土祠后，尧、舜之时，夏、商、周三代，都在这里举行祭祀活动。据说在远古时期，人们就立社祭祀后土，《国语·鲁语》道："共工氏之伯九有也，其子曰后土，能平九土，故祀以为社。"意思是，共工氏一度是九州的伯主，其子叫后土，能够治理九州，人们立社祭祀后土。《左传·文公十八年》记载："舜臣尧，举八恺，使主后土。"尧舜二帝时，设置八个官员负责祭祀后土。《蒲州府志》记载："黄帝祀汾阴脽，扫地而祭。"《史记·五帝本纪》："高辛氏有才子八人，世谓之'八元'。"八元，指的是八位德高望重的执掌权力的官员，据《左传》记载，分别为：伯奋、仲堪、叔献、季仲、伯虎、仲熊、叔豹、季狸等人。孔颖达疏："元，善也，言其善于事也。"意思是，黄帝在汾阴脽上扫地为坛祭祀后土，后来到了尧帝和舜帝时期，确定八个官员专管后土祭祀，夏商周三朝的国君每年都要在"方泽"举行祭祀后土仪式。

　　河东地区是中华民族的先祖尧舜禹定都的地方。文献记载"尧都平阳（今临汾），舜都蒲坂（今永济），禹都安邑（今夏县）"。据史料证明，尧帝的都城起初设在蒲坂，后来才迁至平阳："尧初都蒲坂，后迁平阳。"如今运城永济市存有尧王台，就是尧舜禹当年实行"禅让"的见证地。清光绪十二年（1886年）《永济县志》记载："尧旧都在蒲。"《水经注》：'雷首，俗亦谓之尧山，山上有故城，又称尧城，尧尝亦都于此，后迁平阳。'"尧舜禹时代，河东是帝王的建都之地，是当时的"中国"。

尧帝曾经祭祀后土。尧帝是古代贤明的君主，他倡导建立国家的政治制度，按各种政务任命官员；他善于采纳谏言，在宫门前悬挂一面鼓，只要百姓有意见，皆可以击鼓进谏，并且在交通要道设立"诽谤之木"，官民有意见可以通过诽谤木传达给他；他命令羲氏、和氏根据日月星辰的运行制定历法，颁布天下，使农业生产有所依循。汉代蔡邕《独断》："社神，盖共工氏之子句龙也，能平水土，帝颛顼之世，举以为土正，天下赖其功，尧祠以为社。"意思是，社神是共工之子，能够治理河川和土地，在颛顼之世被选举为管理土地的官员，天下依赖他的功业，尧帝立社纪念后土。

史籍载："舜生于诸冯，耕于历山，陶于河滨，渔于雷泽，都于蒲坂，崩于苍梧，葬于九嶷山。"诸冯是现在永济市的舜帝村，历山是雷首山的尧王台，蒲坂是当时舜帝活动的政治和经济中心。舜帝是中国古代五帝之一，曾经是有虞氏的部落首领。舜帝登上帝位之后，整顿部落组织，命契担任司徒，推行教化；命皋陶担任"士"，执掌刑法；命垂担任"共工"，掌管百工；命益担任"虞"，掌管山林；命伯夷担任"秩宗"，主持礼仪；命夔为乐官，掌管音乐和教育；命龙担任"纳言"，负责发布命令，收集意见。

西汉伏生《尚书大传》记载，舜帝在位第十四年时举行祭礼，钟石笙筦齐鸣。音乐还没有结束，突然疾风劲吹，撼动屋宇，雷雨大作。舜帝沉思片刻后说："明哉，非一人天下也，乃见于钟石！"随即推荐大禹继位。舜帝与群臣唱《卿云歌》，祭告天地。《卿云歌》道：

卿云烂兮，糺缦缦兮。

日月光华，旦复旦兮。

明明上天，烂然星陈。

日月光华，弘于一人。

日月有常，星辰有行。

四时从经，万姓允诚。

于予论乐，配天之灵。

迁于圣贤，莫不咸听。

鞇乎鼓之，轩乎舞之。

菁华已竭，褰裳去之。

古代圣贤对于天地十分敬畏和崇拜。歌词意思是，祥瑞的彩云烂漫多姿，聚集飘荡萦回舒卷。日月光华照耀大地，多么明亮啊！明朗的天空，星辰闪烁灿烂。日月光华照耀大地，祥瑞呈现于那个人。日月恒常在天，星辰依照时间运行。四时按照季节变化，万民诚心诚意。器乐演奏整齐和谐，用配飨之礼祭祀上天神灵。把帝位禅让给贤圣，百姓没有不听从的。鼓声咚咚震荡，人们翩翩起舞。心血和才华已竭，行将撩衣隐退。这首歌气象高浑，意境深奥，表达了先民对于天地的敬畏和崇拜，反映了他们向往的生活和对于圣贤的信任，从中也可看出他们对于人世变化的豁达和快意人生的潇洒。

夏朝祭祀后土，还增加了后稷。《左传·昭公二十九年》曰："颛顼氏有子曰'黎'，为祝融；共工氏有子曰'句龙'，为后土，此其二祀也。后土为社。稷，田正也。有烈山氏之子曰柱，为稷，自夏以上祀之。周弃亦为稷，自商以来祀之。"意思是，颛顼氏有个儿子叫黎，做了祝融；共工氏有个儿子叫句龙，做了后土，这是其中的两种祭祀。后土是土地神，稷是管理田地的官长。有烈山氏的儿子叫柱，担任了管理田地的稷，夏朝以来受到祭祀。周朝的弃也做了稷，商朝以来受到祭祀。《史记·封禅书》道："自禹兴而修社祀，后稷稼穑，故有稷祠，郊社所从来尚矣。"从此之后，祭祀社稷就成为一种制度。社，其实就是土地神，即后土。"故宫历史网"有文章记载，在二里头文化遗址宫殿区的广场上，有一个十几平方米的大坑，坑壁上是厚厚的红烧土，证明这里曾经频繁点燃过篝火。考古学家认为，这是夏朝人祭祀活动的中心区域。夏朝时期的祭天礼称为"燎祭"，祀地礼称为"瘗祭"。青铜爵是重要的祭祀礼器，主要用于夏朝的"祭地礼"。后世祭祀的习俗是把酒洒到地上，而夏朝的礼仪要复杂得多。在青铜爵顶部的两根铜柱悬挂香料，使香味渗入酒中。然后将茅草用绳子扎成"筲箒把"的样式，竖放在玉璧之上，用青铜爵的细长口从顶部倒酒，使酒通过茅草缓缓渗入大地，这就是夏朝人祭祀后土的过程，表明了对于祭祀细节的重视。

史料记载，商汤不迁，夏社永存。夏朝末年，桀王即位，政治腐败，暴虐无道，大兴土木，瑶台享乐，致使民众怨恨。商汤王在亳地会盟诸侯，推翻了夏桀的残暴统治。商汤灭夏之后，汤王一开始想搬掉夏朝祭拜后土的神位，但是最终没有搬掉。《史记·封禅书》："其后三世，汤伐桀，欲迁夏社，不可，作《夏社》。"意思是，此后三世，商汤讨伐夏桀，想除去夏朝祭祀社神的神坛，以为不合适而止，于是发布了名为《夏社》的文诰。据说，商汤王的臣子劝阻说，我们都是大地的儿女，搬掉后土神位，不仅搬掉了夏朝的祖先，也是搬掉殷商的祖先。商汤王接受了劝谏，保留了后土神位，每年去雎上祭拜后土。

周代确定了祭祀后土的固定时间和乐舞。《史记·封禅书》道："周官曰，冬日至，祀天于南郊，迎长日之至；夏日至，祭地祇。皆用乐舞，而神乃可得而礼也。"据《唐玄宗祀汾阴后土祠碑铭》记载："舜则五载一巡……逮于有周，礼文大备。"意思是，舜帝五年祭祀一次后土，到了周代，祭祀后土的礼仪已经形成了。《周礼·春官宗伯·大司乐小师》记载祭祀的场面："乃奏黄钟，歌大吕，舞《云门》，以祀天神；乃奏太簇，歌应钟，舞《咸池》，以祭地祇。"祭祀天神和后土是有区别的，祭天时乐曲为黄钟，歌曲为《大吕》，跳"云门之舞"；祭祀后土时，乐器为太簇，歌曲为《应钟》，跳"咸池之舞"。由此可知，自从黄帝在汾阴祭祀后土之后，到了商周时期，祭祀后土初步形成了制度。从黄帝开始到尧舜禹汤周文武诸王，特别是到周代以后，已经把祭祀后土当作国家政治生活中的一件大事，建场所，设职位，定礼制，以宗教信仰的形式表达对土地的崇拜。

古代帝王除祭祀天帝和后土之外，还有一个盛大的祭祀活动——封禅，这是古代统治者举行的一种祭祀天地的礼仪。远古暨夏商周三代，已有封禅的传说。《史记·封禅书》载有春秋时期齐国宰相管仲阐述封禅的一段话。

齐桓公称霸后想行封禅之祀，遭到管仲反对。管仲认为，古代封泰山、禅梁父的有七十二个帝王，著名的有无怀氏、伏羲、神农、炎帝、黄帝、颛顼、帝喾、尧、舜、禹、汤、周成王等十二个，都是接受天命建立功业之后才举行封禅仪式的。那时候封禅，有嘉禾生出，凤凰来仪，种种祥瑞不召而至。桓公听了管仲的话后，自知没有那么大的功绩，只好放弃了封禅的想法。

据《尚书·舜典》记载，舜帝接受尧帝的禅让之后，于当年正月东巡泰山封禅："岁二月，东巡守，至于岱宗，柴。望秩于山川，肆觐东后。协时月，正日，同律度量衡。修五礼、五玉、三帛、二生、一死贽。如五器，卒乃复。"意思是，当年二月，舜到东方巡视，到了泰山，用燔柴焚烧的祭礼祭天，并以望祭之礼，按照地位尊卑祭祀了山川。然后，接受了东方氏族部落首领的朝见。舜将四时节气、月之大小晦朔、日之名称——齐正，并统一了音律和度量衡。修治了五种礼法，确定了臣子觐见时所献的礼物五种瑞玉、三种彩帛，卿持活羊羔，大夫持活雁，士持死雉。礼仪结束后，便把五种瑞玉归还给诸侯。

先秦时期如何举行封禅之礼，由于年代久远，其具体情况已不得而知。据当代学者李零研究，历史上明确可考、真正举行过封禅大典的有六个皇帝，他们是秦始皇、汉武帝、汉光武帝、唐高宗、唐玄宗和宋真宗。

第二节　嬴政封禅

嬴政吞并六国，一统天下，开创帝制，南征百越，北击匈奴，完成统一大业，奠定了中国两千余年政治制度的基本格局。为了巩固政权，嬴政实行了一系列政策，废除分封制，实行郡县制；推行书同文，车同轨，统一度量衡，国家一步步走向正轨。那时，匈奴的骑兵不断侵犯北方边疆，掠夺财富。嬴政为了保卫边疆，于公元前215年，派大将蒙恬率三十万大军北击匈奴，把赵国和燕国北边原有的长城连接起来，修筑了西起临洮、东至辽东，长达一万余里的长城。

当时天命神权、天人感应学说流行，出现了祥瑞灾异、神化帝王和占星望气等观念。自然的奇特现象为"君权天授"提供了阐释的可能，成为统治者稳固政权的工具。对帝王来说，拥有了天下和荣华富贵，他们的欲望开始膨胀，希望长生不老，希望江山代代相传。秦汉时期的数术、方术，主要源于先秦时期的巫术和自然崇拜。祥瑞应验是在人类知识水平较为有限的背景下将自然现象神化的产物。人们面对难以捉摸的自然现象，会不由自主地产生神秘和敬畏之情，进而将其神化并顶礼膜拜。

秦代祭祀大地之神已经成为国家祭祀的一个重要内容。秦朝立过二百多个坛庙。这些坛庙，当时叫"祠畤"。祠畤分为八主祠和雍四畤祭，分别祭祀天、地、兵、日、月、阴、阳、四时和白、青、黄、炎四帝。司马迁《史记·封禅书》载："《周官》曰，冬日至，祀天于南郊，迎长日之至；夏日至，祭地祇。皆用乐舞，而神乃可得而礼也。天子祭天下名山大川，五岳视三公，四渎视诸侯，诸侯祭其疆内名山大川。四渎者，江河淮济也。"

古代皇帝只有建立不朽功勋，国泰民安，才可以去泰山封禅。嬴政平定四方，消灭六国，完成国家统一之后，自然想去泰山封禅。封禅，封曰祭天，禅曰祭地。在泰山上筑土为坛祭天，报天之功，称封；在泰山下梁父扫地为坛，报地之功，称禅。所谓祭地，即皇地祇，其实就是后土。《史记·封禅书》张守节《正义》道："此泰山上筑土为坛，以祭天，报天之功，故曰封。此泰山下小山上除地，报地之功，故曰禅。"古人认为"天以高为尊，地以厚为德"，《史记集解》道："天高不可及，于泰山上立封禅而祭之，冀近神灵也。"举行封禅的帝王去泰山有两个内容：一是上了泰山积土为坛，增泰山之高，表示对浩荡天恩的感激；二是到泰山附近的梁父、社首等小山丘堆积泥土，增加大地之厚，以酬谢大地之神对万物苍生的恩赐。

先秦时期对鬼神非常重视，商王曾是群巫之长。邹衍的五德始终说在秦汉时期盛行。他认为天地有五行，即金木水火土，体现于人类社会为五德，是按照五行之德的次序进行循环的，即土克水、木克土、金克木、火克金、水克火。因此，朝代的更迭也是受土、木、金、火、水五德支配，每一王朝都与五德始终学说有关。邹衍道："五德之次，从所不胜。"宇宙万物与五行对应，各具其德。五德循环往复，相代而兴，历史如此推演下去，这是王朝兴废的规律。邹衍的学说，为嬴政称帝和封禅找到理论根据。王应麟《汉书艺文志考证》说："东莱吕氏曰：方邹衍推五德之运，人视之，特阴阳末术耳，若无预于治乱之数也。及至始皇始采用之，定为水德。以为水德之治，刚毅戾深，事皆决于法，刻削毋仁恩和义，然后合五德之数。"秦始皇统一六国后，根据邹衍"水德代周而行"的论断，以秦文公出猎获黑龙作为水德兴起的符瑞，进行了一系列符合水德要求的政治改革。嬴政到泰山封禅显然受到了邹衍学说的影响。

嬴政广收天下之书，设立博士之官，征用文学、方术之士，文学之士是儒家或其他学派的读书人；方术之士是占卜星相气候、寻仙访药的宗教之士。秦始皇"焚书"烧毁的书主要是六国的《史记》和《诗》《书》《百家语》之类，而不包括"医药、卜筮、种树之书"。嬴政建立秦王朝之后，一方面南征北讨，加强统治力量，一方面喜欢神仙方术，希求得到自然神灵的庇佑，达到长生不死。泰山位于东海之滨，雄伟高耸，俯瞰齐鲁，东临大海，西对黄河，被古人视为"直通帝座"的天堂，也是方术之士心目中的神山。《史记·封禅书》载，远在战国时期，传说渤海上有蓬莱、方丈、瀛洲三座神山，上边有仙人和长生不死之药。当时齐宣王、燕昭王派人入海求仙，经过许多方士的渲染和虚构，神仙崇拜的原始宗教广泛流传。

嬴政统一天下之后把目光投向了东海之滨的泰山，要去那里举行封禅活动，以答谢天地的恩德，炫耀秦朝的文治武功。据说，自从周成王祭祀泰山后，泰山封禅沉寂了八百余年。《史记·秦始皇本纪》："二十八年，始皇东行郡县，上邹峄山。立石，与鲁诸儒生议，刻石颂秦德，议封禅望祭山川之事。"秦始皇统一中国之后的第三年，认为自己的统治得到上天的授命，决定到泰山举行封禅活动。

公元前 219 年，嬴政在皇宫举行了隆重的仪式，率领文武大臣以及齐、鲁的儒生博士七十人前去泰山封禅。前边士兵开道，威风凛凛；后边文武百官和方士跟随，车盖如云，极其壮观。大队人马来到泰山之麓，只见山路崎崎，难以登顶，嬴政命令军士辟山修路，一直修到山顶。嬴政询问封禅之礼，儒生博士议论纷纷，说古代天子封禅时坐着蒲车，以免损伤山上的草木土石；要扫地而祭，铺上用菹秸做的席，各持己见，互相乖异。嬴政一气之下全部斥退，自己乘车从山南登上泰山之顶行封礼。不料在登山路上，狂风四起，暴雨如注，嬴政只好在一棵大树下歇息一阵。等到大雨之后，终于登上泰山之顶，设立祭坛，祷告上苍，祈求国运长久，江山永固。

祭天之后，嬴政带领文武大臣到附近的梁父山举行禅礼，祭祀后土，感谢大地恩德。接着，嬴政东游海上，祭祀八神：一曰天主，祠天齐。二曰地主，祠泰山梁父。三曰兵主，祠蚩尤。四曰阴主，祠三山。五曰阳主，祠之罘。六曰月主，祠之莱山。七曰日主，祠成山。八曰四时主，祠琅邪。

李斯书写《泰山刻石》碑文道：

> 皇帝临位，作制明法，臣下修饬。廿有六年，初并天下，罔不宾服。亲巡远黎，登兹泰山，周览东极。从臣思迹，本原事业，祗诵功德。治道运行，诸产得宜，皆有法式。大义著明，垂于后嗣，顺承勿革。皇帝躬听，既平天下，不懈于治。夙兴夜寐，建设长利，专隆教诲。训经宣达，远近毕理，咸承圣志。贵贱分明，男女体顺，慎遵职事。昭隔内外，靡不清净，施于昆嗣。化及无穷，遵奉遗诏，永承重戒。

秦始皇的封禅活动在历史上具有很大意义，一是通过封禅显示秦王朝的合法性，证明秦王朝的建立受到天地的庇佑；二是颂扬秦朝的一统天下，造福黎民的功绩；三是封禅为古代重大的祭祀活动，对于研究古代祭祀文化具有重要价值。

第三章　汉武秋风唱大歌

第一节　刘邦《重祠诏》

在秦朝统治晚期，战争连绵，苛捐杂税众多，怨声载道，陈胜、吴广率先起义，与秦朝展开殊死的搏斗。各地农民起义风起云涌，推翻了秦朝的统治。然而，战争的烽火并没有停息，紧接着是楚汉战争，刘邦和项羽争夺天下。经过彭城之战、荥阳之战、垓下之战等几次大规模的战役，刘邦消灭了项羽的军队，登上皇帝宝座，建立了汉朝。长期的战争使社会动荡不安，经济遭到严重破坏。刘邦称帝后在中央实行三公制，地方实行分封制，郡县和封国并存；经济上重视农业，兴修水利，减免赋税，为恢复农业发展创造条件；对外和亲匈奴，维持边区和平，使西汉初期的经济得到了发展。

刘邦建立汉朝之后，一方面吸取秦朝灭亡的教训，信奉黄老之学，无为而治，恢复经济；一方面奉孔敬儒，实行教化，安定民心。大臣陆贾曾经对刘邦说："马上得到天下，能马上治天下吗？"治理天下哪像打天下那么简单？这对于在腥风血雨中夺取天下的刘邦来说，不啻一个重要的考题。治国理政需要一整套治国方略和社会制度，凝聚天下的人心，得民心者得天下。祭祀是教化功能的重要体现，对于王朝的承前启后、继往开来具有重要的意义。

祭祀在中国历史上是重要的治国方略。《左传·成公十三年》道："国之大事，在祀与戎，祀有执膰，戎有受脤，神之大节也。"《礼记·祭统》云："凡治人之道，莫急于礼；礼有五经，莫重于祭。"五经指的是吉礼、凶礼、宾礼、军礼、嘉礼等五礼，祭祀属于吉礼。刘邦明白祭祀的重要性，颁布《重祠诏》道："吾甚重祠而敬祭。今上帝之祭，及山川诸神当祠者，各以其时礼祠之如故。"汉朝以前，人们祭祀"四帝"，刘邦加上"黑帝"，改为祭祀"五帝"。根据《史记·封禅书》记载，刘邦在入关之后曾问其下臣："故秦时上帝祠何帝也？"下臣回答道："四帝，有白、青、黄、赤帝之祠。"刘邦又问道："吾闻天有五帝，而有四，何也？"下臣不能回答。刘邦说："吾知之矣，乃待我而具五也。"刘邦认为应该再加一个"黑帝"，设立黑帝祠，名为北畤。悉召故秦祝官，复置太祝、太宰，如其故仪礼。古代祭祀"五帝"始于刘邦。

刘邦尊崇并祭祀孔子。汉高祖十二年（前195年）十月，刘邦率大军至淮南平定叛军。取得胜利后，他回到故乡沛县，与乡亲父老欢宴数日。十一月，刘邦经过鲁城（曲阜），用太牢（牛、羊、猪三牲，为祭天大礼）祭祀孔子，封孔子九世孙孔腾为奉祀君，并诏诸侯、公、卿、将、相至郡，先谒庙而后从政。刘邦开后世帝王祭孔之先河，后世王朝令地方长官上任前首先要拜谒孔庙。曲阜孔庙收藏着明代彩绘绢本《圣迹之图》，根据《史记·孔子世家》的内容绘制，内容感人，惟妙惟肖。其中的一幅，描绘了刘邦来到鲁城祭祀孔子的场面。

刘邦是历史上第一个祭祀大禹的帝王。大禹在历史上与尧舜并称，治水三过家门而不入，受到舜帝的器重而得到王位，建立了中国历史上第一个王朝夏朝。唐代诗人胡曾作诗《咏史诗·涂山》咏怀大禹的事迹：

大禹涂山御座开，诸侯玉帛走如雷。

防风谩有专车骨，何事兹辰最后来。

《史记·外戚世家》记载："夏之兴也以涂山。"涂山是夏兴之地，祭祀活动自古有之。刘邦率领军队路过涂山（安徽省蚌埠市）时，听说大禹在此劈山导淮，并娶涂山氏为妻的故事，命令在涂山建立大禹庙，纪念大禹劈山治水造福百姓的功绩。

刘邦不仅祭祀各路神仙，甚至还祭祀为自己而战死的将士。据《长安县志·王曲城隍庙会》记载："相传楚汉荥阳之战中，汉将纪信假扮成汉王，解救刘邦出围，致被项羽烧死。刘邦得天下后，封纪信为总城隍，在长安王曲建庙立祠，每年农历二月初八祭祀，后遂成庙会。"汉代文景时期，为了顺应民心、强化统治，遂将纪信封为城隍神，成为长安城的保护神。城隍神主管人的生死祸福，具有四大功能：保城护民，惩恶扬善，监察万民，祛除灾厄。可见，汉朝皇帝对于祭祀的重视和继承。

汉代重要的祭祀对象有天帝、后土和泰一。班固《汉书》道："古者天子三年一用，太牢具祠神三一：天一、地一、泰一。"后人简称"三一之神"。《鹖冠子·泰鸿》："泰一者，执大同之制，调泰鸿之气，正神明之位者也。"陆佃解："泰一，天皇大帝也。"《史记·封禅书》："天神贵者泰一，泰一佐曰五帝。"祭天和祭五帝是有区别的，《隋书·礼仪》："五时迎气，皆是祭五行之人帝太皞之属，非祭天也。天称皇天，亦称上帝，亦直称帝。五行人帝亦得称上帝，但不得称天。"天指的是皇天、天帝，《通典·礼典》："所谓昊天上帝者，盖元气广大则称昊天，远视苍苍即称苍天，人之所尊，莫过于帝，托之于天，故称上帝。"

刘邦认为："天子尊事天地，修祀山川，古今通礼。"他在"长安置祠祝官、女巫。其梁巫，祠天、地、天社、天水、房中、堂上之属；晋巫，祠五帝、东君、云中、司命、巫社、巫祠、族人、先炊之属；秦巫，祠社主、巫保、族累之属；荆巫，祠堂下、巫先、司命、施糜之属；九天巫，祠九天。皆以岁时祠宫中"（《史记·封禅书》）。如此多的神灵都列入了祭祀的名录，可见刘邦对于祭祀的重视程度。后来，汉武帝在雍州祭天，甘泉祭泰一，汾阴祀土，明确了天、地、泰一的道场。汉武帝还对祭祀泰一和后土做出规定，每隔三年要"亲郊祠"。《史记·封禅书》："今天子所兴祠，泰一、后土，三年亲郊祠，建汉家封禅，五年一修封。"可见对于祭祀泰一和后土的重视。

汉高祖刘邦的《重祠诏》和他的一系列祭祀活动，对于汉朝统治者具有重要的示范作用，到了汉武帝时期，国家祭祀活动更是极其隆重，成为政治生活的组成部分，是必不可少的政治举措。

第二节　汉文帝建后土庙

祭祀的出现，与国家的强盛有莫大的关系。当国力强大、经济繁荣之时，人们的幸福和信仰感往往增强，内在的需求和心灵的寄托，总是要通过外在的事物表现出来，祭祀往往承担了这个功能。

汉文帝刘恒、汉景帝刘启统治时期，以黄老之术为治国宗旨，无为而治，仁慈恭俭，采取了轻徭薄赋、与民休息的措施，减轻农民的徭役和劳役等负担，着力于恢复农业生产，稳定封建统治秩序，注重发展农业生产。同时，诏令重新制定法律，根据犯罪情节轻重，规定服刑期限；罪人服刑期满，免为庶人。秦朝时期，大多数犯罪的人都没有刑期，终生服劳役。汉文帝和汉景帝时期，社会比较安定，海内富庶，国力强盛，被视为封建社会的盛世，史称"文景之治"。至汉武帝时，国家财政又上了新台阶。《史记·平准书》记载："汉兴七十余年之间，国家无事，非遇水旱之灾，民则人给家足，都鄙廪庾皆满，而府库余货财。京师之钱累巨万，贯朽而不可校；太仓之粟陈陈相因，充溢露积于外，至腐败不可食。众庶街巷有马，阡陌之间成群。"

古代诸侯国建立宗庙和社稷庙，社稷象征国家。《通典·礼六》："天子孟春之月，乃择元辰，亲载耒耜，置之车佑，帅公卿诸侯大夫，躬耕籍田千亩于南郊。冕而朱纮，躬秉耒，天子三推，以事天地山川社稷先古。"自周代以来至汉代，每年春耕前都要举行籍田仪式。汉文帝刘恒即位后，重视对于籍田的仪式，《史记·孝文本纪》："上曰：'农，天下之本，其开籍田，朕亲率耕，以给宗庙粢盛。'"裴骃集解："应劭曰：'古者天子耕籍田千亩，为天下先。籍者，帝王典籍之常也。'韦昭曰：'籍，借也。借民力以治之，以奉宗庙，且以劝率天下，使务农也。'"

黄帝扫地为坛祭祀后土，此后绵延数千年。《资治通鉴·汉纪七》记载，汉文帝前元十五年（前 165 年），"夏，四月，上幸雍，始郊见五帝"。汉文帝登基后第一次到雍地（今陕西凤翔区）举行郊祭之礼，祭祀五帝。赵国人新垣平，自称善于"望气"，告诉汉文帝长安东北有五彩之气，文帝下令在渭阳修建五帝庙，并祭祀五帝。汉文帝欣赏新垣平，封他为上大夫，赏赐黄金累计一千斤。

新垣平对汉文帝说："周鼎亡在泗水中，今河溢通泗，臣望东北汾阴直有金宝气，意周鼎其出乎？兆见不迎则不至。"意思是，周朝的大鼎沉没在泗水中。现在黄河决口，与泗水相连通，我看东北正对着汾阴有金宝之气，估计周鼎可能会出现吧！它的征兆已经有了，如果不去迎接，周鼎是不会来的。后来，到了汉武帝时期，竟然在汾阴两次获鼎，分别是元鼎元年（前 116 年）和元鼎四年（前 113 年）。

汉文帝听了新垣平的话后，派朝中大臣到汾阴脽上修建后土庙。据《蒲州府志》记载，汉文帝前元十六年（前 164 年），下诏在汾阴脽上建立后土庙。这就是历史上第一次记载皇家修建后土庙。西汉景帝后元元年（前 143 年），朝廷曾经对于祭祀后土有过动议，由于时机不成熟作罢。汉武帝时期，将后土庙改为后土祠。

第三节 汉武帝改元"元鼎"

西汉经过文景之治后，国力强盛，经济繁荣。汉武帝继位后，推行中央集权，提高内在凝聚力，把祭祀确立为国家的一项制度。《汉书·礼乐志》道："治身者斯须忘礼，则暴嫚入之矣；为国者一朝失礼，则荒乱及之矣。"古代国家建立后，十分重视礼制建设。祭祀属于"五礼"之首，汉武帝通过建立国家祭祀制度，以礼仪的力量凝聚人心，巩固政权。汉代有三大祭祀：天帝、后土、五帝。祭天在甘泉，祭地在汾阴，祭五帝在雍州。汉代祭祀天帝曰"泰畤"，祭祀后土曰"广畤"。《汉书·郊祀志》："今称天神曰皇天上帝，泰一兆曰泰畤，而称地祇曰后土，与中央黄灵同，又兆北郊未有尊称。宜令地祇称皇地后祇，兆曰广畤。"汉武帝一生五次亲临祭祀，并留下了《宝鼎之歌》《秋风辞》等脍炙人口的名篇。

汉武帝原名并不叫刘彻，而叫一个特别土气的名字：刘彘。"彘"是什么意思？原意是大猪，后来指一般的猪。堂堂皇子竟然名为猪，这是为什么呢？原来，他的母亲王氏怀孕时，梦见了一头红色的猪闯进怀里。王氏把这件事告诉汉景帝，汉景帝说："这是显贵的预兆，此儿一定能成就一番大业！"因此，汉武帝出生后叫作刘彘。刘彘三岁时，汉景帝抱于膝上，问刘彘："你喜欢做天子吗？"对曰："由天不由儿。我愿意每日住在皇宫里，在陛下前快乐地玩耍。"刘彘天真无邪的回答，令汉景帝十分欣赏。

汉武帝自幼对祭祀文化感兴趣。据《史记》记载，汉武帝"诵伏羲以来，群圣所录，阴阳、诊候、龙图、龟册数万言，无一字遗落。至七岁，圣彻过人"。一个七岁的孩子，竟然能够一字不漏地背诵伏羲以来的众多圣贤关于阴阳和卜筮之类长达数万言的图书，可见汉武帝与祭祀文化有着不解之缘。汉景帝见他如此聪明，就把刘彘的名字改为刘彻，寓意具有智慧，彻悟人生。汉武帝即位以后，祠太一神于东南郊，"置祭具以致天神"，"巫医无所不致"，"使人受书其言，命之曰画法"，礼拜神君，图画符箓，又封泰山、禅梁父，遍祀五岳四渎。

汉武帝继位后在政治、经济、文化、军事上实施了一系列措施，使国家更加强盛起来。在政治上进一步加强君主权力，颁布推恩令，允许诸王将土地分给子弟，限制和削弱诸侯王的势力和封地；设立刺史，将全国分成十三个监察区，每个区派出一名刺史，监察各级官吏和诸王；在经济上推行平准、均输、算缗、告缗，抑制商贾；将冶铁、煮盐、酿酒等收归中央管理，禁止诸侯国铸钱，使得财政权集于中央；在文化上接受董仲舒"罢黜百家，独尊儒术"的建议，在长安设置太学，创建乡学，设立举贤制度，推行儒家思想，形成了中国独特的文官制度；设立五经博士，《易》《书》《诗》《礼》《春秋》每经设置博士，博士成为专门传授儒家经学的学官；重视人才，不论高低贵贱，唯才是用；在军事上，汉武帝派名将卫青、霍去病三次大规模出击匈奴，收复河套地区，夺取河西走廊，将当时汉朝的北部疆域从长城沿线推至漠北，基本解决了西汉初期以来匈奴对中原的威胁。《汉书》评价道："孝武初立，卓然罢黜百家，表章六经，遂畴咨海内，举其俊茂，与之立功。兴太学，修郊祀，改正朔，定历数，协音律，作诗乐，建封禅，礼百神，绍周后，号令文章，焕焉可述，后嗣得遵洪业，而有三代之风。如武帝之雄才大略，不改文景之恭俭以济斯民，虽《诗》《书》所称，何有加焉。"人们把汉武帝与嬴政并列，赞颂汉武帝的文治武功。

汉武帝统治时期东征西讨，南征北伐，取得了显赫的战绩，同时，他重视祭祀文化，通过实施祭祀制度，以神灵的力量来凝聚人心。《汉书·孝武帝纪》记载："汉元狩元年冬十月，行幸雍，祠五畤。获白麟，作《白麟之歌》。"意思是，汉武帝于元狩元年（前122年）冬十月，去雍州（今陕西省凤翔区），分别在五个场所密畤、鄜畤、下畤、上畤、北畤，祭祀青帝、白帝、赤帝、黄帝、黑帝。此时出现征兆，看见了白麒麟。隋唐时期的经学家颜师古认为，麒麟有如下特征：麇身、牛尾、马足、黄色、圆蹄、一角，是仁德之兽。雄兽叫麒，雌兽叫麟，它具有仁义的天性，声音符合钟吕的音律，步行符合规矩，不践踏活的虫子，不折断活的草木，不食不义得来的食物，不饮污浊的池水，不误入陷阱里，不走进罗网中。古人认为，圣明帝王施行仁德时，麒麟就会出现。

汉武帝元鼎元年（前116年），汾阴县汾水之滨出土了一只"宝鼎"。《汉书·武帝纪》："（元鼎元年）夏五月，赦天下，大酺五日。得鼎汾水上。"据虞荔《鼎录》记载："（鼎）高一丈二尺，受十二石，杂金银铜锡为之，四面蛟龙，两耳能鸣，三足马蹄，刻山云奇怪之象，纪灵图未然之状。其文曰：'寿考天地，百祥臻侍，山伏其灵，海伏其异。'此铭在底下，又别有铭，或浮或沉，皆古文复篆，此上古之铸造也。"宝鼎在古代既是国之重器，也是祥瑞的象征。《吕氏春秋·应同》道："凡帝王者之将兴也，天必先见祥乎下民。"宝鼎的出现，验证了"祥乎下民"的说法，令汉武帝龙颜大悦，将年号改为"元鼎"。《史记·孝武本纪》："五月，返至甘泉。有司言宝鼎出为元鼎，以今年为元鼎元年。"

汉武帝既是雄才大略的一代帝王，也喜欢神仙方术等迷信的东西。在汾阴发现元鼎之后，汉武帝更加重视祥瑞之事，令人修建柏梁台，极其壮观华丽。《资治通鉴》卷二十："春起柏梁台，作承露盘，高二十丈，大七围，以铜为之，上有仙人掌，以承露，和玉屑饮之，云可以长生。宫室之修，自此日盛。"柏梁台上设置承露盘，上边做了神仙手掌，承接天上的露水，汉武帝把露水和玉屑一起喝下去，以求长生不老。在今天看来如此匪夷所思的事情，古代统治者却是深信不疑。《三辅黄图》卷五《台榭》："以香柏为梁也，帝尝置酒其上，诏群臣和诗，能七言诗者乃得上。"汉武帝志得意满，在柏梁台宴请群臣，作诗唱和。《柏梁台诗序》道："汉武帝元鼎三年（前114年），作柏梁台，诏群臣二千石有能为七言诗，乃得上坐。"诗道：

> 日月星辰和四时（皇帝），
>
> 骖驾驷马从梁来（梁孝王武），
>
> 郡国士马羽林材（大司马），
>
> 总领天下诚难治（丞相石庆），
>
> 和抚四夷不易哉（大将军卫青），
>
> 刀笔之吏臣执之（御史大夫倪宽），
>
> 撞钟伐鼓声中诗（太常周建德），
>
> 宗室广大日益滋（宗正刘安国），
>
> 周卫交戟禁不时（卫尉路博德），
>
> 总领从官柏梁台（光禄勋徐自为）。
>
> ……

汉武帝与群臣之间的唱和，反映了汉武帝之时国家强盛、和抚四夷、歌舞升平的景象。

在柏梁台诗宴之后，元鼎四年（前113年），汉武帝下诏将后土庙改称后土祠，并进行扩建。《史记·孝武本纪》记载："其明年冬，天子郊雍，议曰：'今上帝朕亲郊，而后土毋祀，则礼不答也。'有司与太史公、祠官宽舒等议：'天地牲角茧栗。今陛下亲祠后土，后土宜于泽中圜丘为五坛，坛一黄犊太牢具，已祠尽瘗，而从祠衣上黄。'于是天子遂东，始立后土祠汾阴脽上，如宽舒等议。上亲望拜，如上帝礼。"意思是，元鼎四年（前113年），汉武帝从长安到雍城（今陕西凤翔区）祭祀五畤之后对群臣说，我祭祀了上帝，却没有祭祀后土，礼数不周全。太史令司马谈、祠官宽舒认为，祭祀天地要用长着如茧似栗牛角的黄牛犊来祭祀。皇帝亲自祭祀后土，应该在水中陆地建造五个祭坛，每坛用一只黄牛犊为祭品，祭祀完毕把所有祭品一起埋掉。参加祭祀的人，都应全部穿戴黄色衣帽。汉武帝建立后土祠还有个插曲，《汉书·郊祀志》记载："……于是天子东幸汾阴。汾阴男子公孙滂洋等见汾旁有光如绛，上遂立后土祠于汾阴脽上，如宽舒等议。"汉武帝东幸汾阴时，汾阴公孙滂洋等人发现汾河上充盈着绛红色的吉光，汉武帝听说后喜出望外，于是采纳祠官宽舒等人的建议，下旨在汾阴脽上建立后土祠。

后土祠牌楼

汉武帝即位时，长安只有祭天的地方，没有祭地的地方。汉武帝选择远离长安的汾阴县建祠以祭祀后土，主要有三个方面原因：一是黄帝在汾阴扫地为坛，祭祀大地之神。二是汉文帝时期方术之士新垣平认为，周鼎可能在汾阴县出现。汉武帝即位后，在此发现了宝鼎，这是吉祥的征兆。三是汾阴脽上地处黄河与汾水的交汇处，四面环水，是天然的"泽中方丘"，符合中国传统的"天圆地方"理念，是祭祀后土最理想的地方。《左传会笺》记载，西周以来的诸侯国就有"祭九州之土"的"大社"的规制，每年定期祭祀后土。《汉书·郊祀志》道："营泰畤于甘泉（今陕西省淳化县西北），定后土于汾阴，而神祇安之，飨国长久。"汉武帝沿袭和发展了黄帝至周朝以来祭祀后土的传统，因此国家祭祀后土有了固定地址和制度保证，汾阴后土祠成为国家祠庙。

《宝鼎之歌》

在中国历史上，有哪一个偏远的小县会让一个皇帝为之改年号、写歌？那就是万荣县。

万荣地处黄河之滨，汾河入黄河之处，很早就有先民在此繁衍生息，创造了灿烂的文明。汉武帝北征匈奴，收复西域，开拓闽越，建立了不朽的功勋。他喜欢写诗作赋，流传下来的诗歌仅仅有六七首，有两首是写给万荣县的。不仅如此，汉武帝有一个年号叫作"元鼎"，专门因为汾阴（万荣县）而设立的。汉武帝对于一个偏远的县城如此重视，这是绝无仅有的。这也令人感叹万荣文化的深厚！

时光荏苒，昼夜不舍。自从黄帝来汾阴祭祀后土，到汉武帝时期已经有数千年历史。古代统治者把礼乐作为治理国家和赢得民心之道。《史记·乐书》道："故乐也者，动于内者也；礼也者，动于外者也。乐极和，礼极顺。内和而外顺，则民瞻其颜色而弗与争也，望其容貌而民不生易慢焉。"汉武帝决定祭祀后土之际，河东汾阴又发生一件祥瑞之事。《汉书·武帝纪》："（元鼎四年）六月，得宝鼎后土祠旁。秋，马生渥洼水中。作《宝鼎》《天马》之歌。"《汉书》记载了在汾阴两次得鼎。元鼎元年（前116年），汉武帝听说在汾阴发现宝鼎之后，大赦天下，酒宴五日；元鼎四年，在后土祠再次发现宝鼎。两次发现宝鼎，令汉武帝大喜过望，更加重视在汾阴祭祀后土的大典。

鼎在古代是生活器皿和礼器，多由贵族享用。相传夏朝立国之后，九州稳定，四海升平，万国遵从，朝廷和百姓富庶。夏禹的臣子施黯问夏禹，九州所贡之金作何处置。夏禹想起黄帝轩辕氏功成铸鼎，鼎成化仙而去，于是决定铸造九口鼎，将每州的山川形势、奇禽异兽、神仙魔怪等，绘图于鼎上。鼎成之后，设法将图像拓出，昭示给九州百姓，使他们知道哪一种动物有益，哪一种动物有害。施黯受命后带领工匠铸鼎，鼎成的那天，太白星白天在天空闪烁，这是吉祥的预兆。九鼎象征九州，表明夏禹为九州之主，天下从此一统。九鼎还是镇国之宝，各方诸侯朝见夏禹时要向九鼎顶礼膜拜。从此，九鼎成为国家最重要的礼器。据说九鼎由夏传于商，商传于周，周传于秦，秦时，"九鼎"掉入了泗水，从此消失。《史记·封禅书》："其后百二十岁而秦灭周，周之九鼎入于秦。或曰宋太丘社亡，而鼎没于泗水彭城下。"北魏郦道元《水经注·泗水》记载："周显王四十二年，九鼎沦没泗渊。秦始皇时，而鼎见于斯水。始皇自以德合三代，大喜，使数千人没水求之，不得，所谓鼎伏也。"古人认为，鼎的出现代表祥瑞，说明帝王的行为受到上天肯定。

鼎的发现过程是这样的。元鼎四年（前113年）夏六月，汾阴县有个人叫巫锦，在后土祠为百姓祈福时，发现祠旁的地表如弯钩般奇特，让人挖开地面，得到了一只鼎。这只鼎与一般的鼎不一样，有精美的纹饰，却没有款识。巫锦感到十分奇怪，就将鼎献给县官。县官上报给河东太守滕胜，而后上奏给汉武帝。汉武帝令官员仔细询问，确定鼎没有作假，就下诏把鼎运往甘泉宫。运鼎经过中山时，看见天空出现像车盖般的金黄色祥云，一只野鹿正好从路边跑过。汉武帝张弓射箭，命中野鹿，因此祭祀。

汉武帝回到长安之后，大臣商议纪念发现宝鼎之事。汉武帝说："河水为害，粮食歉收。祭祀后土是为黎民百姓祈福，现在五谷没有丰收，为什么会出现鼎呢？"主管祭祀的官员回答："从前伏羲铸造一只神鼎，天下一统，万物生长；黄帝铸造了三只宝鼎，象征天地人；大禹治理天下，铸造九只大鼎，祭祀鬼神。宝鼎遇到圣人即出现，开启了夏商之国运。周德衰亡，宝鼎消弭于泥沙之下。歌道：'自堂徂基，自羊徂牛；鼐鼎及鼒，不虞不骜，胡考之休。'现在把汾阴的宝鼎运送到甘泉宫，路上有黄云呈祥，野鹿出没，这是受命上天，心意相通，德与天配的应验，真是吉祥物无疆啊！应该让祖先看见这只宝鼎，藏在帝廷之中。"汉武帝觉得有道理，就同意了官员的建议。

在汾阴两次发现了"宝鼎"，对于汉朝来说是祥瑞之大事，印证了上苍对于大汉的垂青。由于夏朝铸造九鼎代表九州，后来鼎成为政权的象征，代表着帝王至尊。人们常说的问鼎、九鼎、鼎祚等都是政权的象征。春秋时期，楚王派使者到周朝王宫，询问鼎的轻重，人们认为楚王有谋反的野心，因此把夺取天下叫作"问鼎"。秦汉时期不再铸鼎，使鼎更加显得神圣宝贵。

汉武帝欣喜之际，欣然作《宝鼎之歌》。《汉书·武帝纪》曰："六月，得宝鼎后土祠旁。秋，马生渥洼水中。作《宝鼎》《天马》之歌。"

《宝鼎之歌》道：

> 景星显见，信星彪列，
> 象载昭庭，日亲以察。
> 参侔开阖，爰推本纪，
> 汾脽出鼎，皇祜元始。
> 五音六律，依韦飨昭，
> 杂变并会，雅声远姚。
> 空桑琴瑟结信成，四兴递代八风生。
> 殷殷钟石羽籥鸣。河龙供鲤醇牺牲。
> 百末旨酒布兰生。泰尊柘浆析朝酲。
> 微感心攸通修名，周流常羊思所并。
> 穰穰复正直往宁，冯蠵切和疏写平。
> 上天布施后土成，穰穰丰年四时荣。

诗歌的意思是，灿烂的星光耀眼，吉祥的星辰罗列，星象昭彰于庭前。每天亲自观察，景星出现如同天地开合，推究祥瑞的出现，这是新的纪元。汾阴脽上发现宝鼎，是皇天福佑的开端。祭祀的音乐包括五音六律，乐声朗朗，和谐繁复，反复多变。这样雅正的音乐十分悠扬，传播很远。各种乐器琴瑟奏鸣，可以调节四季，风调雨顺。舞者随乐声翩翩起舞，献上鲤鱼和牺牲等供品。用各种香料花卉配置祭神的美酒，散发的香气如兰如花般浓郁。准备硕大的酒杯，还有醒酒用的甘蔗之汁，以备次日早晨醒酒。心神弛放，整洁修身，以保持久远的美名。四周徜徉，寻求与神灵的相会。获得丰硕的福佑，恢复正统，以灵龟上疏书写平安。上天降福，后土功成，使百姓获得丰年，四季荣达。

汉武帝在汾阴发现宝鼎的这年，又在西域得到了"天马"。汉武帝本是个十分爱马的人，方士曾经卜筮说神马当从西北来，汉武帝因而派人到乌孙求神马。南阳新野有一个叫暴利长的人，被流放到敦煌屯田。看到一匹马在河边饮水，趁马不备时将其套住，献给了武帝。这正好应了卜文，汉武帝喜出望外，因而认定此马是太一神所赐，兴之所至，作《天马之歌》道：

太一贡兮天马下。沾赤汗兮沫流赭。

骋容与兮跇万里。今安匹兮龙为友。

汉武帝令司马相如谱曲，号为乐府，让人演唱。全诗的意思是，这是太一之神赏赐的天马，流出的汗是赤色的，喷出的唾沫是赭色的，它高大威猛奔跃万里，谁能与天马匹配啊，只有飞龙可以做它的朋友。由此可见，汉武帝得到天马的喜悦心情。

祭祀后土

元鼎四年（前113年）十月，即汾阴发现宝鼎将近四个月之后，汉武帝带领群臣以及护卫官兵，翻山越岭，扬帆远征，巡幸河东，祭祀后土。

根据后土祠所藏的元代碑刻可知，汉武帝一行从长安出发，一路颠簸，来到夏阳（今陕西韩城市），在芝川渡口坐上双层木船，东渡黄河。此时的黄河波涛汹涌，浊浪滔天，满目黄叶，随风四起。汉武帝渡过黄河之后，又进入辽阔的汾河，中流击水，浪遏飞舟。汉武帝和群臣在船上一边饮酒，一边奏乐，钟鼓齐鸣，歌声如云。

在群臣的陪伴下，御驾来到脽上后土祠。汉武帝走下车辇，身穿黄色衮衣，头戴冠冕，冠冕前端用美玉做成的十二条流苏（取法于十二月之数）随风微微飘荡；随行的大臣身着黄色礼服，一同进入后土祠。汉朝尚土德，衣服尚黄色。《史记·封禅书》道："始秦得水德，今汉受之，推终始传，则汉当土德，土德之应黄龙见。宜改正朔，易服色，色上黄。"汉武帝在主祭官员的引导下，一步步登上台阶，进入山门，登上祭坛。据《史记·封禅书》记载，按照当时的祭祀后土的礼仪，"天地牲角茧栗。今陛下亲祠后土，后土宜于泽中圜丘为五坛，坛一黄犊太牢具，已祠尽瘗，而从祠衣上黄。"主管祭祀的有司在脽上设了五个祭坛，准备了牛犊，每坛用牛犊一头以及连带的太牢礼具祭祀后土。

祭祀典礼开始。笙音、琴声、鼓声奏鸣，宫人跳起了祭祀之舞，鼓乐喧阗，舞姿翩翩，场面动人。关于祭祀之乐舞，《史记·封禅书》记载："祷祠太一、后土，始用乐舞，益召歌儿，作二十五弦及空侯琴瑟自此起。"乐舞之后，祭祀官员宣读祭文，汉武帝神色庄重，恭敬地向后土行祭祀大礼，祈求后土保佑大汉江山永固，天下一统，国泰民安，五谷丰登。

汉武帝祭祀结束之后，按照古礼把牲牛等祭品全部埋掉。汉武帝祭祀后土之后，于元封元年（前110年）去泰山封禅。《史记·封禅书》记载："禅泰山下址东北肃然山，如祭后土礼。天子皆亲拜见，衣上黄而尽用乐焉。"汉武帝在泰山下举行的"禅礼"，采用的是祭祀后土之礼。

河东自古人杰地灵，物华天宝，风景殊异，名闻天下。汉武帝祭祀后土祠之后，又乘兴巡幸了河东名胜。《汉书·孝武纪》记载，汉武帝祭祀首山之后，在昆田出现珍稀之物；祭祀汾阴后土之后，又出现了灵异的神光，他欣喜之余，颁布《礼首山祠后土诏》：

> 朕礼首山，昆田出珍物，化或为黄金；祭后土，神光三烛。其赦汾阴殊死以下，赐天下贫民布帛，人一匹。

从此诏看出，汉武帝祭祀后土之际，赦免汾阴当地的死刑犯之外的犯人，并且赏赐全国贫民布帛各一匹。

汉武帝祭祀后土时，还去介山巡幸。介山，即万荣县孤山，山上多泉，春秋时期的介子推曾在此隐居。1930年，考古学家卫聚贤、董光忠等人在孤山东南麓阎子疙瘩（今万荣县东杜村附近）考古时，发现砖、汉瓦、陶器等大器物，以及铜、铁、蚌、骨、琉璃等小件器物。其中"铜器类"为耳环和五铢钱，瓦当有"长生无极""宜子孙"和"长乐未央"铭等，证明了汉武帝祭祀后土的历史。著名学者李零认为，汉武帝去介山临时歇脚的行宫在"阎子疙瘩"，行宫叫作"介山宫"。

《汉书·武帝纪》记载："（元鼎五年）十一月辛巳朔旦，冬至。立泰畤于甘泉。天子亲郊，见朝日夕月。诏曰：'朕以眇身托于王侯之上，德未能绥民，民或饥寒，故巡祭后土以祈丰年。冀州脽壤乃显文鼎，获荐于庙。渥洼水出马，朕其御焉。战战兢兢，惧不克任，思昭天地，内惟自新。'"冀州，即今河东，脽壤即汾阴脽。可见，汉武帝时期，冀州指的就是今运城市一带。由此看来，汉武帝祭祀汾阴后土的背后原因，还具有反躬自省的意味，他居于王侯之上，天下却未能安定，民间存在饥寒，因而祭祀后土以祈求丰年。看来，万荣县后土祠一方面是古代帝王祈福的地方，也是他们自我反省的"教育基地"。

秋风起兮赋壮志

两千年前的汾阴大地，秋风起兮，白云飘飞，草木枯黄，大雁南归。万里长空之上，雁群排成人字形或一字形，它们一边飞着，一边发出"嘎……

嘎"的叫声，似在呼唤，似在告别。面对滔滔黄河，浩浩汾水，长空雁鸣，金风萧瑟，汉武帝把酒临风，诗兴大发，逸兴遄飞，满怀豪情，不禁怀念佳人，感慨良多，写出了传诵千古的名篇《秋风辞》——

秋风起兮白云飞，草木黄落兮雁南归。
兰有秀兮菊有芳，怀佳人兮不能忘。
泛楼船兮济汾河，横中流兮扬素波。
箫鼓鸣兮发棹歌，欢乐极兮哀情多。
少壮几时兮奈老何！

诗意是，秋风萧瑟，白云飞驰，草木黄落啊大雁南归。兰花、菊花无比秀美，散发着淡淡芬芳，思念美丽的人啊，心中难以忘怀。我乘坐着楼船横渡汾河和黄河，中流击水，白浪飞扬。箫声悠扬，鼓声咚咚，船工唱起了号子，欢乐至极啊转喜为忧，不禁感叹，人生的少壮年华能有多少，无奈时光流逝，容颜变老！

汉武帝去汾阴祭拜后土，泛舟汾河，箫声鼓声，棹歌阵阵，何其快乐。然而，触景生情，感慨岁月流逝，少壮不再，流露出渴望继续建功立业、宏图四海的壮志。短短的几句诗，激情豪迈，缠绵悱恻，一波三折，吟诵再三，令后世之人回味无穷，无疑是千古名篇。诗中的"佳人"是谁呢？有人说是李夫人，有人说是良臣，甚至有人说是后土。其实，汉武帝如此敬重后土，崇拜后土，不可能把后土比作"佳人"，有可能指的是李夫人或者贤能的臣子。秋日乃惹人思情，虽有幽兰含芳，秋菊斗艳，然凋零的草木，归雁声声，勾起汉武帝对故去的"佳人"不尽的思念之情。汉武帝的《秋风辞》既是情感的倾诉表白，也表现了人生的壮志情怀。王尧衢《古唐诗合解》道："乐极悲来，乃人情之常也。愁乐事可复而盛年难在。武帝求长生而慕神仙，正为此一段苦处难遣耳。念及此而歌啸中流，顿觉兴尽，然自是绝妙好辞。"

让我们把目光回到元鼎四年（前113年），这时汉武帝刘彻四十四岁，即位已经二十七年。他即位后，从政治、经济、军事、制度诸方面进行了改革，一改汉代以前的和亲政策，对匈奴实施战争，捍卫领土和大汉的尊严，胜利解除了数代以来的北部边患。他采取的国家专卖（盐铁、均输、平准）、统一货币、重农贵粟三大政策，卓有成效，克服了长期用兵造成的生产破坏和财政危机。西汉王朝无论军事、经济、政治、文化都达到全盛高峰。作为大汉天子，他连年用兵，征战四方，扩大疆域，安抚边荒。他胸怀天下，正当盛年，打通西域，开发西南，平定南越，决心完成平定九州的大业。这次到河东祭祀后土时，途中传来南征将士平定南越的捷报，怎么能不通过诗歌抒发自己的雄心壮志？

汉武帝的这首诗，既有刘邦的"大风起兮云飞扬，威加海内兮归故乡，安得猛士兮守四方"的壮志之慨叹，又兼有屈原《离骚》"日月忽其不淹兮，春与秋其代序。惟草木之零落兮，恐美人之迟暮"的怀人之叹息。胡应麟《诗薮·内编》（卷三）称其为："秋风百代情至之宗。"鲁迅《汉文学史纲要》道："楚声之在汉宫，其见重如此，故后来帝王仓卒言志，概用其声，而武帝词华，实为独绝。当其行幸河东，祠后土，顾视帝京，忻然中流，与群臣醼饮，自作《秋风辞》，缠绵流丽，虽词人不能过也。"鲁迅对汉武帝的这首诗歌评价甚高，认为即使词人也未必能超越。鲁迅不仅读过汉武帝的这首诗歌，而且也了解这首诗写的正是汉武帝去汾阴祭祀后土祠，看来鲁迅对汉代汾阴也是有很深刻的印象的。

汉武帝《秋风辞》的诗歌艺术对于后世影响很大。毛主席有一首词《浪淘沙·北戴河》道："大雨落幽燕，白浪滔天，秦皇岛外打鱼船。一片汪洋都不见，知向谁边？往事越千年，魏武挥鞭，东临碣石有遗篇。萧瑟秋风今又是，换了人间。"全词生动描绘了北戴河秋日的壮丽景色，大雨如注，白浪滔天，水天一色，一片汪洋，连打鱼船都消失不见了。毛主席望苍茫大地，思接千古，不仅想到了魏武帝曹操东临碣石、横槊赋诗的气概。秋风还是那样萧瑟，可是如今天下换了，人间换了，是人民当家做主的时代，展示了无产阶级革命家前无古人的雄伟气魄和汪洋浩瀚的博大胸怀，具有鲜明的时代感、深邃的历史感、辽阔的宇宙感。毛主席写北戴河的词，让人联想到汉武帝的《秋风辞》，毛主席是读过这首诗歌的。当年，他会见山西省委书记陶鲁笳时，曾经问道，两千多前汉武帝写过一首《秋风辞》，山西有个秋风楼，你去过没有？陶鲁笳不太了解，后来他专门派人到万荣县参观秋风楼，了解《秋风辞》的来历。

一座后土祠，巍巍秋风楼，令汉武帝写诗抒发情怀，一代伟人毛泽东亲自询问，堪称天下名祠名楼。

第四节　李峤《汾阴行》与李适《汾阴后土祠作》

汉武帝去汾阴后土祠祭祀，楼船相接，鼓瑟齐鸣，尤其是《秋风辞》引起多少文人骚客的共鸣。八百余年之后，唐代诗人李峤来到后土祠，咏怀《秋风辞》，追思汉武帝，写了一首长诗《汾阴行》：

君不见昔日西京全盛时，汾阴后土亲祭祀。
斋宫宿寝设储供，撞钟鸣鼓树羽旗。
汉家五叶才且雄，宾延万灵朝九戎。
柏梁赋诗高宴罢，诏书法驾幸河东。
河东太守亲扫除，奉迎至尊导銮舆。
五营夹道列容卫，三河纵观空里闾。
回旌驻跸降灵场，焚香奠醑邀百祥。
金鼎发色正焜煌，灵祇炜烨摅景光。
埋玉陈牲礼神毕，举麾上马乘舆出。
彼汾之曲嘉可游，木兰为楫桂为舟。
棹歌微吟彩鹢浮，箫鼓哀鸣白云秋。
欢娱宴洽赐群后，家家复除户牛酒。
声明动天乐无有，千秋万岁南山寿。

自从天子向秦关，玉辇金车不复还。

珠帘羽扇长寂寞，鼎湖龙髯安可攀。

千龄人事一朝空，四海为家此路穷。

豪雄意气今何在，坛场宫馆尽蒿蓬。

路逢故老长叹息，世事回环不可测。

昔时青楼对歌舞，今日黄埃聚荆棘。

山川满目泪沾衣，富贵荣华能几时？

不见只今汾水上，唯有年年秋雁飞。

李峤，字巨山。少有才名，擢进士第，累官监察御史。他对唐代律诗和歌行的发展有一定的作用与影响，与杜审言、崔融、苏味道并称"文章四友"。他的七言歌行《汾阴行》，在当时广为传诵。据说唐玄宗于安史之乱逃离长安前，登花萼楼，听到有人歌唱这首诗时，引起了情感上的强烈共鸣，悲慨多日，不能自已。

该诗是一首怀古诗，开头赞美了汉王朝建立以来高祖、惠帝、文帝、景帝、武帝五代帝王的功勋。接着，描绘了汉武帝巡幸河东，祭祀汾阴后土时的皇家气派，盛大的场面，欢乐的情景，人生的感叹！河东太守为了迎接汉武帝祭祀后土祠，做了充分的准备：斋戒的宫殿，就寝的楼阁，祭祀的物品，香醇的美酒，欢庆的仪式。百姓倾城而出，领略这一热烈的场面。诗歌再现了祭祀的隆重场面，威仪凛凛，鼓乐齐鸣，旌旗蔽空，迎风飘拂，玉辇金车，群臣欢宴，山呼万岁。该诗把当时喜庆气氛和祝颂之意写得纤毫毕见，巡幸河东的整个活动达到了最高潮。在诗歌的结尾，笔锋一转，流露了怀古之幽情，豪雄意气，青楼歌舞，时光流逝，皆成往昔，如今的汾河岸畔，黄尘漫天，荆棘纵横，山川满目，泪水沾衣，唯有秋雁从头上飞过，发出声声哀鸣！

唐肃宗时期的诗人、工部侍郎李适，读史时有感于祭祀后土的盛况，作诗《汾阴后土祠作》：

昔予读旧史，遍睹汉世君。

武皇实稽古，建兹百代勋。

号令垂懋典，旧经备阙文。

西巡历九嶷，舳舻被江滨。

勒兵十八万，旌旗何纷纷。

竭来茂陵下，英声不复闻。

我行岁方晏，极望山河分。

神光终冥漠，鼎气独氤氲。

揽涕步雕上，登高见彼汾。

雄图今安在，飞飞有白云。

通过这两首诗歌可知，汉武帝对于后土祭祀的重视、当年去汾阴祭祀的盛况，以及汾阴后土祠在历史上的重要地位。物是人非，悠悠千载。今天我们站在万荣后土祠前，瞻望雄伟壮观的后土祠，看到万顷良田，阡陌纵横，眺望黄河和汾河在此交汇，如两条玉带缠绕着一方水土，岂能不为后土祠感到骄傲？

诗人的慨叹，繁华的过往，后土祠的今昔，正所谓"闲云潭影日悠悠，物换星移几度秋。阁中帝子今何在？槛外长江空自流"。王羲之道："后之视今，亦犹今之视昔。"当今天的我们面对后土祠思绪飞扬，意气风发，感怀千古之际，数百年之后的文人墨客来到此地，岂能不再发感慨？

第五节　汉成帝祭祀后土与扬雄《河东赋》

扬雄是西汉时期著名的辞赋家。他曾模仿司马相如的《子虚赋》《上林赋》，作《甘泉赋》《河东赋》《羽猎赋》《长杨赋》，为时人称颂。《河东赋》是其中之一，铺陈了汉成帝刘骜出行和祭祀后土的壮观场面，描写了河东的山水形胜，人文景观，想象力丰富，辞藻华丽，气势磅礴，同时叙写了汉成帝"思唐虞之风"的感想，表达了劝谏之意。

汉成帝刘骜即位初年，祭祀后土等制度受到一些朝廷大臣的质疑。丞相匡衡和御史大夫张谭议罢甘泉泰畤、汾阴后土祠和雍五畤，改行长安南北郊之祭。他们向汉成帝上奏章，认为到汾阴祭祀后土，"渡大川，有风波舟楫之危""郡县治道共张，吏民困苦，百官烦费。劳所保之民，行危险之地，难以奉神灵而祈福佑，殆未合于承天子民之意"。建始元年（前32年），汉成帝罢甘泉泰畤、汾阴后土祠；二年（前31年），罢雍五畤。至此，汉成帝不去汾阴祭祀后土了。

谁知过了两年，匡衡因为别的事情被罢了官，朝野上下认为这是对匡衡的报应，认为他不应该建议皇帝轻易改变祭祀天地的地方，以致造成这样的结果，自作自受。汉成帝停止到汾阴祭祀后土后，还发生了一件巧合的事情。一场大风毁坏了甘泉宫的房屋和数百棵大树。汉成帝感到惊异，就询问大臣。刘向认为，普通百姓都不会中断自己家里的祭祀，更何况甘泉宫和后土祠都是先帝亲祭的祠畤！刘向对汉成帝道："甘泉、汾阴及雍五畤始立，皆有神祇感应，然后营之，非苟而已也。武、宣之世，奉此三神，礼敬敕备，神光尤著。祖宗所立神祇旧位，诚未易动。"刘向认为汉武帝时期在汾阴祭祀后土并不是随意而为之事，是有所依据的，不要轻易改变祭祀后土的地方。汉成帝听后，十分后悔当初听了匡衡等人的建议。

永始三年（前14年），汉成帝的母亲看到皇帝久无子嗣，便以皇太后的名义下了一道诏令："盖闻王者承事天地，交接泰一，尊莫著于祭祀。孝武皇帝大圣通明，始建上下之祀，营泰畤于甘泉，定后土于汾阴，而神祇安之，飨国长久，子孙蕃滋，累世遵业，福流于今。今皇帝宽仁孝顺，奉循圣绪，靡有大愆，而久无继嗣。思其咎职，殆在徙南、北郊，违先帝之制，改神祇旧位，失天地之心，以妨继嗣之福。春秋六十，未见皇孙，食不甘味，寝不安席，朕甚悼焉。《春秋》大复古，善顺祀。其复甘泉泰畤、汾阴后土如故，及雍五畤、陈宝祠在陈仓者。"皇太后认为汉成帝即位以来，没有什么大的过错，却一直没有皇子，想来想去是因为汉成帝当初把祭祀天地的地方换在长安南北郊，得罪了皇天、后土，失天地之心，天地之神降罪，以致皇帝久无子嗣。

皇太后决定恢复皇帝到汾阴祭祀后土的"先帝之制"。永始四年（前13年）三月，汉成帝率群臣渡黄河，到汾阴祭祀后土。汉成帝这次祭祀后土，有在后土祠求子之意，祈求神灵原谅自己，保佑自己后继有人。这是古代皇帝第一次在后土祠求子，后来汉成帝果然有了皇子。其后，汉成帝又先后三次到汾阴祭祀后土。在今天的万荣民间，一直有着在后土祠求子的习俗，当地称为"拔花"，这一习俗是受汉成帝当年在后土祠求子的影响。

元延二年（前11年），汉成帝祭拜后土祠。《汉书·成帝纪》："（元延二年春）三月，行幸河东，祠后土。"这是汉成帝第二次祭后土。《汉书·扬雄传》道："孝成帝时，客有荐雄文似相如者，上方郊祀甘泉泰畤、汾阴后土，以求继嗣，召雄待诏承明之庭。"扬雄作《河东赋》道：

> 其三月，将祭后土，上乃帅群臣横大河，凑汾阴。既祭，行游介山，回安邑，顾龙门，览盐池，登历观，陟西岳以望八荒，迹殷周之虚，眇然以思唐虞之风。

意思是，汉成帝元延二年农历三月，皇上准备祭后土，于是率领群臣渡过黄河，奔赴汾阴县。祭祀完毕后，一路上游历了介山，绕过安邑县，瞻望龙门山，游览了盐池，登上了历山。伫立历山之上，看到八方荒远之地，寻觅到殷、周的遗址，追思昔时唐尧、虞舜的风尚。介山与安邑古镇、河津龙门、运城盐池都是河东地区的人文景观，也是繁盛的邑镇。

这里需要说明的是，扬雄《河东赋》所说的"介山"，是今万荣县的孤山。春秋时期晋国名臣介子推忠君赴义、鄙弃功名利禄，后来隐居介山，应该是万荣县的孤山，而不是介休绵山。《新唐书·地理志》记载，"万泉"，注："上。本隶泰州，武德三年析稷山、安邑、猗氏、汾阴、龙门置，州废隶绛州，大历二年来属，有介山。"王谟《汉唐地理书钞》道："介山一名孤山，在万泉县南一里，晋文公臣介之推从文公逃难，返国，赏不及，怨而匿此山，文公求之，推不出，乃封三百里之地，又号为介山。"以上记述可见，介子推隐居之地应该在万荣县的孤山。

第六节　祭祀不辍

根据史料记载，汉代共有五位皇帝，十七次到汾阴脽上祭祀后土；两位皇帝派大臣代祭后土。

《汉书·武帝纪》载，汉武帝元封四年（前107年），诏曰："朕躬祭后土地祇，见光集于灵坛，一夜三烛。"又载，汉武帝太初二年（前103年），诏曰："朕用事介山（今万荣县孤山）、祭后土，皆有光应。"汉武帝祭祀后土的过程中，多有灵验之事发生，更加坚定了他对后土的信仰和崇拜之情。

汉武帝一生先后五次到汾阴脽上祭祀后土，并在后土祠建造了一座万岁宫。汉武帝不仅多次祭祀后土，还把祭祀后土作为一项政治宗教制度建立起来。《汉书·郊祀志》道："甘泉泰一，汾阴后土，三年亲郊祠。"《神异典·后土皇地祇部汇考》道："汉制三岁一祭后土于汾阴，以夏至日祭地。"

《汉书·礼乐志》所收《郊祀歌·帝临》道：

> 帝临中坛，四方承宇，
> 绳绳意变，备得其所。
> 清和六合，制数以五。
> 海内安宁，兴文匽武。
> 后土富媪，昭明三光。
> 穆穆优游，嘉服上黄。

张晏注曰："媪，老母称也。坤为母，故称媪，海内安宁，富媪之功耳。"歌曲歌颂了汉武帝亲自到汾阴祭祀后土以及后土的恩德。

据史料记载，自汉武帝祭祀后土祠伊始，汉宣帝、元帝、成帝和东汉光武帝等都曾经来汾阴后土祠祭祀后土。汉宣帝重视祭祀，《汉书·郊祀志》记载，汉宣帝曾下诏："盖闻天子尊事天地，修祀山川，古今通礼也。间者，上帝之祠阙而不亲十有余年，朕甚惧焉。朕亲饬躬斋戒，亲泰祀，为百姓蒙嘉气，获丰年焉。"

汉神爵元年（前61年）三月，汉宣帝刘询巡幸河东，祭祀后土祠，驻跸万岁宫之内。《汉书·宣帝纪》记载："（神爵元年春）三月，东济大河，天气清静，神鱼舞河。幸万岁宫，神爵翔集。朕之不德，惧不能任。其以五年为神爵元年。赐天下勤事吏爵二级，民一级，女子百户牛、酒，鳏、寡、孤、独、高年帛。所赈贷物勿收。行所过，毋出田租。"汉宣帝泛舟大河之中，天蓝水清，神鱼舞河，神雀翔集，视为吉兆，将年号改为"神爵"，并且赏赐官员和百姓。《魏土地记》也予以记载："河东郡北八十里有汾阴城，北去汾水三里，城西北隅曰脽丘，上有后土祠。《封禅书》曰：元鼎四年，始立后土祠于汾阴脽丘是也，又有万岁宫。汉宣帝神爵元年幸万岁宫，东济大河，而神鱼舞水矣。"记载的是同样的事迹。

汉宣帝改元神爵之后，又下诏："制诏太常：'夫江海，百川之大者也，今阙焉无祠。其令祠官以礼为岁事，以四时祠江海雒水，祈为天下丰年焉。'自是五岳、四渎皆有常礼。东岳泰山于博，中岳泰室于嵩高，南岳灊山于用腄，西岳华山于华阴，北岳常山于上曲阳，河于临晋，江于江都，淮于平氏，济于临邑界中，皆使者持节侍祠。"（《汉书·郊祀志》）从此，祭祀五岳和四渎都有了常礼，有官员专门负责祭祀。

汉宣帝多次祭祀后土。五凤元年（前57年）三月，巡幸河东，祭祀后土；甘露二年（前52年）三月，巡幸河东，祭祀后土，绛红色的祥光照亮了整个行宫。

西汉末年，王莽作为外戚的代表人物，势力如日中天，逐步掌握了朝廷大权。王氏家族是当时权倾朝野的外戚家族，有九人封侯，五人担任大司马。初始元年（8年）十二月，王莽实行改制，将天下田改曰王田，以王田代替私田；奴婢改称私属，与王田一样，均不得买卖；改革币制、官制，规定盐铁官营，山川河流收归国有，史称"王莽改制"。王莽还对祭祀作出规定，后土对应皇天，祭祀时以高后配享。汉平帝刘衎即位后，规定祭祀天地应当在长安南北郊进行，并对后土称呼做了改变："天子父事天，母事地。今称天神曰皇天上帝，泰一兆曰泰畤，而称地祇曰后土，与中央黄灵同，又兆北郊，未有尊称。宜令地祇称皇地后祇，兆曰广畤。"天帝称"皇天上帝"，后土称"皇地后祇"。

汉光武帝刘秀起兵反抗，推翻了王莽的政权。他于鄗地即位后，为坛于鄗之阳，祭祀天地。《后汉书·祭祀志》记载，东汉建武元年（25年）六月，刘秀祭告天地道：

> 皇天上帝，后土神祇，眷顾降命，属秀黎元，为民父母，秀不敢当。群下百僚，不谋同辞。咸曰：王莽篡弑窃位，秀发愤兴义兵，破王邑百万众于昆阳，诛王郎、铜马、赤眉、青犊贼，平定天下，海内蒙恩，上当天心，下为元元所归。

刘秀称后土为"后土神祇"，表示对后土的敬重。

刘秀祭祀后土两次，一次在汾阴后土祠，一次在洛阳北郊。东汉建武十八年（42年）三月，光武帝刘秀率群臣到汾阴祭祀后土。《后汉书·光武帝纪》记载："（十八年春）三月壬午，祠高庙，遂有事十一陵。历冯翊界，进幸蒲坂，祠后土。"建武中元二年（57年），刘秀在北郊设坛，祭祀后土："春正月辛未，初立北郊，祀后土。"

刘秀是汉朝最后一个亲临汾阴后土祠祭祀后土的皇帝。

第四章　盛唐开元获宝鼎

第一节　秦王苻坚拜后土

　　遥想当年，中华民族的先祖黄帝扫地为坛，开创了祭祀后土的先河。而后到了汉代达到了祭祀的鼎盛时期。时间一晃将近二百年。南北朝时期，前秦皇帝苻坚曾经去祭祀后土祠。前秦苻坚永兴二年，即晋升平二年（358年）："夏，四月，秦王坚如雍，祠五畤；六月，如河东，祀后土。"（《资治通鉴·晋纪二十二》）从苻坚祭拜后土算起，到唐玄宗祭祀后土，竟然相隔了将近四百年。

　　西晋末年，西晋政权颠覆之际，氐族推出贵族苻洪为首领。前赵刘曜在长安称帝，以苻洪为氐王。东晋永和六年（350年），苻洪占据关中，称三秦王，后死于非命，其子苻健代统其众。前秦皇始二年（352年）正月，前秦丞相苻雄等请苻健称皇帝，苻健采纳此议，遂即皇帝位，定都长安。前秦皇始四年（354年），苻雄之子苻坚袭父爵东海王，授龙骧将军。前秦皇始五年（355年），苻健病死，其子苻生继承帝位。苻生是天下少有的暴君，视杀人如儿戏，朝中人人自危。寿光三年（357年），苻坚为自保而谋反，杀死皇帝苻生，自称"大秦天王"，改年号"永兴"。

　　苻坚，字永固，前秦奠基者苻洪之孙，苻雄之子，开国君主苻健之侄，祖籍略阳临渭（今甘肃秦安东南）。祖先世代为西戎酋长，生活在五胡十六国时期。苻坚八岁时，一天，他突然向爷爷苻洪提出，想请个塾师教他读书。苻洪惊奇地说："我们这个民族从来只知喝酒吃肉，你想求学，实在太好了。"于是欣然答应。次日，就请来塾师悉心授课，苻坚学习非常刻苦，潜心研读经史典籍，受到古圣先贤的启发，立下了经世济民、统一天下的大志，一心想干一番大事业。他在位前期励精图治，重用王猛，推行一系列政策与民休息，加强生产，令国家强盛，接着消灭北方多个独立政权，成功统一北方，并攻占了东晋的蜀地。

苻坚具有"混六合为一家，视夷狄为赤子"的决心，即位后决心开创清明的政治局面。当时经历了永嘉之乱，各民族之间的矛盾日趋严重，社会混乱，民不聊生。苻坚整顿吏治，惩处不法豪强，平息内乱，广招贤才，加强生产，令国家强盛。苻坚下令各地方官员都上举孝悌、廉直、文学、政事四项才德的人才，广开言路，重用人才，比如王猛就是当时的名臣，受到了重用；苻坚采取一系列措施加强农业生产，"课农桑，恤困穷"，召纳流民，凿山起堤，疏通沟渠，构筑梯田，奖励耕种，使得国家逐渐强盛起来。他接着消灭北方多个独立政权，成功统一北方，并攻占了东晋的蜀地。

《文献通考》（卷七十六）道："建邦国先告后土。"又云："后土，社神也。既曰土神，又名社神，是两之也。《书》曰：敢昭告于皇天后土。"《周礼》道："建邦国，先告后土用牲币，禁督逆祀命者，颁祭号于邦国都鄙。"国家的兴盛，一方面要实施各种富民强国的政策，另一方面继往开来，重视教化，举行祭祀，昭示天下。苻坚恢复已绝的宗祀，上礼神祇，鼓励农业，设立学校，扶持鳏寡孤独者。就在他当上皇帝的次年，永兴二年（358年）夏天的四月，他首先去了雍州（今陕西凤翔区南）祭祀了五帝。接着，在六月他率领着文武群臣浩浩荡荡，来到了汾阴县祭祀后土之神。

汾阴后土祠作为华夏民族祭祀土地之神的圣地，能够得到出身氏族的前秦皇帝苻坚的祭祀，可见它在华夏民族中的影响力。这也说明，汾阴后土祠不仅是华夏民族的土地之神，也是前秦氏族的土地之神，护佑国家安定，大地丰收，人民安康，长治久安。在当时五胡十六国时期的乱世，前秦苻坚对于后土祠的祭祀，充分说明了汾阴后土祠在国家祭祀中的重要地位。

第二节　隋朝和唐初礼制

南北朝时，礼学尤盛，隋初亦然。隋朝建立政权之后，隋文帝杨坚命太常卿牛弘集南北仪注，定《五礼》一百三十篇。继之，隋炀帝又加以修订，成《江都集礼》，集南北礼学之大成。隋文帝把祭天和祭祀后土列入国家重大礼典。《隋书·志》道："为圆丘于国之南，太阳门外道东二里。其丘四成，各高八尺一寸。下成广二十丈，再成广十五丈，又三成广十丈，四成广五丈。再岁冬至之日，祀昊天上帝于其上。……为方丘于宫城之北十四里。其丘再成，成高五尺。下成方十丈，上成方五丈。夏至之日，祭皇地祇于其上。"

唐太祖李渊践祚后，对祭祀昊天和后土的礼仪做了规定。《旧唐书·志》道："每岁冬至，祀昊天上帝于圆丘，以景帝配。其坛在京城明德门外道东二里。坛制四成，各高八尺一寸，下成广二十丈，再成广十五丈，三成广十丈，四成广五丈。……夏至，祭皇地祇于方丘，亦以景帝配。其坛在宫城之北十四里。坛制再成，下成方十丈，上成五丈。每祀则地祇及配帝设位于坛上，神州及五岳、四镇、四渎、四海、五方、山林、川泽、丘陵、坟衍、原隰，并皆从祀。……其牲，地祇及配帝用犊二，神州用黝犊一，岳镇已下加羊豕各五。"从中可以看出，皇地祇的地位与昊天上帝并列，属于最高级别。

唐太宗李世民继位后，亦十分重视礼制。贞观十一年（637年），唐太宗在洛阳宫积翠池宴请群臣，作诗一首抒发阅读《尚书》的感受：

日昃玩百篇，临灯披《五典》。

夏康既逸豫。商辛亦流湎。

恣情昏主多，克己明君鲜。

灭身资累恶，成名由积善。

魏徵看了唐太宗的诗歌，和诗道："终籍叔孙礼，方知皇帝尊。"太宗一听，甚为高兴，说道："魏徵每言，必约我以礼也。"

唐太宗认为："为国之道，必须抚之以仁义，示之以威信，因人之心，去其苛刻，不作异端，自然安静。"（《贞观政要·仁义》)，他主张施行仁义之道，以礼治国。唐太宗下诏命中书令房玄龄、秘书监魏徵等礼官学士，修改旧礼，制定《贞观新礼》，全书包括《吉礼》《宾礼》《军礼》《嘉礼》《凶礼》《国恤》之礼，总一百三十八篇。《贞观新礼》的制定，在中国礼制发展史上具有承前启后的作用。唐王方庆《魏郑公谏录》记载，魏徵赞扬道："（太宗皇帝）拨乱反正，功高百王，自开辟以来，未有如陛下者也。更创新乐，兼修大礼，自我作古，万代取法，岂止子孙而已。"

泰山封禅是一代帝王的心愿，自从东汉光武帝封禅之后，旷日持久，数百年再也没有皇帝举行封禅大典。自汉末以来，群雄并起，战乱频仍，华夏陷于数百年的动荡不安之中。唐太宗即位后励精图治，对于封禅之事并未十分看重，他认为只要天下太平，百姓富足，"至敬不坛"，扫地祭祀也就行了。

《贞观政要·纳谏》记载，唐太宗在贞观二年（628 年）与黄门侍郎王珪谈起隋朝的灭亡，认为仓储多余粮，却不救济百姓是败亡之道。隋开皇十四年（594 年）发生大旱，造成关中百姓饥荒，百姓流离失所。当时，朝廷掌握着充足的粮食，只要开仓赈灾，处于饥饿线上的穷苦百姓便可解燃眉之急。然而，朝廷却不开仓救济，导致灾民受灾甚至饿死。唐太宗批评道："隋文帝不怜百姓而惜仓库，比至末年，计天下储积，得供五六十年，炀帝恃此富饶，所以奢华无道遂致灭亡。炀帝失国亦此之由。凡理国者，务积于人，不在盈其仓库。古人云：'百姓不足，君孰与足？'但使仓库可备凶年，此外，何烦储蓄？后嗣若贤，自能保其天下，如有不肖，多积仓库，徒益其奢侈，危亡之本也。"隋朝的财政政策实行高度集权的原则，朝廷积累了无与伦比的存粮，以至于可以供养天下五六十年。史学家钱穆在其《国史大纲·隋唐五代部》第二十五章《统一盛运之再临》中指出："对外无强敌之胁迫，此时的统治权所急切需要者，乃为一种更高尚、更合理的政治意识，而惜乎隋文帝做不到此。"无论在什么时代，财富的高度集中势必造成百姓的相对贫穷，因此，其抵御自然与社会灾变的能力必然低落。隋文帝积累财富，反而造成了隋炀帝的奢侈无度，最终导致亡国之道。

唐太宗即位后，励精图治，殚精竭虑，广纳谏言，国家进一步强盛起来。贞观五年（631年），有些大臣建议封禅；贞观六年（632年），平定突厥，国泰民安，群臣纷纷奏请封禅，以告慰天地和祖宗，彰显国家的强大。《旧唐书·礼仪志》记载："贞观六年，平突厥，年谷屡登，群臣上言请封泰山。太宗曰：议者以封禅为大典。如朕本心，但使天下太平，家给人足，虽阙封禅之礼，亦可比德尧、舜；若百姓不足，夷狄内侵，纵修封禅之仪，亦何异于桀、纣？昔秦始皇自谓德洽天心，自称皇帝，登封岱宗，奢侈自矜。汉文帝竟不登封，而躬行俭约，刑措不用。今皆称始皇为暴虐之主，汉文为有德之君。以此而言，无假封禅。礼云，'至敬不坛'，扫地而祭，足表至诚，何必远登高山，封数尺之土也！"

据洪迈《容斋随笔·汉唐封禅》记载："贞观五年，群臣以四夷咸服，表请封禅，诏不许。六年，复请，上曰：'卿辈皆以封禅为帝王盛事，朕意不然。若天下乂安，家给人足，虽不封禅，庸何伤乎？昔秦始皇封禅，而汉文帝不封禅，后世岂以文帝之贤不及始皇邪？且事天，扫地而祭，何必登泰山之巅，封数尺之土，然后可以展其诚敬乎？'"唐太宗说，你们认为封禅是帝王的盛事，我认为不然。只要天下太平，百姓富足，即使不举行封禅之礼，何伤大雅？从前嬴政登临泰山举行封禅大典，汉文帝却没有去泰山封禅，后世岂以为汉文帝不如嬴政贤能吗？况且侍奉上天，祭扫大地，何必登临泰山之巅，封禅数尺之土，才能表示对于天地的敬仰呢？

开元年间，唐玄宗诏令大臣张说、萧嵩等以贞观、永徽五礼为基础，编制《大唐开元礼》，解决和协调了人们对于五礼的不同见解，并且吸收了唐朝的新礼，体现了唐朝礼制的时代化和创新精神。《大唐开元礼》把祭祀后土列为国家的大祀之一，与昊天上帝、五方帝等并列，定为国家大祀。《旧唐书·志第一·礼仪一》道："昊天上帝、五方帝、皇地祇、神州及宗庙为大祀，社稷、日月星辰、先代帝王、岳镇海渎、帝社、先蚕、释奠为中祀，司中、司命、风伯、雨师、诸星、山林川泽之属为小祀。大祀，所司每年预定日奏下。小祀，但移牒所由。若天子不亲祭享，则三公行事；若官缺，则职事三品已上摄三公行事。大祀散斋四日，致斋三日。中祀散斋三日，致斋二日。小祀散斋二日，致斋一日。"

第三节　唐高宗封禅

唐代贞观二十三年（649年），唐太宗去世，第九子李治即位，史称唐高宗。唐高宗幼年聪慧，端庄安详，宽厚仁慈，和睦兄弟。贞观五年（631年），他被封为晋王。唐高宗即位后废弃王皇后，立武则天为皇后。武则天是并州文水人，父亲武士彟早年从事木材买卖，与唐太祖李渊结识，对于李渊从太原起兵帮助甚多。李渊建立唐朝之后，封武士彟为工部尚书。父亲去世后，武则天随母亲在长安居住，唐太宗恰在洛阳宫居住，他听说武则天聪明美丽，仪态端庄，把她召进宫封为才人。唐太宗去世后，武则天去长安感业寺为尼，但她与唐高宗一直藕断丝连。唐高宗即位后，武则天入宫，受到宠爱，一步一步走上皇后的位置。唐高宗统治后期，疾病缠身，大权旁落，武则天临朝理政，掌握了朝廷大权。

唐高宗登基之初，勤勉执政，开启了永徽之治（650—655年）。一是知人善任，重视人才，完善和巩固科举制度，对官员选举制度进行改造。任用大臣李勣、长孙无忌、褚遂良、杜正伦、薛元超、韦思谦等人，君臣同心，萧规曹随，治理国家。二是以农为本，重视生产，轻徭薄赋，休养生息。永徽二年（651年）九月，下令所占百姓田宅还给百姓。永徽六年（655年）成立了常平署，在物资供应充分时以高于市价的价格回购商品，物资短缺时再以低于市价的价格卖出，维持了物价稳定和社会生活的正常水平。三是编纂法令，永徽三年（652年），诏令长孙无忌等官员修订唐律，编成《唐律疏议》，这是中国现存最完整、最古老的一部封建法典，体现了中国古代法律制度的水平，为后世法律的制定提供了参考。这一时期执法较为公正，犯罪率较低。史载，大理寺卿唐临向李治上奏，监狱中在押犯人只有五十多人，其中只有两人判死刑。四是在军事上，稳固边疆，平定边患。远征西域，大破西突厥，徙安西都护府于龟兹（今新疆库车）；出征高句丽和百济，取得重大胜利。唐代的版图，以高宗时面积为最大，东起朝鲜半岛，西临里海，北起贝加尔湖，南至越南横山，维持了三十余年。唐朝永徽年间，经济发展，社会安定，百姓富足，疆域广袤，北宋司马光《资治通鉴》（卷一九九）称赞："故永徽之政，百姓阜安，有贞观遗风。"

自从汉武帝举行封禅之礼之后，历经三国魏晋南北朝，国家不安，社会动荡，很少有帝王举行封禅之礼。唐朝一统天下，李世民的贞观之治带来了社会安定，经济发展，国力强大，但是由于各种原因，李世民最终没有去泰山封禅。永徽之治带来了社会空前的繁荣，封禅之事被提到日程上来。唐高宗显庆四年（659年），礼部尚书许敬宗上表请封泰山，奏请"以高祖、太宗俱配昊天上帝，太穆、文德二皇后俱配皇地祇"（《资治通鉴·唐纪十六》），得到高宗允准。显庆六年（661年），唐高宗敕令道士郭行真在泰山中庙岱岳观造像并立碑，人称"双束碑"，"双石并立，覆以束盖"。该碑题刻道："显庆六年二月廿二日，敕使东岳先生郭行真，弟子陈兰茂、杜知古、马知止奉为皇帝皇后七日行道，并造素像一躯，二真人夹侍。"（《岱岳观碑》）为封禅大典做前期准备。

麟德二年（665年）十月，唐高宗率领文武百官、扈从仪仗，武则天率内外命妇，从东都洛阳出发，前往泰山封禅。随行的有突厥、于阗、波斯、天竺国、倭国、新罗、百济、高句丽等国的使节和酋长。十二月至齐州（今济南），礼灵岩寺，月底到达泰山。高宗命先在山南筑封祀坛，山顶建登封坛，社首山建降禅坛。《旧唐书·礼仪三》记载，到了泰山之麓，有司向唐高宗上奏："封祀以高祖、太宗同配，禅社首以太穆皇后、文德皇后同配，皆以公卿充亚献、终献之礼。"武则天闻知，反对传统的以宗室公卿充亚献、终献之礼，抗表道："伏寻登封之礼，远迈古先，而降禅之仪，窃为未允。其祭地祇之日，以太后昭配，至于行事，皆以公卿。……伏望展礼之日，总率六宫内外命妇，以亲奉奠。冀申如在之敬，式展虔拜之仪。积此微诚，已淹气序。既属銮舆将警，奠璧非赊，辄效丹心，庶裨大礼。冀圣朝垂则，永播于芳规；萤烛末光，增辉于日月。"于是，唐高宗允准："于是祭地祇、梁甫，皆以皇后为亚献，诸王大妃为终献。"

乾封元年（666年）正月，唐高宗在封祀坛祀昊天上帝，次日封玉册于岱顶登封坛，行禅于岱麓社首山。《旧唐书·高宗本纪》记载："麟德三年春正月戊辰朔，车驾至泰山顿。是日亲祀昊天上帝于封祀坛，以高祖、太宗配飨。己巳，帝升山行封禅之礼。庚午，禅于社首，祭皇地祇，以太穆太皇太后、文德皇太后配飨；皇后为亚献，越国太妃燕氏为终献。辛未，御降禅坛。"唐高宗封禅之后作制："是日，制曰：'古今典制，文质不同，至于制度，随世代沿革，唯祀天地，独不改张，斯乃自处于厚，奉天以薄。又今封禅，即用玉牒金绳，器物之间，复有瓦樽秸席，一时行礼，文质顿乖，驳而不伦，深为未惬。其封祀、降禅所设上帝、后土位，先设藁秸、瓦甒、瓢杯等物，并宜改用裀褥罍爵，每事从文。其诸郊祀，亦宜准此。'于是昊天上帝之座褥以苍，皇地祇褥以黄，配帝及后褥以紫，五方上帝及大明、夜明席皆以方色，内官已下席皆以莞。"

唐高宗封禅时，作《玉牒文》：

有唐嗣天子臣某，敢昭告于昊天上帝：有隋运属颠危，数穷否塞，生灵涂炭，鼎祚沦亡。高祖仗黄钺而救黎元，赐元圭而拯沉溺。太宗功宏炼石，定区宇于再麾；业壮断鳌，饮沧海而一息。臣忝奉馀绪，恭承积庆，遂得昆山寝燎，炎海澄波。虽乃业茂宗祧，斯实降灵穹昊。今谨告成东岳，归功上元。大宝克隆，鸿基永固，凝薰万姓，陶化八纮。

唐高宗亲自去泰山封禅，反映了昊天上帝和皇地祇在统治者心目中的重要地位，表明了他对于天地的无比敬畏。封禅大典作为封建时代的国家仪式，具有昭告天地、沟通神灵的意蕴，是君权合法合理的最好证明，这也是武则天积极参与封禅的原因。唐高宗与武则天共同到泰山封禅，说明武则天在唐朝政权中的执政地位进一步上升，这是历史上第一次由皇后参与的封禅活动。

第四节　开元盛世

唐高宗时期，武则天建言十二事：一是劝农桑，薄赋徭；二是给复三辅地（免除长安及其附近地区之徭役）；三是息兵，以道德化天下；四是南、北中尚（政府手工工场）禁浮巧；五是省功费力役；六是广言路；七是杜谗口；八是王公以降皆习《老子》；九是父在为母服齐衰（丧服）三年；十是上元（年号）前勋官已给告身者，无追核；十一是京官八品以上，益廪入（增薪）；十二是百官任事久，材高位下者，得进阶（提级）申滞。唐高宗予以采纳，对于经济发展和国家强盛起到重要作用。武则天文武兼备，善于政治，杀伐决断，雷厉风行。李治去世后，武则天于载初元年（690年）九月，自立为帝，建立大周朝。她先后任用索元礼、周兴、来俊臣等一大批酷吏，掌管刑狱，朝中大臣人人自危，噤若寒蝉。武则天鞭杀故太子李贤的两个儿子，下诏杀南安王李颖等宗室十二人，引起诸王举兵反抗，武则天又派军队予以镇压，唐朝宗族势力受到严重打击。神龙元年（705年）正月，宰相张柬之等人发动政变，逼迫武则天退位，其被迫禅让帝位于太子李显，即唐中宗。

李显当了皇帝之后，软弱无能，大权旁落，实际权力由韦皇后所掌握。

原来发动政变恢复唐朝的功臣、宰相张柬之被贬官驱逐，太子李重俊被杀。韦皇后让自己的兄长韦温掌握大权，女儿安乐公主卖官鬻爵，为所欲为，朝廷上下一片混乱，人心不安。权力的欲望让人失去了本性，六亲不认，韦皇后竟然和安乐公主联合起来，毒死了唐中宗李显。不仅如此，韦皇后还想成为像武则天那样的女皇帝，她的下一个目标就是李旦和李隆基。

李隆基出生于垂拱元年（685年），是李旦第三子，母亲是昭成皇后窦氏。李隆基擅长骑马射箭，精通音律、星象之术。最初被封为楚王，后为临淄王。官职升至卫尉少卿、潞州别驾。景龙四年（710年），李隆基从潞州回到京师长安，他暗中聚集才勇之士，在皇帝的亲军万骑中培植亲信。李隆基与他的姑姑太平公主以及太平公主的儿子薛崇简、宫苑总监钟绍京等，密谋策划，发动政变。有人提出先向李旦汇报一下，李隆基说："我发动政变是为了拯救社稷，成功了，福祉归于宗庙与社稷；失败了，我因忠孝而死，不连累父亲。怎么可以向父亲报告，让他替我日夜不安呢？如果父亲赞成，就把他置于危险的环境；如果他反对，我们的计划就无法发动政变，任人宰割。"唐隆元年（710年）七月的一天，李隆基命令李仙凫、葛福顺、陈玄礼等人策反羽林军，攻入玄德门，进入内宫，诛杀韦皇后及其党羽。政变成功后，李旦登上皇帝的宝座，即唐睿宗，李隆基被立为太子。

一波未平一波又起，在权力的迷药熏陶下的皇室内部的斗争充满着血雨腥风，你死我活。唐睿宗即位后，太平公主自恃拥立唐睿宗有功，掌握朝廷权力，干预政事，甚至想废掉太子李隆基。唐睿宗看到太平公主气焰日上，无法控制，恐怕引起宫廷内乱，一不做二不休，索性禅让帝位，李隆基终于登上了皇帝的宝座。虽然李隆基成了皇帝，但时时感受到巨大危险，因为太平公主手下聚集了一批大臣和党羽，势力非常大，据史料载："宰相七人，五出其门。文武之臣，太半附之。"两人的矛盾白热化，都在磨刀霍霍，时刻准备动手。自幼目睹了朝廷中的权力斗争，李隆基在宫廷斗争中成长起来了。先天二年（713年），李隆基率先动手，亲率李令问、王守一、王毛仲、高力士、李守德等人，除掉左右羽林大将军常元楷、李慈，擒获散骑常侍贾膺福、中书舍人李猷，杀了宰相岑羲、萧至忠、尚书右仆射窦怀贞等人，处死了太平公主，史称"先天政变"。李隆基终于坐稳了皇帝的宝座，把年号改为"开元"，开创了唐朝的开元盛世。

开元前期，李隆基任用贤能，重视人才，打击政敌，稳定政局，整顿吏治，改善财政，先后任用了姚崇、卢怀慎、宋璟、苏颋、张嘉贞、源乾曜等人为宰相，其后又任用张说、李元纮、杜暹、韩休、张九龄为相。李隆基首先采纳了姚崇提出的"十事要说"：为政先仁义，不求边功，中官不预公事，国亲不任台省官，行法治，租庸赋税之外杜塞贡献，寺庙宫殿止绝建造，礼接大臣，群臣皆得批逆鳞，推前朝之事鉴戒为万代法。国家政治稳定，经济发展，疆域辽阔。同时，李隆基对吏治进行了整治，改革宰相机构，把政事堂改为"中书门下"，增加中书省的权力；精简机构，裁减冗员，限制进士科及第的人数；确立考核制度，加强对地方官吏的管理，派按察使到各地巡查民情，纠举违法官吏；恢复谏议制度，让谏官和史官参与讨论朝廷大事，监督朝政；重视县令的任免，亲自考核县官并对优秀者提拔，不合格者罢黜。在法律上完善法制，修订武则天时期的法律，颁布《格后长行敕》《开元前令》和《开元后令》，编纂《唐六典》；农业上劝民农桑，检括户口，开垦荒地，提高亩产。在手工业方面，设置四监管理手工业，手工业发展迅速。在商业方面，放宽政策，金融机构柜房出现，互市与海外贸易发达。在军事方面，颁布《练兵诏》，命令西北军镇扩充军队，加强训练，提高战斗力；扩充屯田范围，在西北和黄河以北地区大力发展屯田，增加粮食产量；建立雇佣兵制度，把府兵制改成了募兵制，从关内招募军士十二万人，充当卫士。李隆基十分倡导节俭，规定三品以下的大臣，以及内宫后妃以下者，不得佩戴金玉制作的饰物，并且遣散宫女，以节省开支，下令全国各地均不得开采珠玉及制造锦绣。开元时期，由于实施一系列卓有成效的政策，全国经济迅速繁荣，国力强盛起来。据杜佑《通典》所记："东至宋（今河南商丘南）汴（今河南开封），西至岐州（今陕西凤翔），夹路列店肆待客，酒馔丰溢。每店皆有驴赁客乘，倏忽数十里，谓之驿驴。南诣荆襄（今湖北江陵、襄樊），北至太原、范阳（今北京），西至蜀川（今四川成都）、凉府（即凉州，今甘肃武威），皆有店肆，以供商旅，远适数千里，不持寸刃。"开元时期的国家经济繁荣，社会稳定，正如杜甫《忆昔》诗所说："忆昔开元全盛日，小邑犹藏万家室。稻米流脂粟米白，公私仓廪俱丰实。"

然而，到了开元后期和天宝年间，李隆基生活奢靡，昏庸不堪，耽于享乐，重用奸相李林甫、杨国忠等人以及贵妃杨玉环的势力，可谓奸贼当道，朝廷黑暗，腐败成风，官吏渎职，形成藩镇割据势力，威胁国家安全，终于爆发了"安史之乱"。天宝十四载（755年）十一月初九，身兼范阳、平卢、河东三地节度使的安禄山与史思明率部反叛，并联合同罗、奚、契丹、室韦、突厥等组成二十万大军，长驱直入，攻陷唐都长安，李隆基仓皇逃往四川成都，途中发生了马嵬坡事变，杨玉环被迫自缢身亡，李隆基退位，太子李亨即位。安史之乱历时七年，对唐朝的政治、经济、军事造成了严重破坏，国家进入藩镇割据的局面，从此唐王朝一步步走向衰落。

颁布《北巡祠后土诏》

大唐立国之后，对祭祀比较重视，一年之中每个季节都要祭祀相应的神祇。据《旧唐书·礼仪四》记载："武德、贞观之制，神祇大享之外，每岁立春之日，祀青帝于东郊，帝宓羲配，勾芒、岁星、三辰、七宿从祀。立夏，祀赤帝于南郊，帝神农氏配，祝融、荧惑、三辰、七宿从祀。季夏土王日，祀黄帝于南郊，帝轩辕配，后土、镇星从祀。立秋，祀白帝于西郊，帝少昊配，蓐收、太白、三辰、七宿从祀。立冬，祀黑帝于北郊，帝颛顼配，玄冥、辰星、三辰、七宿从祀。"朝廷对于春夏秋冬的主祭、从祀都有严格的规定，从天上的星宿、地上的神祇，到传说中的古代帝王都得到了祭祀。这些祭祀无一例外都是为了祈求得到神灵的护佑，风调雨顺，国家太平。

汉代之后的帝王们就很少到汾阴祭祀后土了。经历了三国鼎立、魏晋南北朝时期的国家动荡不安，五胡乱华，南北对峙，泱泱华夏处于分裂割据和战乱之中。到了唐代，经过了贞观之治和永徽之治，国家不仅统一了，而且走向了繁荣富强，自然祭祀礼仪就提上了日程。根据《旧唐书·礼仪志》记载，唐朝武德年间和贞观年间颁布祭祀各种各样的神祇。唐玄宗开启了盛唐时期的开元之治，经济繁荣，仓廪充足，平定夷狄，边疆稳定，他有感于后土的功德和大地的养育之恩，决定恢复后土的国家祭祀。

开元十年（722年）的岁末，唐玄宗计划巡幸晋阳。大臣张说上奏："汾阴脽上有汉家后土祠，其礼久废；陛下宜因巡幸修之，为农祈谷。"（《资治通鉴·唐纪二十八》）唐玄宗看了奏章，认为历年祭祀祭天，却对后土之神有所疏忽，就十分重视，下诏《北巡祠后土诏》：

> 王者承事天地以为主，郊享泰尊以通神。盖燔柴泰坛，定天位也；瘗埋泰折，就阴位也。将以昭报灵祇，克崇严配。爰逮秦、汉，稽诸祀典，立甘泉于雍畤，定后土于汾阴，遗庙巍然，灵光可烛。朕观风唐晋，望秩山川，肃恭明神，因致禋敬，将欲为人求福，以辅升平。今此神符，应于嘉德。行幸至汾阴，宜以来年二月十六日祠后土，所司准式。

意思是，帝王以侍奉天地为主要事业，祭祀天帝与神灵沟通。举行燔柴的祭天仪式，将玉帛、牺牲等置于积柴上而焚之，是用来确立上天的地位；举行祭地的仪式，在都城北郊瘗埋丝织品和牺牲，是用来确立大地的地位。以此昭告神灵，祭祀严格崇高。追溯秦汉时期，稽核各种祭祀典籍，在甘泉宫建立祭祀五帝的场所，在汾阴祭祀后土，庙宇巍然，灵验昭彰。观察唐晋之风气，按照等级祭祀山川，严肃恭敬对待神明，进行各种仪式，是为百姓祈福，使国家太平。神灵赋予天下，嘉奖美好德行。我要前往汾阴，于明年（723年）二月二十六日祭祀后土。在祭祀后土之前，唐玄宗下令对后土祠进行扩建，沉寂多年的后土祠又一次迎来全盛时期。

后土祠从汉武帝祭祀至唐玄宗时期，已经相隔八百余年。《旧唐书·礼仪志四》记载："先是，脽上有后土祠，尝为妇人塑像，则天时移河西梁山神塑像，就祠中配焉。至是，有司送梁山神像于祠外之别室，内出锦绣衣服，以上后土之神，乃更加装饰焉。又于祠堂院外设坛，如皇地祇之制。及所司起作，获宝鼎三枚以献，十一年二月，上亲祠于坛上，亦如方丘仪。礼毕，诏改汾阴为宝鼎。亚献邠王守礼、终献宁王宪已下，颁赐各有差。"后土祠的塑像曾经是个妇女模样的塑像，武则天时期以梁山神塑像配祀。为了迎接唐玄宗祭祀后土的大型活动，主管祭祀的官员把梁山神像从后土祠中移到别的殿里，"内出锦绣衣服，以上后土之神，乃更加装饰焉"。在扩建后土祠之际，竟然发现了三尊宝鼎，人们大喜过望，立即快马献给朝廷。唐玄宗得到宝鼎之后，认为是上天示意祥瑞，十分喜悦，更加坚定了祭祀后土的决心。

祭祀后土属于大祀，据《新唐书·礼乐一》记载，大祀包括天、地、宗庙、五帝及追尊之帝、后。祭祀有六个程序："一曰卜日，二曰斋戒，三曰陈设，四曰省牲器，五曰奠玉帛、宗庙之晨祼，六曰进熟、馈食。"唐玄宗下诏之后，朝廷官员就开始准备祭祀的各个环节了。

御驾晋阳

开元十一年（723 年）正月初三，唐玄宗从东都洛阳出发，御驾先至潞州，作了短暂停留，并把他的旧居命名为飞龙宫。接着又从潞州北上，一路翻山越岭，风尘仆仆，来到晋阳。

晋阳城是唐王朝的龙兴之地。公元 617 年，李渊拜太原留守，同年从晋阳起兵建立了唐朝。晋阳在古代有龙城之称，系舟山为"龙角"，龙山、天龙山为"龙尾"，晋阳正当蟠龙的中心，故常有"真龙天子"出现：北齐的高欢、唐代的李渊、后唐的李存勖、后晋的石敬瑭、后汉的刘知远，都是从晋阳起家夺取天下的。到了宋朝，出于对晋阳城的龙兴之地的忌讳，赵宋王朝怕再有人起来与他们争天下，于太平兴国四年（979 年）五月十八日放火焚烧了晋阳城，次年四月又引汾水、晋水毁坏晋阳城的废墟。后来宋朝的大臣潘美修建晋阳城，为了打破龙兴的咒语，竟然把街道全部修成"丁字街"，意为钉破"龙脉"，使之永世不得翻身。封建时代的这种做法，对于今天的人们来说可能不理解，但是也反映了晋阳城在古代的战略地位和重要价值。

　　晋阳最有名的风景是晋祠，唐玄宗兴致勃勃游览了晋祠。晋祠的故事要从西周时期说起。据《史记·晋世家》记载，周成王与胞弟唐叔虞在一起做游戏，周成王把一片桐叶削成玉圭的形状交给唐叔虞，并说："我把玉圭封给你。"正好让史官听见了，立即奏请兑现诺言。周成王说："我与他开玩笑呢。"史官说："天子无戏言，言则史记之，礼成之，乐歌之。"周成王听后只好把唐叔虞封在唐（在今山西翼城）地。唐叔虞来到唐地之后，发展农耕，治理山川，兴修水利，百姓安居乐业。唐叔虞死后，其子燮继位，因境内有晋水，遂改国号为"晋"。后来叔虞宗族的一支迁至晋阳，为了缅怀叔虞的功绩，遂在悬瓮山麓、晋水发源处建祠宇奉祀，称唐叔虞祠。又称"晋祠"。进入南北朝时期，齐文宣帝高洋扩建晋祠，大起楼观，穿筑池塘，建筑了读书台、望川亭、流杯亭、涌雪亭、仁智轩、均福堂、难老泉亭、善利泉亭等，进一步扩大了晋祠的建筑规模。

　　李渊推翻隋朝后，立国号为"唐"，与古唐国不无关系。晋阳可是唐王朝的龙兴之地，也是李渊父子的发迹之地。隋炀帝在位期间，大兴土木，生活奢侈，不断发动战争，加重了百姓的徭役、兵役，导致各地农民起义如火如荼。大业十三年（617年），时任太原留守的李渊在晋阳起兵，反抗隋朝。临行，李渊带领众将领在晋祠唐叔虞神像前祭旗誓师，允诺将来得了天下，必定立国号为"唐"，祈祷唐叔虞护佑他们取得胜利，夺取天下。可以说，古晋阳乃至晋祠，对于大唐王朝有着独特的、无可替代的重要意义。贞观十九年（645年），李世民亲征高丽后，班师返回途中，率众从定州过太行山，重新回到阔别二十多年的古晋阳城。李世民同文武群臣重游晋祠，不禁触景生情，感慨万千。他认为大唐帝国的建立壮大，与唐叔虞的庇佑以及晋祠这块风水宝地密切相关。回到长安之后，为报答唐叔虞的神恩，也为大唐王朝能够继续繁荣强盛，李世民于贞观二十年（646年）正月，欣然命笔，竖碑制文，写下了《晋祠之铭并序》，缅怀唐叔虞的历史功绩，报答晋祠的护佑之恩，期冀唐朝能够走向繁荣昌盛。

　　日月往矣，韶华不再，抚今追昔，喟叹未已。唐玄宗游览晋祠，缅怀先辈，他恭敬地站在一块巨大的石碑下，凝目而视，那正是唐太宗李世民撰写的碑文《晋祠之铭并序》，碑首左右雕螭首一对，并头下垂，身尾盘绕，雄浑秀丽。他思绪万千，遥想西周时期的唐叔虞封在晋国之后，筚路蓝缕，殚精竭虑，治理国家，千百年来一直受到后人的纪念。岁月流逝，恍然如梦，先祖在此起兵，历经艰难，身经百战，建立李家王朝，几多艰难，几多辛苦！唐玄宗诵读全文，思绪万千，高声吟诵最后几句："既瞻清洁，载想忠贞。濯兹尘秽，莹此心灵。猗软胜地，伟哉灵异。日月有穷，英声不匮。天地可极，神威靡坠。万代千龄，芳猷永嗣。"

在这风水佳地，面对清澈的泉水，唐玄宗思念唐叔虞的功业，可以荡涤人们的心灵。岁月是有穷尽的，唐叔虞的英名则世代流传；天地是有极限的，唐叔虞的威仪不会坠落；千秋万代，人们都会永远纪念唐叔虞的事迹。唐玄宗计划祭祀后土，不也是为了祈祷国泰民安，五谷丰登，百姓生活安康吗？

唐玄宗伫立悬瓮山麓，仰望高山巍巍，柏木森森，泉水潺潺，鸟鸣啾啾，感触颇深，感念千古以来那些为百姓造福的君王，缅怀先祖创业的艰苦卓绝，身经百战，思及无私养育万物的大地，不禁怀着深深的感恩之心。

开元十一年（723年）正月二十五日，唐玄宗下旨改并州为太原府，官吏补授官职，一律以京兆府、河南府为标准。百姓减免赋税徭役一年，贫困户减免二年；曾经跟从先祖打天下的百姓减免五年。

第五节　后土大典

开元十一年（723年）二月十六日，唐玄宗移驾河中府。只见旌旗遮日，幢幡飘扬，仪仗威武，万人空巷。唐玄宗在随行朝廷官员和军士的护卫下来到汾阴县脽上后土祠。

正是仲春季节，柳树发了芽，杨树吐着长长的穗子，各种野花竞相开放，散发着迷人的芳香。远望巍巍吕梁山，已经披上了淡淡的绿装；北归的大雁，排着队列从长空掠过，喜鹊在河边的树林里发出了叽叽喳喳的鸣叫。

黄河从青藏高原巴颜喀拉山脉穿越大半个中国，从内蒙古折转流入晋陕峡谷，经过壶口形成震人魂魄的瀑布。又穿过举世闻名的龙门大峡谷，涌入美丽的万象争荣的河东境内，在万荣县庙前村，形成壮美的奇观。站在庙前村河岸上，只见波浪滔天，船桅林立，渔歌互答，阳光明媚，荣光溢河，瑞气弥漫，祥风绕坛。

河岸上人流潮涌，迎接的官员，围观的百姓，一片熙熙攘攘，喧闹不已，充满着喜庆和快乐的氛围。唐玄宗在一众官员的陪同下，踏上了后土祠的台阶，进到祠庙之内。后土祠高高耸立，后土的塑像十分端庄威严，丰神俊逸，使人感到大地之母的宽厚无际，让人望之顿生敬重之感。祠内香烟缭绕，鼓乐齐鸣，熙熙攘攘，乐乐陶陶。

祭祀大典是国家级的礼仪活动，唐玄宗亲自祭祀后土。《旧唐书·志第一·礼仪一》："昊天上帝、五方帝、皇地祇、神州及宗庙为大祀，社稷、日月星辰、先代帝王、岳镇海渎、帝社、先蚕、释奠为中祀，司中、司命、风伯、雨师、诸星、山林川泽之属为小祀。"唐代祭祀礼仪根据级别有不同规定，《大唐开元礼》道："夏日至，祭皇地祇于方丘坛上，以高祖神尧皇帝配座（每座笾、豆各十二，簠、簋、簧俎各一，百七十二座）。祭神州地祇于坛第一等（笾、豆各四，余如上也），祭五岳、四镇、四海、四渎、五山、五川、五林、五泽、五丘、五陵、五坟、五衍、五原、五隰于内壝之外，各依方面（每座笾、豆各一，簠、簋、俎各一，皆准旧礼为定）。立冬后祭神州地祇于北郊，以太宗文武圣皇帝配座（每座笾、豆各十二，簠、簋、甒、俎各一也）。"由此文可以看出，祭祀后土是国家的"第一等"祭祀，并且以开国皇帝配祀，在其他祭祀之上。

唐玄宗备上各种祭品，恭恭敬敬宣读祭文之后，只听主祭官员大声宣告："奏乐！"祭祀的音乐响起来了，霎时间，各种乐器和鸣，金声玉振，盛况空前。《通典》中说："礼乐相须为用，礼非乐不行，乐非礼不举。"祭祀之礼总是和音乐联系在一起的。唐玄宗对音乐是非常精通的，他曾经亲自谱曲《小破阵乐》《太平乐》《上元乐》等，令宫女数百人击鼓，场面壮观，气势恢宏。

在后土祠举行国家祭祀，各种乐器齐备，更是令人心潮澎湃。唐代祭祀后土的音乐是十分讲究的，唐朝祭祀礼仪规定："祭天神奏《豫和》之乐，地祇奏《顺和》，宗庙奏《永和》。天地、宗庙登歌，俱奏《肃和》。皇帝临轩，奏《太和》。"（《旧唐书·音乐一》）

有关唐玄宗祭祀的音乐和歌词，《旧唐书·音乐》记载："玄宗开元十一年，祭皇地祇于汾阴：迎神用《顺和》八变，皇帝行用《太和》，登歌奠玉帛用《肃和》，迎俎用《雍和》，酌献饮福用《寿和》，送文舞出、迎武舞入用《舒和》，武舞用《凯安》，送神用《顺和》。"

迎神之《顺和一》

大乐和畅，殷荐明神。

一降通感，八变必臻。

有求斯应，无德不亲。

降灵醉止，休征万人。

意思是：

祭祀的音乐和雅顺畅，那是向神明的献礼。

音乐十分通灵，音调的变化臻于大美。

有求必应，无德不亲。

沉醉乐声的大地之神，赐予万千黎民福祉。

《顺和二》

坤元载物，阳乐发生。

播殖资始，品汇咸亨。

列俎棋布，方坛砥平。

神歆禋祀，后德惟明。

意思是：

大地承载万物，阳气使万物茁壮生长。

春天的播种精心培育，才能享受大地的馈赠。

各种祭品星罗棋布，祭祀的方坛十分平整。

神灵享受着各种牺牲，彰显了后土的神明。

《顺和三》

大君出震，有事郊禋。

斋戒既肃，馨香毕陈。

乐和礼备，候暖风春。

恭惟降福，实赖明神。

意思是：

国君来到了河东大地，举行隆重的祭地大典。

斋戒十分肃穆整齐，各种祭品散发芳香。

音乐和礼仪都齐备，温暖的春风吹过大地。

恭敬地祈求后土降福，我们依赖圣洁的神明。

《顺和四》

于穆濬哲，维清缉熙。

肃事昭配，永言孝思。

涤濯静嘉，馨香在兹。

神之听之，用受福釐。

意思是：

场面肃穆，深沉濬哲，国家清平，大地光明。

先祖享受配飨，永远心怀德孝思念。

音乐如此美好婉转，满目都是洁净馨香。

后土之神静静聆听，降福于虔诚的百姓。

皇帝行之《太和》

于穆圣皇，六叶重光。

太原刻颂，后土疏场。

宝鼎呈符，歆云孕祥。

礼乐备矣，降福穰穰。

意思是：

英明威严的皇帝，经历了六代盛世。

在龙兴之城太原刻碑，在后土道场汾阴祭拜。

出土的宝鼎献符箓，白云缭绕降下祥光。

礼乐是这么完备啊，赐予幸福五谷丰登。

登歌奠玉帛之《肃和》

聿修严配，展事禋宗。

祥符宝鼎，礼备黄琮。

祝词以信，明德惟聪。

介兹景福，永永无穷。

意思是：

先祖配飨大地之神，祭祀心目中的神灵。

吉祥的符箓，珍贵的宝鼎，准备珍贵的美玉祭地。

用真诚的祝词，昭彰美好光明的德行。

神灵赐予洪福，永永远远无穷。

迎俎之《雍和》

蠲我饎餴，洁我菅芗。

有豆孔硕，为羞既臧。

至诚无昧，精意惟芳。

神其醉止，欣欣乐康。

意思是：

献上美好的酒菜，献上洁净的香草。

高脚器皿十分大，都是最好的佳肴。

诚心诚意不隐瞒，准备精心更芬芳。

大地之神多么沉醉啊，欢欣地享受快乐康宁。

酌献饮福之《寿和》

礼物斯具，乐章乃陈。

谁其作主，皇考圣真。

对越在天，圣明佐神。

宵然汾上，厚泽如春。

意思是：

各种祭品都准备好了，美好的乐章已经陈列。

谁今天在这里祭拜，他是那圣明的皇帝。

隆重祭祀天地，圣明辅佐神灵。

浩渺无尽的汾水之上，深厚的恩泽沐浴春光。

送文舞出迎武舞入之《舒和》

乐奏云阕，礼章载虔。

禋宗于地，昭假于天。

惟馨荐矣，既醉歆焉。

神之降福，永永万年。

意思是：

奏鸣的音乐响彻云霄，祭祀的礼仪虔诚恭敬。

先祖配飨大地之神，此心昭昭可对苍天。

各种祭品那样芬芳，神灵沉醉十分享受。

愿大地之神啊，福佑大唐天下千秋万岁。

武舞之《凯安》

维岁之吉，维辰之良。

圣君绂冕，肃事坛场。

大礼已备，大乐斯张。

神其醉止，降福无疆。

意思是：

在美好的岁月，在这良辰吉日，

圣君头戴冠冕垂丝带，虔诚地祭拜大地之神。

准备了盛大的祭礼，准备了美好的音乐。

大地之神沉醉啊，降下无止境的福祉。

送神之《顺和》

方丘既膳，嘉飨载谧。

斋敬毕诚，陶匏贵质。

秀毕丰荐，芳俎盈实。

永永福流，其升如日。

意思是：

方坛地神享受祭品，那么美好那么安详。

我们恭敬又诚心，乐器贵重又质朴。

秀美的器皿很丰盛，献供的食物真充盈。

福祉如水永流淌，就像那旭日东升。

在美妙和庄重的音乐之后，唐玄宗在主祭官员的导引之下，恭敬地向后土娘娘奉献祭品，诵读祭文，表达对后土的深深敬意，祈求保佑国泰民安，江山永固。

唐代大诗人李白作《明堂赋》，其中谈及唐玄宗到宝鼎县祭祀后土的大典。明堂为古代帝王宣明政教之处，凡朝会、祭祀、庆赏、选士等大典，均在此处举行。唐睿宗垂拱三年（687年）二月，武则天下诏在洛阳建明堂，后来失火。天册万岁二年（696年）三月重建。据《资治通鉴·唐纪》记载，明堂共三层，底层为四方形，四面代表春夏秋冬；中层十二面代表十二个时辰；顶层为圆形，四周环绕九龙雕塑。明堂是史上体量最大之木构建筑，唐代建筑技术之巅峰巨作。李白《明堂赋》道：

封岱宗兮祀后土，掩栗陆而苞陶唐。遂邀崆峒之礼，汾水之阳，吸沆瀣之精，黜滋味而贵理国，其若梦华胥之故乡。于是元元澹然，不知所在，若群云从龙，众水奔海，此真所谓我大君登明堂之政化也。

此赋不仅描述了明堂的宏大壮丽，记述了开元盛世的强大国力，而且还赞扬了唐玄宗泰山封禅，汾阴祭拜后土的盛举。李白的赋文雄奇豪放，想象丰富，语言流转，瑰玮绚烂，音律多变，读来抑扬顿挫，让人拍案叫绝。

第六节 唐玄宗封禅、祭孔

封　禅

封禅是国家意志的表达，对于稳定社会、凝聚民心、实施教化起着重要作用。作为封建社会最重要的祭祀活动，封禅也是取得一定成就的帝王的心愿。唐高宗封禅之后，过去了多年，唐玄宗开启了开元之治，天下太平，安居乐业，在举行祭祀后土大典两年之后，下诏泰山封禅。

开元十三年（725 年）十月十一日，唐玄宗从东都出发，带着文武大臣和护卫侍从，去泰山封禅。二十日，歇驻濮州，赐给黄河南、北五百里之内地区父老布帛。十一月初十，唐玄宗头戴冠冕，身着衮服，登上泰山，筑坛以祀昊天上帝；瘗玉牒文，以五色土圆封，燔柴告天。唐玄宗问随行的大臣贺知章："玉牒之文，前代帝王，何故秘之？"贺知章说："玉牒为沟通神明之用，帝王或求长寿，或求成仙，其事甚秘，故不让人知。"唐玄宗说："朕今此行，皆为苍生祈福，更无秘请。宜将玉牒出示百僚，使知朕意。"因此，唐玄宗的玉牒得以广布于世：

有唐嗣天子臣某，敢昭告于昊天上帝。天启李氏，运兴土德。高祖、太宗，受命立极。高宗升中，六合殷盛。中宗绍复，继体丕定。上帝眷祐，锡臣忠武。底绥内难，推戴圣父。恭承大宝，十有三年。钦若天意，四海晏然。封祀岱岳，谢成于天。子孙百禄，苍生受福。

当日天空晴朗，山上清迥，下望山下，休气四塞，登歌奏乐，有祥风自南而至，丝竹之声，飘于天外。

十月十一日，唐玄宗在社首祭祀皇地祇，按照礼制对后土施行大礼，祈求后土保佑国泰民安。唐玄宗亲自撰写《纪泰山铭》文，御书勒于山顶石壁之上，记述了封禅的经过，颂扬唐朝历代帝王的功绩，表达了治国安邦的雄图大略。《纪泰山铭》道：

> 朕宅帝位，十有四载，顾惟不德，懵于至道，任夫难任，安夫难安，兹朕未知，获戾于上下，心之浩荡，若涉于大川。赖上帝垂休，先后储庆，宰衡庶尹，交修皇极，四海会同，五典敷畅，岁云嘉熟，人用大和。百辟佥谋，唱余封禅，谓孝莫大于严父，谓礼莫尊于告天，天符既至，人望既积，固请不已，固辞不获。肆余与夫二三臣，稽虞《典》，绎汉制，张皇六师，震叠九宇。旌旗有列，士马无哗，肃肃邕邕，翼翼溶溶，以至于岱宗，顺也。

十一月十二日，唐玄宗大赦天下。赐给文武官员官阶、勋衔、爵位，已辞官归居的官员赐给俸禄一季；赐给公主、嗣王、郡主、县主官职，诸藩国酋长来朝见者也赐予官职；免除所经地方一年的租赋，兖州免租二年；赐许全国聚饮七日。

祭　孔

唐玄宗重视儒学，推崇孔子。开元八年（720年），国子司业李元瓘奏称："先圣孔宣父庙，先师颜子配座，今其像立侍，配享合坐。十哲弟子，虽复列像庙堂，不预享祀。谨检祠令：何休、范甯等二十二贤，犹沾从祀，望请春秋释奠，列享在二十二贤之上。七十子，请准旧都监堂图形于壁，兼为立赞，庶敦劝儒风，光崇圣烈。曾参等道业可崇，独受经于夫子，望准二十二贤预飨。"唐玄宗看到奏章后深以为然，于是下诏把孔门十哲颜子、子骞、伯牛、仲弓、子有、子贡、子路、子我、子游、子夏等人在文庙的塑像改为坐像，并将孔子的七十个弟子和二十二贤人的画像绘制在庙壁上。因为颜渊被人们称为亚圣，唐玄宗亲自为颜渊写赞语，并令人刻石记之，其余人让当朝的文人雅士写文歌颂。

唐玄宗去泰山封禅之后，十六日，御驾前往孔子府宅，派使臣以太牢三牲祭孔子墓，以十分隆重的礼节祭祀孔子和孔门十哲。唐玄宗下诏免除墓旁五户人家的徭役，赐给徐、曹、亳、许、仙、豫六州父老布帛。

开元十三年（725年），唐玄宗祭祀孔子时，遥想孔子一生的经历，作诗《经邹鲁祭孔子而叹之》：

夫子何为者，栖栖一代中。
地犹鄹氏邑，宅即鲁王宫。
叹凤嗟身否，伤麟怨道穷。
今看两楹奠，当与梦时同。

此诗嗟叹了孔子复杂坎坷、栖遑不遇的一生，对孔子生前的际遇深表同情，对他寄予了深深的怀念。孔子作为儒家学说的创始人，受到历代人们的推崇。孔子的一生周游列国，推行仁义思想，备尝艰难，历经挫折。唐玄宗感叹孔子的坎坷一生，赞颂孔子明知不可为而为之，一生奔忙矢志不渝的精神，表达了对孔子的敬重之情："弘我王化，在乎儒术。孰能发挥此道，启迪含灵，则生人已来，未有如夫子者也。所谓自天攸纵，将圣多能，德配乾坤，身揭日月。故能立天下之大本，成天下之大经，美政教，移风俗，君君臣臣，父父子子，人到于今受其赐。"（《旧唐书·礼仪四》）唐玄宗执政后开启了唐代的开元盛世，实施了一系列政治主张，岂能不遇到种种艰难？这正是他为之感叹、为之钦佩的原因之所在。孔子诞生于鄹氏邑，后来迁居曲阜；这宅院鲁王原想毁它，而扩建宫府。《论语·子罕》："子曰：凤鸟不至，河不出图，吾已矣夫。"凤凰出现象征圣人受到礼遇，河图出现代表盛世的来临。传说伏羲氏时，有龙马从黄河出现，背负"河图"；有神龟从洛水出现，背负"洛书"，伏羲根据河图和洛书画成八卦。孔子曾经哀叹，凤凰不至，盛世不来，吾道不用，这是说他生不逢时；也曾经对着麒麟哭诉，说自己日暮途穷，看不到希望。孔子遇到种种挫折，以至于哭诉、哀叹，但是他的品格十分高洁坚毅，从没有改变自己的人生目标。唐玄宗想起孔子曾经梦见在两楹之间受人祭拜的故事，这可能是他在艰难困苦时的渴望，希望自己的主张和思想能够被后世记住，甚至被当时的君主所采用，能够承继周公的伟业，在礼崩乐坏的乱世维系清明的社会秩序。唐玄宗不禁感慨地说，孔子今天受到人们的崇拜，他所企求的政治理想和人生理想应该已经实现了。

唐玄宗不仅祭祀后土、孔庙等，还建筑了武庙祭祀历代名将，开创了祭祀名将的先声。《新唐书》卷十五道："开元十九年，始置太公尚父庙，以留侯张良配。中春、中秋上戊祭之，牲、乐之制如文宣。出师命将，发日引辞于庙。仍以古名将十人为十哲配享。"武庙内主祀姜太公，配祀张良，坐在姜太公旁边。东侧西向：管仲、孙武、乐毅、诸葛亮、李勣。西侧东向：田穰苴、范蠡、韩信、李靖、郭子仪。唐玄宗建立武庙有着特殊的历史背景，他在位时期，由于均田制瓦解，建立于其基础上的府兵制亦随之取消，开始实行募兵制。唐玄宗大量扩充军镇，设节度使，赋予军事统领、财政支配及监察州县的权力，共设九个节度使和一个经略使。节度使随着权力的不断增大，对中央政权构成威胁，特别是北方节度使权力的集中更为显著，经常以一人兼任两三镇节度使，安禄山就是凭借身兼范阳、平卢、河东三镇节度使而发动叛乱的。唐玄宗建立武庙祭祀历代名将，目的在于使各个节度使忠君爱民，报效国家，加强中央集权的统治力量。

《祠汾阴后土》碑

光阴如梭，朝政忙碌。开元二十年（732年），唐玄宗再次从洛阳临幸太原，拜谒唐王朝发迹之地，游览晋祠，检视官员。七月，回到了东都洛阳。

唐玄宗自从开元十一年（723年）祭祀后土之后，已经九年多了。其间天下太平，五谷丰登，祥瑞连连，可谓盛世。中书令萧嵩向唐玄宗上奏："开元十一年亲祠后土，为祈谷，自是神明昭格，累年丰登。有祈必报，礼之大者。且汉武亲祠雕上，前后数四，伏请准旧祀后土，行赛之礼。"萧嵩认为，有祈必报是礼仪的大事。汉武帝一生多次拜祭后土祠，陛下理应御驾河中府，在此祭拜后土，为民祈福。唐玄宗深以为然，下诏祭祀后土。

开元二十年（732年）十一月初二，唐玄宗先巡幸北都晋阳；十四日，对北都施行赦免，免除该州三年徭役。十一月二十一日，唐玄宗来到了宝鼎县，到汾阴雕上祭后土，举行"报赛礼"，就是酬神还愿的意思。据《新唐书·玄宗本纪》记载："庚申，如汾阴，祠后土，大赦。免供顿州今岁税。赐文武官阶、勋、爵，诸州侍老帛，武德以来功臣后及唐隆功臣三品以上一子官。民酺三日。"礼毕之后，唐玄宗大赦天下，亲自撰写《祠汾阴后土》，刻石纪念。碑文记述了汾阴后土祠的历史，指出后土祠所在地曾经为魏国的名城、汉朝的宫殿，黄河和汾河在此交汇，地理位置优越，地形天然诡异；回顾了汉武帝祭祀后土的盛况，追忆了古代祭祀后土的历史；赞扬了大地的恩德，描写了汾河之畔后土祠的美景，歌颂了唐朝的文治武功；记载了后土祭祀的盛大礼仪，盛赞后土的伟大功德。

唐玄宗于开元十一年（723年）、开元二十年（732年），两次到汾阴祭祀后土，在历史文化中留下了佳话。据后土祠内碑刻《历朝立庙致祠实迹》记载："玄宗开元十一年二月祭后土于汾阴。初，上将幸晋阳，张说言于上曰：汾阴雕上有汉后土祠，其礼久废，陛下宜因巡幸修复之，为农祈谷。上从之。开元十二年冬十一月祀后土于汾阴雕上，太史奏：荣光出河，休气四塞，祥风绕坛，日炀其光。开元二十年冬十一月祀后土于汾阴，十二月帝还西京，初，萧嵩奏：自祀后土以来年谷屡丰，宜因还京赛祠，上从之。礼毕上为文刻石。"以上碑刻记录了唐玄宗祭祀后土的经过，反映了古代皇帝祭祀后土祠的用心和目的，主要是为了祈求国泰民安，五谷丰登，长治久安。

唐玄宗喜好戏剧，被后世尊为"梨园之祖"。据说，唐玄宗晚年曾命梨园子弟唱曲，伶人便唱了一首李峤的《汾阴行》："山川满目泪沾衣，富贵荣华能几时？不见只今汾水上，唯有年年秋雁飞。"唐玄宗曾经在开元盛世时两次到河东祭祀后土，后来因安史之乱而被迫退位，身居深宫，他听后禁不住百感交集，潸然泪下。《唐才子传·李峤》记载："帝惨怆，移时，顾侍者曰：'谁为此？'对曰：'故宰相李峤之词也。'帝曰：'真才子！'不待终曲而去。"他回忆祭祀后土时的宏大场面，岂能不感叹人生无常，青春易老？

第七节　宝鼎城

汾阴县诏改"宝鼎县"

唐玄宗祭祀后土前，因为发现了宝鼎，龙颜大悦。祭祀完毕之后，唐玄宗依照文武官员等级，赏赐给官阶、勋衔、爵位、布帛等物，一时间，官员们齐声谢恩，山呼万岁。三月初六，玄宗自汾阴返京，下诏免除所经过地方的本年赋税，并对随行官员进行赏赐。《旧唐书·玄宗本纪》记载："壬子，祠后土于汾阴之脽上，升坛行事官三品已上加一爵，四品已上加一阶，陪位官赐勋一转。"

唐玄宗作《祠后土获符瑞行庆制》（见《唐大诏令集》）道：

自古受天之命，作神之主，崇德祀地，尽孝配亲，存乎礼经，不可阙也。朕承累圣之绪，仗卿士之力，方隅清谧，宇宙乂安。北狩并都，南辕汾上，览汉武故事，修葺旧祠。时惟仲春，地气萌动，将先政本，为农祈谷。斋戒惟寅，粢盛惟洁，仲尼曰："吾不与祭，如不祭。"岂非躬尽孝敬，以致神祇乎？而经始壝坛，宝鼎出地，奠兹玉帛，荣光塞河，将何以幽答神心，上膺灵贶？朕又惧焉。今大典克举，美祥允洽，自天之祐，岂予一人？思与百辟，同兹嘉庆。亚献邠王守礼、终献宁王宪各赐物七百匹。申王捴、岐王范、薛王业，各赐物五百匹，余升坛官，三品已上赐爵一等，四品已下各加一阶。应入三品五品，现任四品已上官先授三品四品已上阶经三十考者，六品已上官先授五品六品已上阶经十六考者，令所司勘责，奏听进止。诸缘大礼有职掌官赐勋两转，余陪位官赐勋一转。中书门下三品六尚书御史大夫食实封三品以上功臣，与各一子官。其立功万骑身亡殁者，虽预创业，不见劝时，念功思旧，情有感恻，并令所司检勘，亦各与一子官。改汾阴县为宝鼎县。官同升坛官例赐一阶。

古代有天人感应的说法，意思是帝王修德，时世清平，上天则降祥瑞以应之，谓之"瑞应"；朝廷昏暗，则天象示警，有彗星、灾异等现象。唐玄宗祭祀前发现了宝鼎，祭祀期间看到黄河和汾河洒满了美丽的祥光，感到十分吉祥。《西京杂记》卷三："瑞者，宝也，信也。天以宝为信，应人之德，故曰瑞应。"这篇制文追溯了汉武祭祀后土的历史，阐述了祭祀后土之神的必要性，论述了祭祀对于国家的重要意义，记录了宝鼎问世、荣光溢河的美好景观，同时下诏对于参加祭祀的官员进行了奖赏，并下令把汾阴县改为宝鼎县。

《唐大诏令集·祀后土赏赐行事官等制》记载："北巡并都，南辕汾上，览汉武故事，修后土旧祠。时为仲春，地气萌动，将先政本，为众祈谷。……宝鼎出地，奠此币玉，荣光塞河……改汾阴为宝鼎。"唐玄宗到汾阴朝拜后土，一方面为了稳固唐朝政权，传承祭祀文化，另一方面，正值仲春之际，春播之时，为了祈求五谷丰登，百姓幸福。

当年的汾阴县、宝鼎县城在哪里？

据资料记载，宝鼎县的县城旧址在今山西万荣县西南宝井村，距离庙前村南约3.5公里，是唐宝鼎县和宋荣河县县治所在地，过去叫宝鼎镇，现在叫宝井村。1921年，为避水患，才把荣河县迁到庙前村以东约七公里现在叫荣河镇的地方。有谁知道，这个和黄土高原的大多数村庄没有多少区别的宝井村，就是唐代宝鼎县的县治，并因为唐玄宗改名而驰名海内！

今天的万荣县是由万泉和荣河两县合并得名的。原荣河县的前身是宝鼎县，宝鼎县最早的名字叫汾阴县。唐开元十年（722年），唐玄宗在祭祀后土时，对后土祠进行了一次修建，其间挖出两个青铜色宝鼎，大者容四升，小者容一升。唐玄宗以为祥瑞之兆，遂改汾阴县为宝鼎县。

战国时期，魏设置汾阴邑；秦朝时期，在距今万荣县城西南三十三公里宝井村北置汾阴县，属河东郡，十六国前赵废。《史记·秦本纪》载："（惠王）九年，渡河，取汾阴、皮氏。"北魏太和十一年（487年）复置，于县置北乡郡，县属之，徙治今宝井村。北周复归故治，改北乡郡为汾阴郡。隋开皇三年（583年）废汾阴郡，县属河东郡，仍治今宝井村。义宁年间复置汾阴郡，县属之。唐武德元年（618年），汾阴郡改泰州，二年，州治徙今河津市境，三年，于今城关南古城村北置万泉县，先后属泰州、解州、绛州、蒲州。开元十一年（723年），汾阴县改宝鼎县，与万泉县俱属河中府。宋大中祥符四年（1011年），宋真宗亲幸河东祭后土时，相传某夜有人看见西北方有光芒照射，史称"荣光幂河"之瑞，宋真宗以此为荣，将宝鼎县改为荣河县。金贞祐三年（1215年）废庆成军，荣河县升荣州，万泉县属之。

古时的宝鼎城，西临汾阴渡，地处交通要道，既是水旱码头，又是南北枢纽，北经绛州，可达晋阳（太原），南抵蒲坂，直到长安，因而也成为兵家必争之地。据《水经注》记载，战国时魏文侯与秦国交战，视沿河一带为国防重地。他命令在汾阴邑（原址在宝井村西北）建县城。到隋文帝开皇二年（582年），把县城建到宝鼎，城名仍叫汾阴城。后随着唐玄宗改汾阴县为宝鼎县，城亦随之叫作宝鼎城。

宝鼎城是皇帝祭祀后土必经之地，建筑宏伟，庙宇辉煌，商店林立，市场繁荣，人来人往，熙熙攘攘。宝鼎城南北城门楼为两层挑角，南门还有瓮城，甚为壮观。城正中建有一座古楼，底层用砖砌成高台，留有东西、南北两洞，十字交叉，形成东西、南北四条大街。台上建有两层挑角古建，一层四周有砖墙，十二根圆柱围绕，雕梁画栋，极为华丽；二层皆为明柱，华屋盖顶，五脊六兽，异常壮观。清时，楼中悬有大鼓，作为夜间报更使用，后改为铜锣报更。以鼓楼建筑为中心，周围是关帝庙、望河楼、吕祖庙、城隍庙、禹王庙、娘娘庙、府君庙、先农坛、东岳庙、老君殿、萧墙碑、土地祠、祖师庙等各种庙宇星罗棋布；文庙、考院、教谕署、汾阴书院、文昌阁等文教设施齐全。望河楼建于县城东大街，坐南朝北，高十三四米，长方形，砖木结构，分三层。两侧各有楼梯，二楼建有大客厅，雕梁画栋，气质高雅。登高远眺，全城景象尽收眼底。

宝鼎有八景：南有石佛口，北有穆陵关。汾阴书院盖得宽，四个铁人镇河湾。萧墙大碑宋王建，巍峨鼓楼在中间。土地祠大钟真好看，陈家石井水真甜。

相传唐太祖李渊起兵太原，进攻长安，即经过宝鼎城。五代时，河东节度使李克用先和朱温联军镇压黄巢起义，后又内讧，双双混战多年，他们都是在宝鼎和蒲坂两地训练军队。明崇祯十二年（1639年），黄河水逼近西城墙，知县王心正遂在西门内另筑一道城墙，并另盖一座城门楼。清乾隆四十八年（1783年），河水入城，水漫入居民窗户。

1920年，荣河县自宝鼎村徙治今城关西南二十五公里的荣河镇。1954年8月，万泉、荣河二县合并，以二县首字命名万荣县。新中国建立后，宝鼎由镇改为乡，后为公社，又改乡。2001年在乡镇合并中取消了建制，并入荣河镇。不管历史如何变迁，万荣的这块土地所承载的文化内涵，所发生的历史故事，绝对不会消失，它会随着时间的流逝更加引人注目，具有长久的生命力。

唐玄宗将汾阴县改为宝鼎县，万荣因为宝鼎而驰名，宝鼎也成为万荣的标志，承载大唐的文化余脉，成为万荣人生活的记忆。改革开放后，万荣县在县城建设了宝鼎公园，一则为了纪念唐代在汾阴发现宝鼎，弘扬后土文化，二则宣传万荣厚重的历史文化，鼓励勤劳智慧的万荣人民建设更加美好的明天。

宝鼎公园

2015 年春，万荣县建成了宝鼎公园，它位于万荣县城东北角，占地百余亩。走进公园，迎面矗立着一尊硕大的石雕宝鼎，古朴厚重。主题雕塑正面刻着"上善若水"，背面刻着"厚土载物"，水能润物，土能载物，蕴含着后土文化。只见泉水从宝鼎的鼎口喷射而出，浪花飞溅，云雾缭绕，经过阳光的折射形成美丽的彩虹。《宝鼎公园记》道："水自鼎溢，雾起云蒸，有水则万荣富，兴水则百姓福。"黄河之水天上来，滔滔东去，冲刷两岸，滋润着万荣厚土，哺育万千生灵。

公园里有个龙源台，拱形的石柱大门上两条巨龙相向盘踞，龙首高扬，龙尾上翘，宝珠居中，银光闪闪。两边柱子上楹联为："一尊金龙见证沧桑注解兴旺在此尤能安社稷，百亩公园融合今古启迪儿女于斯或可慰祖先。"民俗学家认为，龙的各部位由多种动物局部构成有特定寓意，前额表示聪明智慧，鹿角表示社稷和长寿，牛耳寓意名列魁首，虎眼表现威严，鹰爪表现勇猛，剑眉象征英武，狮鼻象征宝贵，金鱼尾象征灵活，马齿象征勤劳和善良等。龙作为中华民族的图腾，象征着一种自强不息的奋斗精神，龙腾虎跃的进取精神，龙凤呈祥的吉祥文化，龙的雕塑也寄托了万荣人民对于新时代美好生活的向往。

在公园里迤逦而行，可见一个文化长廊，柱子上有一副楹联："神话不神青史千秋藏印记，故园如故白云万古数风流。"对仗工整，令人玩味。走进长廊，上边有五幅石刻线描壁画，记载了五个故事：轩辕扫地为坛、女娲抟土造人、后稷教民稼穑、董永孝感天地、介子推隐居孤峰，都与万荣有关，是曾经发生在万荣的故事和传说，也说明了万荣的厚重文化。轩辕扫地为坛，反映了黄帝在汾阴扫地为坛祭祀后土的故事；女娲抟土造人，与汾阴脽上有关；后稷教民稼穑，反映中华民族的祖先后稷发明农业播种五谷的事迹；董永壁画反映了董永家境贫寒，卖身葬父，孝感天地，与七仙女结合的故事；介子推隐居孤峰，反映了名臣介子推隐居万荣孤山的故事。这些故事逼真地反映了万荣丰富的历史文化，承载了古老的神话符号。

宝鼎公园既有历史文化的内涵，还容纳了中国古代节气知识。有一组玉雕群像令人瞩目，图文并茂，雕刻细致，显示了高超的工艺水平。这组群雕镌刻着二十四节气的来历、二十四节气歌、一年四季的区分等等，通过文字和图表简明扼要地介绍了相关知识，通俗易懂，好记易诵。尤其是在图上配古诗，朗朗上口，相得益彰。如唐朝诗人卢储《官舍迎内子有庭花开》："芍药斩新栽，当庭数朵开。东风与拘束，留待细君来。"描绘了春天来临，芍药绽放的动人景象。唐朝诗人卢照邻的《曲池荷》："浮香绕曲岸，圆影覆华池。常恐秋风早，飘零君不知。"描写了夏天来临之际，荷花盛开，浮香四溢，令人迷恋，尤恐花谢的心情。此外还有秋季和冬季的诗歌，十分典雅含蓄，吟诵再三，回味无穷。

公园的假山之上是著名的秋水亭，金砖碧瓦，造型别致，简洁古朴。站在亭子上极目远眺，万荣县城一览无余，远处的飞云楼、近处的公园全景尽收眼底。这个亭子纪念的是"初唐四杰"之一的王勃，其散文名篇《滕王阁序》千古流传，用富丽华美的词藻，描写了滕王阁的壮丽，记述了江南物华天宝、人杰地灵的美景，抒发作者怀才不遇、壮心未酬的感慨。古色古香的亭子上有一副楹联："秋水长天万顷烟波名士来，飞珠溅玉满城笑语雅怀诗。"王勃的故事和今日宝鼎公园的美景相结合，让人发思古之幽情，感沧桑之变化。

信步走在公园里，有一尊牛的雕像十分醒目，名曰"挣气牛"。雕像为黄铜铸造，牛首微微前倾，双蹄紧扣大地，浑身使出全力，散发着无穷力量。万荣大黄牛以"狮子头，老虎嘴，顺风角，木碗蹄"闻名于世，这尊雕像既刻画了大黄牛的特征，也象征着大黄牛实干苦干、牛气冲天的特征，彰显了"争强好胜，勇创一流"的万荣精神。看到这个牛的雕像，让人想到，它不就是孺子牛、拓荒牛、老黄牛吗？

宝鼎公园既有反映万荣厚重文化的各种建筑、雕塑、楹联，还融合了现代公园的许多元素，如亭台楼阁、水榭花池、小桥流水、古木森森、花红柳绿，令人流连忘返，依依不舍。徜徉在公园里，抚今追昔，领略胜景，何尝不感到万荣历史的厚重，后土文化对于时代的影响？

附：薛勇勤《宝鼎公园记》

宝鼎者，昌盛之见证，汾阴之旧称也。公园以宝鼎而名，诚期万荣民众团结、事业鼎盛矣。

甲午春月，县委、县政府谋民生福祉，建美丽县城，辟公园于此。专设指挥部，纳群贤，集众志，共襄盛举。园以宝鼎为主题构想，以后土祠庙貌图为基，以水为魂，景观以中轴线陈设。共占地百余亩，斥资四千余万，于乙未年春月告竣。

沿中轴线而行，分列八景。一曰宝鼎流云。水自鼎溢，雾起云蒸，有水则万荣富，兴水则百姓福。二曰双湖映秀。波光帆影，落英游鳞，逍遥者八仙，博弈者棋阵，放歌者石亭，惬意者花港，一园风景，四面笑声也。三曰劲牛耕春。牛向为镇河之宝，更以"挣气"名之，伏愿福水长流、壮心不已、精进日新。四曰龙源泻玉。此处有龙泉溢瀑、河汾流觞、万荣版图盘桓广场，上下天光、情景交融，是为龙源台也。天地人合一，声光电怡情，感慨系之矣。五曰晴虹卧波。箫鼓应声开画鹢，帆樯飞影动晴虹。雨后初霁，飞虹交映，心旷而神怡哉！六曰玉屏春秋。西北列玉雕幕墙，凡三十一块，春夏秋冬，廿四节气，诗以述之，图以识之。游园益智兼之。七曰华壁夕照。园北有壁廊，载之以万荣胜景、历史传说，阅古览今，意气荡胸，豪情满怀！八曰秋水印月。东望之，一丘突兀，有秋水亭翼然其上。临亭倚栏，俯仰之间，晨曦中，绿树掩映，奇花斗芳，儿童园、健身道欢乐无限；夜色里，一城灯火，满地月光，古中国、新万荣繁华若梦，其兴也勃焉！

嗟夫！昔万荣因宝鼎而兴，九州享誉；今百姓由宝鼎而乐，善政惠民。

第五章　大宋盛典冠海内

第一节　赵匡胤遣使祭后土

赵匡胤趁周恭帝即位时年幼，根基尚不稳，发动"陈桥驿兵变"，被拥立为帝，建立宋朝。他通过"杯酒释兵权"的策略巩固统治，在中央设立参知政事、枢密使、三司使，削弱和分割宰相的权力，实行军政、民政和财政三权分立；在地方派文臣担任知州，并设通判与之相互牵制；在经济上重视农业生产，劝奖农桑，减轻徭役，促进社会经济的发展，使国家呈现出稳定繁荣的局面。宋太宗赵光义即位后，继续进行统一事业，鼓励垦荒，发展农业生产，扩大科举取士规模，编纂大型类书，设考课院、审官院，加强对官员的考察与选拔，进一步限制节度使权力，力图改变武人当政的局面，确立文官政治。这些措施是宋朝的立国之本，对于国家的吏治和经济发展起到了重要作用。

宋朝建立后，结束了五代的动荡局面，剪灭了中原诸侯割据的政权，国家实行了统一。古代每个朝代建立之后，首先恢复生产，发展农业。农业稳定则天下安，后土之神作为大地的象征，自然被列入了国家的祭祀日程。人常说皇天后土，后土的思想自古深入人心，对天地的祭祀可以更加昭显统治者的绝对权力，沟通人神关系，凝聚人心，赢得百姓的拥戴。古代社会是农耕社会，万物都是大地的产物，蒙受大地的养育，因而祭祀后土——土地之神，也是古代社会政治生活中的一件大事。

大宋开国之初，宋太祖赵匡胤就关注汾阴后土祠。后土祠有着很深的历史渊源，从黄帝扫地为坛祭祀开始，历经尧舜禹时期，汉武帝、唐太宗等先后大规模祭祀，加上民间每年定期祭祀，有着很深的祭祀传统。汉武帝和唐玄宗祭祀后土的佳话，宋太祖不会不知道。宋太祖赵匡胤开国之初就对后土祠比较关注，徐松《宋会要辑稿》记载："太祖开宝九年（976年）七月十七日，诏河中府宝鼎县徙汾阴后土庙于旧庙稍南。"此次对于后土祠的重新修缮，说明赵匡胤对后土祠的重视。

开宝九年（976年），宋太祖派官员到汾阴后土祠祭祀后土。《文献通考·郊社考九》说："汾阴后土，汉武帝元鼎中所立脽上祠，宣帝、元帝、成帝、后汉光武、唐玄宗皆亲祭。是后，旷其礼。开宝九年，徙庙稍南，是年，始遣使致祭。"宋太祖完善祭祀制度，下诏："自今凡告天地，仍诣祠告祭，命礼官考定衣冠制度，令有司修制，遣使奉上。"

宋太宗赵光义时期，对于祭祀后土的礼仪、等级做了进一步规定，祭祀方式更加完备。这是从后土祠所在的河中府上奏开始的，《丛书集成初编》中《太常因革礼》记载："太平兴国四年（979年）八月十三日，河中府奏，准敕新修后土庙，窃缘不知祭祀礼仪，札付礼院检定施行。礼院奏定后土庙祭器牲牢，欲依先代帝王为中祀例，致祭用羊豕各一，笾豆各十，簠簋各三，币帛香酒等，行事官以本州长官为初献，上佐官以下为亚献、三献。诸献官各散斋二日于正寝，致斋一日于庙所。散斋，理事如旧日，唯不吊丧问疾，不判刑杀文书、不行刑罚、不预秽恶。致斋，唯祀事得行，其余悉断。"河中府就是蒲州府，由于处于黄河中游地区叫河中府。从史料记载可知，确定汾阴后土礼制为"中祀礼"，对于祭祀需要的牲牢、器皿、币帛、香酒等，都做了详细的规定，对于祭祀官员礼节做了相应要求。

宋曾巩《本朝政要策·郊配》："冬至祀昊天，夏至祀皇地祇，孟夏雩祀，用太祖配，如永泰之礼。"《续资治通鉴·宋太宗太平兴国三年》："国初以来，南郊四祭及感生帝、皇地祇、神州，凡七祭，并以四祖迭配。"后土祠的祭祀由来已久，加之历朝历代的祭祀，使得后土祭祀到了宋代更加完备了。由于宋太祖赵匡胤、宋太宗赵光义两个朝代委派官员修缮后土祠，并对祭祀礼仪做了详细规定，到了宋真宗时期，具备了对后土祠进行大规模祭祀的条件。

第二节　咸平之治

宋真宗赵恒，原名赵德昌，生于东京开封府，是宋太宗第三子。他幼时英睿，姿表特异，与诸王嬉戏时，喜欢作战阵之状，自称"元帅"。宋太祖喜欢他，把他养在宫中。他幼时贪玩，竟然登上万岁殿，坐上皇帝宝座。太祖摸着他的头问："天子好做吗？"宋真宗回答："听从天命罢了。"赵恒长大后，先后被授为检校太保、同中书门下平章事，封韩王、襄王、寿王，加检校太傅、开封府尹。开封府政事纷繁，他留心狱讼，裁决轻重，太宗多次下诏褒奖。由于其长兄赵元佐发疯，二哥赵元僖无疾暴死，他被立为太子。宋真宗即位后改年号为"咸平"，他实行反腐倡廉的举措，大力发展经济，把北宋的社会发展水平推向高峰，史称"咸平之治"。

宋真宗做事低调，注意反省自己。咸平二年（999 年）长久没有降雨，出现干旱，真宗告谕宰相说："凡是政治有缺失，应该以道规谏，直言相劝。"希望大臣们要直言敢谏。咸平四年（1001 年）二月，天气干旱，十五日，宋真宗到大相国寺、上清宫祈祷降雨；十六日，喜降大雨。宋真宗十分高兴，雨水淋湿了衣服，也不让宫人为他打伞。

宋真宗注重官吏队伍的建设，警告百官不要结党营私，有不听警告者由御史台纠察。他亲自制定《文武七条》，作为官员的行为准则：一是清心，要平心待物；二是奉公，要公平正直，自身廉洁；三是修德，要以德服人，而不是以势压人；四是务实，不要贪图虚名；五是明察，要勤于体察民情；六是勤课，要勤于政事和农桑之务；七是革弊，要努力革除各种弊端。《文武七条》

要求官员修身养性，清心寡欲，戒除贪欲，正直廉洁，以德服人，还强调做官要务实，体察民情，勤于政事，为民服务，革除弊端。这些规定包含了做官的各个方面，既简单便捷，又十分实用。

宋王朝制定了严谨有效的官员选拔任用制度，相比于其他朝代，贪污现象明显减少。一、制定"州县三课法"，规定"公勤廉干惠及民者为上，干事而无廉誉、清白而无治身者为次，畏懦贪猥为下"。宋初，内外官任满一年，为一考，三考为一任。特别对法司之官，既有明确的转官年限，也有严格的考课与回避制度。二、严格防范贪官。宋朝官员有试用期，官员转正要有若干名正式官员保举，不得保举曾犯有贪污罪的官员转正。宋朝允许在职官员参加科举考试，考中者可提前转正或越级提拔，但贪官不许参加科举考试。同时还规定，不许曾犯贪污罪的官员担任重要职务和接触钱财的职务。一个官员若犯贪污罪，其上司、曾荐举过他的官员都要受到处罚。这使得上司很注意防范下属犯贪污罪，荐举者很关心被荐举者的德行。三、加强监督力量，建立官员档案，凡犯贪污罪者都记录在案。规定曾经犯罪者，每次晋级或调动职务时，都要向吏部主动申报自己曾经犯过贪污罪，并规定此类官员不得随意更改姓名。四、建立监察官员渎职惩处制度和职务回避制度。监察官员要廉洁无私，不避权贵，具有较高的文化素质和从政经验。监察官违反出巡制度要遭受处罚，同时还制定监察官员失察、贪污受惩处的制度。对失察的监察官，宋真宗实行严厉处罚。大中祥符二年（1009年）九月，宋真宗"诏诸路官吏蠹政害民，转运使、提点刑狱官不举察者坐之"。有个官员张观任解州通判，因"盐池吏以赃败，坐失举劾，降监河中府税"。五、宋真宗制定照顾官员的"伏日休务规定"，增加官员伏日的休务假。据史料可知，宋真宗时期官员约一万人，还有数十万在各级官署中服役的胥吏，以及各级武职人员及其家属。其中，文武官员每年可休传统节假，还有新设假日。

宋真宗注重发展农业，繁荣经济。一、官员的官衔上一律加上"劝农使"三字。二、制定农业法规《景德农田敕》，规范农业生产和流通中的各种事项。三、印刷各种农业书籍分发给各地方官，提高他们对于农业生产的认识。四、开垦荒地，土地耕作面积由原来的三亿亩增至 5.2 亿亩。五、减轻农民负担，废除农具税，铁制工具制作技术进步。进行封禅时，不征调农民服徭役而用军兵，要求随行人员不得践踏庄稼。六、提倡节俭，下诏禁止丢弃粮食，违者治罪。七、减免赋税，咸平元年（998 年）下令，凡是远年拖欠的田赋一律免掉，因为欠钱被抓进监狱的一律释放。八、减少服徭役的人数，根据咸平四年（1001 年）统计，共减少十九万余人。九、增加征榷，政府对所征收各种禁榷和商税做了规定，每个税场设立原始定额称"祖额"，按实际收取的定额称"近期"。每届和每年都会对比，以此来奖惩官员。

宋真宗为人所诟病之处是与辽国签订了"澶渊之盟"。其实，虽然每岁给辽国供应大量的物资，但是，比起宋辽打仗所花的费用还是少多了，也正因如此使北宋在一段时期走上和平发展的道路。北宋在与辽国接壤的边境上设置榷场，开放交易，北宋用香料、犀角、象牙、茶叶、瓷器、漆器、稻米和丝织品等，交换辽国的羊、马、骆驼等牲畜。澶渊之盟结束了宋辽之间长达二十五年的战争，宋辽边境百余年间处于相对和平的状态，"生育繁息，牛羊被野，戴白之人，不识干戈"，推动了宋朝的经济发展、文化繁荣、民族融合和边疆贸易的发展。

通过一系列措施，宋朝的经济逐渐发展起来，成为中国封建社会工商业最发达的朝代，也是人民生活水平提高，市民阶层最强大、最富裕的朝代。尽管北宋的面积、人口、资源都比唐朝差得多，但北宋经济繁荣，边贸红火，尤善商贾，税收富足。经济效益最好时，岁入是唐朝的七倍；即便灾害频仍，岁入也是大唐的三倍左右。《东京梦华录》描述东京："东华门外，市井最盛，举凡南北饮食、时新花果、鱼虾鳖蟹、鹑兔脯腊、金玉珍玩、衣着服饰，无非天下之奇。"由于宋朝经济繁荣，来华的外国人无论是国别还是数量都超过唐朝，开封成为全球拥有外国侨民最多的国都。这些外来移民来自西域、阿拉伯和朝鲜、日本等国，还有的从非洲、欧洲等地远道而来。那时，宋朝富甲天下，经济总量占世界的 80%。历史上称赞宋真宗的时代为"咸平之治"。

制定祭祀礼仪

祭祀为国之大事，国家兴则祭祀兴。宋真宗时期，是中国封建社会历史上经济最为发达的时期，为了彰显国运昌盛，好运连连，统治者必然要通过祭祀达到人神沟通，借祭祀传达上天也是统治者的旨意。

宋真宗赵恒执政之后，国家祭祀最重要的两件大事可以概括为"东封西祀"，即东巡到泰山封禅，西巡到汾阴后土祠祭祀后土。对于热衷祥瑞之事的宋真宗来说，既然祭祀后土祠，就一定要有声有色。《宋史·真宗本纪》记载，宋真宗把祭祀后土祠提升为"大祭"，等同于封禅之礼，即"如东封之制"。

《宋会要辑稿·礼二五》记载，真宗景德三年（1006 年），详细制定了国家祭祀的规格、礼仪、礼器等，十分详细："详定所又请造正座玉册玉匦一副，配座玉册金匦二副，及金绳金泥，如禅祭社首之制。其配座金匦，通礼藏于太庙坎室，欲依东封例，更不凿动壁庙，只依尊谥册宝，置神座之侧。又祀礼毕，封玉册匦于庙中，伏缘前代，封禅之外，别无祠宇内封玉册制度。今详所用石匦，并盖三层，方广五尺，下层高二尺，上开牙缝一周，阔四寸，深五寸；中容玉匦处，长一尺六寸，阔一尺。又南北刻金绳道三周，各相去五寸。每勒金绳处，阔一寸，深五分。上层厚一尺，仍于上面四角，更刻牙缝，长八寸，深四寸。每系金绳处，深四寸，方三寸五分，容'天下同文之宝'。先就庙庭规度为坎，深五尺，阔容石匦及封固之人，先以金绳三道，南北络石匦。候祀毕，封玉匦讫，中书侍郎奉匦至庙，与太尉同置匦石中。将作监加上层盖讫，系金绳三道毕，各填以石泥，印以'天下同文之宝'印毕，皇帝省事后，将作监率执事更加盖顶石盖，然后以土封固如法，上为小坛如方丘状，诏可，仍命直史馆刘错摄将作监，与入内殿头郝昭信同领其事，又命三曾押当玉册金玉匦朱允中援护入内，供奉官杨怀玉与判门下省官押当'授命宝'。"

景德四年（1007 年）正月，宋真宗将要朝拜诸陵，提前派大臣先去河中府祭告后土，他下旨："礼院详定仪注，准礼定例，后土庙大祀。礼料：币帛丈八尺，笾豆十二，爵盏散樽各一，龙杓二、爵坫一、烛台一……"并"差工部尚书王化基乘递马进发，祭服器自京递置以往。祝文，学士院修撰"。这次祭祀的各种礼器，专门从京城运送到后土祠。《宋会要辑稿·礼二八》记载："四年正月十七日，以朝拜诸陵，遣工部尚书王化基乘驿诣后土庙致祭，用大祀礼。其朝服祭器并自京赍送。"

泰山封禅

宋真宗的咸平之治，国家管理日益完善，社会经济繁荣，市井文化发达，将北宋王朝推向中国封建社会的巅峰。在国家日益强盛的时期，宋真宗沉迷祥瑞之事，广建宫观，借此宣扬其思想和功德。宋真宗在祭祀方面做了两件大事。一是于大中祥符元年（1008 年）十月泰山封禅；二是于大中祥符四年（1011 年）汾阴祭祀后土。其实，封禅就是祭祀天地，天曰昊天，地曰皇地祇，即后土。

脽上在汾河和黄河的交汇之处，由于长期泥沙冲积形成了南北长四五华里、东西宽二三华里的河中绿洲。因其地隆起，如人之臀部，故称作"脽上"。据乾隆年间的《蒲州府志》记载，继汉武帝之后，西汉的宣帝、元帝、成帝、哀帝，以及东汉光武帝等先后十余次亲临汾阴祭祀后土，唐玄宗李隆基两次来祭后土，并特诏扩建汾阴后土祠。

宋真宗特别喜欢祥瑞符箓之事，甚至自导自演。他曾经编了一个故事：景德四年（1007 年）十一月二十七日晚，他刚要入睡，忽然满屋明亮，他大吃一惊，见到一个神人忽然出现，星冠绛袍，对他说："正月三日，应在正殿建黄箓道场，到时会降天书《大中祥符》三篇。"临了，神仙还吩咐说："事先不可泄露天机。"神仙走后，他赶紧记下了嘱托。

在此后的一个月里，赵恒在朝元殿建立道场，虔诚持斋，心诚至极。景德五年（1008 年）正月初三，有司称有个黄色布帛挂在承天门南鸱尾上，宋真宗听后，立即下旨召群臣到崇政殿商议大事。宋真宗带领百官到承天门，诚惶诚恐迎接天书，当众启封口。帛布上写道："赵受命，兴于宋，付于慎，居其器，守于正，世七百，九九定。"意思是说大宋受天命而建立，谨慎守正，必能国运长久。群臣看后十分吃惊，半信半疑，但也不敢表示怀疑。

宋真宗的咸平之治，使得国家经济发展起来，泰山封禅就提到日程上了。古代的封禅，是不能轻易去做的。作为一代皇帝必须具有文治武功，国家一统，建立了不朽的功勋才有资格封禅。

大中祥符元年（1008年）三月十三日，兖州父老一千二百人到朝廷请求封禅；丁卯日，兖州和各路进士等八百四十人到朝廷请求封禅；二十一日，文武官、将校、蛮夷、耆寿、僧道两万余人到朝廷请求封禅。臣民先后五次上表请求封禅，正合宋真宗的心意。四月初四，宋真宗诏令十月祭祀泰山，派遣官员告诉天地、宗庙、岳渎各祠；四月初五，宋真宗任命知枢密院事王钦若、参知政事赵安仁为泰山封禅经度制置使，诏令王旦为封禅大礼使，冯拯、陈尧叟分掌礼仪使。六月，宋真宗下诏："取封禅之义，改郊祀乐曲名，俟礼毕仍旧。其后，祀汾阴后土亦如之。"他借封禅改动乐曲之便，规定了祭祀后土的乐曲。八月，下诏封禅时军马不要损害百姓庄稼，开封府不要治道役民。

大中祥符元年（1008年）九月五日，宋真宗去泰山封禅前，先派礼部官员给事中冯起到汾阴后土祠致祭。《宋会要辑稿·礼二八》："大中祥符元年九月五日，以将东封，议同日遣官致祭汾阴后土。详定所上言：'按西汉祭天于甘泉泰畤，祭地于汾阴后土，后汉始定南北郊。然则今之汾阴后土，本汉祀地之所也。将来既禅社首，祀皇地祇，则后土不当同日更祭。按唐开元十二年、二十年祀后土于汾阴脽上，十三年封禅不别祀，欲望车驾将行，遣官告祭，封禅日即罢祭。'从之。乃命给事中冯起致祭。及礼成，又遣右谏议大夫薛映祭谢。"由此可见，宋真宗对于祭祀后土祠是非常重视的。

十月初一，宋真宗吃蔬食；初四，宋真宗从京城出发，在文武大臣的护卫下，前边仪仗开道，用美玉装饰的车子上供着"天书"，一路迤逦而行。正所谓"目观玉辂琬象之状，耳听白雪清角之声，不能以乱其神"。十七日，下诏扈从不要损坏民舍、什器、树木。二十日，王旦等一班文武百官及军士们到达泰山。

宋真宗在山下斋戒三日，始行登山。晚上刮了一场大风，到这时已经停止。二十三日，法驾临近山门，黄云覆盖车辇，因为山路险要，下车步行前进。二十四日，宋真宗穿礼服奠献，屏退侍卫，独自登坛，庆云绕坛，月有黄光。他把天书放置左边，配以宋太祖、宋太宗，祭享昊天上帝，并献玉册和玉牒文。《玉册文》道：

嗣天子臣某，敢昭告于昊天上帝：臣嗣膺景命，昭事上穹。昔太祖揖让开基，太宗忧勤致治，廓清寰宇，混一车书，固抑升中，以延积庆。元符锡祚，众宝效祥，异域咸怀，丰年屡应。虔修封祀，祈福黎元。谨以玉帛、牺牲、粢盛、庶品，备兹禋燎，式荐至诚。皇伯考太祖皇帝、皇考太宗皇帝配神作主。尚飨。

大臣们在山下封祀坛祭享各方神灵，上下传呼万岁，声震山谷。

十月二十五日，宋真宗禅社首山，头戴礼冠，身着衮服，奉天书升坛，祭祀地神，以宋太祖、宋太宗配祀。此时，天宇澄霁，烛焰凝然，紫气下覆，黄光像星星一样环绕天书匣。《玉册文》道：

嗣天子臣某，敢昭告于皇地祇：无私垂祐，有宋肇基，命惟天启，庆赖坤仪。太祖神武，咸震万宇；太宗圣文，德绥九土。臣恭膺宝命，纂承丕绪，穹昊降祥，灵符下付，景祚延鸿，秘文昭著。八表以宁，五兵不试，九谷丰穰，百姓亲比，方舆所资，凉德是愧。溥率同词，缙绅协议，因以时巡，亦既肆类。躬陈典礼，祗事厚载，致孝祖宗，洁诚严配。以伸大报，聿修明祀，本支百世，黎元受祉。谨以玉帛、牺牲、粢盛、庶品，备兹禋瘗，式荐至诚。皇伯考太祖皇帝、皇考太宗皇帝配神作主。尚飨。

二十六日，真宗在朝觐坛旁边的寿昌殿，接受大臣朝贺。大赦天下，常赦得不到原谅者全部赦免；文武官员升官晋爵；赐给退休官员本品职位一季度的全俸，京朝官衣绯绿十五年者改赐服色；命令开封府和所经过州军考送服勤词学、经明行修举人，怀才不遇者、年高不仕而德行佳者，推荐上报朝廷；赐全国聚饮三天。泰山七里内禁止打柴。大宴穆清殿，在殿内宴请近臣和泰山父老，赐给父老时服、茶帛。宋真宗封禅之后，改乾封县为奉符县；封泰山神为"天齐仁圣帝"，封泰山女神为"天仙玉女碧霞元君"；在泰山顶唐摩崖东侧刻《谢天书述二圣功德铭》。

宋真宗在封禅之后，还不忘祭祀孔庙。大中祥符元年（1008年）十一月初一，宋真宗来到曲阜县，朝拜文宣王庙祭拜孔子；随行的文武大臣奠祭孔门七十二弟子。宋真宗兴致勃勃，来到了孔林，加谥孔子为"玄圣文宣王"，派遣官员祭以太牢，十户奉祀孔庙者赐钱三十万、帛三百匹。以孔子四十六世孙孔圣祐为奉礼郎，近属授官、赐出身者六人。

大中祥符二年（1009年）春正月初七，宋真宗召集大臣们庆祝封禅成功，赐给宗室、辅臣套装、金带、器币。十二日，下诏："诱劝人家子弟分析家产，或潜举息钱，经常破坏坟域者，命令所在各地逮捕流配。"十四日，下诏："不读圣贤之书和写文章浮靡者，都要严厉谴责。已经刻版的文集，命令转运司看样检查，通过者录奏。"可见，宋真宗对于社会德治和习俗也是比较重视的，他希望读书人多读书，维护社会良俗。

这次封禅，前后花了四十七天时间，宋真宗成为中国历史上封禅泰山的最后一位皇帝。《宋史·真宗本纪》道："及澶渊既盟，封禅事作，祥瑞沓臻，天书屡降，导迎奠安，一国君臣，如病狂热。"宋真宗的封禅，一方面为了制造祥瑞，粉饰太平，营造国泰民安的氛围。另一方面通过祭祀活动，凝聚人心，证明其受命于天，巩固统治地位。但是，这种活动在客观上加重了人民的负担，削弱了国家的财力和武备，给北宋政权埋下了一定的隐患。

下诏祭祀后土

泰山封禅，汾阴拜土，这是国家的重要祭祀活动。宋真宗在泰山封禅之后，接着就要到河中府宝鼎县祭祀后土。

大中祥符元年（1008年），宋真宗加号"河渎之神"为"显圣灵源公"，所谓"河渎之神"，即"黄河之神"。《宋史·礼志五》记载："遣右谏议大夫薛映诣河中府，比部员外郎丁顾言诣澶州祭告。"薛映受命往河中府的目的是祭告后土。十一月三十日，宋真宗下诏："凡祭天地、宗庙、社稷、岳渎者，并祭后土，著于令式。"此次诏令，使祭祀后土正式成为国家祭祀大典，为后来祭祀后土做好了制度准备。

宋真宗封禅泰山之后，一直想着祭祀后土。既然已经东至泰山封禅，那么去宝鼎县祭祀后土就成为他心中的大事。大中祥符二年（1009年）正月十四日下诏："河中府后土庙，宜令礼院依礼例册造衣冠，赍送往彼者。礼院称，伏缘礼，令不载后土合服衣冠，今详检到皇后所服礼、衣，未敢依此回牒少府监修制造，候敕旨。一准衣服令，皇后服，首饰花十二株，袆衣，素纱中单，黼领，罗縠褾襈，蔽膝，大带，以青衣革带，青袜舄，白玉双佩，玄组，双打绶，六采，玄、黄、赤、白、缥、缘纯元质，长丈四尺，五首，广一尺，受册，助祭，朝会诸大事，则服之，诏令宜依皇后礼衣修制。"（《太常因革礼》）这道诏令对于礼服颜色、大小、用料等都做了详细的规定，其中可以看出，宋真宗给后土之神制作的礼服，要求参照皇后衣冠制作，这就是把后土作为大地之母来看待。

宋大中祥符三年（1010年）六月初三，河中府知府向宋真宗上奏，宝鼎县进士薛南等率父老、僧道千余人联名请愿，强烈要求宋真宗到宝鼎县祭祀后土。宋真宗没有答应。宋真宗同月下诏颁布了《释奠先圣庙仪》和《祭器图》，明确了祭祀先圣的仪式和祭器用品。七月二十四日，官员们呼吁祭祀汾阴后土祠的呼声渐高，文武百官，包括将校、耆老约三万余人接连三次上表奏请祭祀汾阴后土。八月二十九日，河中府父老共有一千七百余人来到开封，再次恭请宋真宗到宝鼎县祭祀后土，宋真宗十分感动，赏赐给他们布帛和财物，对百姓表示慰问。朝廷官员和百姓纷纷奏请祭祀后土，但也有反对的声音。兵部侍郎、龙图阁大学士孙奭上奏《谏幸汾阴疏》，从十个方面提出了反对意见，直言不讳地指出，行幸汾阴是轻弃京师根本，而慕西汉武帝的虚名，可谓"下徇奸回，远劳民庶，盘游不已，忘社稷之大计"（民国版《荣河县志·艺文志》）。不久，群臣又多次奏报祥瑞之征兆，孙奭上疏予以指责："五载巡狩，《虞书》常典；观民设教，羲《易》明文。何须紫气黄云，始能封岳；嘉禾异草，然后省方！今野雕山鹿，并形奏简，秋旱冬雷，率皆称贺。将以欺上天，则上天不可欺；将以愚下民，则下民不可愚；将以惑后世，则后世必不信；腹非窃笑，有识尽然，上玷皇明，不为细也！"

面对孙奭的大胆进言，宋真宗哪里能听得进去？徐松《宋会要辑稿》记载，宋真宗召见宰相王旦等人，为自己辩解："朕览史书，见汾阴祠后土事，亦古礼也。因敕陈彭年等检讨历代祀汾阴及废后土祠事。"该书又载，宋真宗为祭祀后土作辩解："帝曰：'朕以河东父老再有陈请，复以封禅才毕，议者得不以地远劳费为言耶！'旦等曰：'陛下为民祈福，不惮栉沐，圣心既定，固已达于神明。'帝曰：'但冀民获丰穰，于朕躬固无所惮。'有司上言：'臣等当上表陈请。'至是既允，复下诏。"在宋真宗看来，祭祀后土属于国家祭祀的一部分，既然已经封禅泰山祭天，哪有不祭祀后土的道理！何况河东百姓、朝廷文武大臣多次奏请祭祀后土，再说祭祀后土也是他的本意。

宋真宗祭祀后土时，还是体恤民情的。他担心地方官吏借祭祀后土敛财加重百姓负担，为此，大中祥符三年（1010年）八月初七下诏："明年春有事于汾阴，州府长吏勿以修贡助祭烦民。"又诏："汾阴路禁弋猎，不得侵占民田，如东封之制。"（《宋史·真宗本纪》）宋真宗要求：一是官吏不要扰民；二是要求汾阴禁止弋猎，不得侵占民田；三是祭祀后土以封禅泰山的规格进行。紧接着，连续三天下诏，任命祭祀官员，颁布禁令，规定祭祀规模，采取一系列措施以保障祭祀活动的正常进行。八月初二，诏令陈尧叟为祀汾阴经度制置使，翰林学士李宗谔副之；八月初三，任命宰相王旦为祀祠汾阴大礼使，王钦若为礼仪使，陈尧叟任经度使，李宗谔任副使；八月初四，宋真宗下诏汾阴地区禁止狩猎，不得猎杀飞禽走兽，不得侵占民田，并且祭祀后土祠要按照封禅泰山的规格和仪式进行。接着，宋真宗诏命翰林晁迥、杨亿、杜镐、陈彭年、王曾与礼院制定了祭祀汾阴后土的相关礼仪。皇室画工绘出了脽上后土庙图，命陈尧叟再加修饰。九月，宰相王旦撰写《祀汾阴坛颂》，知枢密院王钦若撰《朝觐坛颂》；十月，晁迥上《祀汾阴乐章》十首。宋真宗撰写《奉天庇民述》，传阅于王旦等大臣。

祭祀后土的准备活动在紧锣密鼓地进行之中，河东百姓听说皇帝要亲临宝鼎县祭祀后土，奔走相告，异常欢喜。后土是大地之神，保佑着五谷丰登和一方百姓的平安。自从唐玄宗对后土进行大规模的国家祭祀之后，到了宋真宗时期已经隔了将近三百年。时光飞逝之中，唐朝在藩镇割据、黄巢起义的声浪中走向灭亡，接踵而来的是天下混乱的五代十国时期，政权更迭，分裂动荡，战火纷飞，民不聊生，百姓受尽了颠沛流离的苦难。在风雨飘摇四处烽烟的年代里，那些走马灯一样换来换去的割据朝廷哪有心情祭祀后土？只有到了国家一统之际，祭祀才提上了日程。

九月，户部尚书、经度制置使陈尧叟向宋真宗上奏："筑坛于脽上，如方丘之制。庙北古双柏旁起堆阜，即就用其地焉。"河东转运使调运缯、帛、粮草十万运往河中府，供作祭祀后土的费用。与此同时，宋真宗命令陕西、河东派军队四千人赴宝鼎县服役，修筑通往后土祠的道路，对后土祠进行大规模维修和扩建；又命翰林、礼院详定仪注，造玉册、祭器。派陈尧叟先期到宝鼎县后土祠祭告，分遣常参官告天地、庙社、岳镇、海渎。同时有司提前七日到河中府境内祭祀伏羲、神农、帝舜、成汤、周文武、汉文帝、周公庙及汉、唐六帝。经过整修扩建的后土祠，新塑了后土圣母像，缔构一新，庄严恢宏，号称"海内祠庙之冠"。据尉彦超《从"官方祭祀"到"民间信仰"》一文记载："宋真宗大中祥符三年，皇家动用国库巨银三百多万两对后土祠进行了大规模修葺，汾阴后土祠成为与当时汴梁东京的东宫同等规模的建筑，可谓规模壮丽。"与现在的后土祠只有五岳殿、五虎殿两大配殿不同，宋代的后土祠有六大配殿：东边依次为"真武殿""六甲殿""五道殿"；西边依次为"五岳殿""六丁殿""天王殿"。真武殿供奉真武大帝，五岳殿供奉五岳之神，他们是后土的护法神，可见后土祠当时地位之高。因为宝鼎县位于京城开封之西，历史上把这次祭祀后土活动称为"西祀"。

大中祥符三年（1010年）十月，主管祭祀的部门制定了祭祀后土的礼仪制度，准备祭祀的玉册、玉匮、石匮、印宝等器具。《宋史·礼志》（卷一百零四）道：

祀汾阴后土，请如封禅，以太祖、太宗并配。其方丘之制，八角，三成，每等高四尺，上阔十六步。八陛，上陛广八尺，中广一丈，下广一丈二尺。三重墙，四面开门。为瘗坎于坛之壬地外墙之内，方深取足容物。其后土坛别无方色。正坐玉册，玉匮一副；配坐玉册，金匮二副；金泥，金绳。所用石匮并盖三层，方广五尺，下层高二尺，上开牙缝一周，阔四寸，深五寸，中容玉匮，其阔一尺，长一尺六寸。匮刻金绳道三周，各相去五寸，每缠绳处，阔一寸，深五分。上层厚一尺，仍于上四角更刻牙缝，长八寸，深四寸。每缠金绳处深四寸，方三寸五分，取容封宝。先即庙庭规地为坎，深五尺，阔容石匮及封固者。先以金绳三道南北络石匮，候祀毕封匮讫，中书侍郎奉匮至庙，与太尉同置石匮中，将作监加盖，系金绳毕，各填以石泥，印以"天下同文之宝"，如社首封磏制。帝省视后，将作监率执事更加盝顶石盖，然后封固如法。上为小坛，如方丘状，广厚皆五尺。

十月五日，宋真宗下诏在宝鼎县设立行宫——奉祇宫，前殿叫穆清殿，前亭叫望云亭，后亭叫"延庆亭""延信亭"。《宋会要辑稿·礼二八》之四七："赐宝鼎县行宫名曰奉祇，前殿曰穆清，后亭曰严庆、严信，行宫前亭曰望云，渭河桥曰省方，洛河桥曰迎跸。""严庆"就是后圃延庆亭，"严信"也应当是"延信"之误。二亭皆在奉祇宫的后院，即所谓后圃。

宋真宗要求祭祀按照封禅泰山的规格来进行，把祭祀后土和封禅泰山并列，可见对于祭祀后土是非常重视的。我们看看主管祭祀官员的身份：王旦，景德三年（1006年）担任宰相之职，知人善任，多荐用厚重之士，力劝真宗行祖宗之法，为相十二年，深为真宗信赖；陈尧叟，宋太宗端拱二年（989年）

己丑科状元，担任祭祀后土祠的经度制置使，判河中府，进户部尚书，真宗封禅泰山时奉诏撰《朝觐坛碑》《封禅圣制颂》；王钦若曾担任工部尚书，编纂《册府元龟》）。他们均是朝廷重臣，深受宋真宗的信任。宋真宗把祭祀汾阴后土祠的工作交给宰相、户部和工部尚书，从行政、财力、营造方面得到了有效的保证，可谓是万事俱备，只欠东风。

黄河流经黄土高原，不断冲刷泥沙，一年四季河水浑浊，黄浪滚滚，很少有河水清澈的时期，然而，在宋真宗准备祭祀后土的日子里，黄河竟然连续两个月变得清澈。宋大中祥符三年（1010年）十一月，陕州向宋真宗上奏，流经宝鼎县的黄河水变清；十二月，陕州又上奏，宝鼎县黄河再次变清。唐代进士郑锡《日中有王字赋》道："河清海晏，时和岁丰，车书混合，华夷会同。"河清海晏，意思是黄河水变清，大海风平浪静，象征着四海升平，风调雨顺，岁稔年丰，国泰民安，天下太平。宋代著名的词人晏殊欣喜地写了《河清颂》一文，引经据典，歌颂盛世。这对于喜欢祥瑞之事的宋真宗来说，真是喜出望外，天遂人愿。

第三节　荣光幂河

王安石《元日》道：

> 爆竹声中一岁除，春风送暖入屠苏。
> 千门万户曈曈日，总把新桃换旧符。

冬去春来，眨眼间春节就到了。宋真宗念念不忘的是祭祀后土，春节刚刚过了没几天，大中祥符四年（1011年）春正月初七，他再次下旨："诏执事汾阴懈怠者，罪勿原。"（《宋史·真宗本纪》）把祭祀宝鼎后土祠上升到法律角度，凡是在准备祭祀的过程中懈怠不作为的人，一定严惩，绝不原宥。

正月十一日，宋真宗在崇德殿练习祭祀后土的相关礼仪，并检视祭祀的环节，以防出现纰漏。十三日，宋真宗朝拜启圣院太宗神御殿、普安院元德皇后的圣容，告慰祖先，择日启程。

宋真宗祭祀后土，出行的路线是从河南到陕西，再从陕西渡河，前往河中。《宋会要辑稿·礼二八》之四五："先是往河中路有二，一由陕州浮梁，历白径岭，一由三亭渡黄河。司天保章正贾周言：'二路岩险湍迅，不如出潼关，过渭、洛二水趋蒲津，地颇平坦，虽兴工，不过十数里。事下尧叟等，请如周议。'"

大中祥符四年（1011年）正月二十三日，天朗气清，惠风和畅，御驾上方，彩云缭绕。宋真宗奉天书从京城出发，御驾辚辚，旗幡飘扬，文武随行，护卫开道，前往河中府祭祀后土。宋真宗在文武官员、皇家仪仗、护卫将士的前呼后拥之下离开皇宫，从京师出发前往河东宝鼎县。

古代的出行或者步行，或者车马，翻山越岭，十分缓慢，更何况御驾巡幸，所经之地都要留下痕迹，以显示皇恩浩荡。每到一地，自然有官员逢迎，叩见皇帝，聆听圣旨。正月二十六日，右仆射、判河阳张齐贤在汜水边朝见宋真宗，随行的陈尧叟敬献白鹿。二十七日，路经訾村设置宫殿帷幕，宋真宗带领文武大臣回首望拜诸陵，继续前行。三十日，来到慈涧（今河南新安县）作短暂的停留。农民正忙于春耕，远远看到宋真宗的銮驾奔来，纷纷驻足观看。宋真宗下了銮驾，表示慰问，命令随从赏赐农民茶水和马羁。久居乡下的村民哪里见过皇帝，自然一片欢腾，奔走相告。

二月初四，宋真宗一行进入陕西境内，风景殊异，群山起伏。宋真宗看见随行的车马烟尘滚滚，旗幡蔽日，命令赏赐给护驾军士缗钱，以示表彰。队伍继续前行，来到了华州，华州官员清水洒路，恭迎圣驾，向宋真宗贡献了百年灵芝草。华州，在今陕西省渭南市华州区境内及周边地区，因境内有华山而得名。华州前据华山，后临泾渭，左控潼关，右阻蓝田关，历来为关中军事重地。宋真宗伫立华州大地，遥想这里曾经发生的一系列战争，缅怀历史，禁不住感慨万千。

二月初八，出行的大队人马出潼关，渡渭河。不久，远远看见西岳华山，群峰耸立，云雾缭绕，树木葱郁，秀气充盈，令人神往。华山自古以来就有"奇险天下第一山"之称，《尚书》记载，华山是"轩辕黄帝会群仙之所"；《史记·五帝本纪》载，黄帝、虞舜都曾到华山巡狩；唐天宝九载（750年），群臣奏请封禅西岳，唐玄宗命人开凿华山路，设立坛场。

关于华山，还有一个美丽的传说：相传春秋时，秦穆公有一个女儿，名叫弄玉，姿容绝世，喜好音律，善于吹箫。她吹起玉箫来，如凤凰啼鸣。秦穆公在宫内修筑凤楼让她居住，楼前建有高台，名叫凤台。秦穆公想为女儿择婿，弄玉提出要求："要找一个善于吹箫的人，作为佳偶。"秦穆公派人四处寻访善于吹箫的人，却不能如愿。一天，弄玉梦见一个美男子说："我是华山的主人，上帝命我与你结为夫妻。"那个美男子吹奏了一曲《华山吟》，十分动听。弄玉告诉了父亲，秦穆公遂派大臣孟明到华山寻访，终于找到了那个吹箫的人，名叫萧史，同载而归。孟明引萧史拜见秦穆公，让他吹奏。萧史奏第一曲，清风习习而来；奏第二曲，彩云四合；奏第三曲，白鹤成对，翔舞于空中，孔雀数双，栖集于林际，一时百鸟和鸣，经时方散。秦穆公遂将女儿弄玉嫁给萧史，成就了一段美好姻缘。

宋真宗一心惦念着祭祀后土祠，无暇登临华山，于是派大臣代祭华山。二月初九，宋真宗的銮驾到达河中府。河中府州治在今运城永济市。唐开元八年（720年），改蒲州为河中府，其因位于黄河中游而得名。司马迁在《史记》中称这里为"天下之中"。唐代宰相元载曾经赞扬河中府："河中之地，左右王都，黄河北来，太华南倚，总水陆之形胜，郁关河之气色。"蒲州是文化名城。唐开元初年，蒲州被置为中都，与西京长安、东都洛阳齐名，成为大唐的中心城市。

大中祥符四年（1011）二月十三日，车辇进入宝鼎县。此日，风和日丽，天上有一大团金黄色的云彩，宋真宗的车辇行驶到哪里，云彩就飘浮在哪里，如影相随。宝鼎县城门洞开，清水扫地，商铺林立，一片欢腾。宋真宗的銮驾在一片欢呼声中，进入宝鼎县城门，前呼后拥，鼓声齐鸣，锣声震耳，呼喝声起，骏马嘶鸣。从四处赶来看銮驾的百姓们挤挤搡搡，万头攒动，一片喧哗，争相观看威风八面、气势威严的皇帝銮驾和随行的车队。这是宝鼎县历史上的盛况，迎来了汉唐之后最大规模的祭祀盛典。宋真宗的銮驾来到了奉祇宫，亭台楼阁，雕梁画栋，木雕砖雕，花草树木，样样俱全。奉祇宫是专为祭祀后土建立的宫殿，宋真宗在此驻扎休息。

二月十四日，宋真宗前往后土祠祭祀，仪仗威严，锣鼓震天，四处喧阗。宋真宗在群臣的陪同下来到延庆亭，行致斋之礼，然后召见大臣登上延庆亭观赏河东大地的风景。《文献通考·郊社》记载："戊午，致斋，招近臣登延庆亭，南望仙掌，北瞰龙门。自宫至脽丘，列植嘉树，六师环宿行阙，旌旗帟幕，照耀郊次。"一行人拾级而上登临高台，南望仙掌，北瞰龙门，黄河滔滔，奔腾不息，令人心旷神怡。俯瞰脽上，只见从延庆亭到黄河脽上，嘉树葱郁，环绕四周，黄鹂鸣唱，燕子呢喃，春意盎然。在延庆亭的周围，六师环卫，旌旗飘扬，帟幕重重。宋真宗心情激动，眺望许久，才离开延庆亭。

二月十五日，宝鼎县官员奏报："灊泉涌出，有光如烛。"宋真宗龙颜大悦，视为祥瑞。何为灊泉？从地层深处喷出地表的水叫作灊泉。《列子·汤问》："有水涌出，名曰神灊。"灊水，故址在万荣县西南原南赵村，《水经注·河水注》："河水又南，灊水入焉。水出汾阴县南四十里，西去河三里。平地开源，渍泉上涌，大几如轮，深则不测，俗呼之为灊魁。"当代学者谢鸿喜先生曾经去今万荣县考察，只见峨嵋台地之下，黄土坡随处可见，确证史书所言灊水在今万荣县境内。

二月十七日，祭祀后土大典隆重举行。早春的河东大地，春寒料峭，乌云密布，阴风阵阵，雁阵北归。是夜一鼓，扶侍使奉天书，乘着玉辂，先来到脽上；二鼓时分，通往后土祠的甬道旁燃烧火把，灯火通明，黄麾飘扬，护卫林立。宋真宗头戴礼冠，身穿衮服，乘坐金辂，御驾脽坛。

后土祠历经汉唐至宋代，已经有一千多年的历史。汉代立祠，唐玄宗扩建，宋真宗大建。当年，后土祠在北宋宰相王旦的亲自督导之下，"行宫祠庙，缔构一新"，庙宇占地达到九百五十余亩，可谓"旷其盈视，纡其骇瞩"。宋真宗在主祭官员的引导下来到后土祠，山门巍峨高耸，庄严肃穆，飞檐峭立，伸向天空。进入祠内，只见松柏参天，古木掩映，宫殿林立，鳞次栉比，层层叠叠。宋真宗穿过一道道大门，登上一个个台阶，终于来到了后土大殿。殿内新塑了后土圣母像，法相庄严，面带慈祥，冠冕流苏，衣带飘飞，非常传神。后土大殿旁还有六大配殿：东边依次为真武殿、六甲殿、五道殿；西边依次为五岳殿、六丁殿、天王殿。真武殿供奉真武大帝，五岳殿供奉五岳之神，道教中地位尊崇的真武大帝和五岳大帝，在后土祠里成了护法神，可见宋真宗对于后土之推崇。

令人称奇的是，当宋真宗登上雕坛，祭祀大典开始时，风停了，云散了，明月重轮，黄气绕坛，后土祠在月辉下如笼轻纱，十分迷人。宋真宗登到雕坛之上，敬奉祭品，随后将天书放在后土之神左侧，以太祖、太宗配侑。主祭官员命令奏乐，霎时间鼓乐齐奏，鼓瑟吹笙，繁弦急管，天籁之音，余音绕梁，久久不绝；随着祭祀的音乐响起，宫人跳着祭祀的舞蹈，衣袂飘飘，姿态翩跹，又十分庄重，面带虔诚。主祭官员主持仪式，宋真宗祈祷后土降福百姓，国泰民安，风调雨顺，天下太平。接着，宋真宗向后土敬献《玉册文》：

维大中祥符四年，岁次辛亥，二月乙巳朔，十七日辛酉，嗣天子臣某，敢昭告于后土地祇：恭惟位配穹旻，化敷品汇。瞻言分壤，是宅景灵。备礼亲祠，抑惟令典。肇启皇宋，混一方舆，祖祢绍隆，承平兹久。眇躬缵嗣，励翼靡遑，厚德资生，绵区允穆，清宁孚祐，戴履蒙休。申锡宝符，震以珍物，虔遵时迈，已建天封。明察礼均，有所未答，栉沐祇事，用致其恭。夷夏骏奔，瑄牲以荐，肃然郊上，对越坤元。式祈年丰，楙昭政本，兆民乐育，百福蕃滋，介祉无疆，敢忘祇畏。恭以琮币、牺牲、粢盛、庶品，备兹瘗礼。皇伯考太祖皇帝、皇考太宗皇帝侑神作主。尚飨。

而后，宋真宗亲封玉册，"正坐于玉匮，配坐于金匮，置于石匮，将作监封固之"（《宋史·真宗本纪》）。玉册肯定后土之神的崇高地位，赞颂后土化育万物的功德，表达了敬仰之情。接着，随行的文武大臣和河中府、宝鼎县的官员依次对后土行祭拜之礼。

《宋史·礼志》（卷一百三十五）记载了宋真宗祭祀后土祠时的乐章——《汾阴十首》：

降神，《靖安》

茫茫坤载，粤惟太宁。

资生光大，品物流形。

瞻言汾曲，允宅神灵。

圣皇躬享，明德惟馨。

奠玉币，登歌《嘉安》

至诚旁达，柔祇格思。

奉以琮币，致诚在兹。

奉俎，《丰安》

博硕者牲，载纯其色。

体荐登俎，聿崇坤德。

后土地祇坐酌献，《博安》

秉阴成德，敏树宣功。

应变审谛，神力无穷。

沈潜刚克，流谦示中。

洁兹奠献，妙物玄通。

太祖配坐酌献，《博安》

坤元茂育，植物成形。

于穆圣祖，功齐三灵。

严恭配侑，厚德攸宁。

永怀锡美，歆此惟馨。

太宗配坐酌献，《博安》

报功厚载，祀事惟明。

思文烈考，道济群生。

侑神定位，协德安平。

馨洁并荐，享于克诚。

饮福，《博安》

寅威宝命，明祀惟虔。

协神备物，罔不吉蠲。

后祇格思，灵飙肃然。

诞受景福，遐哉亿年！

亚、终献，《正安》

至哉柔祇，滋生蕃锡。

涤濯静嘉，寅恭夕惕。

金奏纯如，万舞有奕。

立我烝民，莫匪尔极。

后土庙降神，《靖安》

博厚流形，秉阴成德。

柔顺利正，直方维则。

明祇格思，素汾之侧。

祇载吉蠲，宸心翼翼。

酌献，《博安》

至哉物祖，设象隆脽。

动静之德，翕辟攸宜。

嘉栗以荐，精祷洪鳌。

茂宣阴贶，五谷蕃滋。

据《续资治通鉴·宋纪》（卷二十九）记载，礼毕，宋真宗改戴通天冠，换穿绛纱袍，至后土庙，登歌奠献，省封石匮，遣官分奠诸神。宋真宗看到庙里建筑巍峨，鳞次栉比，古木森森，鸟声婉转，十分喜悦。之后，回到奉祇宫，鼓乐齐鸣，令人动容。《文献通考·郊社》道：宋真宗祭祀时，"鼓吹振作，紫气四塞，观者溢路，民有扶老携幼，不远千里而至者"。

《续资治通鉴·宋纪》（卷二十九）又载："（宋真宗）登郊丘亭，视汾河，望梁山，顾左右曰：'此汉武帝泛楼船处也。'"宋真宗兴致勃勃，登上郊丘亭，俯瞰汾河，遥望梁山，顿生怀古之幽情，对身旁的大臣说："这里就是当年汉武帝坐船登临后土祠的地方啊！"他将自己与汉武帝相比，言语之间，颇为自得。宋真宗又委派官员分别祭奠了河东一带诸神，伏羲、神农、帝舜、成汤、周公，甚至对于祭祀后土的历代皇帝，都一一祭奠。

诏令宝鼎县改为"荣河县"

大中祥符四年（1011）二月十八日，宋真宗在后土祠之南的穆清殿（今万荣县宝井村附近）宴请群臣，君臣欢愉，气氛和洽。宋真宗下旨将后土祠改称"太宁庙"；奉祇宫改称"太宁宫"。宋真宗欣喜之余，下诏大赦全国，常赦不可赦免者都予以赦免，同时，诏令文武官员升官晋爵，允许把自己的叙封回授给祖父母；四品以上，曾经侍奉太祖、太宗潜藩或没有食禄者，录用其子孙；建隆时期的佐命功臣和王公将相丘冢，所在各地致祭；赐西京分司官员实俸三分之一；命令法官慎重刑名，有情轻法重者报告朝廷；赐天下臣民三天聚饮；赐河中府父老酒食衣币；免除河中府赋役一年，免除宝鼎县赋役二年；召用河中府平民李渎、刘巽，李渎因病推辞，授刘巽为大理评事。

宋真宗兴致勃勃，作《汾阴二圣配飨之铭》《河渎四海赞》，纪念这次祭祀活动，并将丁谓等四十二人所作诗文交于史馆编印。

祭祀大典结束之后，宋真宗在官员陪同下，游览河东。《续资治通鉴》卷二十九记载："次河中府，幸舜庙，赐舜井名广孝泉。度河桥，观铁牛。"御驾前往蒲津渡，欣赏河岸的唐代铁牛。蒲津渡位于永济市城西十五公里，古蒲州城西门外黄河东岸，历史上著名的蒲津桥和唐开元铁牛也位于此处。蒲津渡自古以来就是秦晋之交通要冲，历史上有很多朝代在这儿修造过浮桥。据《春秋左传》记载，昭公元年（前541年），秦公子鍼奔晋，造舟于河。《初学记》："公子鍼造舟处在蒲坂夏阳津，今蒲津浮桥是也。"《史记·秦本纪》又载："秦昭襄王五十年（前257年），初作河桥。"张守节《史记正义》谓："此桥在同州临晋县东，渡河至蒲州，今蒲津桥也。"以后东魏齐献武王高欢、西魏丞相宇文泰、隋文帝都在这儿建造过浮桥。唐初，河东为京畿，蒲州是长安与河东联系的枢纽。蒲津渡天下闻名，开元十二年（724年），唐玄宗任命兵部尚书张说修蒲津桥，将竹索桥改为铁索桥，加固周边石堤。蒲津渡两岸各有四尊铁牛，牛旁各一铁人。铁牛分南北两组，两牛一组，前后排列。铁牛牛尾后有横轴，轴头有纹饰，有连珠饰、菱花、卷草、莲花等。铁牛造型生动，矫健强壮，尾施铁轴，以系浮桥。腹下有山，其下有六根铁柱连接。修筑蒲津桥，用铁一百六十余万斤，占当时全国产铁量的五分之四。蒲津桥是黄河上创建最早的铁索系的舟式浮桥，也是唐代黄河三大桥梁之一。

宋真宗离开蒲津渡桥之后，又游览河渎庙，登上庙上的后亭，遥想唐玄宗当年巡幸河东，祭祀后土的隆重场面，十分感慨。他极目而望，只见黄河上渔民乘风破浪，划船捕鱼；岸上的农民辛苦耕作，辛劳不已，不由得感叹道："百姓作业其乐乎！使吏无侵扰，则日用而不知矣。"（《续资治通鉴》卷二十九）此番话，感叹百姓生存之不易，告诫官吏不要扰民。宋真宗作为一个有作为的皇帝，如此感慨确实发自肺腑。

据《宋史·真宗本纪》记载，大中祥符四年（1011年）二月，宋真宗到宝鼎县祭拜后土祠之后，作出三个重要举措：一是在宝鼎县设立庆成军。二是诏改后土祠为太宁庙，增葺宫室，宫内设后土圣母像。三是赐天下酺三日。大宴群臣于穆清殿，赐父老酒食衣币。四是诏令改宝鼎县为"荣河县"，这是因为宋真宗祭祀后土时，看到"荣光溢河，休气四塞，光为五色，河水粼粼"，可谓"荣光幂河"。自宋真宗开始，荣河县的名称一直沿用到1954年。

宋真宗率文武百官到河东祭祀后土的盛典，十分隆重，超越汉唐，史称"跨越百王之典礼"！

荣光幂河

第四节　《汾阴二圣配飨之铭》碑

隋以前祭祀后土，多以皇后配祀。《文献通考》道："汉平帝时，祭北郊，以高后配祀。"《后汉书·世祖本纪》记载，汉光武帝刘秀建武中元元年（56年），下旨以薄太后、高皇后配祀地祇。曹魏、东晋、宋皆以皇后配地祇，因为后土为地母之故。但隋唐以后国家祭祀后土，则以皇帝配祀了。

宋真宗拜谒后土祠，览汾阴之胜景，诵前贤之诗文，怀思古之幽情，念大宋之兴盛，感后土之护佑，情之所至，赋之为文，亲自撰写了《汾阴二圣配飨之铭》，刻碑立石，以资纪念。据《荣河县志·金石》载，此碑石刻于真宗祭祀后土的第二天："翌日，王旦上《祀后土颂》，真宗复御制二圣配享碑，刻石于庙。"碑首高一百厘米，宽一百四十八厘米，上、左、右三边刻有牡丹花饰，中篆"汾阴二圣配飨之铭"八个字，字径二十三厘米。碑身由五块石头组合而成，两旁有石柱为边，均高二百三十五厘米，通宽七百零三厘米。五石共刻文六十四行，满行二十六字，共一千三百八十字。汾阴，指汾阴后土祠；二圣，指的是宋太祖赵匡胤和宋太宗赵光义；配飨，亦称配享，此处指两人随同后土之神共享祭祀；铭，用以记颂功德的文体。这通石碑现存于后土祠碑亭之内。

《荣河县志·金石》记载，当地人称此碑为"萧墙碑"。大概因其形体高大，犹若照壁之故。也有人认为，此碑因曾被移作旧县城泰山庙前的照壁，而俗称"萧墙碑"。此碑原立于旧后土庙内，后因黄河侵袭，此碑几经迁移，历尽曲折。清初顺治、康熙年间，由于黄河发洪水，后土祠被淹，人们将碑移于荣河新县城内；同治年间，新县城再度被淹，碑随之沉没于黄河之中达三百年之久。中华人民共和国成立之后，在山西省原文物管理委员会崔斗臣主任的倡导下，由省政府拨款，县文化馆牵头，1962年从泥沙中把此碑发掘出来，运至现今的后土祠内，专门予以保护。由于时间太久，加之河水冲刷，此碑多处文字漫漶，辨别不清。幸亏《山右石刻丛编》（光绪版）和《蒲州府志·艺文志》（乾隆版，题为《宋真宗大中祥符祀汾阴碑》）等对于碑文均有收录，才能看到完整的碑文。

《汾阴二圣配飨之铭》碑，碑文前为叙，后为铭：

　　朕缅观旧史，历览前王，莫不事天明，事地察。以明察之志，格天地之休。在乎祗畏于神灵，严恭于祭祀。诚明昭感，坠典由是咸修；祉福来同，烝民以之交泰。乃知萧芗之荐，方岳之巡，礼莫大于兹，文其何以阙。矧复安贞之理，博厚之功，窭以山川，丽乎草木。《书》云："刚克乾健是承。"《易》曰："无疆资生攸在。"岂止属事于北正，同礼于泰坛乎？

　　脽上者，汾水之曲，巨河之滨，故魏之国都，旧晋之疆土。其俗富庶，接秦雍之郊；其民忠淳，被虞夏之教。地形诡异，神道依凭，中断洪流，揭成高阜。俯联修壤，崛起而崔嵬；下望平皋，斗绝而盘郁。故得传于简册，降厥祯祺。汉武采方邱之仪，视泰畤之制，因兹吉土，祀乎坤元。绛光烛坛，始彰厥应；黄云复鼎，复启其祥。是以百谷蕃滋，本枝茂盛。绵载祀而虽久，瞻兆域而尚存。唐玄宗回舆于洛师，省方于冀野，视灵场之未泯，思多稼之能祈。洁粢丰盛，亲享者再至；景风甘雨，大有者累年。斯又精意感通，珍符丕显。既琬琰之斯刻，亦栋宇之云兴。

国家眷命俯临，丕基肇建。太祖启运立极英武圣文神德玄功大孝皇帝应天意，顺人心，察璇玑，麾金钺，挹让以开国，征伐以济民。天下书文，由斯而一；域中黎献，由是而苏；合于上玄，佑乎率土。太宗至仁应道神功圣德文武大明广孝皇帝承大统，恢至神，御萝图，调玉烛。武戡定而不杀，文经纬而化成。三代典刑，从兹而复；四方风俗，因此而同；淳化滂流，丕功尽善。顾惟眇质，嗣守鸿猷；虽曰继明，未能烛理；徒云涉道，罔获知方；常用战兢，靡思逸豫。惟祖宗之积庆，暨穹壤之降祥。政得其宜，人无其怨；九德咸事，四表来宾。中夏太宁，聊存于尉侯；殊方一贯，已息于橐鞬。予且何功，神实垂佑！

曩者，从侯望，答秘文。东狩以观民，上封而纪号。盛礼斯举，先志绍成。陟配岱宗，孝思克展。归格艺祖，庆赐方周。内顾之怀，弥深于若厉；盛德之事，岂暇于荐兴？而蒲坂之民，河东之守，咸言坤载，茂育群生。寔有方坛，备存旧址。囊封奏御，遐达于众情；玄冕接神，期观于巨礼。眷惟寡昧，何敢窃当？始诏公车，俾从拒绝。岂期庶尹复贡佥谋，以为答玄休，祈繁祉，后辟之职也，烝黎之愿也。止之，则谦尊之德在于一人；行之，则纷委之禧集于兆姓。念固辞而靡获，乃增惕而勉从。

由是发至诚，告有位。充于祀事，畏乎俭而无畏乎丰；奉于朕躬，戒乎繁而勿戒乎简。盖以达精意，非以振休声。上下克谐，人神交畅。役不愆素，工靡告劳。厥日惟良，厥仪斯备。临遣上宰，柴告于圜邱；祗率百官，祼献于清庙。既而整羽卫，驾车舆，不喧不哗，以涉乎夷路；有严有翼，爰届乎名区。

用复挨灵辰，具嘉荐，惟精惟一，以奉乎苾芬；必躬必亲，如观乎仿佛。并配二后，昭累盛之基；咸秩五方，报嘉生之惠。序图篆，遵介邱之规；用牺牲，若北郊之度。八成而来格，三献而肃祇。乃命三公，累石以封信祝；乃驱五辂，执爵以谒严祠。将达至虔，岂循常度。诚恐行之不及，罔有知而弗为。既而考弥文，颁渥泽，朝群后，抚庶民，存问耆年，观览旧俗。加隆于先哲，增重于明神。固不足慰来休之谣，亦庶几协时巡之典。

噫！结绳以降，垂衣而上。商周之前，莫能缕述；汉唐之际，可得详言。元鼎之隆，开元之盛，咸驻跸于郊上，开奠玉于泽中。今予冲人，踵兹盛则，何以追美于二代，交欢于三神？惟当竭寅畏之心，增乾巩之志。事明祇而如在，视黔首而如伤。居安思危，无忘于斋栗；守成如始，常冀于和平。一以继庆灵，一以达眷佑。至若刊乐石，镂信辞，亦期昭锡类之仁，传乎不朽；奉持盈之训，保乎益恭。

铭曰：

博哉厚哉，至矣柔祇。穹昊比大，生植攸资。乃育嘉谷，以食烝黎。盛德必报，明祠在斯。瞻言雎上，允居汾曲。赤伏应符，黄灵受篆。咸著辉景，并昭祉福。肇建灵坛，式陈嘉玉。旧域虽在，盛礼莫陈。洪惟先后，俾乂兆民，实开丕绪，以暨冲人。徽猷仰继，阙典咸伸。初毕元封，方增惕厉。河潼之民，缙绅之士，俟望何劳，奏章叠至。愿举巡方，期观明祠。坚辞靡获，众望俯从。乃奉宝篆，言驾时龙。亲陟坛墠，并配祖宗。式申昭荐，庶达寅恭。既展至诚，爰颂巨庆。佑降两仪，功归二圣。祇答丕休，励精庶政。刻镂贞珉，发挥骏命。

大中祥符四年二月十七日敕模刻石。

碑文大意：

我阅读历史，纵览先王，他们内心明察，恭敬侍奉天地。实现天地的意

114

愿，探究天地的大美。这在于敬畏神灵，严谨祭祀。诚然能得到感召，由此修复废弃的礼仪；福祉降临，众生就会平安。于是明白，偏远地方官员的推荐，山岳的巡视，没有比这更大的礼仪，这怎么能缺少呢？况且治国安邦的道理，博大深厚的功业，充塞山川，遍及草木。《尚书·洪范篇》："刚柔相连，自强不息。"《易经》道："万物的滋生没有穷尽。"因此，对后土的祭祀，岂止与南郊祭天、北郊祀地同礼呢？

汾阴脽上位于汾河与黄河岸畔，曾是魏国的故都、晋国的领土。生活富庶，与秦国的雍州接壤；民风淳朴，曾受到虞夏的熏陶。地形奇特，神道依凭，阻断大河，形成高丘。俯瞰田野连接，广阔崔嵬；再看水边的高地，陡峭盘绕。因此，脽上得以传之于史册，带来吉祥。

汉武帝采用方丘祭祀后土的仪式，参照泰坛祭天的制度，在这片吉祥的土地上奉祀后土。绛红的祥光照亮了祭坛，昭彰灵验；把宝鼎迎至甘泉宫时，黄色的祥云出现，带来了新的祥瑞。因此五谷丰登，本枝茂盛。祭祀的传统绵延久长，从前的遗址依然存在。唐玄宗在返回京师洛阳和巡视冀州时，看见脽上灵地，考虑为百姓祈求嘉禾生长。用洁净的六谷祭祀后土，两次亲自来到脽上，之后风调雨顺，连年获得丰收。这是精诚所感，珍贵的祥瑞显现。既用石碑记载盛况，又扩建后土庙宇。

宋朝蒙受天命，创建大业。太祖皇帝遂天意，顺应民心，观察天象，挥动金钺，在众将领拥戴下建立大宋，征讨群雄，拯救百姓。自此天下安定，国家一统；黎民百姓，生活复苏；合乎上天，护佑疆土。太宗皇帝即位之后，弘扬大业，统御疆域，修德致祥。平定天下而不滥杀戮，治理天下化育四方。夏商周的典制，从此开始恢复；四方的风俗，因此同化；敦厚的教化到处施行，功业至善。我才疏学浅，继承大业；虽说继承，却未明白事理；虽说治理，未有治国妙方；常常战战兢兢，不敢安逸享乐。惟有祖宗积存的福祉与天地降临的祥瑞，使我为政适宜，百姓无怨；具备九德，四方宾服。国家安宁，仰仗于文武大臣；天下四方，从此没有战事。我有什么功劳呢？依靠神灵护佑而已。

当初，顺从百姓期望，熟读典籍。东巡而体察民情，封禅纪元。举办盛大的典礼，继承先王的志向。将先王在泰山配享，尽到孝心。追忆先祖的功业，渴望给四方带来福祉。内省反思，更加严厉要求自己；祭祀这样的盛德之事，十分必要。河中的百姓和太守，都说祭祀后土，可以保佑众生。汾阴有方坛，保存了祭地的遗址。当地官员都上奏折，表达祭祀的心情；希望我能来汾阴祭祀后土，观看盛大的祭礼。我自忖愚昧，怎敢担当此任？下诏予以拒绝。岂料官员和百姓多次上奏议，认为报答上天的护佑，祈求福祉，是天子的职责、百姓的心愿。我认为，拒绝吧，仅顾及了一人的谦卑之德；答应吧，则给天下百姓带来福祉。想多次拒绝而不得，内心戒惧，勉强同意。

因此，出于至诚之心，告诫有关官吏。对于祭祀，不要简单而要完备；对于我，不要隆重而要节俭。为了表达虔诚之心，而不是传扬美名。上下同心协力，人神得到沟通。差役不要增加负担，工程不要劳累百姓。选定良辰吉日，准备祭祀礼仪。临行前派大臣到圜丘祭祀天帝；带领百官，到太庙祭献过先祖。而后整顿仪仗护卫，驾着车辆，不喧不哗，走上大路。肃穆威严，来到美好的脽上。

认真选定良辰，摆上精美的祭品，一心一意，奉献芳香的祭品；事必躬亲，仿佛看到了神灵。以太祖和太宗配飨，昭告先祖的伟业；祭五方之神，报答美好的恩泽。使用图篆，依照祭天的仪礼；采用祭品，按照祭地的法度。按照各种规定严格要求，三次祭献土地之神。命令三公，垒起石台表示祝愿；驾驶五辂马车，亲自拜谒后土祠。表达特别的虔诚，怎么能遵循常礼？诚恐做不到位。考证文献，颁布恩典，朝拜众神，安抚百姓，慰问耆老，观察乡俗。更增加了对先圣的敬重，对神明的敬畏。即使不足以慰藉往后的美名，也足以尽力办好这次的盛典。

唉，自结绳记事以来，三代垂衣而治。商周以前的事，无法表述；汉唐之际的历史，都有翔实的史料。汉武帝元鼎年间祭礼的隆重，唐玄宗开元年间祭祀的盛大，君臣车马驻扎于脽上，用玉器祭祀并埋在脽上。我十分幼稚，继承盛大的祭祀大礼，又怎能与汉武帝和唐玄宗媲美，让天神、地祇、山岳之神喜悦？只有用一颗敬畏天地的心，增加刚健稳固之志。祭祀地神如在，对待黎民如伤。居安思危，不能忘记斋戒惕厉；守候国家基业如创业之初，常常希望天下太平。一则愿神灵佑护，一则先祖护佑。至于镂刻于石，也期望昭明先祖的仁德，传颂不朽；遵循谦卑的教诲，更加恭敬地治理天下。

铭文大意：

博大宽厚的大地，伟大的后土，可以和苍天相媲美，资助万物，生长五谷，养育百姓。这样的恩德必当报答，人们在这里建祠纪念。在脽上瞻仰，处于汾河之曲。赤伏之符感应，黄灵符箓应验。每次祭拜都有祥瑞，带来福祉。当年的灵坛上，陈列精美的玉器。遗迹仍在，难以再现当年盛礼。先帝开创大宋伟业，传承给我。仰仗他们的美好谋略，发扬光大各种典章制度。汉武帝祭祀后土，令人警惕戒惧。河东的百姓和官员十分辛劳，屡上奏章。希望我巡幸脽上，祭祀后土。我再三推辞不得，顺从众人的心愿。于是奉宝箓，驾上骏马，亲临祭坛，配飨二圣。参照祭天的仪式，恭敬祭祀。表达至诚之心，于是颁布举行大典。天地佑护，二圣之功。我恭敬地报答后土，更加勤勉地治国理政。刻之于石，发扬光大大宋的使命。

《汾阴二圣配飨之铭》，一是记载了历代祭祀后土的历史，追溯了汉武帝、唐玄宗汾阴祭祀发生祥瑞的故事。二是追记了宋真宗祭祀后土之神的经过，记述了宋太祖和宋太宗的文治武功，歌颂了治国平天下的业绩。三是记叙了本次祭祀后土的盛况，表明了宋真宗决心继承先王业绩，以仁政治理天下的决心。言辞恳切，引经据典，十分有意义。此碑由宋真宗亲笔书写，书法遒劲，气势磅礴，铁画银钩，铿锵有力，确实为书法精品。

在后土祠萧墙碑旁边，原有高六尺的四尊铁人，铸于宋大中祥符四年（1011年），是宋真宗在汾阴县祭祀后土时作焚炉之具用的。明代晚期，当地人认为铁人能镇黄河水灾，故移至西门外黄河一侧镇之，现已不存。另外，宋真宗在祭祀后土的当年，曾在后土庙立有两座纪念石碑，一为《祀汾阴坛颂》，王文正公旦撰文，尹照古书，原立大宁殿后。另有《汾阴朝觐坛颂》，王钦若撰文，原立朝觐坛。现在两座碑均已不存。

宋真宗到汾阴祭祀后土时，还有一个插曲。北宋初年，朝廷确定在距汴京之北七公里处祭祀后土，而宋真宗认为祭祀后土最好还是在具有悠久历史的宝鼎县汾阴脽上为好，因此才决定于大中祥符四年（1011年）到汾阴县祭祀后土。宋真宗祭祀后土时，御制、御书和篆额的著名《汾阴二圣配飨铭》（俗称"萧墙碑"），把宋太祖赵匡胤、宋太宗赵光义两个皇帝，配祀于汾阴后土祠中，从而使祭祀后土成为国家最重要的祭祀活动之一。这对于确立后土祠的皇家祭祀地位具有重要的意义。

第五节　海内祠庙之冠

宋真宗钟情河东，信仰后土，又是亲自祭祀，又是撰写碑刻，还将后土祠改为"太宁庙"，并将宋代的开国皇帝赵匡胤和宋太宗赵光义配享后土大帝。这不仅是汉唐以来最大规模的祭祀，也是封建社会帝王祭祀后土的最隆重的盛典。为了准备这次祭祀，宋真宗委派朝中诸大臣，动用军队，分工负责祭祀后土事务，对后土祠进行大规模的修复和建设，从而使后土祠成为"海内祠庙之冠"（《蒲州府志》）。尉彦超《从"官方祭祀"到"民间信仰"》（《寻根》2019年02期）写道："宋真宗大中祥符三年，皇家动用国库巨银三百多万两对后土祠进行了大规模修葺，汾阴后土祠成为与当时汴梁东京的东宫同等规模的建筑，可谓规模壮丽。"

在宋真宗隆重地祭祀后土之后，后土祠进一步得到大宋的关注和发展。宋真宗西祀时的行宫被建设为太宁宫。大中祥符四年（1011年）四月十六日，宋真宗再次下诏："恭惟厚德，夙蕴至灵。降宅脽邱，载严庙貌。爰展亲祠之礼，允膺至况之祥。宜荐嘉名，以彰景祐。避尊称而斯在，达昭事以惟宜。脽上后土庙，宜上额为太宁宫。本殿周设栏楯，民庶祈赛，止拜于庭中。官吏非祠祭，亦勿升殿。"（《大宋诏令集》卷第一百十七）通过国家诏令的形式，明确祭祀礼制，保障汾阴后土祭祀的有序进行。诏令下达后，太宁宫的建设也逐渐展开。四月十九日，宋真宗命内供奉官郝昭信、赵履信增葺太宁宫庙，依照会真宫修造。会真宫为宋真宗东封之时驻跸之地。经过一年多的修葺，大中祥符五年（1012年）七月，太宁宫顺利完工。

光阴如梭，白驹过隙。时间一晃过去了七十多年。北宋哲宗赵煦时期，因后土祠年久失修，庙貌颓圮，典宇破败，十分不堪。据《荣河县志》收录的宋代杨照《重修太宁庙记》记载："观夫庙貌颓圮，楼阁倾倒，不称时祀，岂非守土之臣因循苟简，不能遵行朝廷严奉天地之礼与？窃重惜之！"宋哲宗元祐二年（1087年），官府派人对后土祠进行了一次大规模的维修。宋代杨照《重修太宁庙记》道："东西饰御碑之楼，四角葺城隅之缺。金字榜碑，绘彩焕烂，前殿后寝，革故翻新。"竣工之日，"邦人瞻观，远近为之欢欣鼓舞，携带老稚来歆享，益加敬焉"。由此可知，不仅官方对后土祠重视，民间对后土祠也十分看重，不亚于官方。每年的春天，当地百姓都要到后土祠举行祭祀后土的活动。当年曾目睹宋真宗祭祀后土盛大典礼的少年，此时都已八十多岁了，对前来维修后土祠的官员"悉谈当时之盛礼"。

但是，令人惋惜的是，由于黄河漫溢，后土祠在清代被彻底淹没，今天的人们难睹宋代后土祠全貌，然而，幸亏留下了一通金代的"后土祠庙貌碑"，逼真地再现了那时的后土祠的繁华景观。文脉之传承，仰赖有心者为之。这要归功于荣河县知县张维。金天会十五年（1137年），张维将后土祠的建筑全貌刻石立碑，予以完整保存。距1087年宋代维修后土祠刚好五十年，石碑所呈现的不仅是宋真宗祭祀后土祠的建筑规模，还增加了张维在该年修建的唐明皇碑楼、宋真宗碑楼、四个角楼。这通石碑对于了解后

金代后土祠全图碑

土祠的整个建筑全貌，研究中国古代建筑史都具有十分重要的价值，弥足珍贵。

据史料记载，宋代的祠庙建筑分为三个等级，后土祠是按照最高等级修建的。中国建筑科学研究院专家王世仁据《宋会要辑稿·礼二十六》和《宋朝事实》卷十一"断定此庙貌所描绘者为大中祥符时之状"。《中国古代建筑史》载："这通碑忠实地刻绘着当时建筑的总平面和主要立面，可据以绘制相当可靠的复原图。"据碑文可知，《后土祠庙貌图》系金天会十五年（1137年）刻，明嘉靖丙辰（1556年）、天启三年（1623年）重刻。从碑刻来看，整个后土祠建筑群西临黄河，北依汾水，东望峨嵋岭，南依黄土塬。主要建筑沿着中轴线分为：棂星门、太宁庙、承天门、延禧门、坤柔门、坤柔殿、寝殿、配天殿、扫地坛等。棂星门共三间，沿着门两旁是左右长廊，栏杆连接，曲折往复，直达巍峨的角楼。入门之左有一圆井，左右各有一座单檐歇山顶方亭，系宰牲亭，此庭院为牺牲所。往北经过五间歇山顶大门，就是太宁庙，院内左右各有一碑楼，左为唐明皇碑楼，右为宋真宗碑楼，碑楼之侧各有二

宋真宗碑刻全貌

殿用以纪念唐玄宗和宋真宗祭祀后土的事迹。门侧有廊，左右各五间，中各夹一腰门。腰门三间，悬山顶。经过太宁庙，来到承天门。承天门为三间歇山顶，院内左右各有一碑楼，右为"修庙记"碑楼，重檐歇山顶，左面的碑楼有些模糊。延禧门为三间悬山顶建筑，两侧为宫墙，开二腰门。经过延禧门就是坤柔门。

坤柔门是后土祠的主要建筑，与承天门相仿，左右为围廊，形成廊院。宋徽宗时期道教兴盛，他对后土依然比较崇拜，给后土的封号全称是"承天效法厚德光大后土皇地祇"，甚至将后土作为道教最高神"三清四御"里的第四御。所谓"三清"，是道教神仙世界中三位地位最高的天神即元始天尊、灵宝天尊、道德天尊。"四御"是仅次于"三清"的四位天帝，他们治理三界，依次是：北极紫微大帝、南极长生大帝、勾陈上宫天皇大帝、承天效法后土皇地祇。后土是掌管阴阳、生育、万物生长与大地山河之秀的母性神灵，所以后土祠正庙的大门叫坤柔门，正殿的名称叫坤柔之殿。坤柔之殿面阔九间，重檐庑殿顶，下部有较高的台基，正面设左右阶。院内左右各有一方亭。坤柔殿之后为三间歇山顶的寝殿，寝殿与坤柔殿之间，以廊屋连成工字形平面，与北宋东京汴梁的宫殿大致相同。廊院以北，用围墙与后部的扫地坛分隔，围墙的正中起高台，上有一座三间悬山顶小殿，即"配天殿"。其后接一个工字形高台，台上有亭。最后部分为"旧轩辕扫地坛"，周围遍植树木，中有横墙隔为两院。前院左侧有一座重檐方亭，后院正中为坛，上建重檐歇山顶大殿，左右有配殿。后土祠的后墙作半圆形，寓意天圆地方。《中国古代建筑史》称："在建筑艺术方面，这时期统治阶级建筑的总体布局和唐朝不同的是，组群沿着轴线排列若干四合院，加深了纵深发展的程度，如碑刻中的汾阴后土祠图都充分说明了这点。"在到达坤柔大殿之前，要通过五门五院：棂星门、太宁庙门、承天门、延禧门、坤柔门，使整个后土庙建筑群显得院门错落，鳞次栉比，曲径通幽，十分肃穆。

后土祠的建筑具有宫廷建筑的特征，主要建筑严格对称地布置在中轴线上，形成了一系列庭院和建筑群，棂星门至太宁庙为一段；太宁庙至承天门又为一段；承天门以后，又经延禧门、坤柔之门，才进入坤柔之殿。穿过

《中国古代建筑史》记载

系列院落到达坤柔殿时，建筑群林立，院落层叠，并且随着地势攀高，使得坤柔殿更加雄伟高大。据专家研究，明清北京故宫的建筑布局与北宋汴梁的宫殿建筑布局、汾阴后土祠的建筑布局有渊源关系。明清北京故宫的中轴线上，依次为大清门、天安门、端门、午门、太和门、太和殿，在到达主殿太和殿之前，也要通过五门五院。《中国古代建筑史》载："明清故宫建筑在总体布局上是继承着前代经验进一步发展的。如果拿宋代的后土祠和故宫相比较，不难看出它们之间的主体建筑的空间处理和主要与次要建筑群的排列关系上有很多相同之点。"所以说，故宫的建筑在很大程度上参考了当时的汾阴后土祠的建筑风格。

宋代后土祠的规模到底有多大？根据金天会十五年（1137年）勒石的《汾阴后土祠庙貌碑》所刻庙貌图显示，宋代的汾阴后土祠，"南北长七百三十二步，东西阔三百二十步"，经过换算可知，南北长1204.14米，东西宽526.4米，总面积达950.79亩，合633859.29平方米，是现存后土祠面积的二十五倍，比北京故宫面积还要大，难怪被人称为"海内祠庙之冠"。

从传说中的黄帝莅临汾阴扫地为坛，到西汉有明确历史记载的汉武帝在汾阴脽上立庙祭祀，再到北宋时期后土祠建筑群的规模达到鼎盛时期，后土祠承载了数千年的历史文化和建筑文化，是迄今中国具有确切建造年代、建筑物一直延续至今的最早的和历史最悠久的祠庙建筑，为以后规范化的后土祠建筑开了先河，也为明代北京故宫、天坛和地坛的建筑提供了建筑范式。万荣县现存后土祠虽不及唐宋时之壮观，但其布局严谨完整，庙内现存建筑有山门、井台、献殿、香亭、正殿、秋风楼、东西五虎殿等，建筑宏伟，结构精巧。山门中的三座戏台组成国内罕见的"品"字形式，为研究中国古代舞台形制提供了重要例证，具有极高的历史艺术价值。

第六章　金元明清祀不绝

第一节　皇皇后土

从中华民族的先祖黄帝在汾阴扫地为坛祭祀后土起始，进入封建社会之后，从汉武帝去汾阴祭祀后土祠开始到元代，先后有八位皇帝亲自祭祀二十次，六位皇帝派大臣祭祀七次。明清时期，由于路途遥远，明朝在北京建立天坛代替后土祠，每年在北京祭祀后土。

万荣后土祠在国家祭祀中的尊崇地位是由其独特的历史文化和地理位置决定的。它地处两河——黄河和汾河交汇之处，河东地区是华夏人类最早的活动区域之一，为魏国之国都，三晋之疆域。中华民族的先祖黄帝在此扫地为坛，传说中的尧舜禹在此从事生产活动，加之脽上为河中之高阜，在古代风水学看来与天接近，便于人神沟通，因而确立了它独一无二的地位。《汾阴二圣配飨之铭》："脽上者，汾水之曲，巨河之滨，故魏之国都，旧晋之疆土。其俗富庶，接秦雍之郊；其民忠淳，被虞夏之教。地形诡异，神道依凭，中断洪流，揭成高阜。俯联修壤，崛起而崔嵬；下望平皋，斗绝而盘郁。故得传于简册。"尤其在生产力相对落后的封建时代，人们更容易接近自然，达到天人合一的境界。封建皇帝选择万荣后土祠作为祭祀大地之神的地址，自然是经过历史学、风水学、地理学、祭祀文化方方面面的综合考量而决定的，并非空穴来风、心血来潮。因而在封建社会发展到巅峰时期，多位皇帝曾在万荣县祭祀后土。

纵观历史，我们不难发现，历史上祭祀后土的统治者多是赫赫有名大有作为的帝王。黄帝是中华民族的祖先，华夏儿女自称炎黄子孙。汉武帝尊崇儒家，南征北伐，扩大了大汉辽阔的疆域，确立了汉文化的脉络体系；西汉末年，王莽篡位，群雄四起，农民起义，刘秀率兵起义，经过十余年战争，结束了军阀混战与地方割据局面，建立了东汉政权，整顿吏治，躬行节俭，奖励廉洁，开创"光武中兴"时代；唐玄宗发动唐隆政变登基之后，选拔贤能，建立考察制度，发展经济，奖励耕作，开辟了开元盛世，使唐朝进入鼎盛时期；宋真宗制定治国安邦的方略，实行反腐倡廉的举措，重视节俭，轻徭薄赋，大力发展商业和手工业，把北宋推向中国封建社会的巅峰，史称"咸平之治"。

万荣后土祠五千年来香火不断，祭祀不绝，人文鼎盛，成为国家祭祀的重要场所，具备了国家祭祀的规模和宏大气象。汉代、唐代、宋代的整修和大规模的扩建，按照国家祭祀要求而建立的宫殿、设置的祭坛、烧制的器皿，历代祭拜后土刻碑立石留下的宝贵遗迹，后土祠所禀赋的农耕文明，祭祀后土形成的民俗文化，等等，都使汾阴后土祠不仅在建筑形制和规模上位列"海内祠庙之冠"，而且经过五千年来的繁荣发展衍化为独特的后土文化。

宋代时期，奉后土为道教"四御"神之一，这是有历史原因的。宋真宗来汾阴祭祀时，采用道教礼制祭祀后土。他把后土祠改为太宁宫，设后土圣母塑像，选派道士在此修道。宋哲宗元祐二年（1087 年），由于后土祠年久失修，庙貌颓圮，官方又派人对后土祠进行了一次大规模的维修，"东西饰御碑之楼，四角葺城隅之缺。金字榜碑，绘彩焕烂。前殿后寝，革故翻新"。竣工之日，"邦人瞻观，远近为之欢欣鼓舞，携带老稚来歆享，益加敬焉"（宋杨照《重修太宁庙记》）。由此看来，后土祠的修建深得民心，后土已经成为百姓心目中不可缺失的信仰。

宋徽宗时期，道教在全国兴盛，许多地方建造道观。宋徽宗封后土为道教的"四御"之一，称作"后土皇地祇"。四御在道教神祇中居于崇高地位，是居于三清之下、位于万神之上、主宰天地万物的四位天神。宋徽宗热衷于祥瑞之事，对后土念念不忘。《宋大诏令集》记载，宋真宗"恭上地祇尊号，永惟地道，上顺承天，皇天后土，阴阳之理也，旧地祇未有后土之称，可于尊号内加'后土'二字"。不仅如此，他还亲自为后土加上封号："夫顺承于天，效法于下，厚德载物，含宏光大，地德也。谨以斯德，上徽号曰'承天效法厚德光大'，以尽兢兢业业母事之礼。"作为一国之尊，对于后土如此敬重，这不正说明后土的影响力吗？不也表明后土在帝王心中的地位吗？道教《福德正神宝诰》赞扬后土道：

> 志心皈命礼。一方土谷，万姓福神；秉忠正烈，助国卫民。膺承简命，镇一方而黎庶仰瞻；司职功曹，掌传奏而丹忱上达；义贯九天，善恶昭彰而响应；灵通三界，功过纠察以分明；巩固金汤，奠安社稷。大忠大孝，至显至灵；护国佑民，大喜大舍。福德正神，太上加封；土谷尊神，玉帝敕奉。主坛镇宫，土地明王；福德正神，传诚达悃天尊。

"宝诰"是赞颂神仙的骈文，是道教的特定文体之一。宝诰韵律十分严谨，多以歌咏形式赞美道教神仙的功德，文字隐晦而精炼。从中可以看出，后土为太上加封，玉皇大帝敕封，不仅贡献五谷，为万姓福神，而且可安社稷，可佑国民，善恶昭彰。

尽管自从宋真宗之后，元明清各个朝代没有皇帝再亲临河东祭拜后土，但是，后土的影响已经深入人心，成为每个封建朝代无不关注的文化现象。形成这种状况，有其历史原因，自从宋真宗之后，由于朝代更迭，国家处于多事之秋，到了南宋时期，汾阴已经沦为金朝统治之下。

宋代之后的金、元两代，皇帝虽然没有亲自到万荣后土祠祭祀，但是金章宗完颜璟、元世祖忽必烈都曾专门派遣朝廷官员到荣河县祭祀后土。在元代，为了在祠中供奉汉武帝的《秋风辞》碑，又增建了秋风亭。明朝隆庆年间，秋风亭被水淹没，又改建了秋风楼，该楼成为后土祠最雄伟壮观的建筑。后土祠内至今仍保存着明嘉靖年间的轩辕扫地碑。《荣河县志·古迹》载："扫地坛，旧在汾阴祠左，有坊树焉，以为轩辕扫地而祭之所。元时设，今沦于河。"

明代初期，朱元璋建都于应天府（今南京市），于钟山之阴建方丘，祭祀后土；永乐年间，明成祖朱棣迁都北京。由于路途遥远，祭祀不便，就在北京建立了天坛、地坛，祭祀后土。后来又建立了社稷坛，祭祀后土和谷神。到了清代，对天坛、地坛修缮和扩建，祭祀规模更加繁盛，祭祀后土和谷神成为国家祭祀的重要内容。虽然，宋代之后没有皇帝祭祀后土，然而，民间祭祀蓬勃发展，赋予了后土更多的内涵。人们不仅祈求后土保佑五谷丰登，风调雨顺，而且由于后土是大地之母，养育万物，因而人们又称后土为娘娘，向后土求子祈福。

第二节　金朝遣使拜后土

金朝是中国历史上由女真族建立的封建王朝，崛起于我国东北地区，多次与宋朝发生战争，把宋朝赶到了南方，占领了中原，让当时的中国形成了宋、金南北对峙的格局。金世宗完颜雍继位后停止侵宋战争，励精图治，积极恢复发展农业生产，减轻农民的负担，招收流亡，开垦土地。他躬自节俭，不尚奢华，严于律己，管束王公大臣，使国库充盈，实现"大定之治"的局面，被称为"小尧舜"。金世宗比较重视祭祀之礼，《金史·礼志一》道："本国拜天之礼甚重。今汝等言依古制筑坛，亦宜。我国家绌辽、宋主，据天下之正，郊祀之礼岂可不行？"古代于郊外祭祀天地，南郊祭天，北郊祭地。金世宗于大定十一年（1171年）十一月举行郊祀之礼。据《金史·礼志一》记载："中书侍郎读册文，讫，乃奏：'请再拜'诣皇地祇位及配位，并如上仪。"在举行郊祀之礼时，金世宗恭敬地向皇地祇行拜祭之礼。

金章宗完颜璟是金世宗完颜雍之嫡孙，他继位后加强官制改革，废除奴隶制度，限制女真特权，保护封建农业，允许蕃汉通婚，"礼乐刑政因辽、宋旧制，杂乱无贯，章宗即位，乃更定修正，为一代法"，同时，十分重视文化建设，修缮曲阜孔子庙学，健全礼制，议定礼乐，编撰《金纂修杂录》《大金仪礼》。这些做法对于巩固政权、安定社会、发展经济，起到了一定作用。金章宗热爱文化，他的书法水平较高，与北宋徽宗的"瘦金体"相似。金章宗对祭祀后土很重视，如有不敬者，绳之以法。《金史·礼志二》记载："夏至，祭皇地祇于方丘，所有摄官，各扬其职。其或不敬，国有常刑。……祭前一日，司天监、郊社令各服其服，帅其属，升设皇地祇神座于坛上北方，南向，席以藁秸。又设配位神座于东方，西向，席以蒲越。"为了表示对于后土的敬重，金章宗还专门派人到汾阴祭祀后土。

金朝文人赵秉文（1159—1232年），字周臣，磁州滏阳（今河北省邯郸市）人。历平定州刺史、礼部尚书、翰林学士，兼修国史，工诗书画，历仕五朝，自奉如寒士。性好学，自幼至老，未尝一日废书。有《滏暇录》《滏水集》等。他曾经作诗《汾阴祠后土》，赞扬了金朝皇帝派人祭祀后土的事迹：

　　闲闲吏隐官蓬莱，玉堂给札非仙才。封香汾阴祠后土，骑士引赴轩辕台。龙门峡束天下险，状如万顷纳一杯。方丘中峙巨鳌趾，黄河一箭从天来。长风吹云碧海去，旷荡万里晴天开。青山终古不改色，下送落日浮金罍。沧波几回照新雁，往日繁雄安在哉。君不见汉家六叶夸雄才，力通象郡臣龙堆。泰山日观封禅罢，属车九九声如雷。横汾中流箫鼓发，酒酣乐极情生哀。秋风一曲在人世，茂陵桂树空莓苔。又不见开元四海不动尘，千麾万骑祠神雎。侍臣文章咸第一，丰碑自勒镵崔嵬。凭高慨咏才子句，山川满目空尘埃。铃声琳琅蜀道雨，想见万里愁云回。蒲关北走荣河道，岩深地古令人老。胡儿夜渡黄河冰，生人憔悴如霜草。吾皇神圣如轩辕，北伐獯鬻清中原。遍秩群神礼乔岳，还因告土祀坤元。灵祇纷纷福来

下，倒卷天河洗兵马。重新日月照乾坤，再整山河归庙社。三河形
势满河中，独纪葵邱第一功。唐汉遗民寻故事，还思法驾幸河东。

该诗描写了后土祠周围的黄河奔腾、龙门峡谷、大雁翔天、落日浮金等
胜景；回溯了历史上汉武帝横渡汾河，箫鼓齐鸣，乐极生哀之场景；记录了
唐玄宗开元之盛，千麾万骑，刻碑立石的事迹；赞美了金朝皇帝功比轩辕，
遍祀群神，再整山河，告慰后土的心愿。"唐汉遗民寻故事，还思法驾幸河
东"，追寻唐宋时候的故事，什么时候能够亲自巡幸河东，酬谢后土之恩。
全诗慷慨激昂，气势恢宏，想象诡谲，是一首颂扬后土的佳作。

第三节　忽必烈祭后土

忽必烈统治时期采用汉法建立政治制度。在地方上建立行省，中央设中
书省；设立"司农司""劝农司"等专管农业的机构，以劝农成绩作为考核官
吏的主要标准，并令人编辑《农桑辑要》，在全国颁行。古代社会中，农耕
文明始终与土地联系在一起。忽必烈重视农业，希望农业发展，五谷丰登，
因而重视祭祀后土。

从《元史》的记载中，我们看到元朝虽然发迹于草原，长期过着游牧
生活，但是对于祭祀也是比较重视的。《元史·祭祀志一》："天子者，天地
宗庙社稷之主，于郊社禘尝有事守焉，以其义存乎报本，非有所为而为之。"
元朝专门建立祭坛，祭祀昊天上帝和皇地祇（后土），《元史·祭祀志一》："至
元十二年十二月，以受尊号，遣使豫告天地，下太常检讨唐、宋、金旧仪，
于国阳丽正门东南七里建祭台，设昊天上帝、皇地祇位二，行一献礼。"

元世祖忽必烈敬重后土，多次以不同方式祭祀后土，并派官员前往汾阴
祭祀后土。据《元史·世祖本纪》记载，至元五年（1268 年）九月，"建尧
庙及后土太宁宫"；至元九年（1272 年）一月，"敕燕王遣使持香幡，祠岳

渎、后土、五台兴国寺”；至元十一年（1274年）三月，“遣使代祀岳渎、后土”；至元十二年（1275年）春二月，“立后土祠于平阳之临汾，伏羲、女娲、舜、汤、河渎等庙于河中、解州、洪洞、赵城”；至元十二年（1275年）二月，“命怯薛丹察罕不花、侍仪副使关思义、真人李德和，代祀岳渎后土”；至元二十二年（1285年）正月，“遣使代祀五岳、四渎、东海、后土”。元成宗即位后也祭祀后土：“三十一年，成宗即位。夏四月壬寅，始为坛于都城南七里。甲辰，遣司徒兀都带率百官，为大行皇帝请谥南郊，为告天请谥之始。大德六年春三月庚戌，合祭昊天上帝、皇地祇、五方帝于南郊，遣左丞相哈剌哈孙摄事，为摄祀天地之始。”从以上记载可以看出，元朝皇帝以多种不同的方式祭祀后土。

第四节　朱元璋纳奏建坛

　　明朝建立之初，大臣上奏朱元璋祭祀后土。《明史·礼志二》记载，洪武元年（1368年），中书省李善长等人奉敕撰写《郊祀议》：“王者事天明，事地察，故冬至报天，夏至报地，所以顺阴阳之义也。祭天于南郊之圜丘，祭地于北郊之方泽，所以顺阴阳之位也。《周礼·春官宗伯·大司乐》：‘冬日至，礼天神，夏日至，礼地祇。’《礼》曰：‘享帝于郊，祀社于国。’又曰：‘郊所以明天道，社所以明地道。’《书》曰：‘敢昭告于皇天后土。’按古者或曰地祇，或曰后土，或曰社，皆祭地，则皆对天而言也。此三代之正礼，而释经之正说。……自汉武用祠官宽舒议，立后土祠于汾阴脽上，礼如祀天。而后世因于北郊之外，仍祠后土。……今当遵古制，分祭天地于南北郊。冬至则祀昊天上帝于圜丘，以大明、夜明、星辰、太岁从祀。夏至则祀皇地祇于方丘，以五岳、五镇、四海、四渎从祀。”

　　朱元璋采纳了李善长的奏议，在钟山之阳建圜丘，钟山之阴建方丘，分别祭祀天帝和后土。后来，增祀风云雷雨于圜丘，天下山川之神于方丘。据记载，明初在南京建有社稷坛，起初社稷坛分为两坛，对峙左右。朱元璋认为不合古礼，洪武十年（1377 年）改为合祭，共为一坛，改建于京师午门之右。社稷坛祭祀社神和谷神，即后土和后稷。

第五节　天坛源自后土祠

明成祖朱棣在靖难之役后登上帝位，将都城由南京迁至北京。朱棣在北京建立天地坛，祭祀天帝和后土，是因为北京距离万荣后土祠遥远，故把后土放在天地坛与天帝一起祭祀。明代内阁首辅李贤《汾阴后土庙记》道："悉从古制，后土之祀，改在京师之郊；而汾阴后土不复列于祀典。"

天坛原名天地坛。明代永乐十八年（1420 年），明成祖朱棣仿照南京形制在北京建立天地坛，合祭皇天和后土，祭祀场所在大祀殿。据说建立天地坛时，明朝曾经派官员到万荣后土祠祭告，并取土带到北京奠基。天地坛实际上是对汉、唐、宋各代皇帝祭祀皇天和后土的延续。天坛有坛墙两重，形成内外坛，坛墙南方北圆，象征天圆地方。天坛主要建筑有圜丘坛、祈年殿、皇乾殿、皇穹宇、斋宫、无梁殿、长廊、双环万寿亭等，还有回音壁、三音石、七星石等名胜古迹。

明代嘉靖九年（1530 年），大臣向嘉靖皇帝朱厚熜进谏："古者祀天于圜丘，祀地于方丘。圜丘者，南郊地上之丘，丘圜而高，以象天也。方丘者，北郊泽中之丘，丘方而下，以象地也。"圜丘为京郊之高地，象征上天；方丘为泽中之高丘，象征大地。于是，朱厚熜决定天地分祭，在大祀殿南建圜丘祭天，在北城安定门外另建方泽坛祭地。是年五月，开始修建方泽坛；次年（1531 年）四月，完成方泽坛；五月，朱厚熜于方泽坛亲祀后土（皇地祇），此为方泽坛首次举行的祭祀后土大典。嘉靖十三年（1534 年），朱厚熜谕旨礼部："南郊之东坛名天坛，北郊之坛名地坛，东郊之坛名朝日坛，西郊之坛名夕月坛。"将天地坛改名天坛，方泽坛改名地坛。

清代乾隆十四年（1749年）五月，朝廷下令修整地坛，将皇祇室以及方泽坛围墙绿琉璃瓦顶改为黄瓦，黄琉璃砖改为白色墁石；嘉庆五年（1800年），再修方泽坛，重修皇祇室、祭台、库座、斋宫、牌楼。自明代嘉靖十年（1531年）至清代宣统三年（1911年），明清两朝连续三百八十余年在此祭祀后土。现建筑为1981年按清乾隆时形制恢复。坛平面呈方形，以象征"天圆地方"。

地坛是明清两朝帝王祭祀"皇地祇神"的场所，也是中国现存最大的祭地之坛。地坛内有正殿、配殿、方泽坛、皇祇室、牌楼、斋宫等。正殿建于明嘉靖九年（1530年），由四座五开间的悬山式大殿和两座井亭组成。正殿又叫"神库"，是存放迎送神位用的凤亭（抬"皇地祇"神位的轿子）、龙亭（抬配位、诸神位的轿子）和皇祇室修缮时临时供奉各神位的地方。东配殿叫"祭器库"，是存放祭祀所用的器皿用具的库房。西配殿叫"神厨"，是制作祭祀供品食物的地方。南殿叫"乐器库"，是存放祭祀所用乐器和乐舞生服的地方。东、西井亭专为方泽坛内泽渠注水和为神厨供水。方泽坛建筑采用黄、红、灰、白四种颜色，以方形平面向心式重复构图，使位于中心的方形祭台显得异常雄伟，气魄非凡。周有泽渠、外有坛墙两重，四面各有棂星门。方泽坛分上下两层，下层坛供奉五岳、五镇、五陵山、四海、四渎之神位。登上祭坛时，会有一种凌空欲飞，俯瞰尘世，地老天荒之感，自然而然对大地怀有敬畏之心。

古代国家祭典分三个等级，祭祀皇地祇（后土）为最高等级的祭祀。古代称后土为"皇地祇"，"天为神，地为祇"，地与天相对应；皇是大的意思，皇地祇是对后土的尊崇。皇地祇位于方泽坛中央，以皇帝祖先配享；以五岳、五镇、四海、四渎等附在下层祭祀。明清时期，皇帝每逢夏至日都要亲至地坛拜祭后土（皇地祇），祈求风调雨顺，国泰民安。皇帝在大祀之前斋戒三天，不审理案件，不举办宴会，不听音乐，不宿内宅，不饮酒吃荤，以洁净身心，表达虔诚。汾阴脽上类似方丘，四面环水。北京地坛四周，仿照汾阴脽上凿有宽渠，祭祀前往渠中放水，形成一个人工改造的"方泽坛"。

《中国古代建筑史》道："宋朝的祠祀建筑分为三个等级，后土祠是按照最高级的标准修建的。"可知当时后土祠的等级之高。建筑科学专家王世仁称："宋代祠庙，特别是属于国家祭祀之祠庙，大抵已有定制，而后土祠当属第一等之大祠庙。……总观此庙，南方北圆。按汾阴后土属坤（阴），以月象之，故坛城呈半月形。……北京天坛内外围墙均作南方北圆，系明嘉靖九年（1530年）以前天地合祭之制，盖亦以北属阴，以圆象月，含祭地之义。"明清时期的天坛和地坛，借鉴了宋代汾阴后土祠"天圆地方""泽中方丘"等形式，所以说天坛渊源于万荣汾阴后土祠。无论是北京现存的天坛还是地坛，都曾经具有祭祀后土的功能，是后土祭祀文化的延续和发展。

第六节　三十年河东，三十年河西

　　有句俗语，"三十年河东，三十年河西"，比喻人事的盛衰兴替，变化无常。原义是黄河泥沙淤积严重，河水经常泛滥，长时间的泥沙堆积抬高了河床，河水因此改道。从水文地质学来看，黄河流经弯道时，做曲线运动产生离心力。在离心力的影响下，表层水流趋向凹岸，而底部的水流在压力的作用下，由凹岸流向凸岸，形成弯道环流，在弯道环流的作用下，凹岸发生侵蚀，凸岸发生堆积，因此黄河改道了。黄河穿越西北数省，途经黄土高原，呼啸而来，携带着滚滚泥沙，长年累月的泥沙淤积，使黄河每过二三十年都会改道。而身处黄河之中的汾阴脽上，在黄河来回摇摆之下，长期受到冲刷和侵蚀。

　　明代隆庆年间（1567—1572年），由于黄河干流向东摆动，万荣县后土祠处于滔滔河水的威胁之下。明代万历末年，河水已经漫溢到脽上，后土祠的部分建筑被河水淹没，官府主持将后土祠迁建于脽上之东。清顺治十二年（1655年），暴雨袭击，黄河涨水，再次漫溢到脽上，冲毁了后土祠内的大部分建筑，只留下秋风楼和门殿。时隔七年，康熙元年（1662年）秋天，河水暴涨，泥沙奔涌，像一条肆虐的巨龙咆哮扭曲，这一次连秋风楼也一同淹没于黄河中。屹立河汾之间的汾阴脽，也在暴虐的河水之下化为乌有。那被皇帝拜祭、被诗人讴歌、被百姓膜拜的脽上后土祠，就这样消失在岁月的河流中，成为万荣的珍贵记忆；脽上这道最令人心动的人文景观，这个河汾之间的建筑群，从此只能在时间的深处打捞。

清代康熙二年（1663年），后土祠移地重建于今庙前村北。同治六年（1867年），后土祠再次被黄河冲毁。同治九年（1870年），荣河县（宋真宗改宝鼎县为荣河县，1954年，荣河县与万泉县合并为万荣县）知县戴儒珍于庙前村北的高崖上择地复建后土祠，至今已有一百五十余年的历史。后土祠坐北朝南，由南向北沿中轴线上有山门、戏台、献殿、享亭、圣母殿、秋风楼。献殿两侧为东西五虎殿，圣母殿东侧为碑亭，呈"品"字形的三座戏台更为万荣后土祠独有。

万荣县具有悠久的历史。后土祠附近在汉代、唐代都曾出土过珍贵的文物，一直到最近几十年，还有春秋时期的文物出土，说明这一带确是商周时期的一个重要地区。汉武帝时，因为在汾阴县得到古鼎，改年号为"元鼎"；汉宣帝祭祀后土时，因为"神爵翔集"，一种不知道名称的鸟云集在后土祠，汉宣帝认为是祥瑞之兆，改年号为"神爵"。唐代开元年间祭祀后土之前，于后土祠附近得到两个宝鼎，唐玄宗为了纪念这个祥瑞之兆，改汾阴县为宝鼎县。宋真宗祭祀后土时，因为"荣光溢河"，即祥瑞之光出于后土祠旁的黄河中，便下令改宝鼎县为荣河县，以资纪念。荣河县的名称一直沿用到1954年。汉武帝、汉宣帝、唐玄宗、宋真宗四位皇帝，或改年号，或改县名，都表明了后土文化对于政治和社会的潜移默化的作用。

第七章　祭祀文化越千古

第一节　礼乐之源

　　礼乐起源于祭祀，远古时期的祭祀礼仪、乐曲对于礼乐的产生具有重要作用。《周礼·春官宗伯·大司乐小师》道："六律、六同、五声、八音、六舞、大合乐，以致鬼、神、示，以和邦国，以谐万民，以安宾客，以说远人，以作动物。乃分乐而序之，以祭、以享、以祀。乃奏黄钟，歌大吕，舞《云门》，以祀天神；乃奏大簇，歌应钟，舞《咸池》，以祭地示。"文中的"示""地示"，特指"后土"。我们看到，古代的"六律、六同、五声、八音、六舞、大合乐"等音乐与祭祀密切相关，目的是"以致鬼、神、示""以祭、以享、以祀"的。自黄帝扫地为坛伊始，后土祭祀从夏商周以来一直延续，至汉、唐、宋更为兴盛，可以说后土祭祀是中国礼乐文化的源头之一。

　　中国素称"礼仪之邦"，《礼记·礼器》中即有"经礼三百，曲礼三千"之说，可见古代的礼仪文化非常丰富。《周礼·春官宗伯·大宗伯》中把礼仪归纳为"五礼"，即吉礼、凶礼、军礼、宾礼、嘉礼。《中华文化习俗辞典》指出，祭祀之事为"吉礼"，丧葬之事为"凶礼"，军旅之事为"军礼"，宾客之事为"宾礼"，冠婚之事为"嘉礼"。《周礼·地官司徒·大司徒》："以五礼防万民之伪，而教之中。"郑玄注："礼，所以节止民之侈伪，使其行得中。"

吉礼居于"五礼之首"。后土祭祀是古代吉礼之一，在吉礼中处于重要地位。为什么呢？古代建立邦国，帝王首先要在宫室旁立社，祭祀后土，与宗庙一左一右，事关国家存亡。《周礼·春官宗伯·大宗伯》明确指出："大宗伯之职，掌建邦之天神、人鬼、地祇之礼，以佐王建保邦国，以吉礼事邦国之鬼神祇。"吉礼的礼仪活动包括：祀天神——祀日月星辰，祀司中、司命、雨师；祭地祇——祭社稷、五帝、五岳，祭山林川泽，祭四方百物，即诸小神；祭人鬼——先王、先祖。古代所谓的"鬼"，指的是祖先，并非今天迷信而不可捉摸的东西。

祭祀总是和音乐联系在一起的。远古时期的祭祀活动是比较简单的。《礼记·礼运》称："夫礼之初，始诸饮食。其燔黍捭豚，污尊而抔饮，蒉桴而土鼓，犹若可以致其敬于鬼神。"意思是说，祭礼起源于向神灵奉献食物，燔烧黍稷，用猪肉供神享食，掘地为坑当酒樽，以手捧酒献祭，敲击土鼓作乐，表示对鬼神的敬意。汉代桓宽《盐铁论·散不足》："古者污尊抔饮，盖无爵觞樽俎。"意思是，人类祭祀时根据当时的生活条件因陋就简。《史记·乐书》道："大乐与天地同和，大礼与天地同节。和，故百物不失；节，故祀天祭地。"《乐记》曰："乐者，心之动也；声者，乐之象也；文采节奏，声之饰也。君子动其本，乐其象，然后治其饰。是故大人举礼乐，则天地将为昭焉。天地欣合，阴阳相得，煦妪覆育万物。"意思是，音乐源自人们的心声，文采节奏是对心声的反映。人们举行祭祀仪式时，用音乐传递天地昭明、阴阳相得的意志。

古代祭祀后土时，乐曲是十分丰富的。《周礼·春官宗伯·大司乐》："夏日至，于泽中之方丘奏之，若乐八变，则地示皆出，可得而礼矣。"在夏至日，人们祭祀后土时"若乐八变"，以奉献于后土。依据中国古代的礼制要求，"祀地于泽中方丘"，即在"泽中方丘"祭祀土地神。"泽中之方丘"就是四面环水的"水中高地"。泽是指水，象征承载大地的海洋，同时大地也需要水的滋润，所以要选择在"泽中之丘"祭祀大地之神。整句话的意思是夏至那天，在泽中的方丘上进行演奏，如果舞乐演奏八遍，地神就会出来，可以向地神献礼祭祀了。

祭祀昊天和后土时有多种乐器和舞曲。《汉书·郊祀志》记载："歌大吕，舞《云门》，以俟天神，歌太蔟、舞《咸池》以俟地祇，其牲用犊，其席稿稽，其器陶匏。"大吕，古代乐律名；太蔟，十二律中阳律的第二律。传说，《云门》是黄帝祭天的乐舞，《咸池》是尧帝祭祀后土的乐舞。《新唐书·马杨路卢列传》（卷一百八十四）道："舞《云门》以俟天神，歌《太蔟》、舞《咸池》，以俟地祇。大吕、黄钟之合，阳声之首。而《云门》，黄帝乐也；《咸池》，尧乐也。"《史记·封禅书》记载："自古以雍州积高，神明之隩，故立畤郊上帝诸神，祠皆聚云。盖黄帝时常用事，虽晚周亦郊焉。"这说明黄帝之时经常举行祭祀活动。《文献通考》道："建邦国，先告后土。"黄帝统一了华夏族之后，首先选择了祭告后土，地址在万荣的黄河和汾河交汇之地——脽上，这是中华民族祭祀的源头。甲骨文卜辞中记载："求年于某土。"由于时间久远，卜辞有点简略或许残缺，但可以推知应当是问卜于"后土"。据《蒲州府志·事纪》记载："黄帝祀汾阴脽，扫地而祭。"黄帝是华夏民族的先祖，中华儿女自称炎黄子孙。黄帝祭祀后土，可见后土在华夏民族中的地位之尊崇。《蒲州府志》只是这么简单的一句记载，至于祭祀的内容和程式已不可考。《荣河县志·古迹》记载得较为详细一点："扫地坛，旧在汾阴祠左，有坊树焉，以为轩辕扫地而祭之所。元时设，今沦于河。"意思是当年黄帝扫地为坛的地方称作"扫地坛"，原址在汾阴后土祠之左边，有坊树。

自从黄帝祭祀后土以后，史书记载尧舜禹也专门祭祀后土。尧帝统治的时代，人们十分安闲自在。一次，尧帝出巡来到康衢大道上，听到老人击壤而歌："日出而作，日入而息，凿井而饮，耕田而食，帝力于我何有哉。"尧帝听到后不以为怪，反而十分高兴，所谓无为而治，当百姓忽略了帝王的存在时，必然是天下太平的时代，这是对于尧帝绝妙的讴歌。史料记载："二帝八元有司，三王方泽岁举。"意思是尧舜时期有八大官员专管后土祭祀，夏商周三朝国君每年举行祭祀后土的仪式。

尧舜时期，确定了"贞天道，立人极"的思想。河东是尧舜禹建都和活动的地方。孔颖达疏道："尧治平阳，舜治蒲坂，禹治安邑。三都相去各二百余里，俱在冀州。统天下四方，故云'有此冀方'也。"意思是，尧舜禹都城在"冀州"，即今山西河东地区，统领天下四方，所以叫作"有此冀方"。明末清初著名学者和思想家顾炎武《日知录》道："古之天子常居冀州，后人因以为中国之号。"注意，这里所说的"冀州"，并非今天的河北省，而指的是山西河东地区，即今运城市一带。《吕氏春秋·有始览》："两河之间为冀州，晋也。"与万荣相邻的河津市古称"冀国"。《左传》道："惟彼陶唐，帅彼天常，有此冀方。"史学家刘起釪先生在《由夏族原居地纵论夏文化始于晋南》一文中指出："冀州的原始地境在晋南。"著名历史学家姚荣龄先生对河东多次考察后得出结论，谈到"中华"的来源说，"中华"的"中"，指的是太行山系的中条山，"华"指的是秦岭山系的华山。而"华夏"一词中的"夏"，指的是我国历史上的大夏民族，它的繁荣正是以尧舜禹的活动为特征，其史迹范围就在河东一带。

尧舜时期，音乐已经渗透于生活之中，祭祀礼仪进一步完善。《文心雕龙·时序》："昔在陶唐，德盛化钧，野老吐'何力'之谈，郊童含'不识'之歌。有虞继作，政阜民暇，薰风咏于元后，'烂云'歌于列臣。尽其美者何？乃心乐而声泰也。"《尚书》记载，尧帝在祖庙禅让帝位于舜，舜登位后祭祀群神。《尚书·舜典》道："正月上日，受终于文祖。在璇玑玉衡，以齐七政。肆类于上帝，禋于六宗，望于山川，遍于群神。"意思是，正月朔日，舜在尧帝的始祖宗庙接受了禅让的帝位。他观察北斗星的运行情况，以验证日月五星的运行，衡量七政的得失。接着举行祭祖仪式，并且祭祀天地、四时、山川和群神。举行上述仪式时，都离不开音乐。

《史记·乐书》曰："舜歌《南风》而天下治，《南风》者，生长之音也。舜乐好之，乐与天地同，意得万国之欢心，故天下治也。"舜帝喜欢音乐，敬畏天地，"乐与天地同"，因为只有大地才能给百姓提供生存的粮食和衣服。《南风歌》不仅赞扬了人民安乐的生活，也是舜帝对于大地之神的感恩。其歌道：

南风之薰兮，
可以解吾民之愠兮。

南风之时兮，

可以阜吾民之财兮。

这是有史以来记载最早并保留下来的歌曲。《古今乐录》曰："舜弹五弦之琴，歌《南风》之诗。"遥想舜帝当年，带领部族生活在河东地区，既有运城盐池提供生存保证，又有后土之神护佑领土。他治理政务之余，看到人们幸福安康，就作了这首歌。现在的运城市盐神庙旁边，还遗留有舜帝弹琴之处——琴台遗址。

古代的祭祀活动是社会生活的重要内容，始终与礼乐有关。司马迁道："王者功成作乐，治定制礼。其功大者其乐备，其治辨者其礼具。"（《史记·乐书》）礼乐在古代具有治国安民、移风易俗的功用。孔子道："安上治民，莫善于礼；移风易俗，莫善于乐。"唐玄宗《祠汾阴后土》："礼乐有权，神祇是主……有典不可以遂废，故推而行之。"他指出，礼乐以祭祀神祇为主。从传说的黄帝在汾阴扫地为坛祭祀后土算起，人类对后土的祭祀时间长达五千年左右，贯穿了中华文明史。从汉武帝在元鼎四年（前113年）亲往汾阴祭祀后土，以至于到唐宋之际祭祀后土达到了高峰时期，到今天也有两千余年的历史，而且民间对于后土尊崇有加，后土祭祀无疑是中华礼乐文化的源头之一。

第二节　国家祭祀

祭祀后土可追溯至远古，自古以来祭祀就与天地日月有关。《说文解字》中记载："示，从二，三垂，日月星也，示，神事也。"古代的祭祀名目繁多，礼仪烦琐，天上地下，山川河流，都要祭祀。但是，最主要的还是天帝和后土，因为，万物存在于天地之中。《礼记·郊特牲》曰："地载万物，天垂象，取财于地，取法于天，是以尊天而亲地也。故教民美报焉。"大地是人类的栖息之地，故人们"亲地"，通过祭祀报答大地的恩德。

"国之大事，在祀与戎"，祭祀和战争是国家大事，受到古代统治者的重视。《古今图书集成·神异典》道："汤以伐夏，祭告后土。按《书经·汤诰》：'王曰："肆台小子，将天命明威，不敢赦，敢用玄牡，敢昭告于上天神后，请罪有夏。"'《蔡传》：'神后，后土也。'"商汤讨伐夏桀时，祭告后土，这表明了后土在商汤心中的地位。

周朝时期，大宰管理礼典（祭祀）等"六典"。《周礼·天官冢宰·大宰》记载大宰之职："掌建邦之六典，以佐王治邦国。"所谓"六典"，即治典、教典、礼典、政典、刑典、事典，涉及管理国家的各方面。其中"礼典"非常明确，标明了祭祀的目的："以和邦国，以统百官，以谐万民。"这说明了中国古代祭祀的意义之重大。唐玄宗《祠汾阴后土》中讲："逮于有周，礼文大备。"这说明到了周代祭祀后土的礼仪和程序已经具有一定规模，大为完备了。

周朝还设立大宗伯的官职，用以负责天神、人鬼、地祇之祭祀。《周礼·春官宗伯·大宗伯》道："大宗伯之职，掌建邦之天神、人鬼、地示之礼。"郑玄注："示，音祇，本或作祇。下神示、地示之例，皆仿此。"《周礼·春官宗伯·小宗伯》云："执事祷祠于上下神示。"孔颖达疏《礼记·郊特牲》云："土示，五土之揔（总）神。"郑玄注云："地示，神州社稷也。"《汉语大字典》释"示"云："《说文》：'示，天垂象，见吉凶，所以示人也。从二，三垂，日、月、星也。观乎天文以察时变，示，神事也。'按：甲骨文字形代表地祇。"故"土示""地示"，即地祇、后土。从这些记载可以看出，在周代甚至在商朝时期，就存在后土崇拜，人们通过各种方法对后土膜拜，祈求实现愿望。

汉代对祭祀比较重视，刘邦颁布《重祠诏》："吾甚重祠而敬祭。今上帝之祭及山川诸神当祠者，各以其时礼祠之如故。"他在长安设置许多场所祭祀各路神灵，并建立祠祀官，内置巫女多人，使其主祭祀之事。唐代李商隐《圣女祠》："肠回楚国梦，心断汉宫巫。"表达了对于祭祀巫女的同情之心。《说文》云："巫，祝也。女能事无形，以舞降神者也。"汉代史书中保留了女子及巫人降神、迎神的记录，不同的巫女各司其职，分管不同的祭祀活动。《史记·封禅书》："长安置祠祝官、女巫。其梁巫，祠天、地、天社、天水、房中、堂上之属；晋巫，祠五帝、东君、云中、司命、巫社、巫祠、族人、先炊之属；秦巫，祠社主、巫保、族累之属；荆巫，祠堂下、巫先、司命、施糜之属；九天巫，祠九天，皆以岁时祠宫中。"从中可以看出，祭祀十分细致而繁多。不仅如此，汉代宫廷拥有许多专职的女伎乐员，用于祭祀和迎神活动。汉武帝大兴郊祀礼乐，广建宫苑，增加宫女，由掖庭令总掌其名籍。《汉书·贡禹传》载："武帝时，又多取好女至数千人，以填后宫。"从两汉出土的画像石、画像砖及其他音乐考古材料看，画面上有大量箫、瑟、琴、笙、笛等管弦乐器。画面中演奏有多种形式，如男女伎人组合、女伎组合、男伎组合等，这说明当时音乐已经比较流行，并且大多用于祭祀活动之中。

汉朝皇帝多次祭祀后土，后土属于国家大祀之列。后土庙始建于西汉文帝前元十六年（前164年），汉景帝后元元年（前143年），朝廷曾经对于祭祀后土有过动议，由于时机不成熟作罢。西汉元鼎四年（前113年），汉武帝改后土庙为后土祠，定为国家祀庙，纳入国家重大礼制。《汉书·礼乐志》道："至武帝定郊祀之礼，祠太一于甘泉，就乾位也；祭后土于汾阴，泽中方丘也。乃立乐府，采诗夜诵，有赵、代、秦、楚之讴。以李延年为协律都尉，多举司马相如等数十人造为诗赋，略论律吕，以合八音之调，作十九章之歌。"汉武帝制定了郊祀之礼，祭祀太一和后土，并且因此建立了乐府，采集诗歌，昼夜吟诵。李延年、司马相如等数十人为之写诗作赋。可见，当时的祭祀不仅有专门的巫女和乐伎，而且还有专门写诗填词的人。汉哀帝即位后要罢乐府官，丞相孔光、大司空何武上奏："郊祭乐人员六十二人，给祠南北郊。……大凡八百二十九人，其三百八十八人不可罢，可领属大乐，其四百四十一人不应经法，或郑、卫之声，皆可罢。"可见当时乐人之多。

唐代规定，祭祀后土（皇地祇）采用"大祀"规格，与昊天上帝、五方帝位一个规格，把祭祀后土作为国家祭祀的重要活动之一。《旧唐书·志第一·礼仪一》："昊天上帝、五方帝、皇地祇、神州及宗庙为大祀，社稷、日月星辰、先代帝王、岳镇海渎、帝社、先蚕、释奠为中祀，司中、司命、风伯、雨师、诸星、山林川泽之属为小祀。大祀，所司每年预定日奏下。……大祀散斋四日，致斋三日。中祀散斋三日，致斋二日。小祀散斋二日，致斋一日。散斋之日，昼理事如旧，夜宿于家正寝，不得吊丧问疾，不判署刑杀文书，不决罚罪人，不作乐，不预秽恶之事。"对于大祀、中祀和小祀祭祀时间和言行等做了详细规定。唐玄宗在后土祠进行了更大规模的祭祀活动，一生中两次前往河东后土祠祭祀后土。

祭祀是非常虔诚的行为，要求人们言行端庄，处身洁净。古人祭祀时，沐浴更衣，戒其嗜欲，不喝酒，不吃荤，不与妻妾同房，表示诚心致敬，称为"斋戒"，又称"致斋"。致斋期间，要求做到"五思"，如《礼记·祭义》所言："致齐于内，散齐于外；齐之日，思其居处，思其笑语，思其志意，思其所乐，思其所嗜。"即从居住、笑语、志意、所乐、所嗜等五个方面，严格要求自己。"戒"又称"散斋"，散斋七日，宿于外室，停止参加一切娱乐活动，不参加哀吊丧礼，以防"失正""散思"。古人斋戒时忌荤腥，为了防止祭祀时口中发出臭气，对神灵、祖先有所亵渎。斋戒时通过自我约束和反省，表示心中的敬仰和诚意。

唐朝诗人白居易《斋戒》道：

> 每因斋戒断荤腥，渐觉尘劳染爱轻。
> 六贼定知无气色，三尸应恨少恩情。
> 酒魔降伏终须尽，诗债填还亦欲平。
> 从此始堪为弟子，竺乾师是古先生。

在《旧唐书·礼仪志四》中对于祭祀后土的来由作了回顾，指出自从汉武帝到汾阴祭祀后土之后，多年废而不行，唐玄宗下诏把雍畤祭祀天帝和汾阴祭祀后土，作为一种制度确立下来："王者承事天地以为主，郊享泰尊以通神。盖燔柴泰坛，定天位也；瘗埋泰折，就阴位也。将以昭报灵祇，克崇严配。爰逮秦、汉，稽诸祀典，立甘泉于雍畤，定后土于汾阴，遗庙巍然，灵光可烛。"因此，在唐代形成了"雍畤祭天，汾阴拜土"的说法，祭祀后土的目的在于"为人求福，以辅升平"。

宋代对祭祀天帝和皇地祇的具体时间做了规定。祭祀后土时，以宋代开国皇帝赵匡胤和赵光义作配飨。宋代曾巩《本朝政要策·郊配》："冬至祀昊天，夏至祀皇地祇，孟夏雩祀，用太祖配，如永泰之礼。"《续资治通鉴·宋太宗太平兴国三年》："国初以来，南郊四祭及感生帝、皇地祇、神州，凡七祭，并以四祖迭配。"宋真宗按照宫殿规格扩建了后土祠，使后土祠成为海内祠庙之冠。宋真宗在大中祥符四年（1011年）举行了历史上规模最大的祭祀后土大典，可谓空前绝后。从黄帝扫地为坛祭拜开始，到汉武帝、唐玄宗、宋真宗等人的隆重祭拜，表明了后土文化在国家政治生活中所具有的重要地位，也使后土祭祀成为传统社会国家祭祀的重要内容之一。封建皇帝祭拜后土，不仅为了祈祷五谷丰登，国泰民安，也为了凝聚人心，教化官民，巩固其统治地位。

明初在北京修建了天坛，嘉靖年间又专门修建了地坛，用以祭祀后土（皇地祇）。祭祀皇地祇时，皇帝都要前往地坛招"皇地祇""五岳""五镇""四海""四渎""五陵山"及本朝"先帝"之神位，曰"大祀方泽"。每逢国有大事，如皇帝登极、大婚、册封帝后、战争胜利、宫廷坛庙殿宇开工竣工等，都要到地坛昭告皇地祇，行祭告之礼。《大清律》还对祭祀时官员的言行举止作了明文规定："每逢祭祀，于陈祭器之后，即令御史会同太常寺官遍行巡查，凡陪祀执事各官，如有在坛庙内涕唾、咳嗽、谈笑、喧哗者，无论宗室、觉罗、大臣、官员，即指名题参。"违反规定将会受到严惩，乾隆年间祭祀时，有的官员甚至因为祭祀时言谈轻慢而受到革职查办，发配新疆伊犁等地赎罪。

史料记载，祭祀共分九个仪程，即迎神、奠玉帛、进俎、初献、亚献、终献、撤馔、送神、望瘗等。各仪程演奏不同的乐章，舞蹈为古代天子专用的"八佾"之舞，由六十四人组成。清乾隆七年（1742年），确定地坛设文、武、乐舞生四百八十人，执事生九十人。可见当时乐舞队伍之庞大。每进行一项仪程，皇帝都要分别向正位、各配位、各从位行三跪九叩礼，从迎神至送神要下跪七十多次、叩头二百多下。清初诗人施闰章《陪祀方泽诗》描写道："崇墉柏带青霜气，方泽波含明月光。"祭祀在日出前举行，站在坛上只见古柏森森，整齐的树冠与蓝天相接，突出了大地的辽阔，增加了庄严神圣的气氛。

后土，被后世尊奉为土地之神，又被称作后土圣母、后土娘娘；后土祠，是供奉土地之神的祠庙，随着时间的推移，其影响力已经走出河东大地以至于海内外。历经五千年风雨，后土受到历朝历代的推崇和宣扬，发展成为蔚然可观的后土文化。

第三节　《政和五礼新仪》与后土礼仪

古代的祭祀是国家政治生活中的重用内容，相当于现代社会的纪念活动。祭祀不仅仅是表达对于社稷、祖先、自然的崇拜和记忆，而且昭示统治者的意志，维护国家的统治秩序，具有重要的教化作用。因而《礼记·祭统》道："凡治人之道，莫急于礼。礼有五经，莫重于祭。夫祭者，非物自外至也，自中出生于心也。心怵而奉之以礼，是故唯贤者能尽祭之义。"统治者通过祭祀活动从灵魂深处感染人、感化人，并且维护和传承各种礼仪规范和社会秩序。

唐朝颁行《大唐开元礼》，对国家礼仪制度做了架构和规定，但仪礼内容多有存废，亦有新礼产生。中晚唐时期，出现了《开元后礼》《礼阁新仪》《曲台礼》《续曲台礼》。北宋时期又有《太常因革礼》《礼阁新编》《太常新礼》等礼典的不断出现。随着国家礼仪的不断发展变化，统治者对礼仪制度进行总结和规范，以适应国家活动和民间礼仪的需要。司马迁《史记·礼书》道："洋洋美德乎！宰制万物，役使群众，岂人力也哉？余至大行礼官，观三代损益，乃知缘人情而制礼，依人性而作仪，其所由来尚矣。"司马迁认为，完美的礼仪可以使"天地以合，日月以明，四时以序，星辰以行，江河以流，万物以昌，好恶以节，喜怒以当"，可见礼仪在司马迁心中的地位。

宋徽宗将后土列入道教"四御"之一，并下旨冠以徽号。《世略》所谓："土者，乃天地初判黄土也，故谓土母焉。庙在汾阴。宋真宗大中祥符五年七月二十三日诰封'后土皇地祇'，其年驾幸华阴亲祀之。今扬州玄妙观，后土祠也。殿前琼花一株，香色柯叶绝异，非世之常品也。真宗皇帝封曰：'承天效法厚德光天法后土皇地祇'。"《古今图书集成·后土皇地祇》道："按《宋史·徽宗本纪》：政和七年五月己丑，如玉清和阳宫，上承天效法厚德光大后土皇地祇徽号宝册。辛丑，祭地于方泽。按《礼志》：徽宗政和六年，诏以王者父天母地，乃者只率万邦黎庶，强为之名，以玉册、玉宝昭告上帝，而地祇未有称谓，谨上徽号曰承天效法厚德光大后土皇地祇。"道教四御为玉皇大帝、中天北极紫微大帝、勾陈上宫天皇大帝、承天效法后土皇地祇，前三者是天帝，后土是地祇。道教尊后土为"万物之主后土皇地祇"，居琼阙下蕊珠雌一宫九华玉阙，统辖三十六土皇，主宰大地山川，掌阴阳生育、万物之美与大地山河之秀。宋代张君房《云笈七签》天地部谓："三十六上皇，上应三十六天，中应三十六国。如是土皇皆位齐玉皇之号。"玉皇大帝是主宰天界的尊神，后土主宰大地山川的地神。后土在道教中与主宰天界的玉皇大帝相配，享用同玉帝一样的礼仪规格。《重刊绘图三教源流搜神大全》卷一《后土皇地祇》道：

　　天地未分，混而为一，二仪初判，阴阳定位，故清气腾而为阳天，浊气降而为阴地。为阳天者，五太相传，五天定位，上施日月，参差玄象。为阴地者，五黄相乘，五气凝结，负载江海，山林屋宇，故曰天阳地阴，天公地母也。

该文指出自有天地以来，后土的重要地位。

《后土宝诰》道：

　　至心皈命礼。九华玉阙，七宝皇房。承天禀命之期，主阴执阳之柄。道推尊而含弘光大，德数蓄于柔顺利贞。效法昊天，根本育坤元之美。流行品物，生成施母道之仁。岳渎是依，山川咸仗。大悲大愿，大圣大慈。承天效法，后土皇地祇。志心称念后土掌劫天尊，不可思议功德。

该文赞扬了后土的美德和功能。九华，形容器物的华丽，此指玉阙的华丽。玉阙，仙人所居的宫阙。七宝，原指用多种宝物装饰的器物，此指用宝物做成的后土皇地祇居住的宫殿。道教称后土为执掌阴阳生育、万物之美、大地山河之秀的神。故言"主阴执阳之柄"。柔顺，指顺应自然。利贞，指后土的德行。《易》以"元亨利贞"为四德。昊天，指昊天玉皇上帝，即玉皇大帝。坤元，《易·坤象》："至哉坤元：万物资生，乃顺承天。"后土生育万物，顺承自然意志，掌握万物命运，具有无法言说的功德。

宋徽宗执政时期，着手对礼仪制度进行改革。崇宁二年（1103 年）九月十六日，宋徽宗对下诏："王者政治之端，咸以礼乐为急……隆礼作乐，实治内修外之先务，损益述作，其敢后乎？宜令讲议司官详求历代礼乐沿革，酌今之宜，修为典训，以贻永世。非徒考辞受登降之宜、金石陶匏之音而已，在乎博究情文，渐熙和睦，致安上治民至德著，移风易俗美化成。"之后，知枢密院郑居中、尚书白时中等人奉敕编撰，政和三年（1113 年）完成了北宋时期最大规模的国家礼典《政和五礼新仪》，共二百二十卷，今存二百零一卷，六十余万字。该书对各种礼仪进行了详细的改进和规定。大到礼制原则的制定、仪制定性问题，小至仪物规制等细节问题，宋徽宗亲自予以指导，并以当时盛行的命令文书"御笔手诏"的形式对请示奏章进行批示，形成了位于《政和仪》卷首的《尚书省牒议礼局》《御笔手诏》等文字。《政和五礼新仪》颁行天下，成为国家礼仪法典。

《政和五礼新仪》对祭祀后土的程序和仪式做了规定。庆成军祭祀后土的时日规定："太常寺前期以仲春择日祭后土，关太史局，太史局择日报太常寺，太常寺参酌讫具时日下本军。"意思是在仲春时节择日祭祀后土，报太史局、太常寺具体参酌决定。关于祭祀斋戒，规定非常详细："前祭五日，应行事执事官散斋三日，治事如故，宿于正寝，不吊丧问疾作乐，判书刑杀文书决罚罪人及与秽恶，致斋二日，一日于厅事，唯祭事得行，其余悉禁，前祭一日，质明，俱赴祠所斋舍，祭官已斋而阙者，通摄行事。"对于执事官员的言行、寝室、斋戒都有严格要求。关于陈设："前祭三日，有司设行事执事官次于庙门外，随地之宜。前二日有司牵牲诣祠所，前一日掌庙者扫除庙之内外，祭日丑前五刻，执事者陈币篚于神位之左，祝版于神位之右，置于坫次，设祭器皆借以席。"祭祀前三日，要做好牺牲、陈币、洁净、神位等准备工作。此外，还有礼器笾豆、簠簋、牺尊、象酌、山尊、壶尊等的摆放，祭祀礼仪的程序，祭祀音乐的规范，等等，都十分详细严谨。

宋真宗前往后土祠隆重祭祀后土。宋徽宗对后土加封号，制定《政和五礼新仪》，将荣河县庆成军祭祀后土纳入国家中祀，最终实现了汾阴后土在官方礼书上的具体规范，表明了后土祭祀正式成为国家祭祀的组成部分。南宋以降，朝廷将《政和五礼新仪》作为太常寺等机构制定仪典时的参考文件之一，这对于明代在北京建设天坛和地坛具有一定的影响。

第四节　民间祭祀

原始社会时期，生产力发展水平十分低下，人类在生产实践活动中产生了自然崇拜。《诗经·大雅·生民》："厥初生民，时维姜嫄。生民如何？克禋克祀，以弗无子。"意思是，当初先民能够生存，有赖于姜嫄。先民如何维持生存？祷告神灵，避免无嗣。这说明，原始先民出于维护自身生存的需要，必须祷告神灵祈求保佑。祭祀后土也是这个道理。人类依赖土地生存，土地生长五谷杂粮和植物瓜果，给人类的生存提供了最基本的保障。

万荣县后土祠的民间信仰和祭祀文化，由来已久，可以追溯到人类社会的远古时期，实际上，后土祭祀首先是一种民间祭祀，之后才上升到国家祭祀的层面。信仰总是由少数人开始，然后才蔓延开来并得到多数人以及社会认同。原始先民的土地信仰在国家没有产生以前就已经存在了，随着民间信仰影响力的逐渐扩大，才得到统治者的认可和重视。自古以来，先民生活在汾阴脽上这片土地上，春种秋收、旱涝灾害、祈求丰年、幸福希求、衣食住行、生老病死等都离不开土地，人们面对生活的种种境况，都要与土地对话，通过相关仪式与土地达成和解。晋南农村以及国内建立的大大小小的后土庙，都是祭祀活动的理想场所。与此有关的社火、社戏、求子等，都是民间祭祀活动的反映。汉唐以来的国家祭祀提高了后土文化的传播力，增强了民间社会对于后土祭祀的认同感与归依感，赋予了民间祭祀的合法性和社会功能。

汉代、唐代、宋代的国家祭祀活动，使得后土祭祀达到了高峰。宋代以后，万荣县的后土祭祀由皇家祭礼转变为元明时期的官员祭祀，再到明清时期的民间祭祀，万荣县后土祭祀由国家祭祀转化为民间活动的原因复杂，归结为如下几点：第一，北宋时期宋真宗隆重祭祀后土之后，一直到宋徽宗都十分重视后土祭祀。然而，由于北宋灭亡，宋北方被异族占领，由此中断了对于后土祠的祭拜。第二，明朝建立之后，朱元璋定都应天府，永乐帝迁都北京，无论是北京还是应天府距离万荣县都路途遥远，不方便前来祭祀。第三，明代在北京建立天坛，用以祭祀天帝和后土，因此不必长途跋涉再到汾阴祭祀后土。因此，到万荣祭祀后土也就不被重视了。第四，由于后土祠地处黄河之脽上，屡次受到洪水的威胁，明清以来，后土祠建筑多次被冲毁，阻碍了进一步扩建和祭祀规模的扩大。

应该说，祭祀后土的民间活动一直存在和延续。明清时期，万荣后土祠每年的春秋祭祀皆由当地民间主持，即后土祠周围的一些村落，俗称"十村六社"，他们跨村联合举行祭祀活动。每逢后土祭祀和庙会，首要任务是确定乡约，才能开展筹划工作。各村各社都非常珍惜这个机会，一旦当上乡约轮到主持庙会，都会竭尽全力，出钱出物，力争办得最好。当地的民间祭祀活动每年都要举行，成为民间庆典活动中的一项必不可少的重要内容。在民间看来，后土不仅能够保佑五谷丰登，安居乐业，而且还能保佑人们繁衍子孙后代，在封建社会重视传宗接代的信念中，无疑更具有其自身的价值。后土信仰在民间具有广泛的影响力，这从万荣县各乡村分布众多的后土庙可以看出来。根据加俊先生《晋南万荣县后土祠俗民后土信仰调查研究》（西北民族大学硕士论文）统计，荣河县（今万荣县）1916年至1935年间，县立学校六所，有三所在后土庙；村立学校一百七十所，有五十四所在后土庙。正是由于后土庙在当地的广泛存在，才有如此众多的学校选择了后土庙。

中华人民共和国建立之后，取消了民间后土祠祭祀和庙会活动。改革开放以来，万荣县恢复了每年的三月十八和十月初五的后土祭祀和庙会，它不再由周围的村庄轮流举办，改由万荣县后土祠景区开发管理中心举办。2017年4月14日（农历三月十八）的后土庙会，秦晋两省黄河两岸的民众，以及远在海外的华人组团前来万荣县参加祭祀大典，虔诚地祭拜后土。庙会期间，在后土祠举行了盛大的祭拜活动，主祭人主持祭祀程序，专人宣读祭文，敬献三牲，焚香叩拜，举行仿古表演节目，再现古代国家祭祀后土的隆重场面，同时还有社火表演、集市贸易、招商引资活动。在数天的庙会活动中，十里八乡的村民络绎不绝，有的祭拜后土，有的求子，有的祈求婚姻美满，不一而足。如今的后土祭祀和庙会活动，不仅传承了后土祭祀文化，活跃了乡村的文化生活，而且推动了当地经济和旅游业的繁荣发展。

第八章　纵览万荣后土祠

第一节　祠庙变迁

斗转星移，沧海桑田，万物往复，人事代谢。当年的汾阴脽上在惊涛拍岸之下，已经消失于滔滔黄河，沉入历史的深处。万荣后土祠从无到有，几多兴衰，几多沉浮，如今依然雄峙于黄河岸畔汾水之侧万荣庙前村的高崖之上，承载了多少风风雨雨，历尽了多少朝代兴亡，积淀为厚重的后土文化，熠熠生辉，灿若星河。

庙前村后土祠一带，是秦晋交通枢纽。这里河汾交汇，风景优美，庙貌辉煌，士民敬仰，商旅云集。历代名流学士在此吟诗作赋颇多，唐代王勃、杨炯，明代归有光都曾留有名篇。特别是汉武帝《秋风辞》中的"欢乐极兮哀情多，少壮几时兮奈老何"一句，抒发悲秋之情，将慨叹青春易逝的矛盾心理表现得淋漓尽致。西汉文帝前元十六年（前164年），在脽上建庙。汉武帝元鼎四年（前113年），武帝扩建汾阴后土祠，曾四次亲临祭祀。自汉武帝之后，汉宣帝、元帝、成帝和东汉光武帝刘秀，多次巡幸河东前往脽上祭拜后土。唐玄宗李隆基扩建后土祠，并两次来河东祭拜后土。宋真宗赵恒拨巨款扩建后土祠，增建承王门、荣光门、坤柔门、坤柔殿、寝殿、配天殿、轩辕扫地坛等。

遥想当年，汾阴脽上处于黄河和汾河之间，长四五里，宽一里多，高十余丈（约三十多米）。这是万里黄河上一座美丽的孤岛，滔滔洪水之中美丽的绿洲，茫茫黄土高原上一道奇特的景观。汾阴脽上，黄帝在此扫地为坛，汉文帝建庙，汉武帝立祠，唐玄宗扩建，宋真宗建太宁宫；汾阴脽上，西汉在此发现象征帝王权力的宝鼎，唐代在此也发现宝鼎，宋真宗在此看到荣光溢河；汾阴脽上，汉武帝高唱"秋风起兮白云飞"，唐玄宗祠为后土祠书写碑文，宋真宗感恩抒怀《汾阴二圣配飨之铭》，人文壮观，令人感怀。

遥想当年，汾阴脽上宫殿林立，雕梁画栋，飞阁流丹，朱甍绣闼，那是如此地繁盛，如此地庄严，如此地壮美；辉煌的庙宇之间，古柏森森，古松郁郁，好鸟鸣啾，蜻蜓飞翔，徜徉其间，让人遐思无限；迤逦而行，登上高台，看黄河浊浪排空，群山蜿蜒起伏，大雁列阵飞过，田野一望无垠，别样的精致，别样的情怀，别样的风光，千古多少事，付与壶中岁月。那古往今来的人们，歌唱吟咏的诗词，绵绵不绝的香火，信仰后土的善男信女，演绎了数千年后土的兴衰，承载了古河东的伟大文明，积淀了深厚的后土文化。

在数千年的沧桑变化中，屹立在脽上的后土祠，经历了朝代的多次更迭，观瞻了文人墨客的吟诗作赋，看多了信徒香客的熙熙攘攘，听惯了黄河的涛声拍岸和船工的号子，目睹了云聚云散的变幻，熟悉了黄河两岸的麦子黄了、高粱红了，可谓"人生代代无穷已，江月年年望相似。不知江月待何人，但见长江送流水"。美丽富饶的河东大地，令人神往的万荣脽上，雄伟壮观的后土祠，留下了多少动人的传说，上演了多少美丽的故事，书写了多少感人的诗文。

明末清初的思想家顾炎武曾经游历河东，来到荣河县，凭吊后土祠遗迹，写了游记《后土祠》，文末感慨作诗道：

灵格移郊上，洪流圮故宫。

事同沦泗鼎，时接堕天弓。

古木千章尽，层楼百尺空。

地维疑遂绝，皇鉴岂终穷。

仿佛神光下，昭回治象通。

雄才应有作，洒翰续秋风。

俱往矣，曾经建于脽上的后土祠在滔滔黄河的冲刷下，渐渐卷起美丽的画卷，成为沧海桑田的珍贵记忆！

明代隆庆年间（1567—1572年），由于黄河不停摆动，汾阴脽受到河水侵蚀，不断冲刷，黄土塌落。

明朝万历（1573—1620年）末年，河水暴涨，堤坝溃陷，脽上受到河水的严重威胁。人们在无奈之下，只得在脽上将祠庙的主要建筑往东移建。

清顺治十二年（1655年），黄河滔滔，漫溢脽上，长廊栏杆，亭台楼阁，浸泡于肆虐的河水之中；奔涌的黄河之水继续漫延，苍苍古木，巍巍高台，后土祠内的千年建筑大部分被黄河冲毁，卷入滚滚的波涛之中，只留下秋风楼和门殿，在风雨中诉说着凄凉的故事。

康熙元年（1662年），黄河再决，阴风怒号，暴雨连绵，滔滔黄河再一次冲决堤岸，放眼脽上，变为令人惊心动魄的泽国，经历了岁月的无数次风风雨雨，脽上唯一遗存的建筑——秋风楼也淹没于黄河中，雕栏玉砌，飞檐斗拱，从此进入了历史的尘埃之中。那在河边摆渡的渔夫，归乡的游子，再也看不见脽上的后土祠。

康熙二年（1663年），移地重建后土祠于今庙前村北。

同治元年（1862年），后土祠再次被黄河冲毁。

同治三年（1864年），荣河县迎来新一任县令——戴儒珍。后土祠再次移建于庙前村北的高崖上，一直留存至今，已有一百五十余年的历史。

戴儒珍，清朝江宁（今江苏南京）人。戴儒珍想必读过汉武帝的《秋风辞》，在河东荣河县担任县令，他必须对荣河县有初步的了解。他鞍马劳顿，风尘仆仆，到荣河县上任之后，翻阅县志，体察民情，更加忘不了秋风楼。在一个寒冷的冬天来到了庙前村，要目睹后土祠的风采，登上传说中的秋风楼。可是，戴儒珍兴冲冲来到庙前村之后，看到的却是朔风呼啸，满目凄凉，哪里还有秋风楼的影子！

后土祠是荣河县的象征，是祭祀大地之神的国家祠庙。戴儒珍站在庙前村高高的黄土坡上远眺，大河之上，吕梁巍巍，长风阵阵，帆影点点，渔歌互答，好一幅江山社稷图。他访问耆老，寻找工匠，决心要恢复后土祠，在自己的任内建成后土祠，重现庙前村的千年辉煌。但是，重建后土祠谈何容易？选址问题、占地问题，更关键的是资金问题。戴儒珍一方面处理政务，振兴经济，劝农耕作，另一方面，想方设法，筹集资金，准备重建秋风楼。

六年之后，同治九年（1870年），戴儒珍启动了重建后土祠的工程。他首先联系相邻的河津县、隔河相望的韩城县，相商筹建事宜，同时，他带头捐献银两，并发出《募捐告示》，动员县里富裕的商户捐资，出工出力。他规划后土祠占地三十三亩，带领县里大小官员和民工，开始了重建后土祠的大工程。经过全县官民之努力，后土祠终于如期完工。但是，秋风楼的重建却十分曲折，原来设计的是五层，后来在建设过程中却被一场大风刮倒。可见当时黄河的风从峡谷呼啸而来，疾走岸上，是如何气势威猛地席卷大地！今天后土祠品形戏台两面墙上刻着密密麻麻的捐资人姓名，有荣河、韩城、河津、曲沃等县人员，说明当年建筑后土祠时，工作力度之大，捐款之踊跃。

光绪二十八年（1902年），荣河知县章同修缮后土祠，将秋风楼原来的五层改为三层，增加楼梯，直通三层。建成后，他亲自挥毫书写了四个大字"大河西横"悬挂于秋风楼的西侧，可惜后来遗失了。民国年间，后土庙被改作学校，是几代荣河人接受教育的场所。

中华人民共和国成立之后，人民政府曾几次拨款，对后土祠进行修葺保护。1965年，山西省人民政府将后土祠确定为"省级文物保护单位"。1985年，在后土祠成立了"秋风楼文物管理所"。1993年，中共万荣县委、县人民政府，根据文化搭台、经贸唱戏的策略，在后土祠举行了第一次春祭。1996年，国务院确定后土祠为"全国重点文物保护单位"。二十一世纪之初，万荣县的经济和社会发展进入快车道。万荣县委、县政府把后土祠和后土文化的开发建设，作为招商引资，促进县域经济发展的突破口。2002年，投资两千余万元，对后土祠进行了大规模的扩建改造。2003年开始连续举办的后土文化节，已经成为在河东乃至山西的一个知名品牌。后土信仰列入山西省非物质文化遗产名录。

第二节　古建瑰宝

秋风秋雨秋风楼，后土社神皇地祇。黄河和汾河亿万年来滔滔不绝，灌溉着河东肥沃的土壤，滋养着中华文明肇始之地。如今，经过大规模扩建之后的后土祠，屹立在河东大地万荣县庙前村的高崖上，作为一种地标建筑，成为海内外华人和善男信女祭祀土地之神的圣地。

后土祠在今万荣县宝鼎乡庙前村北，距万荣县城数十里。现存的后土祠，东西宽105.21米，南北长240.81米，占地面积约25268平方米。祠内现存建筑有山门、品字形戏台、献殿、正殿、秋风楼、东西五虎殿等，布局严谨，结构合理，为一处庞大而辉煌的古代祠庙建筑群。祠内的正殿、献殿，建筑工艺精巧，光彩夺目，气象庄严，令人肃穆。祠内有三座戏台前后布列，形成"品"字形格局，为全国独例，对研究戏剧舞台建筑有重要价值。秋风楼位于正殿之后，因藏有汉武帝《秋风辞》碑刻而得名。后土祠有木雕、砖雕、石雕、铁艺、琉璃，被专家称为"建筑五绝"。祠内现存宋真宗赵恒御制御书《汾阴二圣配飨之铭》碑，明代重刻的金代《蒲州荣河县创立承天效法厚德光大后土皇地祇庙像图》碑和轩辕扫地碑，元刻汉武帝《秋风辞》碑，金代铁缸六口和明代铁钟。

近几年，国内各界人士，港、澳、台同胞及海外华侨，寻根问祖，慕名而来，祭祀后土，络绎不绝。人们祈求五谷丰登，国泰民安，世道升平，物阜民丰，祈佑全家健康平安，兴旺发达，万事如意。尤其在后土圣母诞辰之日（农历三月十八）和十月初五庙会期间，善男信女，商旅游客，摩肩接踵，热闹非凡。

山　门

后土祠位于庙前村之北，建于高岭之上。山门前建有一百零八级台阶，取三十六天罡七十二地煞之意。山门三开间，单檐歇山顶，两侧建歇山顶便门。一个正门，两个侧门，其中一个侧门平常关闭，另一个是进入后土祠景区的入口。

后土祠山门

东侧门门额道："麟趾呈祥"。西侧门门额道："螽斯衍庆"。麒麟在中国古代是仁兽，据说能为人们带来子嗣。螽斯是一种昆虫，《诗经·周南·螽斯》："螽斯羽，诜诜兮。"旧时用于祝颂子孙众多。

山门前有两副楹联，一副为：

河汾涌浪浪浪推波朝圣母

日月生辉辉辉泛彩绕脽丘

形象地概括了人们朝拜后土、崇敬圣母的心情，寄语后土祠与日月同辉，吉祥永远。虽然如今脽丘已经消失了，吉祥的彩云依然萦绕汾阴脽的上空。

另一副楹联：

圣祠立本化演飞龙问天下谁堪媲美

华裔朝宗激扬鸣凤看世间我最称雄

指出后土祠为天下祠庙之本，曾经有飞龙盘桓，为天下之最美，表达了华夏儿女对于后土的朝圣和敬仰之情。

品字形戏台

进入山门，前后并列三座戏台——儒家台（过亭台）、道家台、佛家台。面阔均三间，单檐硬山顶，砖砌台基，石条压檐。山门前为儒家台，紧靠山门并列两个戏台，东为道家台，西为佛家台，三座舞台在布局上形成"品"字形。两戏台屋面连接，下为人行通道。台内梁架四

品字形戏台

橡，檐下无斗拱，大额枋上饰精美木雕。台前两侧砖砌八字墙，上饰砖雕。品字形戏台在全国属于孤例，在戏剧建筑史上十分有价值。

花瓶悬柱

过亭台，即过路戏台，又称儒家台。山门为单檐歇山顶，绿琉璃瓦件。山门前1.4米处各立一根1.5米高的石柱，柱头留有纵向槽口。该戏台平日可以供行人行走，唱戏时在后土祠山门门洞上搭上木板，就成为戏台。庙会（农历三月十八，十月初五）时，中门打

过路戏台

开，台上唱戏，台下过人，也用来形容戏如人生，人生如戏。台上楹联：

游哉悠哉头上生旦净丑
演也艳也脚下士农工商

儒家台下有个门洞，游客很悠闲地从台下走过去看戏，台上的生旦净丑各显其能，声情并茂；演员浓妆艳抹，台下走过的是士农工商各阶层的人，人生如戏啊。

道家台上边悬挂蓝色匾额，上有三个字"春雪台"，意思是戏台上的戏剧为阳春白雪，令人神往。上、下门额上刻有"水月""镜花"两幅字，隐含人生富贵荣华不过是过眼烟云，水月镜花。该台有两副楹联，前边为：

前缓声后缓声善哉歌也

大垂手小垂手轩乎舞之

缓声是古代的一种歌调，指柔缓的乐声或歌声。白居易《小童薛阳陶吹觱篥歌》："缓声展引长有条，有条直直如笔描。"演员唱腔抑扬顿挫，听起来很美妙。垂手是指戏台上演员的舞蹈动作，无论飘若流云的水袖，还是美妙的舞姿，翩若惊鸿，婀娜多姿。

后边楹联：

金榜题名功成名就虚富贵

洞房花烛男婚女配假姻缘

人生在世，谁人不向往金榜题名和功成名就？洞房花烛夜，卿卿我我时，谁不欢乐？可是人生如梦，戏如人生，戏一演完，舞台上一切都烟消云散了。

佛家台上悬挂蓝色匾额，上边有三个字"歌舞楼"。上、下门额上刻有"古往""今来"。台上有两副楹联，一副为：

空即色色即空我闻如是

画中人人中画于意云何

空与色是佛教术语，世间的一切莫非色，色从本质上说是空的，万事万物以及意识莫不如此。戏台如徐徐展开的画卷，画中人是演员，上演的是人间的故事。这副楹联意蕴深厚，发人深思。

另一副楹联：

158

世事总归空何必以空为实事

人情都是戏不妨将戏做真情

我们面对的世界，总是无法把握，转瞬即逝，最终都是空的，不必萦怀。人情体现在戏剧中，虽然是唱戏，也反映了人间真情，何妨把它暂且看作真情？

有人担心，三座戏台距离很近，如果处理不好音响效果，很可能听不清唱词。其实，站在主殿与品字形戏台之间中轴线附近的观众，同时观看三座戏台上的戏剧表演时，能听见并分辨清楚三座戏台不同的演戏声音。因为当年建造戏台时根据直射、反射的声学原理，巧妙处理了看戏时的声音问题。设计者通过台基、八字墙、戏台之间的过道及后土祠周边环境，将晋南民间的过厅台与品字形戏台巧妙地搭配在一起，既能使观众听清演员的唱腔，同时还有扩音效果。

据说后土祠每逢庙会，三个戏台同时唱戏，东台唱蒲剧，西台演秦腔，过亭台唱豫剧，鼓乐齐鸣，粉墨登场，生旦净末丑同场竞技，三座戏台上的演员使出浑身解数，扯开喉咙唱戏，台下叫好声如浪潮般一阵一阵涌来，飘荡在庙前村的上空，回旋在黄河的水面上流荡很远。哪出戏唱得好，人们就涌向哪个戏台，观众有极大的选择权。品字形戏台将儒道佛三家巧妙地联系在一起，融合了中华传统文化的精髓，反映了万荣人对传统文化的认识和包容精神。

慈恩亭

慈恩亭位于后土祠内，建于两级砖结构方台之上，有两层台阶。该亭共有两层，四根立柱，一层为方形结构，二层为圆形结构。北京天坛建筑结构类似慈恩亭。亭前有一副楹联："慈晖弥天地，恩德润子孙。"反映了后土的厚德文化和求子文化。

日月旗杆

戏台前有一对龙凤柏，蓊蓊郁郁，龙柏高二十五米左右，凤柏高二十三米。龙柏如龙飞翔，凤柏如凤振翅，龙凤呈祥，地老天荒，预示美好的期盼。

龙凤柏之北是日月旗杆，为整块石头雕刻。据说两旗杆原来矗立在雎上老庙门口，后沉没于黄河，又从黄河中捞出。原来每根旗杆均有三节，数丈之高，十分伟岸肃穆。现在每根只剩下一节。左右旗杆有楹联道：

> 调元德普神恩远
> 保赤功巍惠泽流

赞扬后土圣母于天地混沌之际，生长万物的功德，以及护佑婴儿健康成长的恩泽。

龙凤柏位于献殿和品字形戏台之间，据说是皇天后土的化身，凤柏居东，如丹凤朝阳；龙柏居西，如飞龙在天。远观，二柏构成了一幅龙凤呈祥图。

献　殿

经过品字形戏台、日月旗杆等，就是献殿和正殿，两殿由享亭相连。享亭是准备供品、行礼的建筑。享亭左右放置两个硕大的金代铸铁缸，经过了近千年岁月的洗礼，缸身发着淡

献殿和正殿的走廊

淡的青黑色，默默地护佑着后土大殿。

献殿与正殿处于高台之上，凸显了在整个建筑群中的主体地位。献殿方正开阔，是香客们奉献供品、歌颂后土的场所。清同治十三年（1874年）重建。面阔五间，进深四椽，单檐硬山顶。大额枋上饰精美木雕。献殿有四个拱形门洞，排列有致，十分对称。门洞上方的匾额和砖雕，简单而别致。东西山墙的正面有精致的砖雕。西侧山墙最下层的砖雕别具匠心，雕刻的蝙蝠灵动活泼，好像蝙蝠正要从洞中飞出，寄托了人们对幸福生活的美好向往。

献殿砖雕寅畏

献殿门额上方，东西向刻有八字"履中、蹈和、寅畏、虔恭"，这八个字是对后土文化的高度概括。履中，意为践行中庸思想，合乎自然规律；蹈和，意为践行中和思想，天人合一；寅畏，意为内心要恭敬戒惧；虔恭，意为做事要虔诚恭敬。《晋书·袁瑰传》："陛下以圣明临朝，百官以虔恭莅事。"

扫地坛碑刻

献殿内有两通碑，一通石碑为《蒲州荣河县创立承天效法厚德光大后土皇地祇庙像图》碑，又称庙貌图，宋代绘制，金代刻石，明代复刻。石碑正面描绘了后土祠当年的建筑全貌，十分细致逼真，对于了解宋代后土祠的布局、规模、建筑有重要价值；石碑背面刻着"轩辕氏祀地祇扫地为坛于脽上"。

另一通是轩辕扫地碑，为明代嘉靖

献殿柱础石雕

年间荣河县知县侯祁所刻，下边和上边有残缺。正面刻有"轩辕扫地之坛"行书，雄劲有力。还有一行小字："扫地之坛，相传在荣河县后土神祠秋风楼后汾脽之曲。"背阴刻字："龙马负图之处，伏羲氏依龙马之图画出八卦图。"该碑不仅证明黄帝在脽上扫地为坛，而且指出万荣还是传说中龙马负图的地方。《荣河县志》记载："旧城南十里河岸上有龙马负图处，上设白马庙，明邑令侯祁题碑。"据说该碑沉入黄河，多年之后打捞上来。

正　殿

经过献殿，就来到正殿。正殿面阔五间，进深六椽，单檐硬山顶，琉璃屋面。正殿两壁各有砖雕，右侧为青龙砖雕，四周镶边，波浪起伏，活灵活现；左侧砖雕也十分传神。

正殿两侧有一副楹联：

千秋共颂神德千古神恩千古

万众同尊后土万荣后世万荣

该联为现代人所作，表达了人们对后土的敬仰和对万荣的美好愿望。

后土祠有建筑五绝：木雕、石雕、铁艺、琉璃、砖雕，主要体现于正殿

正殿虎砖雕

正殿青龙砖雕

正殿木雕

之上。正殿内设一组木雕神龛，中间供奉后土圣母，仪态端庄，面带慈祥，凤冠霞帔，服饰华丽。圣母两侧神龛供奉"送子娘娘"和"赐药娘娘"。右边送子娘娘怀抱一子，左边赐药娘娘持钵拈丸。神龛两侧有两位童子，装束朴素大方，娴静自然，和蔼可敬。稍远处还有两位官员，负责传达后土娘娘的旨意。

大殿后土塑像

正殿屋脊上矗立着殿脊福星，殿脊两端是琉璃鸱吻，工艺精美，非常漂亮。传说鸱吻为龙的九子之一，因能喷浪降雨，故用在屋脊上，取以避火灾。殿脊上前檐有前廊，两边延出八字影壁。正殿前方一组四层镂空透雕，采用整块核桃木雕刻，形象地描绘了明清时期后土祠一带的民俗风情。中间一组有五个小孩，取"五子登科"之意；一边的葡萄寓意"多子多福"；另一边的梅花和喜鹊，寓意"喜上眉梢"。两边的亭台楼阁、人物故事、繁花灵兽、小桥流水，活灵活现，十分传神，确实为古代雕刻的神品。正殿两侧的砖雕有青龙和白虎，被建筑专家称为建筑和艺术的完美结合。檐下四周饰有

牌匾

古朴雅致的木雕，既有花卉图案，也有民间故事，内容丰富，图案复杂，雕刻细致，惟妙惟肖。正殿前檐廊下左右两侧山墙有壁画，部分残缺，隐约可见人物面部和服饰，艺术精湛。

正殿两侧为大型铁花，献殿北面为铁艺动物，尾毛细如发丝。正殿前的柱础石雕，石质非常好，为靛蓝色。石雕有五层，采用浮雕、圆雕、平雕多种技法。底层为正方体，呈阶梯形上升，雕刻了三种纹饰形波浪；二层

木雕

为四个小石柱，中间雕刻着莲花图案；三层为石桌，四边雕刻着花纹；四层为四个石狮，嘴巴夸张，躯体健硕，尾巴长曳，十分威武；五层为圆形石墩，雕刻着喜鹊登梅的故事，喜鹊或静止，或振翅欲飞，梅花绽放，枝叶婆娑，寄托了人们的美好愿望。

配　殿

　　献殿两侧分别建有两座配殿，东为五岳殿，西为五虎殿，均为三间，硬山顶式屋顶。东西五虎殿各有一个石柱和木柱，西殿石柱已空，上部可见"大明正德十年重立"字样，由此可以看出，这两根石柱是明代建筑。五岳大帝，即东岳大帝黄飞虎，西岳大帝蒋雄，南岳大帝崇黑虎，北岳大帝崔英，中岳大帝闻聘。五岳大帝的信仰源于原始时期的山川崇拜，古人认为五岳沟通天地，兴风作雨，决定万物生长。《礼记·祭法》："山林川谷丘陵，能出云，为风雨，见怪物，皆曰神。"据《封神榜》记载，东岳大帝掌人间赏罚、贵

五虎殿

贱、冥司主事；西岳大帝掌江河、湖海、走兽；南岳大帝掌五金、冶铸、羽禽飞鸟之事；北岳大帝掌星辰分野；中岳大帝掌土地、山川、林木之事。

五虎殿中供奉蜀国的五虎上将，关羽、张飞、赵云、黄忠、马超。五虎上将都是刘备手下赫赫有名的大将，为蜀国的强大南征北战，立下了汗马功劳。尤其是关羽义薄云天千古忠义，千里走单骑，温酒斩华雄，镇守荆州，威震华夏，成就了一世英名。关羽在蜀国被封为壮缪侯，宋代封王，明代封君，清代封帝，被称为"忠义神武灵佑仁勇威显护国保民精诚绥靖翊赞宣德关圣大帝"，人们称关羽为"武圣"，与"文圣"孔子齐名。有五虎上将和五方大帝护卫后土，可见后土的尊严和威仪。

萧墙碑

正殿东侧有一个碑亭，珍藏着宋真宗赵恒御书的《汾阴二圣配飨之铭》碑，全碑由五块石碑组成，民间称之为萧墙碑。碑高2.52米，宽7.14米，

宋真宗碑刻局部

167

楷书篆额，碑文共一千三百六十五字。该碑记述了先代帝王"祀郊封禅"的故事，汾阴官员民众吁请宋真宗到汾阴祭祀后土的经过，盛赞"二圣"（即宋太祖赵匡胤、宋太宗赵光义）的功德，将二圣配飨于后土祠受祀，取其"功高德隆，配享天地"之意。书法为楷书，遒劲有力，气势雄健，结体严谨。我国古代由皇帝书丹的碑刻并不多见，此碑是中国古代名碑之一。

秋风楼

最早的秋风楼建于庙前村边的雎上，已经不复存在。现今的秋风楼位于正殿之后，是为纪念汉武帝祭拜后土而建立的，因藏有汉武帝《秋风辞》碑而得名。

秋风楼横跨于东西贯通的张仪古道之上，楼高 32.6 米，共三层，呈正方形，四周回廊，下部是高大砖砌台基。秋风楼的脊座为三层阁楼，两侧雕狮、象驮宝瓶，宝瓶均上下叠置；中间以莲盘相托，均以孔雀蓝为主色，朱红色檐柱门扉，酱黄色宝瓶。楼的挑角伸展，每个挑角上有武士塑像。秋风楼为纯木构造，斗拱密布，卯榫连接，没有铁钉。秋风楼作为河东名楼，实为古建筑中之精品。登临秋风楼，令人心旷神怡，可谓：

阁迥凌霄汉，
层楼耸百寻。
树色浮秦晋，
河声荡古今。

秋风楼一角

秋风楼近景

　　秋风楼正面用行书书写着三个大字"秋风楼",龙飞凤舞,潇洒飘逸;门额嵌有"汉武帝得鼎"和"宋真宗祈祠"石刻图,线条流畅,形象逼真,细致描绘了汉武帝和宋真宗的形象。秋风楼两侧下方的吊柱共有二十八根,代表汉武帝的云台二十八将;上层是十字歇山顶,共有三十六个挑角,据说是象征隋末瓦岗寨三十六兄弟;每个挑角上都装有彩色琉璃武将形象,总共一百零八个,象征梁山一百零八将。

　　秋风楼每层面阔五间,四周围廊,采用砖木结构,十字歇山顶,东西贯通。一层为砖结构,一

斗拱飞檐

砖到顶，严丝合缝，十分坚固。从一层楼门沿楼梯而上，可以上达二、三层。一、二两层四面各凸出龟须座一间，上筑瓦顶；二、三层廊下置斗拱或平座，楼身比例适度，檐下斗拱简洁，结构精美古朴。二层藏有汉武帝《秋风辞》碑刻，为清同治十三年（1874年）八月立，高0.82米，长1.87米，篆体阴刻，嵌在楼内北壁上，碑体完整。碑文字体遒劲，龙飞凤舞，结体严谨。品读碑文，怀想汉武当年，不能不发怀古之幽情。

汉武帝《秋风辞》碑

秋风楼碑刻

秋风楼"瞻鲁"砖雕

三层也藏有汉武帝《秋风辞》碑刻，为元至元八年（1271年）所刻，碑高 0.58 米，宽 0.73 米，行草阳刻，笔画凝重，功力深厚。此碑现已破裂，缺左上角，用木架作以保护。南侧为登楼之正门，周围是砖砌的花墙。

楼北侧有栏杆，站在楼上可以看到不远处新建的五色坛。楼东侧砖雕"瞻鲁"两个大字，意为东望齐鲁大地。齐鲁是孔子的故乡，文脉鼎盛，又有泰山，所谓登泰山而小天下。这反映了万荣人的胸怀和向往，对于儒家学说的重视。楼西侧砖雕"望秦"两个大字，意为瞻望三秦之地。庙前村的对面就是陕西，不过一河之隔。历史上庙前村为晋陕重要的交通渡口，山西人去韩城和长安都可以渡河而去。晋南和陕西方言语系相近，生活方式相似，当地人去陕西西安工作、经商的人不少，因而"望秦"两字反映了秦晋之好。

秋风楼下有一条东西向的古道，即张仪古道，战国时期张仪曾经由此道入秦拜相。张仪古道是通往陕西关中的交通要道，黄

秋风楼"望秦"砖雕

张仪古道

张仪古道标志

河岸畔的庙前古渡有史以来是秦晋交通枢纽。历代帝王将相、名流显贵祭祀后土，均由此往返于秦晋之间。1937年秋，朱德等中国共产党的高级将领率八路军三个师三万余人从陕西的韩城渡过黄河，在庙前渡口上岸，经张仪古道奔赴华北抗日前线，秋风中的秋风楼见证了这一历史时刻。

秋风楼东依峨嵋，西隔黄河，北望龙门，南眺华岳。登临秋风楼，凭栏远眺，群山苍茫，白云缭绕。黄河奔涌而来，在庙前村的广阔大地上像扇面一样铺开，向远方恣意延伸，灌溉着广袤的河东大地，怎能不令人诗兴大发，感慨万千？尤其是夕阳西下，万山红遍，彩霞飞天，宿鸟归巢，更让人发游子思乡、骚客之感兴之情。

秋风楼垛墙

第九章 社稷文化发祥地

第一节 社稷

社，又称后土、土地神，最初人们以后土为社。国祭后土于社，士民祭后土于中霤——穴居的天窗，即天井的雏形。夏商周以迁都地代指国家：夏，夏社；商，亳社；周，岐社。《左传》记载："天子有大社焉，东方青色，南方赤色，西方白色，北方黑色，上冒以黄土。"意思是天子建立大社，采集五色土以祭祀。后土从国都至民间受到普遍崇拜和祭祀。《左传·昭公二十九年》道："天子以下俱荷地德，皆当祭地。但名位有高下，祭之有等级。天子祭地，祭大地之神也；诸侯不得祭地，使之祭社也；家又不得祭社，使祭中霤也，霤亦地神，所祭小，故变其名。"古代祭祀地神、社、中霤等等，名称不一样，其实祭祀的都是后土。

古代社会，社神是氏族部落、奴隶制国家和封建制国家奉祀的神灵。社神经历了自然崇拜、祖先崇拜和皇权象征的发展过程。土地是中国传统文化和中国历史的一个根。"社"字在甲骨文中与"土"字是一个字，像女性生殖器。可以说，社神起源于氏族社会的女性崇拜。社，与"土"本是一字，后来加上了"礻"旁，也就成了土地神的名称。为什么称后土为社神呢？唐代丘光庭《兼明书》回答："或问曰：'社既土神，不言祇而云社者何也？'

答曰：'社以神地之道也，盖以土地人所践履而无崇敬之心，故合其字从氏，其音为社，皆所以神明之也。'"社字从示从土，"土"是土地，"示"是祭祀，从字面意思看，社就是祭祀土地神的意思。《书·武成》："告于皇天后土。"《传》："后土，社也。"《周礼·大卜/诅祝》："建邦国，先告后土，用牲币。"郑玄注："后土，社神也。"郑玄明确解释说，后土即是社神。《白虎通义》道："'古者自天子下至庶民，皆得封土立社，以祈福报功，其所祀之神曰社，其祀神之所亦曰社。'又道：'为天下求福报功，人非土不立，非谷不食，故封土立社，示有土地也。''社，土地之神也。'"因之后土就是社神、土神。三国时期的一通碑文亦把"社"称之为"后土"——曹植《社颂》道：

于惟太社，官名后土；是曰句龙，功著上古。德配帝皇，实为灵主。克明播植，农正曰柱。尊以作稷，丰年是与。义与社同，方神北宇。建国承家，莫不攸叙。

有关后稷的来历，《史记·周本纪》记载得比较详细："周后稷，名弃。其母有邰氏女，曰姜嫄。姜嫄为帝喾元妃。姜嫄出野，见巨人迹，心忻然说，欲践之，践之而身动如孕者。居期而生子，以为不祥，弃之隘巷，马牛过者皆辟不践；徙置之林中，适会山林多人，迁之；而弃渠中冰上，飞鸟以其翼覆荐之。姜嫄以为神，遂收养长之。初欲弃之，因名曰弃。弃为儿时，屹如巨人之志。其游戏，好种树麻、菽，麻、菽美。及为成人，遂好耕农，相地之宜，宜谷者稼穑焉，民皆法则之。帝尧闻之，举弃为农师，天下得其利，有功。帝舜曰：'弃，黎民始饥，尔后稷播时百谷。'封弃于邰，号曰'后稷'，别姓姬氏。后稷之兴，在陶唐、虞、夏之际，皆有令德。"意思是，周后稷，名叫弃。他的母亲是有邰国君的女儿，名字叫姜嫄。姜嫄本是帝喾的妻子，一天，她到野外游玩，看见地上有巨人的足迹，心里快乐，就用脚踩。姜嫄踩了之后，腹中一动受了孕。过了一段时间，居然生下一个儿子。姜嫄以为这是不祥之兆，便把孩子抛弃在一个巷子里。马牛经过巷子，都避开不踩踏这个孩子。姜嫄把孩子扔进山林，恰逢山林里有许多人，她只好把孩子扔到水渠的冰上，那些飞鸟用翅膀保护孩子。姜嫄感到很神奇，就把孩子抚养成人。姜嫄当初打算抛弃这个孩子，便为孩子取名"弃"。弃在幼时，就有成人的志气。他游戏时，喜欢种麻和菽，长得十分好。弃长大之后喜欢干农活，研究土地的特性，适合种植谷子的地就种上谷子，百姓都学习他。尧帝听说后，就让弃担任了农师。天下百姓都得到他的好处，他立了功劳。舜帝评价弃说："弃，百姓以前忍受饥饿，后来你种植了百谷，解决了百姓的温饱问题。"于是，便把邰这地方封给弃，称作后稷，取姓姬氏。后稷的兴起，在尧帝、舜帝和夏禹之际，有美好的品德。可见，后稷是很好的农官。

祭祀后稷的过程是这样的。《礼记·祭法》道："厉山氏之有天下也，其子曰农，能殖百谷；夏之衰也，周弃继之，故祀以为稷。"东汉郑玄注："厉山氏，炎帝也，起于厉山，或曰有烈山氏。"厉山氏、烈山氏，指的都是炎帝，即神农氏。这是说厉山氏统治天下的时候，他有个儿子叫农，能够种植百谷；夏朝衰落的时候，周弃（后稷）能够继承他的事业，所以人们祭祀后稷。郑玄的注解较为详细："'其子曰农，能殖百谷'者，农谓厉山氏后世子孙，名柱，能殖百谷，故《国语》云'神农之名柱，作农官，因名农'是也。'夏之衰也，周弃继之'者，以夏末汤遭大旱七年，欲变置社稷，故废农祀弃。"意思是后来由于夏朝衰落，遭遇七年大旱，人们不再祭祀"农"，改为祭祀后稷。周公辅佐周成王时，祭祀天帝时以后稷作配。《国语·周语》："昔我先王世后稷，以服事虞夏。"周朝人把后稷尊为先祖，曾经侍奉虞夏。《晋书·天文志上》："稷，农正也，取乎百谷之长以为号也。"意思是后稷是农业的长官，是百谷之长，发号施令。《孟子》："后稷教民稼穑，树艺五谷；五谷熟，而民人育。"意思是，后稷教民从事农业，种植五谷，五谷丰收，人民得到养育。后稷曾经在稷王山麓（在今稷山县境）教民稼穑，播种五谷，被认为是开始种稷和粟的人，被称之为"稷王"。

后土是共工的儿子，名叫句龙，管理土地；稷是古代管理田地的官员，有烈山氏之子柱、周朝的先祖弃，曾经担任稷，管理五谷。《左传·昭公二十九年》道："少皞氏有四叔，曰重，曰该，曰修，曰熙，实能金木及水。使重为句芒，该为蓐收，修及熙为玄冥。世不失职，遂济穷桑，此其三祀也。颛顼氏有子曰黎，为祝融，共工氏有子曰句龙，为后土，此其二祀也。后土为社。稷，田正也。有烈山氏之子曰柱，为稷，自夏以上祀之。周弃亦为稷，自商以来祀之。"由此可知，在远古时代，后土为"社"，管理土地；后稷为"田正"，管理五谷。周弃是舜时贤臣，为周人始祖，亦称后稷。夏朝以前人们祭祀的是烈山氏之子柱，殷商灭亡夏朝之后，保留了"稷"的神位，具体的神灵由"柱"换成了"弃"。

社稷祭祀的是社神和稷神。远古时期的氏族部落或者邦国，祭祀的对象是"社"，即后土。从商代开始，祭祀的对象除了"社"之外，又加上"稷"，即周人的始祖后稷。后来，人们往往将社神和稷神合祭，"社"与"稷"合在一起，称作"社稷"。唐人丘光庭《兼明书》道："或问曰：'祭稷不别日，与社同日者何也？'答曰：'以百谷生于土，戊属土，故可与社同日而祭也。'"意思是，为什么同日祭祀社神和后稷呢？因为百谷生长于土地，所以同时祭祀它们。《国语·鲁语》载："夫圣王之制祀也，法施于民则祀之，以死勤事则祀之，以劳定国则祀之，能御大灾则祀之，能捍大患则祀之。非是族也，不在祀典。昔烈山氏之有天下也，其子曰柱，能殖百谷百蔬。夏之兴也，周弃继之，故祀以为稷。共工氏之伯九有也，其子曰后土，能平九土，故祀以为社。"

古代建立邦国要先立社稷，因此社稷成了国家的象征。《白虎通义·五祀》："王者所以有社稷何？为天下求福报功。人非土不立，非谷不食。土地广博，不可遍敬也；五谷众多，不可一一祭也。故封土立社，示有土尊。稷，五谷之长，故封稷而祭之也。……保其社稷而和其民人，盖诸侯之孝也。稷者，得阴阳中和之气，而用尤多，故为长也。"意思是国王为什么要建立社稷祭祀呢？为了求福报功，人们没有土地无法立足，没有五谷无法生存。土地辽阔，五谷众多，不可一一祭祀，于是立社祭祀，目的是"保其社稷而和其民人"。《国语·鲁语》："凡禘、郊、祖、宗、报，此五者，国之典祀也。加之以社、稷、山川之神，皆有功烈于民者也。"意思是，大凡禘、郊、祖、宗、报等五种祭祀，列入国家祭祀。加上土神、谷神、山川之神，都是对百姓有功绩的。《礼记·曲礼下》："国君死社稷。"就是国君与国家共存亡的意思。《史记·文帝本纪》："计社稷之安，便万民之利。"国君要考虑社稷的安全，重视天下百姓的利益。《礼记·檀弓下》："能执干戈以卫社稷。"手执武器，保卫社稷，就是保卫国家。《三国演义》第二回《张翼德怒鞭督邮何国舅谋诛宦竖》："陛下今不自省，社稷立见崩摧矣！"皇帝如果不自我反省，国家马上就要灭亡了。《白虎通义·社稷》中记载："人非土不立，非谷不食。"意思是，没有土地，人民就无法安身立命；没有粮食，人民就无法生存。土地和粮食是国家安定的保障，是人民赖以生存的根本。因此古代统治者祭祀社稷，是从立国之本出发的。

传说后稷是山西稷山人，在稷王山一带教民稼穑，因此人们把横跨万荣、稷山、闻喜、运城东西二十里、南北三十里的山脉，叫作"稷王山"。在万荣县南张乡太赵村保存有创建于北宋时期的稷王庙，是我国现存唯一一座宋代庑殿顶建筑，为纪念后稷而建庙，该庙为第五批国家级文物保护单位。旧时每逢农历四月十七（传说是稷王的生日），稷王山附近的县令奉旨祭献后稷，感恩他为农业作出的贡献。1931年，由考古学家董光忠主持发掘的山西万荣荆村新石器时代遗址出土了谷类碳化物，经日本人高桥基生鉴定为粟和高粱的碳化物以后，就揭开了我国高粱栽培历史研究的新篇章。1943年，和岛诚一在其所著《山西省河东平原以及太原盆地北半部的史前调查概要》中说："在新民教育馆藏品中有董光忠当时出土的荆村谷类灰烬中的碳化物，这份东西经理学士高桥基生先生鉴定为粟和高粱品种。"说明在远古时代，河东地区就种植粟和高粱等作物，后稷的传闻在考古上得到相应佐证。

值得一提的是，后土的圣地万荣县和后稷的故里稷山县相邻，都属于运城市。在人杰地灵山清水秀的河东大地上，中国古代文明的两大图腾——"后土"和"后稷"都诞生于这片土地上。古代立社祭祀后土，后土代表大地，生长五谷，后稷为五谷之长，因此增加了祭祀后稷，后土与后稷连在一起合称"社稷"，因此后土是社稷文化之源，万荣县是社稷文化的发祥地。

第二节　社稷坛

古代开始祭祀社稷的时间很早，《汉书·郊祀志》道："自共工氏霸九州，其子曰句龙，能平水土，死为社祠。有烈山氏王天下，其子曰柱，能殖百谷，死为稷祠。故郊祀社稷，所从来尚矣。"共工是古代传说中的大帝，他生活的年代不可考，也说明祭祀社稷的历史由来已久。《周礼·春官宗伯·大宗伯》记载："以血祭祭社稷、五祀、五岳。"郑玄注："阴祀自血起，贵气臭也。"所谓血祭，即宰杀牲畜取血祭祀。血祭方式有三种：一是将血直接滴入土中；二是涂血于社稷神主之上；三是供血于神位之前。

社稷在古代被奉为国家主神，列入朝廷祀典，并作为国家政权的象征。《周礼·考工记》记载，社稷坛一般设立于王宫之右，与设于王宫之左的宗庙相对，社稷坛和国家宗庙一左一右，具有同等的地位，成为护佑国家的根本保证。《周礼·考工记》记述了古代营建国都的规制："匠人营国，方九里，旁三门，国中九经九纬，经涂九轨，左祖右社，前朝后市。"宗庙王宫之左为祖庙，王宫之右为社稷坛。宗庙代表皇帝先祖，社稷代表土地和食物。民以食为天，仓廪实而知礼节，没有粮食则国家不安，可见社稷之重要。据《日下旧闻考》载："社稷坛在阙右，北向，坛制方，二成，高四尺，上成方五丈，二成方五丈三尺，四出陛，皆白石。"天子与诸侯社稷坛的大小有区别，天子之坛广五丈，诸侯半之；天子之坛有五色土，诸侯的坛土只有一色，由天子派定。蔡邕《独断》道："天子大社，以五色土为坛，皇子封为王者，授之大社之土以所封之方色，苴以白茅，使之归国以立社。"诸侯建立社稷坛时，天子从社稷坛中按不同的方位取土，然后交给诸侯带回去立社，名曰"封疆裂土"。社的产生十分悠久，至少在夏朝就产生了社。《史记·殷本纪》记载："汤既胜夏，欲迁其社，不可，作《夏社》。"古代建立诸侯国有"受此土"之说，诸侯王受封必须取土于天子之社，回到封地建立国社，每岁都要祭社。《史记·三王世家》道："春秋大传曰：'天子之国有泰社。东方青，南方赤，西方白，北方黑，上方黄。'故将封于东方者取青土，封于南方者取赤土，封于西方者取白土，封于北方者取黑土，封于上方者取黄土。各取其色物，裹以白茅，封以为社。此始受封于天子者也。此之为主土。主土者，立社而奉之也。"《尚书·禹贡》说："禹别九州，随山浚川，任土作贡。"孔颖达传道："任其土地所有，定其贡赋之差。"意思是：依据领土的具体情况，制定贡赋的品种和数量。清黄宗羲《明夷待访录·田制》："古者任土作贡，虽诸侯而不忍强之以其地之所无，况于小民乎！"古代诸侯向国君供奉土产，也是根据土地的肥瘠来确定的，不能强人之所难。可见土地对于国家、诸侯和百姓的重要性。

商周时期到民国之前，封建王朝每年都要举办祭祀社稷的大典。农耕文明时期，后土与社稷作为保佑国家领土安全和经济命脉的象征，在国家政治生活中具有十分重要的地位。北京中山公园的社稷坛，位于天安门广场西北侧，与天安门东北侧的太庙（今劳动人民文化宫）相对，一左一右，体现了"左祖右社"的帝王都城设计原则。进入中山公园，穿过古柏参天，郁郁葱葱的园林，我们就看到了壮观的社稷坛，四周是高大的围墙，飞檐斗拱，巧夺天工，琉璃瓦在阳光下熠熠生辉。整个建筑由汉白玉砌成三层方台，每层用白石栏杆圈围。《尚书》道："王者封五色土以为社。"社稷坛上按方位放置了五色土，中央是黄色，东方是青色，南方是赤色，西方是白色，北方是黑色，象征五行中的金、木、水、火、土，代表着养育万物的大地。《书·禹贡》："厥贡惟土五色。"五色土由各地进贡而来，表明"溥天之下，莫非王土"。

社稷坛四方各有一座汉白玉的棂星门，中央有一方形石柱，名为"江山石"，意为"江山永固，社稷长存"。坛北有拜殿、戟门，坛西有神库、神厨、宰牲亭等。拜殿为单檐歇山建筑，朱红门窗，白石台基，金碧辉煌，富丽堂皇，彩绘装饰，图案精美。戟门是社稷坛的正式宫门，原来有三个门洞，每个门洞里陈列二十四支大铁戟，共七十二支。这种铁戟名叫银镶红杆金龙戟，插在朱红木架上，排列于宫门左右，壮丽威严。八国联军入侵北京时，将铁戟全部掠走。神库是存放迎送神位用的轿子和供奉神位的地方。神厨是制作祭祀供品食物的地方。宰牲亭是宰杀祭品牲畜的地方。明清之际，国家每年春秋仲月上戊日清晨都要在此举行大祭，如遇出征、班师、献俘等重要的事件，也要举行社稷大典。《清史稿》（卷八十三）记载："社稷之祀……其在京师者，建坛端门右。定制，岁春、秋仲月上戊日，祭大社、大稷。"而且，"祭日，帝亲莅"。到了固定的日子，皇帝亲自参与社稷祭祀。

清代乾隆皇帝在天坛祭祀时作诗《仲春祭社稷坛礼成志事》：

春祈毖祀晓晖曈，社稷鸿庥天地同。

锐首两圭象生物，方中五土表元功。

夏松殷柏开宗古，后土句龙协绘崇。

墙外馘俘献者定，每思优贶惕深衷。

社稷合祭，体现了二者对于国家领土和百姓生存的重要意义，社稷作为国家的象征，成为古代国家的保护神。国家在祭祀社稷神时，表达了对于土地和五谷的重视，土地和农业是国家的根本保证。人类历史上，农耕文明是漫长的，对于一个矗立在大地上的古代王朝来说，土地和粮食关系到国家兴亡，就是社稷江山。后土信仰作为中华文明之源，是中国最古老的"根祖文化"，自古以来具有凝聚民心、象征天下江山的作用。

伫立社稷坛，畅想祖国的山河大地，有多少人民在劳作，在耕耘，在播种，在期盼收获。我们祈祷国泰民安，物阜民丰，秋收冬藏，四海富足。

第三节　社日

社是古代社会基层组织产生的源头。传说共工的儿子句龙担任"水正"。当发洪水的时候，句龙让人们到高地土丘上去住，没有高地就挖土堆丘，土丘的规模是每丘住二十五户，称之为"社"。句龙死后，被奉为"社神"，人们为了纪念句龙，专门立社祭祀。

古代社会，国家、诸侯、大夫、乡村等都要按照一定的规模立社。《礼记·祭法》称："王为群姓立社，曰太社；王自为立祖，曰王社；诸侯为百姓立社，曰国社；诸侯自为立社，曰侯社；大夫以下，成群立社，曰置社。"古代国家立社祭祀土神分为各种等级，国王为天下立社叫"太社"；国王自立社叫"王社"；诸侯为百姓立社叫"国社"；诸侯自立社叫"侯社"；大夫以下官员立社叫"置社"。古代以二十五户为一社，一百户为里社，两千五百户为州社。古代立社时，根据具体情况要在社坛旁边种植树木，以表示庄重和纪念。《周礼·春官》记载："二十五家为社，各树其土所宜之木。"《论语·八佾》记载："哀公问社于宰我，宰我对曰：'夏后氏以松，殷人以柏，周人以栗。'"意思是，鲁哀公问宰我，制作社主用什么木材，宰我回答，夏代用松木，商代用柏木，周代用栗木。随着时间的推移，社、里社和州社逐渐发展成为城市和乡村各级社会组织。我们今天所说的"社会"一词，源于古代的社。

国家报答土地之恩，祭祀后土；百姓报答土地之恩，祭祀社神，逐渐形成了社日活动。《礼记·郊特牲》："家主中霤而国主社。"孔颖达疏："中霤谓土神。"意思是国君立社祭祀后土，百姓在家里祭祀土神。《礼记·郊特牲》："唯为社事，单出里。唯为社田，国人毕作。唯社，丘乘共粢盛，所以报本反始也。"意思是，凡是举行社日活动时，家家户户都要出人帮忙。凡是为了社日而田猎，人人都要参加，同时，各地都要以丘乘为单位贡献祭祀所用的食物。所有这些做法，都是为了报答大地的生养之恩。

先秦时期，人们通过各种方式祭祀社神。秦汉时期，春祈秋报祭祀后土的传统有了进一步发展，形成了帝王之社、郡县之社和民间里社的三种层面的社祀形式。魏晋南北朝出现百家立社的形式，社日活动兴盛。晋代嵇含《社赋序》道："社之在于世，尚矣。自天子至于庶人，莫不咸用。有汉卜日丙午，魏氏释用丁未。至于大晋，则社孟月之酉日。各因其行运。"南北朝时期，社日活动在民间成为一种节庆宴乐形式。社日作为中国传统节日，用以祈求或酬报土地神。每到播种或收获的季节，农民们都要立社祭祀。社日分为春社和秋社。春社在立春后第五个戊日举办，一般在农历二月初二前后；秋社在立秋后第五个戊日举办，约新谷登场的农历八月。梁宗懔《荆楚岁时记》描述南北朝时祭社的风俗："社日，四邻并结，综会社。牲醪，为屋于树下，先祭社，然后飨其胙。"意思是社日这天，村里的左邻右舍互相邀请在一起聚餐，各家准备些祭社的肉食和米酒，在树下搭起了棚屋，一起祭祀完社神后，大家一起吃饭，享受食物，共度社日。

唐朝社日进入全盛时期。唐太祖李渊十分重视祭祀后土的社日活动，立唐后颁布《立社诏》："厚地载物，社主其祭。嘉谷养民，稷惟元祀。列圣垂范，昔王通规。建邦正位，莫此为先。"土地承载万物，立社用来祭祀后土。百谷养活人民，前代一直重视社日活动。建立国家，正式登位，应该以立社为先。唐代规定："京邑庶士，台省群官。里闾相从，共遵社法。以时供祀，各申祈报。兼存宴醑之义，用洽乡党之欢。"唐杜佑《通典》记载了春社时，皇帝祭祀太社的整个过程，共有斋戒、陈设、銮驾出宫、奠玉帛、进熟、銮驾还宫六个环节，每个环节都有着极其烦琐庄重的仪式。从春社前七日开始准备，皇帝着衮冕，斋官实行"散斋"，即"不吊丧问疾，不作乐，不判署刑杀文书，不行刑罚，不经秽恶"。前三日，实行"致斋"，只能从事与社祭相关事宜，其余不能做。春社期间诸次、宫悬设置、诸官之位、酒樽之位等方面都有着极为严格、详细的规定。春社时，唐朝皇帝经常赐予大臣礼物，如羊酒、脯腊、海味、油面、粳米等。唐朝诗人白居易在春社时曾经得到御赐的蒸饼、糇饼等。

唐朝取消了农村乡长和乡正（乡镇一级官员）的基层组织，村落的行政与法律地位得到确认。村社的基本单位由"里"组成的村落构成，里正直接向县府负责，村社制是社日赖以生存的社会基础。这必然使社日活动具备了其他节日难以具备的组织性特征。唐朝官府衙门十分重视社祭，下诏令民间普遍立社，为社日的兴盛提供了官方的支持，因此社日活动成为民间活动的重要方式。唐代经济发展，社会相对安定，民间的社日活动是乡村盛大的节日。不仅如此，春社在当时比较偏远的西北也极为热闹，既有社鼓、社酒等春社必需品，同时还有自己的特色，如社祭时用酒浇祭品，然后焚香拜土地神木牌，其间还有女巫翩翩起舞。在敦煌一带，则流行"春座局席"，社员轮流担任社司，全员协助，在春社开始前，社司要发请帖，上面要写清承办人、举行地点、社人需要缴纳的物品数量、对违规的惩罚措施等内容。

社日来临时，家家户户，欢天喜地，不醉不归。唐代诗人王驾的诗歌《社日》逼真地描写了唐代南方农村社日的景象：

鹅湖山下稻粱肥，豚栅鸡栖半掩扉。

桑柘影斜春社散，家家扶得醉人归。

从诗歌中可以看出，鹅湖山下种植了桑树和柘树。在社日到来时，民众集会竞技，集体欢宴，进行各种类型的表演，不但表达他们对战胜自然灾害、获得丰收的良好祝愿，同时也借以娱乐休息。鹅湖山在今江西省铅山县，到了祭祀土神的社日，正是鱼虾满塘、稻谷丰收在望的时节。这时的江南农村风光如此迷人，栅栏里关着猪，鸡栖在上边，门也半开半掩，真是五谷丰登、六畜兴旺的景象。人们祭祀时欢庆喝酒，直到斜斜的阳光照在桑树和柘上，他们才扶着喝醉酒的人回到家里。王驾描写出了唐代时期，民间进行社祭活动时的欢乐景象。

社日作为节庆日，社酒、社牲、社肉是必不可少的，用以祭神和娱乐。宋代孟元老的笔记体散记《东京梦华录·秋社》记载："八月秋社，各以社糕、社酒相赍送贵戚，宫院以猪羊肉、腰子、奶房、肚肺、鸭饼、瓜姜之属，切作棋子片样，滋味调和，铺于饭上，谓之社饭。"在繁华的东京，人们准备了各种社日所需食物，享受节日的快乐。《东京梦华录》还记载，春社当天，妇女要回娘家，外公姨舅等要送给她们新葫芦和枣，晚上方能回来；私塾的先生们会让学生们凑钱雇请祗应、白席、歌者等来举办"社会"，结束后，学生们各带着花篮、果实、食物、社糕等回家。宋代诗人赵汝鐩《社日》道：

四郊社鼓响枫林，朝雨方晴晚复阴。

稚子求聪多啖藕，佳人怕拙例停针。

饭争簇巧毋嫌杂，酒正逢时莫厌斟。

为问年年鸿与燕，去来相避果何心。

诗歌描绘了社日的欢庆场面：早上下雨，才出现了晴天，到晚上天又阴了。擂响的社鼓声咚咚锵锵，回响在四郊的枫林之中。小孩子叽叽喳喳争吃莲藕。佳人怕露拙都停了针线活。人们会聚在一起，熙熙攘攘地吃饭，一杯一杯美酒下肚，还是喝不够，频频举杯。诗人在兴奋之余，有点醉醺醺了，忍不住与鸿与燕说话：去年的这一日怎么没有发现你们莺歌燕舞呢？

南宋爱国诗人陆游的《游山西村》，描写了一幅春社来临时的动人场面：

莫笑农家腊酒浑，丰年留客足鸡豚。

山重水复疑无路，柳暗花明又一村。

箫鼓追随春社近，衣冠简朴古风存。

从今若许闲乘月，拄杖无时夜叩门。

诗歌大意：不要笑话农家腊月里酿的酒浑浊，人们在丰收的年景里待客有美味的鸡肉和猪肉。山峦重叠，河流奔腾，好像走到了路的尽头，柳树婆娑，鲜花盛开，又来到了一个村庄。百姓们吹着箫，敲着鼓，春社的日子已经接近。人们衣冠简朴，古风犹存。从今往后如果有闲余时间，我要乘大好月色闲游，拄着拐杖随时来敲你的家门，与你谈论年景。

南宋诗人李若水《村家引》道：

村翁七十倚柴扉，手障夕阳望牧儿。

牧儿归来问牛饱，屋东几亩田未犁。

邻老相邀趁秋社，神巫箫鼓欢连夜。

明年还似今年熟，更挤醉倒篱根下。

在秋社祭拜仪式中，连七十岁的老翁也在门口期盼。牧童放牧归来后，村民与神巫通宵达旦吹箫击鼓以祀神明，醉意浓浓而自由自在。在古代社会，社日宴饮活动构成了乡村社会的盛大节日，人们借着娱神的机会，击鼓喧闹，纵酒高歌。鼓声咚咚，犹如雷声阵阵，在大地上回荡；弥漫的酒香浸透在社日活动之中，男人饮酒，妇幼嬉戏，一派欢乐的情景。

元代五十家为一社，选举德高望重的人主持社里的事情。《元史·食货志一》："县邑所属村疃，凡五十家立一社，择高年晓事者一人为之长。"明代初年，规定社有社坛，后来逐渐在社里建庙。随着里甲制度瓦解，村村皆有土地庙，土地神即为里社之神。《明会典》规定，明朝每百户为一社。春社到来前置办祭物，用一羊、一豚、酒、果、香烛等祭祀。祭祀结束后，主事者带领大家读"抑强扶弱之誓"，之后按长幼次序坐下饮酒，"尽欢而退"。不仅如此，社日还有忌讳。明代谢肇淛《五杂俎·天部二》道："唐宋以前皆以社日停针线，而不知其所从起。余按《吕公忌》曰：'社日男女辍业一日，否则令人不聪。'始知俗传社日饮酒治耳聋者为此，而停针线者亦以此也。"社日男女都要停业一日，否则就会"不聪"。妇女们放下干不完的针线活，穿红戴绿，观看锣鼓，放松身心；小孩子们吃着供品，叽叽喳喳，嬉闹玩耍，奔跑不已。鼓声激荡人心，美酒松弛身心，农人纵情释放自己的情绪。在农村里还要请戏班子唱大戏，台上演员粉墨登场，举手投足，一颦一笑，让多少痴情男女痴迷。

清代各州县的衙门俱设立社稷庙。《清史稿》（卷八十三）记载："其在府、州、县者，顺治元年建，岁祭亦用上戊，府称府社、府稷，州、县则云某州、县社、稷。"这说明自上至下的官府对于社日是十分重视的。清乾隆八年（1743年）谕颁各省行祭神祇之祝文。乾隆二十二年（1757年）又钦定："各属境内山川，以春秋二仲月戊日行祭。其祭品用羊一、猪一、果盘五、帛一、尊一、爵三。届时，上香、读祝、三献。迎神、送神，承祭官与陪祭官俱行三跪九叩礼。"清代袁景澜《吴郡岁华纪胜》记载："二月二日为土神诞日，城中庙宇各有专祠，牲乐以酬。乡村土谷神祠，农民亦家具壶浆以祝神，俚俗称田公、田婆，古称社公、社母。社公不食宿水，故社日必有雨，曰社公雨。醵钱作会，曰社钱。叠鼓祈年，曰社鼓。饮酒治聋，曰社酒。以肉杂调和饭，曰社饭。……田事将兴，特祀社以祈农祥。"由此可见，社日时节人们祭祀"社公""社母"，饮酒吃饭，祈盼春雨，准备春耕，是十分热闹而讲究的。

从前的社会，村村有社，村村祭社，社神无处不在，无处不有，遍布大小村庄。社日来临时，人们购买菜肴，杀鸡宰羊，准备祭品，十分喜庆。社日聚会时，大街小巷里都是欢庆的人群，敲锣打鼓，好不热闹。总而言之，社日活动在不断的发展中，成为农耕社会最重要的节日文化活动之一。社日活动习俗从远古至今，在每个朝代都保留着，并随着华人的迁徙，带到了泰国、新加坡、马来西亚等国家，并成为中华文明对海外文明的贡献。

我国少数民族也有类似社日的习俗。《贵州民俗》记载，苗族崇拜稻谷的仪式，时间在二三月到八九月之间。若发现田中稻禾长得不好，或有虫灾等，便认为是谷神不在田中，恶鬼侵害禾苗。于是便备好小狗、鸭、酒等到田边祭祀。祭毕，用四方竹、白刺、刺柞、花椒树与狗骨鸭毛捆成一束，插于田中，以驱邪逐鬼，招来谷神，保佑稻禾丰收。《中国民间节日文化辞典》记载，云南省丽江一带纳西族传统节日祭谷神，每年农历七月初二日开始，节期两天。祭祀仪式由看苗人主持。其过程是先到田里挖些土块，在土块上插上小竹、黄粟树、里香树和写有东巴文的小木牌。然后请东巴念经。念毕，将土块放到稻田四角或山上。丽江地区地处西南山区，七月常有暴风雨、冰雹等灾害。七月祭谷神，意在祈求谷神保佑庄稼免遭灾害。

现代社会，文化和科学的发展提供了各种文化娱乐活动。古代交通不发达，信息闭塞，没有电影、电视、网络、手机等等，文化生活十分单一，社日是重要的节庆活动，也是重要的娱乐活动。这也是令今人羡慕的地方，古人有多少空余时间面对生活和心灵啊。在万荣县一带，二十世纪六七十年代，每逢秋收时日，学生们都要放秋假，和大人一起收玉米，割谷子，摘棉花，刨红薯，干不完的农活，流不完的汗水。当谷物入仓，棉花晾干，庄稼人终于可以喘一口气了，村里要请戏班子唱几天大戏，庆祝丰收。戏台上演员粉墨登场，抑扬顿挫，乐器奏鸣；戏台下人来人往，川流不息，熙熙攘攘；各种小吃应有尽有，吸引得小孩流连忘返，大人们也忍不住对自己大方一次，好好美餐一顿。这就是农耕社会，人们付出劳动，得到收获，又享受生活，举行庆典。这与古代社日类似，可以说是社日活动的一种遗存，是对于农耕文明的守望，是对于大地母亲的感恩。

第四节　土地庙

古代长期的社日活动中，产生了土地公公的概念，相应地建立了土地庙。土地公公，其实是社神的嬗变和衍化。著名学者孙安邦、陆峰波在《后土就是土地神》一文中指出，后土信仰在长期的历史发展中衍生出了地祇、地神、后土皇地祇、土地公公、后土圣母等称谓，其实都是后土的代称。

由于地方文化的差异和风俗的异样，有些土地庙里供奉的是当地名人或者传说中的神仙，他们往往具有特异的能力，能够逢凶化吉，纳福降祥。既然人们有了"土地公公"，即"社公"，那么还需要安放"土地母亲"，因而在土地庙里又安放了"社母"。宋陈元靓《岁时广记》道："社公、社母不食旧水，故社日必雨，谓之'社翁雨'。"清陈确庵《尉迟土地庙序》道："今土地庙乃有陆宣公、子胥、武侯、卫公之称，则合地祇人鬼而一也。"陆宣公指的是唐代名臣陆贽，子胥指春秋吴国大夫伍员，武侯指三国蜀相诸葛亮，卫公指唐朝名将李靖，都是妇孺皆知的古代名人，把历史人物放到土地庙里供养起来，既能得到心理上的安慰，又能唤醒历史的记忆。我们在影视作品中，看到土地神是个身材矮小的白发老翁，反映了人们心目中的土神，很具有亲和力。钱锺书先生《宋诗选注》道："立春以后向土地'社公'祭献的日子。在那一天，民间音乐箫鼓在山村震响，老百姓带着虔诚的心情祭社公，借此兴高采烈聚会。"说明人们把社神也称为"社公"。

土地庙是人民祭拜地神的地方。到了明代，土地庙还承担了一项功能，即作为惩戒贪官的场所。明太祖朱元璋出身贫寒，没有土地和稳定收入，在元末一场旱灾中失去了家中至亲。他出身乡村最底层，最恨贪官污吏，曾告诫百官，以前在民间时，见到州县官吏多不爱民，往往贪财好色，饮酒废事，凡民疾苦，视之漠然，心里恨透了。如今要严立法禁，官吏凡是贪污蠹害百姓的，严惩不恕。洪武二十五年（1392年），他在《醒贪简要录》的序言中写道："四民之中士最贵，农最苦，最苦者何？当春之时，鸡鸣而起，驱牛秉耒而耕。及苗既种，又要耕耨，炎天赤日，形体憔悴。及至秋成，输官之外，所余能几？一或水旱虫蝗，则举家遑遑无所望矣。今居官者不念吾民之艰，至有刻剥而虐害之，甚矣而无心肝。今颁此书于中外，俾食禄者知所以恤吾民！"他制定了严厉的刑罚：官吏贪赃六十两以上的枭首示众、剥皮楦草。在哪里实施刑罚？就在各个府、州、县、卫衙门旁边的土地庙，因此，土地庙又成为惩戒和警示贪官的场所。

第五节　后土与农耕文明

万荣县所处的河东地区一带，是中华民族的发祥地之一。后土信仰，归根结底是"土地"信仰，土地是万物生长之本，万物之源。人们常常称大地"母亲"，可见土地在古人和今人心目中之地位。古代社会祭祀的对象是"天地君亲师"，"天地"位于首位，可见人们对于天地的崇敬。《礼记·郊特牲》云："社，所以神地之道也。地载万物，天垂象，取财于地，取法于天，是以尊天而亲地也，故教民美报焉。"土地崇拜构成了人类心灵家园的支柱。远古时代，人们就开始立社祭祀后土，土地养育大地万物。稷为百谷之神，与后土密切相关，在立社祭祀后土的过程中，产生稷神概念。社稷的概念来源于后土文化，万荣为社稷文化的发祥地。

可以说，土地崇拜从人类的蒙昧时期就开始了，一直伴随着农耕文明漫长的历史。早期的人类过着穴居和巢居生活，茹毛饮血，采集果实，面临着饥饿和猛兽的威胁。自然界的风雨雷电，旱涝灾害，让人们恐惧，也让人们感到神秘。人们祈求大地的庇护，希望天降甘露，潜移默化之中就对大地和上天崇拜了。在长期的生存斗争和劳动实践中，人类辨识植物，选择五谷，种植收获，农耕文明渐渐发展起来。人们日出而作，日入而息，面朝黄土背朝天，播种耕耘，出力流汗，把命运和土地紧紧联系在一起。

古代有一种吉礼，叫作"籍田"，又称"祈年"礼，是农耕文明的典型特征。即每年孟春正月春耕之前，天子率诸侯亲自耕田举行典礼。《诗经·周颂·载芟》："载芟，春籍田而祈社稷也。"《毛传》："籍田，甸师氏所掌，王载耒耜所耕之田，天子千亩，诸侯百亩。籍之言借也，借民力治之，故谓之籍田，朕亲率耕，以给宗庙粢盛。"这是源自原始社会春耕生产的习俗，自周朝以来历代实行。届时，用太牢祭祀神农，天子在国都南面近郊执耒三推三反，王公诸侯五推五反，卿大夫七推七反，士九推九反。礼成，命天下州县及时春耕。

《三教源流搜神大全》是元末明初的一部书籍，收录了道教、佛教、儒家和民间诸神，该书赞扬"后土皇地祇"道："天地未分，混而为一；二仪初判，阴阳定位。故清气腾而为阳天，浊气降而为阴地。为阳天者，五太相传，五天定位，上施日月，参差玄象；为阴地者，五黄相乘，五气凝结，负载江海，山木屋宇，故曰：'天阳地阴，天公地母焉。'《世略》：'所谓土者，乃天地初判黄土也，故谓土母焉。'"意思是当初天地混而为一，后来由于阴阳二气变化，有了天地。天为日月星辰，地为山川大地，天为"天公"，地为"地母"。地的颜色为黄土，这与中华文明初期肇始于河东大地是分不开的。也就是说，从天地诞生之日起，就有了"天公地母"的说法。

在古人看来，后土与上天相对应，它的圣德应当受到人们代代崇敬和感恩。万荣县后土祠正殿的后土圣母神龛两侧有一副清光绪三年（1877年）的楹联：

后配六合之天至上至尊圣德自应崇代代

土为万物之母资生资育世人所以称娘娘

该楹联巧妙地将后土嵌入上下联，讲述了后土地位至尊，可以匹配六合之天，与天具有同等的地位，世人应该代代崇拜后土的盛德；后土又为万物之母，滋生万物，养育万物，因而人们称之为"后土娘娘"。历代皇帝用祭天的礼制祭祀后土，是"为农祈谷""为社稷祈福"，以求无灾无害，风调雨顺，百姓幸福。古代社会，农业是国家的根本，"本固则邦宁"，因此皇帝祭祀后土往往与国家安定联系在一起，所以即使到了明清时期，皇帝不去后土祠祭祀了，还要在北京建立天坛、地坛、社稷坛，亲自祭祀天帝、后土和谷神。这反映了人们对后土的坚定信仰，也是后土作为古老祭祀代代传承的原因。这也说明了祭祀后土和后稷是为了社稷大业和农业发展的需要。

北宋晚期道教盛行，后土由于地位尊崇，受到道教的青睐。《宋史·礼志七》："徽宗政和六年九月朔，地祇未有称谓，谨上徽号曰：'承天效法厚德光大后土皇地祇。'"后土成为道教神仙谱系中的"四御"之一，尊为"万物之主后土皇地祇""后土掌劫天尊"，居住在琼阙下蕊珠雌一宫九华玉阙，统辖三十六土皇，主宰大地山川，掌阴阳生育、万物之美与大地山河之秀。她与主持天界的玉皇大帝相配台，并规定享用同玉帝一样的礼仪规格。宋张君房《云笈七签》道："三十六上皇，上应三十六天，中应三十六国。如是土皇皆位齐玉皇之号。"意思是土皇与天帝相对应，后土的地位与玉皇大帝相等。

在漫长的农耕时代，生产力发展比较缓慢，农具始终使用的是铁制和木制的简单工具，大多为手工操作和畜力操作，传统的田园牧歌式的耕作方式一直是生活的主要内容。农作物在自然的优胜劣汰中繁衍，科学实验和作物改良没有进入农业的视域，人们靠山吃山靠水吃水，自然条件和气候变化极大地影响了农民的收成。

传统的农耕工具主要是犁耧耙磨。犁，用牛或者人力牵引，耕耘土地；耧，是播种用的农具，前边牵引，后边人扶，完成开沟和播种两项工作；耙，是把土块弄碎的农具；磨，是加工粮食的工具。几千年来，人们一直使用着这种农具，基本上没有实质性的改变。改革开放以前，在我的家乡晋南万荣里望村每逢耕种时节，在阡陌纵横的黄土地上，人欢马叫，耧铃叮当，一派繁忙景象。播种之后，人们就盼望着一场透雨，好使庄稼苗长出来。田里除草打药，预防害虫，干旱的时候盼下雨，涝的时候盼天晴，风调雨顺是人们最大的心愿。庄稼的丰稔与气候有着莫大的关系，人们最大的心愿无非是国泰民安和粮仓满囤。因此，农耕文明对于土地的崇拜是显而易见的，人们把土地称作大地之母、大地之神，土地在人们心中的地位极为崇高。原始的宗教力量和土地崇拜根深蒂固，自农耕文明产生以来一直存在。随着农耕文明的发展，后土信仰不断丰富，成为中华文明中的一个组成部分。

第六节　中国农民丰收节

2018 年 6 月 21 日，国家设立了一个节日——中国农民丰收节，时间为每年秋分。这是广大农民自己的节日。农业是国民经济的基础，任何时候都不能忽视农业，忘记农民，淡漠农村。在脱贫攻坚的关键时期、全面建成小康社会的决胜阶段、实施乡村振兴战略的开局之年，设立"中国农民丰收节"，顺应了新时代的新要求，汇聚起脱贫攻坚、全面建成小康社会、实施乡村振兴战略，加快推进农业农村现代化的磅礴力量，具有重要的历史意义和现实意义。

其实，每年的秋分在农历八月份，与古代"秋社"的日期差不多。因此从传统文化的意义上来说，设立丰收节有着深厚的历史文化内涵。中国古代的秋社日，就有庆五谷丰登、盼国泰民安的传统。人们举办社火、社戏、社宴等活动，男女老少一起庆祝农业丰收，感谢大地母亲的恩情。改革开放以来，许多地方在秋季举办具有地方特色、主题鲜明和农事有关的节庆，形成了一批民俗活动、观花赏景、采摘体验、农业嘉年华的地方节日，并且有十三个少数民族有庆祝丰收的节日，这为设立"中国农民丰收节"提供了社会基础和宝贵经验。丰收节秉承"庆祝丰收、弘扬文化、振兴乡村"的宗旨，已经连续举办了多届。

农历秋分是"二十四节气"中的第十六个节气。《春秋繁露·阴阳出入篇》中说:"秋分者,阴阳相半也,故昼夜均而寒暑平。"秋分这天,太阳到达黄经180度。"分"表示昼夜平分之意,同春分一样,此日阳光直射地球赤道,昼夜相等。此后,阳光直射点南移,北半球渐趋昼短夜长,气温降低,在全国具有普遍意义。秋分之日,农民充满了收获的喜悦,春华秋实,秋收冬藏,田野金黄,丰收在望。同时,秋分也是播种的季节。北方农谚道:"白露早,寒露迟,秋分种麦正当时。"秋收之后,农民即将在田野上播种冬小麦;南方农谚道:"秋分天气白云来,处处好歌好稻栽。"此时是播种水稻的时间,南方的田野上水网密布,风和日丽,插秧种稻,一派繁忙紧张的田园风光。

2020年9月,万荣县作为主会场迎来了盛大的国家级节日——第三届中国农民丰收节。

9月22日上午,以"庆丰收、迎小康"为主题的2020年"中国农民丰收节"在运城市万荣县黄河农耕文明博览园正式拉开帷幕,来自全国各地的客商和农民朋友欢聚一堂。在优美的歌舞表演《这里最早叫中国》中,农民丰收节群众大联欢活动拉开了中国农民丰收节的序幕。运城市还在万荣县后土祠景区举办后土祭祀文化仪式、后土农耕文化展示、黄河风情图片展、农民摄影展、运城百名农民现场书法比赛、运城市"庆丰收,迎小康"剪纸作品展等活动。

中国农民丰收节自创设以来,连续两届一直在首都北京举办,第一次在地方举办,主会场就选在万荣县——这个以"万荣笑话"闻名的偏远小县!这是万荣县莫大的荣誉。

为什么选在万荣?为什么万荣能被选?

第一,运城是农业大市,现代农业方兴未艾。作为农业大市,运城的粮食、棉花、水果、蔬菜等农产品种植面积和产量,十分可观。近年来,运城大力发展现代农业,在新的历史条件下创造了现代版的农耕文明,先后创建了一个国家级现代农业产业园、五个省级示范区;加快建设果业出口平台,水果的种植面积和产量居全国地级市前列,果品出口六十八个国家和地区。在运城举办国家层面的庆丰收活动,能够进一步提升农民丰收节的文化内涵，深入挖掘黄河文化蕴含的时代价值，更好地弘扬农耕文明，也是贯彻落实黄河流域生态保护和高质量发展重大国家战略的具体措施。

第二，正如万荣县政府官员在回答记者提问时所说，万荣县位于中华民族的母亲河黄河和山西人民的母亲河汾河交汇的地方。万泉荆村仰韶文化遗址发现了新石器时代农作物黍子、高粱的遗存；后土祠是国家祭祀大地唯一可考的肇始之地，轩辕黄帝曾在此"扫地为坛"祭祀后土，历代有九位皇帝二十四次前来祭祀；稷王山是农耕始祖后稷教民稼穑的地方，这些历史的印迹都充分证明，万荣是华夏农耕文明的重要发祥地。举办丰收节启动仪式的黄河农耕文明博览园，从历史维度、现实维度、产业维度，集中展示了黄河流域的风土人情，生动展现了传承千年的农耕文明。

可以说，中国农民丰收节在万荣县举办，一方面与河东深厚的农耕文明有莫大的关系，一方面和后土有着必然的联系，农民丰收节主要的活动之一就是祭祀后土祠。古代庆祝农业丰收举办的盛大的节日——秋社，就是祭祀大地之神后土的。

万荣县举办农民丰收节有两大新建的人文景观，即黄河农耕文明博览园和黄河文化雕塑博览园。黄河农耕文明博览园，位于万荣县高村乡闫景村，总占地面积二百三十余亩，主要分三个区域，A区为广场演艺区，B区为主题展馆区，C区为实景花海区。博览园协调沿黄九省以农耕文明为联结点，展示黄河流域农耕文明发展历程和最新成果。A区通过三个广场布局，展示天圆、地方、人和的农耕文明要素，揭示农耕文明离不开天时地利人和；B区展馆由沿黄九省分别布展，通过对黄河文明和各省份农耕历史的梳理，搭建起黄河农耕文明的传承平台；C区实景花海，突显黄河沿线的地形特点、气候变化等细节，并在黄河发源地、流经运城节点、黄河入海口等重点区域布设代表性文化元素，全面展现黄河流域文明形态。

黄河文化雕塑博览园位于万荣县荣河镇庙前村黄河岸边的后土祠之北。博览园占地三百余亩，以农耕文明为主题，从国内外五百余名艺术家的一千四百六十七件雕塑作品中遴选二十三组，分"万物萌生"（农耕文明之肇始）、"万象争荣"（农耕景象之繁荣）、"万民欢庆"（农耕文化之丰富）、"万事繁荣"（农耕未来之憧憬）四大板块，生动讲述了黄河流域农耕文明的发展史，展示了万荣人民对于未来的美好憧憬。

第一板块:万物萌生。由《曲水流觞》《大禹》《黄河水》《谷地地理计划》《创世纪》《生命的种子》《二十四节气》七组雕塑组成，呈现了疏朗纵横的沟谷地貌，诠释了汾阴脽上是东方伊甸园，是抟土造人之所，是水土治理肇始之地，是华夏农耕文明发祥地。

第二板块:万象争荣。由《水天一色》《远山情》《故国余音》《春播》《山水谣》《时磨春秋》六组雕塑组成，呈现了黄河先民培育五谷、驯养六畜、春种秋收、万象争荣的山水田园风情。

第三板块：万民欢庆。由《欢庆》《大河鼓舞》《黄河晓月》《风调雨顺的季节天高云淡》《在黄河母亲岸边》《乐土》六组雕塑组成，描述了黄河流域男女老少喜庆丰收的生动场景。

第四板块:万里乡愁。由《故乡的云》《写意山水》《梦幻船》《五谷丰登》四组雕塑组成，表现了黄河人走出黄土地，在外打拼奋斗，回眸故乡的乡愁记忆。

每个板块的雕塑各具特色，其中《二十四节气》雕塑群通过二十四块形状各异的石头，形象地反映每个节气的气候特征，春夏秋冬，雨雪风霜，十分引人注目。据史料记载，二十四节气起源于秦汉之时的古河东大地，是华夏民族的先人依据北斗七星的斗柄在夜空中的指向及自然节律的变化而制定的，精准对应着太阳在黄道（地球绕太阳公转的轨道）上的位置。人们将二十四节气编成谚语:"春雨惊春清谷天，夏满芒夏暑相连。秋处露秋寒霜降，冬雪雪冬小大寒。"它反映了一年四季的气候变化特征，对于农业生产具有重要的指导作用。《谷地地理计划——万荣》雕塑作品，以太空视角，俯瞰万荣大地，以高低起伏的不锈钢网，复刻万荣地形地貌，就像一个沙盘，将万荣以雕塑的形式立体展现出来。我们从雕塑作品中看到黄河、汾河、孤峰山、稷王山、峨嵋台地等地理元素。随着日出日落，雕塑呈现不同的光影变化，当夕阳西下，落日熔金，仰望雕塑群，只见群山苍茫，峰峦叠嶂，让人感到亘古的岁月如此悠久，万荣的农耕文明如此具有魅力。

根据张天柱《黄河后土文化探析》一书可知，羲和创作了农历二十四节气。《尚书·尧典》道："乃命羲和，钦若昊天，历象日月星辰，敬授人时。"意思是，尧帝命令羲氏与和氏，遵循上天的意旨行事，根据日月星辰的运行规律制定历法，告诉人们依照时令节气从事生产活动。根据《史记》记载和考古发现，羲和、羲叔、和仲、和叔是上古尧帝时期掌管天文历法的官员。当年，尧帝命令他们住在东南西北四方，根据天象变化、鸟兽羽毛更换和昼夜变化现象，确定了历法。羲和当年便在今天的稷山县一带活动。唐代《元和郡县志》记载："羲和墓，在县东北七十里。"又据《稷山县志》记载，今稷山县东庄村北一带，遗存羲和四人的陵墓和羲和庙。

在2020年中国农民丰收节上，万荣县《后土祭祀文化仪式祭文》道：

时维九月，历属秋分。晨曦霭霭、大河汤汤。潦水尽，冠疫绝，大河清，五谷丰，炎黄子孙、华夏儿女，敬备鲜花时果、五谷三牲，共聚脽上，同祭后土。

汾黄交汇育古脽，泽中方丘延香火，轩辕围坛祈丰收，祠庙巍然踞河中。历汉唐风雨，经宋元波涛，几多倾颓而屡废屡兴，命途多舛又否极泰来。后土圣母、宝像庄严，识善恶、佑平安，慈眉善目，悯农爱民。二帝八元有司，三王方泽岁举。上承轩辕之扫，下继类朝之拜。后土恩泽，泽被万民不受饥寒；后土福佑，佑助华夏祀延不绝。四海信众于兹祈拜平安，两岸同胞在此共认根祖。

天垂千象，地载万物。皇天后土，道法自然。尊天而亲地，唯物之大道；法古而公祭，万民之拥戴。食为民天，粮为国本。耕种莸锄、刈获载积、打拂簸扬，凡几涉手而入仓廪。遍阅经史、历览前王，百姓莫不惜粮，历朝孰敢轻农，圣人常思稼穑之苦，常念幸福不易。春祈秋报、八腊四方，重稼穑皆愿风调雨顺，祭后土仰求国泰民安。祠庙肃穆，实为人民希冀之所；郊丘变迁，常与国运家运相连。华夏子孙为宣国家重农之要旨，契合人民美好之向往，庚子秋分，万荣幸与祖国同庆丰收；吉日良时，四海皆为一家共祈吉祥。

霞光潋滟伴鸟鹤，楼高千尺过秋风。逢盛世、观新景，祠庙一新、宝鼎重铸，临河故垒重修葺，一泓清水入黄河。抬望眼，万吨粮仓、万亩莲塘、万亩养殖、万亩湿地，万家忙碌预兆万象之荣。郊丘亭外，瞻秦望鲁，大灾累迭而人相互助，世界风云而我独安。大河上下、南北两地，渔歌欢、稻麦成，玉黍香，硕果累，青山映绿水、金山叠银山，奋斗精神绵延，人民幸福安康，中华文化接续，华夏声名远振。

谨此告慰圣母，诚请：民安康、国富强、四海安、天下同。

殷殷此祭，伏祈尚飨！

这篇祭文纵观后土崇拜的辉煌历史，阐释了后土文化的精髓，歌颂了新时代万荣的繁荣发展，表达了人民群众向往幸福生活的美好愿望。

悠久的古中国诞生地——河东，源远流长的后土文化诞生地——万荣，黄河农耕文明的见证者——农耕文明博览园，这一切，象征着后土文化的兴盛不已，薪火相传！

第十章　后土文化面面观

第一节　信仰文化

哲学家喜欢发问，人从哪里来，到哪里去？

无数个智者，有无数个答案，然而，每个答案都不是最终答案。如果有了答案，那么就不是哲学问题了。正是因为无法解释，才让人们终生求索。

其实，天地苍茫，宇宙无涯，人从哪里来的，又会消失于什么地方，谁能知道？也许只有上帝知道，可是，谁能与冥冥中的上帝对话？也许永远不会对话，因为人只能作为人完成人的一生。

当我们从疲惫的生存中挣扎出来，抬头仰望浩瀚的天空，日月星辰，无始无终，令人终生膜拜；当我们卸下人生的重轭，眺望苍茫大地，春夏秋冬，万物生长，布满无数个谜语。当人类处于蒙昧时期，信仰就产生了；当人类对幸福向往时，祈祷就开始了。于是，产生了各种各样的神祇，人类敬天拜地，天帝和地神成为原始人类的精神图腾。

什么叫文化？广义而言，文化是指人类活动所涉及的一切领域。文化涉及群族的历史、地理、风土人情、传统习俗、宗教信仰、文学艺术、思维方式，以及自然科学、社会生活、物质生活等等。《易经·贲卦》道："观乎天文，以察时变；观乎人文，以化成天下。"意思是，通过观察天象，来了解时序的变化；通过观察人类社会的各种现象，用教育感化的手段来治理天下。所谓文，就是指物质现象和自然现象是由太极阴阳运动形成的世界；所谓化，指的是化育、教化的意思，人类通过对于自然和社会的实践活动，认识自然和社会，化育万物。《礼记·中庸》："可以赞天地之化育。"文化发源于远古，经过历朝历代的扬弃与充实，几千年传承下来，形成了某种固定的程序、观念、习俗，乃至积淀成为人们的审美趣味、价值取向、思维方式等内容。

远古时期，人类生活在茫茫大地上，森林郁郁苍苍，河流洪水滔滔，野兽四处出没，人类依靠野果或者狩猎维持生存。面对大地的恩赐和神秘无解的自然现象，人们产生崇拜大地的意识。大地提供了人类栖息和生存的一切，万物都依赖大地而生存。信仰是心灵的主观产物，是人们坚信和必须捍卫的信念，来源于人们内心对某种事物的坚定不移的确信。人类最初的信仰是天地信仰和祖先信仰。万物存在于天地之间，人类通过祖先一代代繁衍生息。天地无私，养育万物，风雨雷电，自然变化，充满了神秘的元素；人从哪里来，到哪里去，永远是未解之谜。天地信仰和祖先信仰的产生是源于人类初期对自然界以及祖先的崇拜。

后土信仰起源很久，后土的本义，是指女性。在甲骨文与金文中，"后"字是女人的形状，有的还带有明显的双乳。王国维《殷卜辞中所见先公先王续考》："后字皆从女或从母、从子，象产子之形。"后土的意思应当是土地之母。先民认为"天"是万物主宰，"地"是万物的根源。所以，人们用世间最尊贵的"皇"字敬天，用"后"字尊地。"皇天后土"意味着对于天的尊敬，对于土地的崇拜。同时，因为人们渴望认识天地，认识自身，表达对于祖先的敬意，赋予了天地以人性的内容。《五经通义》曰："王者所祭天地何，王者父事天，母事地，故以子道也。"意思是，帝王如何祭祀天帝呢？用对待父亲的态度侍奉天帝，用对待母亲的态度侍奉地祇。因而，人们把地祇称之为"后土圣母""后土娘娘"等等。由此可见，后土信仰与人们对于大地之神的敬畏和人类生息繁衍密切相关。

上天垂示万象，大地承载万物。古代神和祇是有特指的，神指的是天，祇指的是地。《周礼·大宰》云："祀大神示。"郑玄注："大神示，谓天地。示，本又作'祇'。"东汉经学家、文学家马融云："天曰神，地曰祇。"《辞海》解释："天地神灵之总称，在天为神，在地为祇。"即天神、地祇。又释"祇"："也专指地神。"由此可见，人们称土地为"祇"由来已久，证明人们对后土的崇拜至少从周代已经盛行。关于后土的称呼，有示、祇、社神、地神、皇地祇、后土圣母等等。人们无论如何称呼后土，都与大地有关，后土就是大地之神，掌管阴阳，养育万物，生长五谷。

后土文化在长期的发展中，具有了母性文化的特征。古人认为天阳地阴，天代表男性，地代表女性。中国古代有皇天后土的说法，后土神主宰大地山川，相对于主宰天界的玉皇大帝。《易经·说卦传》："乾，天也，故称父；坤，地也，故称母。"又道："立天之道，曰阴与阳；立地之道，曰柔与刚。"天与地相对，天帝与后土相应，因此，人们称后土为"地母""后土圣母""后土娘娘""大地母亲"等等。

人们对后土神信仰的认识变化，一方面随着古代思想文化的发展，赋予后土信仰丰富的内容，另一方面反映了人们对于大地养育万物、承载万物的感恩，古往今来，人们创造了无数神仙，真正最接"地气"的还是"后土"，因为它与人们的生存发展、国泰民安密切相关。自从宋真宗大规模地祭祀后土以后，虽然由于战乱频仍，改朝换代，加之都城遥远，后来没有皇帝来汾阴祭祀后土祠，但是后土文化的影响依然存在。明清之际，在北京建立天坛、地坛、社稷坛，就是对后土的纪念和祭祀。因为后土作为大地之神，只要人类在大地上生存发展，就会对大地感恩，就会爱护脚下的土地，爱护生态环境，后土作为中华文明之根、黄河文化之源，意义和价值正在于此。

总而言之，后土信仰在长期的发展过程中具有如下含义：

一、土地、大地。《左传·僖公十五年》："君履后土而戴皇天。"孔疏："以地神后土言之。后土者，地之大名也。"《楚辞·九辩》云："皇天淫溢而秋霖兮，后土何时而得干？"

二、上古时代掌管土地事务的官职。《礼记·祭法》道："共工氏之霸九州也，其子曰后土，能平九州，故祀以为社。"《左传·昭公二十九年》："土正曰后土。"杜预注："土为群物主，故称后土。"《五礼通考》曰："此以后土为土官。"《左传·文公十八年》载："舜臣尧，举八恺，使主后土，杜注：'后土地官。禹作司空，平水土，即主地之官。'以揆百事，莫不时序，地平天成。"《淮南子·天文》："中央土也，其帝黄帝，其佐后土，执绳而治四方。"意思是，中央是土星，黄帝是它的天帝，由后土担任辅佐大臣，后土按照法律准则治理天下四方。《礼记·月令》云："其帝黄帝，其神后土。"郑玄注曰："此黄精之君，土官之神，自古以来，著德立功者也……后土，亦颛顼氏之子曰黎，兼为土官。"郑玄认为，自古以来"著德立功者"受到人们敬重。颛顼的儿子黎也曾经担任"土官"，因而受到祭祀。

三、神话人物。《山海经·大荒北经》："大荒之中，有山名曰成都载天。有人珥两黄蛇，把两黄蛇，名曰夸父。后土生信，信生夸父。"《山海经·海内经》道："炎帝之妻、赤水之子听訞生炎居，炎居生节并，节并生戏器，戏器生祝融。祝融降处于江水，生共工。共工生术器，术器首方颠，是复土壤，以处江水；共工生后土，后土生噎鸣，噎鸣生岁十有二。"意思是，炎帝的妻子、赤水的女儿听訞生了炎居，炎居生了节并，节并生了戏器，戏器生了祝融。祝融被放逐到了长江岸边，生下了水神共工。共工生了术器，术器的脑袋呈方形，他最早通过翻耕土地的方法使农作物丰收，在长江岸边居住；共工还生了后土，后土生了噎鸣，噎鸣把一年划分为十二个月。

四、大地之神，与天帝对应。《礼记·月令》："中央土，其帝黄帝，其神后土。"在甲骨文中"后"与"司"是同一个字，司的本义是一个人张开嘴巴，意为发号施令。《中国古代礼俗词典》释"地祇"云："古代指地神。或直称'祇'。《说文》：'祇，地祇，提出万物者也。'《玉篇》：'祇，地之神也。'"后土的本义为"土地之神"。《左传·文公二年》道："皇皇后帝。"《说文解字》："后，继体君也。象人之形。施令以告四方，故厂之。从一、口。发号者，君后也。凡后之属皆从后。"在远古氏族部落中，女性居于统治地位，因而甲骨文"后"字，像妇女产子形。金文将"后"字形翻转，拢起的手移到左上方。因此，"后"又指天帝的妻子。《礼记·曲礼》："天子之妃曰后。"《独断》解释更详细："帝嫡妃曰皇后，帝母曰皇太后，帝祖母曰太皇太后。"南宋吕元素《道门定制》卷二注："后土即朝廷祀皇地祇于方止是也。

王者所尊，合上帝为天父地母焉。"意思后土即皇地祇，天帝为天父，后土为地母。

五、社神。《周礼·大卜/诅祝》："建邦国，先告后土，用牲币。"郑玄注："后土，社神也。"《檀弓上》道："君举而哭于后土。"郑玄注："后土，社也。"甲骨文中，"社"字作"土"字，象征祭祀土地的神坛，因而古代供奉土地之神的祭坛称为社。王国维引何晏注，认为"土为社也"。《白虎通义》云："王者自亲祭社稷何？社者，土地之神也。土生万物，天下之所王也。尊重之，故自祭也。"意思是，为什么国王亲自祭祀社稷呢？社是土地之神。土生长万物，天下万物以它为王。尊重它，所以亲自祭祀。《左传·昭公二十九年》道："五行官员有木神是句芒，火神是祝融，金神是蓐收，水神是玄冥，土神是后土。颛顼氏有个后代叫黎，是祝融；共工氏有个后代叫句龙，是后土。后土是社神。"《淮南子·氾论训》云："禹劳天下死而为社。"高诱注曰："托祀于后土之神。"可见大禹亦曾作为社神受到人们祭祀。三国时期曹植作《社颂》道："于惟太社，官名后土；是曰句龙，功著上古。德配帝皇，实为灵主。克明播植，农正曰柱。尊以作稷，丰年是与。义与社同，方神北宇。建国承家，莫不攸叙。"（《艺文类聚》三十九）。古代立社有严格规定：有天子所祀，掌理天下土地的天子之"大社"；有诸侯所祀，掌理诸侯一国之土的"国社"；有掌管乡里的"里社"，是一般民家所共同祀拜的，是社神中级别最小的。最小的社神，就是老百姓家家户户都供奉的土地爷。由于"社"存在的普遍性，"社"，也就成了一个最常用的字。"社火""社酒""社树""社会""社交"等，都与古代的"社"有关。几乎所有带"社"的词，都和后土——社神有关系，它已经成为一种影响广泛的民间文化。

六、道教"四御"之一。晋代时期，地祇被归纳于道教之中。葛洪《抱朴子·金丹》："余问诸道士以神丹金液之事，及《三皇文》召天神地祇之法，了无一人知之者。"葛洪询问道士们炼丹金液之事，甚至问召唤"天神地祇"之法，有些故弄玄虚，却说明晋代已经把后土纳入道教诸神之中，与"天神"在一个系列。《宋史·礼志七》："徽宗政和六年九月朔，地祇未有称谓，谨上徽号曰：'承天效法厚德光大后土皇地祇。'"意谓宋徽宗认为后土没有称谓，给后土加上了封号。后土为道教"四御"之一，协助玉皇大帝"行天之道，布天之德，造化万物，济度群生"。道教"四御"指玉皇大帝、中天北极紫微大帝、勾陈上宫天皇大帝、承天效法后土皇地祇。后土皇地祇为主宰大地山川之神，其职责是掌管山岳土地变化及诸山神、地祇和三山五岳大帝等大神，并节制劫运之事，与主宰天界的玉皇大帝相配，并规定享用同玉帝一样的礼仪规格。宋张君房《云笈七签》天地部谓："三十六上皇，上应三十六天，中应三十六国。如是土皇皆位齐玉皇之号。"

后土的故事在永乐宫壁画中也有反映。永乐宫位于山西省芮城县北郊两公里处，北枕中条，南眺秦岭，宫前苍松掩映，茂林修竹，五龙泉水穿宫而过。永乐宫建筑群由宫门、无极门、无极殿（又称三清殿）、纯阳殿、重阳殿等建筑组成，为元代道教宫观、全真教三大祖庭之一。永乐宫壁画是古代宗教寺观壁画艺术的杰作，其中的三清殿壁画《朝元图》面积四百零三平方米，生动逼真地描述了道教诸神朝拜元始天尊的宏大场面，是中原地区寺观壁画发展到近古时期的经典作品。据壁画画工题记，壁画由河南洛阳马君祥及门人于元泰定二年（1325年）六月完工。《朝元图》壁画以玉皇、后土、木公、金母、紫微、勾陈、东极、南极为统领，二百八十余位诸神环立四周，构成道教诸神祇朝拜元始天尊的盛大仪式。主神高达三米，侍女也有一米九。我们看到后土在壁画中处于重要的地位，与玉皇大帝并列。后土神采丰满，发髻高贵，璎珞飘荡，服饰华丽，披帛飘逸，给人尊贵和蔼的感觉，充分体现了道教对宇宙、自然、社会、人生的哲学理解。

七、女神。人们常说皇天后土，天对应天公，地对应地母，因而人们又认为后土是女神。"后"字的本义，是指女性。在甲骨文与金文中，"后"字是女人的形状，有的还带有明显的双乳。王国维说："后字皆从女或从母、从子，象产子之形。"在母系社会中，生育本族子孙的母亲，乃是本族的领袖和权威，而其名称就是"后"。生人者称母，生万物之母则称"土"，所以，人们称后土为"地母""后土娘娘"。万荣后土祠祭祀的后土，人们称之为后土圣母；山西介休的后土庙，祭祀的是后土娘娘。据史料记载，公元443年，北魏官员在今内蒙古鄂伦春自治旗嘎仙洞祭祖时刻下祝文，其中有"皇皇帝天，皇皇后土"。天为阳，地为阴，帝与后相对，于是后土成了女神。

八、土地爷。清代翟灏的《通俗编》中说："今凡社神，俱呼土地。"老百姓通俗地把土地神叫作"土地爷""土地公公"。古代帝王、各地官府，乃至于平民百姓，都有祭祀土地的仪式。《孝经纬》中说："土地阔不可尽祭，故封土为社，以报功也。"帝王诸侯的土地太广了，没有时间一处一处地祭祀，于是，就象征性地"封土为社"。古代帝王祭"社"，就是祭祀天下的土地神、土地爷。由于土地对于国家和农民的重要意义，古代无论城市还是偏远的乡村，都要设立土地庙。

九、冥神。司掌坟墓的冥神为"后土"。唐杜佑《通典·卜宅兆》记载，唐朝时，百姓营建墓地，先在所择定的墓地四周立标柱，摆设酒席祭告后土，请神祇保佑，再开始动工。这项习俗发展到明清时期有所变化，人们在亡者墓地设立约二尺高的石碑，上书"后土"，加以祭奠，祈请后土神保佑亡魂。

十、女娲娘娘。有的学者认为后土即女娲，主要观点如下：（一）后为地皇，女娲也为地皇，故两者合二为一。后土祠中明嘉靖重刻金天会年间的庙像图碑，有"后土皇地祇"之语，把后土称"皇帝祇"，这就说明了她的地皇身份。（二）女娲是伏羲的配偶，后土也是伏羲的配偶。宋朝杨照在《重修太宁庙记》中说："考之《周礼》，后土乃昊天上帝之配也。"后土祠中有光绪三年（1877年）制的木刻对联一副，其上联称："后配六合之天，至上至尊，圣德自应传代代。"（三）女娲是繁衍人类的祖先，后土也是繁衍人类的。1942年出土的《长沙楚帛书》甲篇说：女娲为伏羲所娶，"居于脽"。后土一词中"后"字的甲骨文写法是表示着女人生孩子的形象，"土"字在甲骨文和金文中则是妇女乳房的象征，两字合起来依然是人类乳母之意，与女娲意思相同。（四）元好问《中州集》收有一首诗《琼花木后土像》，歌颂用琼花之木雕成的后土像。诗的开头两句就是"皇娲化万象，赋受无奇偏"。皇娲即女娲，是对地皇女娲的简称。这里的意思是说，地皇女娲是化育万物的。更为巧合的还有如下两句："璇刻方寸余，遗像规汾脽。"脽是水边之地。句意是说这个后土木雕虽然不大，仅方寸有余，可它是照着汾水边的像做的，是以后土像为规范的。这汾水边的后土像，不就是脽上后土祠中的圣母塑像吗？（五）后土祠不许演《无影簪》这回戏，因为戏的内容是说殷纣王到娲皇庙敬香时，见娲皇塑像非常美丽，遂生邪念，写淫诗一首，想让娲皇做他的妃子。《无影簪》戏词道："芙蓉宝帐景非常，尽是泥雕巧样装。曲曲远山飞彩翠，翩翩舞袖映霞裳。梨花带雨争娇艳，芍药笼烟娉媚妆。但愿妖娆能举动，带回长乐侍君王。"由于此戏有亵渎女娲的情节和诗句，故不准在后土祠演出。（六）"后土"一词的甲骨文含义经过演变，已成了职务称谓，后是君王之意，与土结合起来，就是管理大地的君王。从民俗学的观点看，从古以来后土与女娲的相同之处，已成为人们约定俗成的看法。

十一、神农。《礼记·月令》"（季夏之月）毋发令而待，以妨神农之事也。"汉郑玄注："土神，称曰神农者，以其主于稼穑。"汉王充《论衡·解除》："世间缮治宅舍，凿地掘土，功成作毕，解谢土神，名曰解土。"

后土信仰是发展变化、不断丰富的，由于历史和文明的发展，赋予了后土信仰日益丰富的内涵。有的学者拘泥于某些见解，争议后土是什么或不是什么，其实大可不必。大地广博，厚德载物，后土内涵也应当是广博的、兼容并蓄的。从远古时期黄帝扫地为坛，到古人立社、汉武帝在汾阴立祠祭祀，以至于后土被奉为道教四御神之一，后土信仰不断丰富，这也是后土文化的重要特征。

第二节　厚德文化

人们敬畏后土，把后土称为"大地母亲""后土娘娘""后土圣母"，这是因为亿万年来地球滋养万物，承载万物，生育人类，养育生命。

后土生长、养育万物，乃为厚德。《周易·系辞》道："天地之大德曰生。"《说文解字·厚》释义："古文厚，从后土。"《周礼·春官宗伯·大宗伯》道："王大封，则先告后土。"原注："后土，土神也。"《正韵》道："后土亦取厚载之义。"古人感恩后土之德，立社祭祀后土。

后土的厚德文化，可以从宋真宗祭祀后土的碑文中一窥端倪。宋真宗赵恒于大中祥符年间祭祀后土，并且立石刻碑，盛赞后土的厚德。《汾阴二圣配飨之铭》道："博哉厚哉，至矣柔祇。穹旻比大，生植攸资。乃育嘉谷，以食烝黎。盛德必报，明祠在斯。"意思是，博大啊，厚重啊，至极的地祇。你与苍穹一样博大，生长养育，资助万物。你生长了五谷，用来养育黎民百姓。我们一定要报答你盛大的美德，在后土祠里明白祷告。宋真宗把后土的美德与"穹旻"即"天帝"相比，可见，他心目中，后土与天帝的位置是一样的。仰望星空，宇宙浩瀚，而人类只有一个地球。《周易·乾卦》："大哉乾元，万物资始，乃统天。云行雨施，品物流形。大明终始，六位时成。时乘六龙以御天。乾道变化，各正性命，保合太和，乃利贞。"伟大的上天，万物依赖于它而获得了滋生，一切万物统统属于天。云行天空，雨施大地，繁殖万物，赋予形体。太阳东升，太阳落下，确定六方位置。太阳驾驶着六条飞龙在天上运行。天道变化，万物在天地间得以确定自己的命运，达到最大的和谐，于是万物正常生长发展。

后土为大地之神，后土文化中具有大地的厚重、大地的厚德。《周易·坤卦》道："地势坤，君子以厚德载物。"意思是：大地厚实和顺，君子观此卦象，取法于地，以深厚的德行来承担重大的责任。大地深厚，负载万物，具备无穷的德行。它广阔、远大、深厚、厚重，能包容、承纳一切，因而使万物得以顺利生长。《周易·坤卦》又道："至哉坤元，万物资生，乃顺承天。坤厚载物，德合无疆。含弘光大，品物咸亨。"意思是：广阔无际的大地是生成万物的根源，柔顺而秉承天道的法则。大地深厚且载育万物，它的功德广阔无穷。它蕴藏弘德、光明、远大的功能，使万物顺利成长。

由于大地承载万物，具有母性的特征，因而古人赞扬妇女的美德，常取坤德来比喻。《乐府诗集·唐昭德皇后庙乐章》赞扬皇后道：

辰位列四星，帝功参十乱。

进贤勤内辅，崇跸清多难。

承天厚载均，并曜宵光灿。

留徽蔼前躅，万古披图焕。

　　唐德宗昭德皇后王氏，是唐顺宗的母亲。该诗是为王氏写的庙乐。四星，即苍龙、白虎、朱雀、玄武四星宿。《尚书·泰誓》记载，周武王有十个治国平乱的大臣，如周公旦、召公奭、太公望等人。该诗赞扬皇后王氏的美德，劝进贤良，辅佐皇帝，承受天命，具有大地的厚德，像星光一样灿烂。她的徽音和事迹一定万古流传，留存于史书让后人阅览。

　　后土的厚德还表现于土地为万物之"坤元"。在中医理论中，称大地为"坤元"，这是万物生长变化的根本。《黄帝内经·素问》："太虚寥廓，肇基化元。万物资始，五运终天。布气真灵，总统坤元。九星悬朗，七曜周旋。曰阴曰阳，曰柔曰刚。幽显既位，寒暑弛张。生生化化，品物咸章。"地在八卦中属坤，地为万物生长的根源。意思是，广阔无边的世界，是物质的本元。万物滋生的开始，五运行于天道，布施天地真元之气。一切统一于大地的本元。九星悬空明朗，七曜按周天之度旋转，阴阳不断变化，或者柔顺或者刚健。寒冷和暑热，一张一弛。生生化化，宇宙万物都表现出来了。

　　天地生发万物，具有无穷的功德；功德如此盛大，堪称万物之母。天为阳，地为阴，一阴一阳谓之道，万物遵循阴阳之道而变化。正如《道德经》所言："天地之间，其犹橐龠乎？虚而不屈，动而愈出。多言数穷，不如守中。"天地之间不正像个风箱吗？虽然空虚，但无穷无尽，越拉动，风越多。说得多了就行不通了，还不如保持适中的态度。《黄帝内经·素问》道："故天有精，地有形；天有八纪，地有五里，故能为万物之父母。清阳上天，浊阴归地，是故天地之动静，神明为之纲纪，故能以生长收藏，终而复始。"意思是，所以天有精气，地有形体；天有八节之纲纪，地有五方的道理，因此天地是万物生长的根本。无形的清阳上生于天，有形的浊阴下归于地，所以天地的运动与静止，是由阴阳神妙变化为纲纪，从而万物春生、夏长、秋收、冬藏，终而复始，循环不休。

　　后土祠的正殿前，有一副楹联：

后配六合之天至上至尊圣德自应崇代代

土为万物之母资生资育世人所以称娘娘

　　该联为嵌名联。上下联第一个字连起来是"后土"。指出后土德配六合之天，至为高尚尊贵，世代应该崇敬后土的圣德；后土是万物之母，生长并养育万物，因此世人称后土为"娘娘"。该联高度概括了后土的厚德精神。古往今来，人们崇拜后土，祭祀后土，这与后土的厚德精神是分不开的。孔子道："天何言哉？四时行焉，百物生焉，天何言哉？"古代天的意思，不仅指天空，而且指的是自然界。意思是：天说了什么吗？四季照常运行，百物依然生长，天说了什么吗？后土的厚德文化表现在大地无言，但是，它生长万物，养育万物，给万物提供了生命的庇护所。作为个体生命来说，应该像后土一样，具有高尚的美德，又永远谦逊，从不声张，自我夸耀。

　　人们崇敬后土，数千年祭祀不衰，后土祠成为中华祠庙之祖。这不仅仅说明人们敬重后土，而且蕴含了后土文化中体现的厚德。后土文化中的厚德文化，要求人们具有后土的精神，具有大地一样的美德。正如《周易》所言："夫大人者，与天地合其德，与日月合其明，与四时合其序，与鬼神合其吉凶；先天而天弗违，后天而奉天时。天且弗违，而况于人乎？况于鬼神乎？"大人的德行合乎天地的德行，合乎日月的运行，合乎四季的规律，合乎鬼神的吉凶。先天而发，而不违背天；后天而发，依奉天时行动。他们尚且不违背天，更何况普通人呢？何况鬼神呢？

　　正所谓："天行健，君子以自强不息；地势坤，君子以厚德载物。"古人从天和地的美德中领悟出做人的道理，作为一个大写的人，要像地那样厚重广阔，具有伟大的美德，像天那样强健刚毅，自强不息。人们祭祀后土，正是敬重和学习大地的这种美德。万物依赖大地而生活，当我们仰望星空的时候，脚下踩的是浑厚的大地，大地始终是人类的立足之地。《周易·乾卦》："同声相应，同气相求。水流湿，火就燥。云从龙，风从虎。圣人作而万物睹。本乎天者亲上，本乎地者亲下。则各从其类也。"意思是，声息相同就互相应和，气味相投就互相求助。水向低湿的地方流动，火向干燥的地方蔓延。云萦绕着龙，风追随着虎。圣人做事，万物景仰。根基在天上的依附于天空，根基在地上的依附着大地，物以类聚，人以群分。墨子尤为推崇大地的仁德，认为大地更胜一筹。《墨子》道："禽子问：'天与地孰仁？'墨子曰：'翟以地为仁，民衣焉，食焉，死焉，葬焉，地终不责德焉，故翟以地为仁。'"墨子认为百姓的衣食住行生老病死，最终都依赖于大地，所以大地更具备仁德。

后土的厚德文化包含道德教化功能。《明会典·里社》道："凡各处乡村人民，每里一百户内立坛一所，祀五土五谷之神，专为祈祷雨旸时若，五谷丰登，每岁一户轮当会首，常川洁净坛场。遇春秋二社，预期率办祭物，至日约聚祭祀……先令一人读抑强扶弱之誓，其词曰：凡我同里之人，各遵守礼法，毋恃强凌弱，违者先共制之，如不从众及犯奸盗诈伪一切为非之人，并不许入会。"从里社的规定中看出，人们祭祀五谷神时，要诵读"抑强扶弱之誓"，要求遵守礼法，不能恃强凌弱，如果胆敢违反，不仅受到谴责，而且不能入会。这种里社的规定，反映了后土厚德文化和道德教化的融合，具有对人们行为的约束力。

第三节　报恩文化

后土信仰中蕴含了报恩文化。古代祭祀的对象，大多能给人以恩德，因此受到人们的祭祀和推崇。大中祥符三年（1010 年），河东府知府杨举正上书朝廷，请求皇帝祭祀后土。朝中有些大臣反对，认为劳民伤财，路途遥远。宋真宗举棋不定，未能答应。同年七月，文武官员、老者、道士等三万余人到京城请愿，要求皇上祭祀汾阴后土。请愿者的理由是，祭祀后土是为了报答后土的恩德，祈求五谷丰登。宋真宗认为，祭祀后土是报答后土的恩德，并能给百姓带来福祉，何乐而不为呢？于是顺应民意，派兵和民夫大规模扩建后土祠，举行了历史上规模最大的祭祀后土活动。

班固《白虎通义·社稷》道："王者所以有社稷何？为天下求福报功。人非土不立，非谷不食。土地广博，不可遍敬也；五谷众多，不可一一祭也。故封土立社，示有土尊。稷，五谷之长，故封稷而祭之也。"意思是，为什么国王要在宫室旁边建立社（后土）稷（谷神）呢？为天下的百姓祈求福佑、报答功德。人没有土地不能立足，没有五谷就没有食物。但土地广博，不能全部加以礼敬；五谷众多，不能一一加以祭祀。因此，立社祭祀后土，表达对土地的报恩之情。稷是五谷的代表，所以设立稷坛，敬祭稷神。班固对祭祀的原因说得很清楚，即"求福报功"，"功"即"功德"，祭祀后土体现了报恩文化。

马端临《文献通考·郊社考》："土谓五土：山林、川泽、丘陵、坟衍、原隰，以时祭之，故云'社祭土'。"古代把土地划分为五类：山林、川泽、丘陵、坟衍、原隰。土地是人们生活的根本保证，没有土地，人们将无法立足，也难以生存，所以人们要祭祀"五土"，报答土地之恩。《礼记·郊特牲》道："地载万物，天垂象，取财于地，取法于天，是以尊天而亲地也。故教民美报焉，家主中霤，而国主社，示本也。"意思是，大地负载万物，上天星辰成象，人们在大地上获得财物，从天象的变化取法节气变化的规则，因此尊敬上天，亲近大地。所以祭祀社神就是教导民众报答恩德。家中主祭中霤神，国家主祭社神，以显示不忘根本。这从本质上揭示了祭祀的本来意义。不忘本来，面向未来，祭祀正是人们表达情感、诉求愿望的桥梁，也是人们为了实现愿望追求幸福的动力。在古代生产力十分落后的情况下，人们面对不可把控的命运和自然灾害，通过祭祀增强信心，战胜灾害和苦难。

人们祭祀后土或者社神，是为了祈求某种愿望，达到与天地神灵的沟通。当实现了自己的心愿之后，必然要设法对后土报恩。王充《论衡·祭意》深刻揭示了报恩文化："社稷报生万物之功：社报万物，稷报五谷。五祀报门户井灶中霤之功：门户人所出入，井灶人所饮食，中霤人所托处。五者功钧，故俱祀之。"古代的祭祀观，凡是有恩于人的都要给予报答。祭祀社稷神是为了报答它们生育万物的功劳。祭祀社神报答它生育万物，祭祀谷神报答它生育五谷。进行五祀，是报答门神、户神、井神、灶神、室中霤神的功劳，门、户是人们出入的地方，井、灶是供人饮食的处所，中霤是人依托和居住的地方，五种神的功劳相等，所以都应当祭祀它们。《论衡·祭意》又道："王者父事天，母事地，推人事父母之事，故亦有祭天地之祀。山川以下，报功之义也。缘生人有功得赏，鬼神有功亦祀之。"意思是，君王像对待自己的父亲一样侍奉天，像对待自己的母亲一样侍奉地，根据人间侍奉父母的事例类推，所以就有了对天地的祭祀。祭祀山川以下诸神，用意是报答它们的功劳。根据建立功业就可以获得奖赏的道理，鬼神有功也应受到祭祀。

宋代佚名诗《景德祭社稷》，反映了人们感恩社神的"报本"心情：

百谷蕃滋，丽乎下土。

聿崇明祀，垂之千古。

育物惟茂，黎民斯普。

报本攸宜，国章咸睹。

这首诗的意思是，百谷的生长繁殖，都依赖于土地。祭祀后土的仪式，千古施行。后土哺育万物茂盛成长，恩德遍及黎民百姓。人们报答后土的情谊，在典章中都可以查阅。

万荣县当地流传着后土惩恶的观念。自古以来，那些参与破坏后土祠文物的人都没有好下场，有自己遭遇不测的，有家人遭遇横祸的，有破财伤身的，不一而足。当地百姓认为，人们遭遇不测是因为对后土的不敬。人类应当报答后土恩德，有些人却利欲熏心，破坏后土祠，自然遭到了报应。据说，社会动乱期间，保护后土祠的人则得到后土圣母的福佑，日子过得很好，家庭美满幸福。因此，有些人破坏了后土祠文物，心怀愧疚，又想方设法捐款补修后土祠，弥补过错。

后土还有治疗疾病的作用。《论语》记载："子疾病，子路请祷。子曰：'有诸？'子路对曰：'有之。诔曰：祷尔于上下神祇。'子曰：'丘之祷久矣。'"孔子得了重病，子路祷告。孔子说："有这样的事吗？"子路答："有的，《诔》

文上说：为你向天神地神祈祷。"孔子说："我早就祈祷过了。"看来，孔子也对地祇有所信仰，相信地祇能够治疗疾病，依照孔子为人的风范，一旦疾病好了肯定会报答地祇的恩德。

王充在《论衡·祭意》中总结了祭祀的两个功能，其中之一就是报恩："凡祭祀之义有二：一曰报功，二曰修先。报功以勉力，修先以崇恩。力勉恩崇，功立化通，圣王之务也。"意思是，大凡祭祀的目的有两点：一是报答功德，二是奉祀祖先。报答功德是为了勉力奋斗，奉祀祖先是为了缅怀恩德。勉力奋斗，缅怀恩德，建立功劳，实施教化，这是圣贤君王的要务。

第四节　包容文化

后土文化始于中华民族的先祖黄帝。黄帝时期大约处于仰韶文化的中晚期，氏族部落林立，处于鼎盛时期。那个时代，河东地区的自然环境优美，资源丰富，水草丰茂，林木茂盛，部落之间为了抢占地盘，争夺财富，纷争不已，战争频仍。

黄帝经过多年战争，其中包括大规模的阪泉之战、涿鹿之战、冀州之战等后，终于统一了华夏。黄帝时期，是中华文明的肇始阶段，发明文字，建立宫室，制造舟车，嫘祖养蚕，中华文明向前大大推进了一步。但是，由于部落存在的习俗、诉求、利益、纷争等因素，如何互相融合，共同发展，面临严峻考验。这就需要一种宽广的胸怀，包容天下，包容万物。黄帝扫地为坛时，是后土包容文化的酝酿期。黄帝需要的是和平，需要的是休养生息，更需要的是天下统一，因此，黄帝扫地为坛，祭祀后土，包含了"和衷共济、善待万物"的理念。黄帝通过祭祀后土，弘扬大地的包容精神，使华夏族和睦相处，和谐发展，创造了中国历史上传说中的盛世。

大地是无私的，包容万物。后土作为大地之神，具有广大无边、包容万千的精神。宋代名臣王旦《祀汾阴坛颂》赞扬后土道："粤以坤灵，定位秉阴。成德侔天，洪覆博厚。蕴于化先，载物无私。"坤灵即后土，后土的大德与天媲美，博大广厚，承载万物，没有私心。这正是后土的包容精神。林则徐任两广总督时，在府衙悬挂一副对联："海纳百川，有容乃大；壁立千仞，无欲则刚。"他指出，大海所以浩瀚无边，是因为其容纳一切河流之水，用来比喻一个人要胸怀宽广，包容别人；山峰之所以能够直立千丈，是因为它没有过分的欲望，所以挺立悬崖之间。

大地无言，后土包容的美德体现于"无私"二字。《道德经》：

> 天长地久，天地所以能长且久者，以其不自生也，故能长生。
> 是以圣人后其身而身先，外其身而身存。非以其无私邪？故能成
> 其私。

意思是：天长地久，天地所以能长久存在，是因为天地不为了自身的生存而存在，所以能够长久存在。因此，圣人遇事谦退无争，置身别人之后，反而能在众人之中领先。这不正是因为无私吗？王弼注解："自生则与物争，不自生则物归也。"人有了自我的私心，则难免与物相争；没有私心，则万物自然归依，如百川归海。后土的精神其实启示我们，把自身的利益置于众人之后，反而能赢得人心；为了百姓而把自身的利益置之度外，就会得到人民拥戴。

宋代诗人苏轼游览四川平都山，感觉天地之广阔，浩瀚无际，作诗道：

> 足蹑平都古洞天，此身不觉到云间。
> 抬眸四顾乾坤阔，日月星辰任我攀。

据《丰都县志》载，平都山在"治东北一里。石径萦纡，林木幽秀，梵宇层出。旧志谓平都福地，紫府真仙之居。汉仙人阴长生、王方平炼形于此。传麻姑过之有留题绝句"。苏轼登平都山眺望天地，感觉云雾缭绕，顿时宠辱皆忘，心胸开阔。天之高，地之阔，带给苏轼的是攀摘日月星辰的气魄，包容万事万物的精神。大地的宽广无边，蕴含包容万物的精神，可以启

迪人生，开阔胸襟，兼容并蓄。

《易经·坤卦》道："坤至柔，而动也刚，至静而德方，后得主而有常，含万物而化光。坤道其顺乎，承天而时行。积善之家，必有余庆；积不善之家，必有余殃。"地道极为柔顺，但它的运动却是刚健的，它极为娴静但品德方正，地道后于天道而行动。它包容万物，其生化作用是广大的。地道多么柔顺，顺承天道并且按照四时运行。积累善行的人家，必有多余的吉庆；积累恶行的人家，一定会遭受灾殃。大地的这种包容精神，也是一种善的精神，正是坤之大道。《管子集校·兵法》指出："畜之以道，则民和；养之以德，则民合。和合故能谐，谐故能辑。谐辑以悉，莫之能伤。"意思是：用道治理国家，人民就能和睦相处；以德治理国家，人民就能团结。和睦团结就能协调，协调就能一致，协调一致就谁也无法伤害。《荀子·天论》："天地合而万物生。"意思是：天地和合包容，万物就能生存；阴阳相接，世界才能变化。只有具有包容之心，才能和合发展，齐心合力，达到天下大治。

后土的包容文化，在万荣县后土祠也体现出来了。在后土祠内，有三座品字形戏台，分别称之为道家台、儒家台和佛家台，并且在各个戏台上写有表达道家、儒家、佛家思想文化的楹联。后土祠为儒道佛三家各建戏台，形成三足鼎立之势，并且提供表演场所，这正反映了后土文化中的包容精神。因此，我们欣赏后土祠的品字形戏台时，不仅为其中的建筑艺术所感染，也为它所蕴含的博大包容的精神所折服。建筑艺术之精妙我们暂且不说，单只儒释道三家能在一座祠庙内相融共生，就不能不说是后土文化中蕴含的包容思想带来的巨大影响。同时，在后土祠的正殿两侧分别设有东、西五虎殿，其中东配殿供奉的是道教中的五岳大帝，西配殿供奉的是蜀国的五虎上将。一边是道教中神话人物，一边是蜀国的军事家，拱卫着大地之神后土。后土祠又巧妙地把道教与政治、军事联系起来，这不能不说明后土文化中的包容精神。

《中庸》认为天地之道就是广博深厚，容纳万物的精神："天地之道，博也，厚也，高也，明也，悠也，久也。今夫天，斯昭昭之多，及其无穷也，日月星辰系焉，万物覆焉。今夫地，一撮土之多。及其广厚，载华岳而不重，振河海而不泄，万物载焉。"意思是，天地的法则，博大、深厚、高大、光明、悠远、长久。天，论小不过是一小片光明，而天的整体无穷无尽，日月星辰悬挂天上，覆盖着万物。地，论小不过是一小撮泥土，而地广大深厚，负载着华山不觉得重，收拢着江河湖海没有泄露，大地承载了万物。

人生天地间，不敬天地，何以为人？伫立大地，仰望苍穹，人在天地之间显得如此渺小，若沧海之一粟，若沙漠之一尘。《太平御览·文子》道："地承天故定宁，地定宁，万物形，地广厚，万物聚。定宁无不载，广厚无不容。"品味后土的包容精神，不禁令人感慨：苍茫无际的大地，有什么不能包容的？它容纳了江河湖泊，高山大漠，平原丘陵；生养了种类繁多的动植物，奉献了五谷杂粮，蔬菜水果；自古以来，历朝历代，数风流人物纷纷登场，大地无言，它永远沉默，永远包容，看惯了云聚云散，潮起潮落，朝代更迭，人事变迁。无论何时何地，何年何月，大地总在默默守候着人类，守候着万千生灵。

第五节　祈求丰年

古代社会，立社是为了祈求风调雨顺，山河无恙，五谷丰登，国泰民安。

后土文化的特征之一是中国古代的重要节日——社日，通过社日祈求丰年，庆祝丰收，祈望来年能有好收成。远在三代时期，人们就有祭社活动。古代立社祭祀后土的目的是祈谷和消灾，《吕氏春秋》："埋物祭地，有年瘗土，无年瘗土。"高诱注："祭土曰瘗。年，谷也。有谷祭土，报其功也。无谷祭土，禳其神也。"

社日，分为春社和秋社。春社祈求地神保佑农业丰收，秋社时正是收获时期，答谢地神的恩德。宋王与之《周礼订义》道："春祭社以祈膏雨，望五谷丰熟；秋祭社以百谷丰稔，所以报功。"明确指出，春秋两次祭社就是希望"五谷丰熟""百谷丰稔"。王充《论衡·祭意》阐述得更加详细："王者父事天，母事地，推人事父母之事，故亦有祭天地之祀。山川以下，报功之义也。缘生人有功得赏，鬼神有功亦祀之。山出云雨润万物，六宗居六合之间，助天地变化，王者尊而祭之。故曰六宗。社稷报生万物之功：社报万物，稷报五谷。五祀报门户井灶中雷之功：门户人所出入，井灶人所饮食，中雷人所托处。五者功钧，故俱祀之。"古代祭祀的对象，都是能给人带来福祉的事物，甚至于民间的"五祀"门、户、井、灶、中雷都是祭祀的对象。

祈求丰年的仪式十分隆重，《古今图书集成·社日》记载："社日祀土神，春祈而秋报也。或以三月初三日，或以九月初九日，祭毕受胙。"春天祈求社神，秋天报答社神恩德，在固定的日子举行祭祀活动。先秦时期，人们用诗歌祈求丰收、歌颂社神，表达对于生活的美好愿望。《诗经·小雅·甫田》道："以我齐明，与我牺羊，以社以方。我田既臧，农夫之庆。琴瑟击鼓，以御田祖。以祈甘雨，以介我稷黍，以穀我士女。"意思是：献上我用五谷烹制的美食，献上我纯白羔羊的牺牲品，祭祀皇天后土，感谢四方神。我的田园丰收在望，这是天下百姓的节庆日。弹起琴弦，敲响大鼓，一起迎接农事祖神。祈求天降甘霖，帮助五谷茁壮成长，养活百姓。从诗歌中可知，在答谢社神的日子，人们满怀虔诚，献上祭品，还有丰富的音乐活动。祭祀后土的乐曲《顺和》道：

坤元载物，阳乐发生。

播殖资始，品汇咸亨。

列俎棋布，方坛砥平。

神歆禋祀，后德惟明。

意思是：苍茫大地承载着万千生物，阳气使万物茁壮成长。春天的播种精心培育，才能享受大地的馈赠。

魏晋南北朝时期，传承了汉代社会风习。晋代时期，自天子以至于百姓，祭社祈求丰年活动十分盛行。到了唐代，唐玄宗亲自颁布《饬敬祀社稷诏》："社为九土之尊，稷乃五谷之长，春祈秋报，祀典是尊。"表达了春日祈求丰年、秋天报答社神的愿望。唐玄宗《祠后土获符瑞行庆制》道："时惟仲春，地气萌动，将先政本，为农祈谷。"进一步明确了社日的根本所在。据后土祠《历朝立庙致祠实迹》碑文记载，唐朝开元二十年（732年）冬十一月，唐玄宗到汾阴祭祀后土之后，于十二月返回长安。次年，大臣萧嵩上奏："自祀后土以来，年谷屡丰，宜因还京赛祠。"唐玄宗听了后十分高兴，专门举行祭祀活动。

在国家层面的重视之下，社日报恩成为唐朝重要的官方和民间活动。《太平广记·诙谐八》（卷二百五十二）记载社日宴乐场面："遂乃肆筵设席，祭祀蒸尝。鼓瑟吹笙，弦歌酒宴。上和下睦，悦豫且康。礼别尊卑，乐殊贵贱。酒则川流不息，肉则似兰斯馨……"韩愈《游城南十六首·赛神》：

> 白布长衫紫领巾，差科未动是闲人。
> 麦苗含穟桑生葚，共向田头乐社神。

韩愈描写的是春社时期的赛神活动，麦苗青青，桑葚已好，人们一起到田间地头祭祀，娱乐社神。

唐代诗人苏颋作《秋社日崇让园宴得新字》：

> 鸣爵三农稔，句龙百代神。
> 运昌叨辅弼，时泰喜黎民。
> 树缺池光近，云开日影新。
> 生全应有地，长愿乐交亲。

诗中歌颂了后土句龙作为百代之神，希望庄稼丰稔。万物有赖于土地，与土地永远相亲相依。这反映了老百姓祈求丰年，希望过上好日子的心情。

明代时期，祈求丰年的活动依然时尚，遍及乡村各地。《明会典·里社》（卷九十四）记载："凡各处乡村人民，每里一百户内立坛一所，祀五土五谷之神，专为祈祷雨旸时若，五谷丰登。每岁一户轮当会首。……遇春秋二社，预期率办祭物，至日约聚祭祀。其祭用一羊、一豕，酒果香烛随用。"规定百姓立坛祭祀五谷之神，建立社坛的户数、会首、祭物都有明确要求，并且指出立社是为了"祈祷雨旸时若，五谷丰登"，把立社的功能非常明确地表达出来了。

人们通过社日祈求丰年的活动绵延数千年，这是中华民族的文化瑰宝。值得指出的是，到了近代时期，社日祭祀活动虽然逐渐衰落，但民间社日的娱乐活动还是有所保留，如社火、社戏等。鲁迅《社戏》里描写了清末绍兴地区举行社日活动时，人们请戏班子演戏以酬谢社神。通过《社戏》我们看到了清末江南一带的民俗活动，受老百姓欢迎的民间艺术，天真率直的农家少年，这些共同组成一幅江南乡村淳朴而欢乐的社日风俗画。

第六节　求子文化

后土，又称"大地母亲""后土娘娘"，是后土庙中供奉的主神。后土在道教文化中为"四御"之一，是主管阴阳生育、万物之美与大地山河的女神。《后土宝诰》道："效法昊天，根本育坤元之美。流行品物，生成施母道之仁。"因为土地养育万物，生殖万物，人们向后土圣母求子，后土也具有送子的功能。同时，后土还能护佑子孙健康成长，消灾祛病。

大地是万物赖以生存的基础，人们在长期的生产生活实践中认识到土地的重要性，奉土地为神灵，为感谢大地之恩，立庙建祠，供奉后土。后土的求子文化，存在于古代的社日节庆活动中。《太平御览·时序》道："春分二月中，玄鸟至。时训云：玄鸟不至，即妇人不娠。"人们期待与大自然一样在春天孕育生命。古代的杨树和春社有很大的关系，春社之日，正是杨柳吐穗之时，也给年轻人创造了约会的条件。《诗经·陈风·东门之杨》描写春日青年男女约会的心情：

东门之杨，其叶牂牂。

昏以为期，明星煌煌。

东门之杨，其叶肺肺。

昏以为期，明星晢晢。

约会是谈情说爱，也是孕育生命的前奏。这首诗描写的是陈国都城的"东门"外，这里是男女青年的聚会之处。《诗经·陈风》中的情诗《东门之池》《宛丘》《月出》《东门之枌》等，大多产生于这块爱情圣地。该诗情感表达很细腻：那人依偎着东城门外的杨树，春风轻拂，树叶飒飒。约好黄昏时在这里相会，等到星星出来也不见人影。那人来到东城门外白杨树边，晚霞映红了白杨树叶。明明和人家约好黄昏见面，等到星星满天却未见踪影。

春社的节日是在春天举办的。燕子归来筑巢，万物草木萌生，唤醒了生命。古代官方或者民间举行社祭时，鼓励青年男女交往。萧放《社日与中国乡村社会》道："宋之有桑林，楚之有云梦也，此男女所属而观也。"桑林、云梦是当时著名的社日场所，亦为男女春嬉之地，官府为鼓励男女私会，谈情说爱："中春之月，令会男女，于是时也，奔者不禁，若无故不用令者，罚之，司男女之无夫家者而会之。"由此看来，古人在社日节庆活动中，对于男女的幽会表现得相当包容，这也是社日求子文化的延伸。

后土具有母性的宽厚博大，被赋予了赐福送子的内容。后土祠的求子文化，在西汉时期就存在。据记载，汉成帝刘骜即位后，听从大臣建议停止后土祠祭祀。后来，汉成帝久无子嗣，十分焦虑。太后认为这是因为停止祭祀后土，得罪了后土，才使皇帝没有子嗣。于是，太后一纸诏令，恢复了到汾阴祭祀后土的"先帝之制"。汉成帝刘骜想求得子嗣，专门到甘泉宫、汾阴后土祠祭祀天帝和后土。西汉扬雄《甘泉赋》记述了汉成帝的祭祀场面："集乎礼神之囿，登乎颂祇之堂。建光耀之长旄兮，昭华覆之威威。攀璇玑而下视兮，行游目乎三危。陈众车于东阬兮，肆玉轪而下驰。漂龙渊而还九垠兮，窥地底而上回。"意思是：汇集于祭祀天神的苑囿，登入歌颂地神的殿堂。旗幡迎风招展啊，华盖鲜艳耀眼。攀缘北斗而俯瞰大地啊，目力所及看到了三危之山。陈列众车于东方高丘，任随玉车奔驰。漂浮龙渊而回旋于九重之下，窥探了大地的底蕴而返回。这样隆重的场面，非凡的想象力，可见当时祭祀之隆重而热烈。

不仅汉成帝向后土求子，宋真宗也向后土祈求子嗣。万荣县后土祠的秋风楼上刻有一个石刻图，名为"宋真宗祈嗣"，逼真地刻画了当年宋真宗朝拜后土、虔诚求子的场面。由此可见，宋真宗不顾一些大臣反对，花费巨资扩建后土，进行国家祭祀，一方面为了国泰民安，五谷丰登，另一方面也表达了祈求后土赐予子嗣的愿望。

古代社会非常注重传宗接代，人们企盼繁衍人口，子孙后代兴旺。祭祀后土的目的之一，就是求子和保佑孩子健康成长。《荣河县志·礼俗》云："祈嗣于后土，祈雨于龙君，祈富于财神，祈贵于文昌魁星，恒情类然。""祈嗣于后土"的"嗣"，即后代子孙。建于清代的后土祠正殿内供有三尊塑像，居中者为后土娘娘的正身，左右两边为其化身。居右者，怀抱一子，为送子娘娘；居左者，持钵拈丸，为施药娘娘。后土娘娘正身宝相庄严，在其下方各立一位童子，稍远处还有两位官员模样的"信使"，负责传达后土娘娘的神谕。

自古以来，万荣县每到后土庙会的日子，新婚夫妇或者久婚未孕的妇女，都纷纷来到后土大殿祭拜后土娘娘。同时，还到东西两侧的送子娘娘和施药娘娘处祭拜。希望后土娘娘保佑早生贵子，母子平安，孩子健康成长。人们虔诚地向后土娘娘诉说心愿，祈求赐子，繁衍后代。

万荣县后土祠周围的村庄一直保留着"拔花求子"的习俗。后土正殿里提前准备了手工编制的花树——高粱花，花秆为高粱秆，花枝为高粱皮，花蕊为高粱芯。高粱花树枝横斜，花朵繁盛。当地民俗中，花朵隐喻女性生殖的符号，含苞待放，是繁殖的象征。结婚当日，婆婆带着新媳妇来到后土祠求子，在后土娘娘的神像前跪拜上香，把新媳妇的姓名、住房方位、村名告诉娘娘，然后许愿并磕头。接着，她们起身在神像前的花树上拔花。花树上有三种花：一种是黄蕊红瓣，主生男；一种是红蕊黄瓣，主生女；还有一种是红瓣，主长命百岁。取花时也有讲究，不能随便取，当微风吹到后土大殿内，花枝轻轻摇曳，要采撷颤动的花朵，这样才灵验。妇女拔下花之后，拿回家放在窗户边或者床头，期待怀孕生子。当地有个习俗："拔花一朵，还花一树。"妇女拔花后如应验得子，需做一个花树来到后土祠娘娘面前敬谢还礼，以满足更多求子者的心愿。

据说，随着社会的发展和民众需求的多样化，后土祠中拔花求子的习俗文化进一步发展，不仅有男花、女花，还增加了长寿花、富贵花、吉祥花、婚姻花、平安花等，满足人们的不同需求。花的颜色样式也丰富多彩，有黄花黄穗、黄花红穗、绿底黄花、黄底黄花、大红花等。

后土作为土地之神，又是圣母娘娘，人们希望后土赐予子嗣，带来瓜瓞绵延，枝繁叶茂。后土娘娘求子文化，在建筑艺术中也反映出来了。后土祠的正殿上有一组木雕，雕刻着神童和麒麟，意思是麒麟送子，多子多福，生生不息。花蕊隐含生殖象征，后土祠建筑以木雕、石雕、砖雕、琉璃、铁艺等形式反映人们求子心愿。雕刻有莲花、梅花、牡丹，喜鹊、龙凤呈祥等图案，此外还有男女孩童在花间玩耍的故事。这些建筑艺术，从不同的方面反映了人们对于爱情的期待和养儿育女的愿望。纯洁的莲花象征爱情，采莲的姑娘面容姣好，与莲花相映，更添几分娇羞。隋代杜公瞻作诗《咏同心芙蓉》：

> 灼灼荷花瑞，亭亭出水中。
> 一茎孤引绿，双影共分红。
> 色夺歌人脸，香乱舞衣风。
> 名莲自可念，况复两心同。

莲花多子，后土祠的莲花反映了人们希望多子多福的心情。

第七节　忠孝文化

后土忠孝文化，在时间的长河中深入人心。人们从对土地的自然崇拜到对土地神的崇拜，充分表现了人们对于后土的尊崇。后土被称为大地母亲、后土娘娘，体现了中华民族的孝道精神。历代帝王祭拜后土，表达了对于后土的忠孝之心。封建帝王祭祀后土时，以各种方式祭祀祖先，甚至将祖先放在后土祠享受配飨，慎终追远，体现了忠孝思想。这种行为影响文武百官以至黎民百姓。朝廷官员在祭祀时得到各种赏赐，可谓光宗耀祖，更坚定了他们对于国家的忠诚和对父母的孝心，忠孝文化得以弘扬和发展。

忠孝文化体现于祭祀礼仪的功用之中。《礼记·祭统》说："祭者，所以追养继孝也。"意思是，祭祀的目的，在于追思祖先，继承孝道。帝王在祭祀活动中，缅怀先祖功业，倡导忠孝思想，达到使群臣忠心和安定天下的目的。唐玄宗在《祠汾阴后土》中明确表达了祭祀后土的功用，除了祈谷之外，还有"示其本，教以孝"的作用："且王者事天明，事地察，示其本，教以孝，奈何郊邱之礼，犹独以祈谷为名者邪？"宋真宗祭祀后土的目的很明确，一是祈求福祉，五谷丰登，二是怀念先祖，表达孝心。宋真宗扩建后土祠，亲自祭拜后土，同时，祭祀时把伯父赵匡胤和父亲赵光义配飨于后土身边，在后土祠享受祭拜，充分表达了对于父辈的孝心。宋真宗赵恒《汾阴二圣配飨之铭》道："盛礼斯举，先志绍成。陟配岱宗，孝思克展。"举行盛大的祭祀后土之礼仪，就是为了继承先人的遗志。配飨岱宗，就是为了达成孝心。宋真宗在文中道："应天意，顺人心；察璇玑，麾金钺；挹让以开国，征伐以济民。"他赞扬宋太祖赵匡胤应于天意，顺从民心，明察璇玑，挥动金钺，以挹让之礼建立宋朝，征伐四方安定天下，救济百姓的功绩。可见，祭祀后土不仅仅是为了造福国家，祈求丰收那么简单，还蕴含着深刻的孝道文化。

古代天指代父亲，地指代母亲，《淮南子·物理论》："地者，其卦曰坤，其德曰母，其神曰祇，亦曰媪。大而名之曰黄地祇，小而名之曰神州，亦名后土。"人们经常把尽孝与"事天""事地"联系在一起。《孝经·感应篇》道："昔者明王，事父孝，故事天明；事母孝，故事地察；长幼顺，故上下治。天地明察，神明彰矣。故虽天子必有尊也，言有父也；必有先也，言有兄也。宗庙致敬，不忘亲也；修身慎行，恐辱先也。宗庙致敬，鬼神著矣。"意思是，以前的圣明君王，侍奉父亲尽孝道，所以侍奉上天也能明察；侍奉母亲尽孝道，所以侍奉大地也能明察。长辈与晚辈之间能顺畅，所以君臣上下之间能治理。侍奉天地能够明察，那么神明感应而彰显福分。所以虽为天子，必定也有该尊敬的人，既有父辈也有兄长。宗庙祭祀，不忘记亲人；修身慎行，是恐怕辱没祖先。宗庙祭祀时，祖先的灵魂享用。古人认为，一个人的孝心不仅表现在对于长辈的孝行和对兄弟的友爱之上，还表现在纪念祖先的仪式中。忘记过去就意味着背叛。一个人如果不祭祀祖先，忘记祖先的恩德，何谈忠孝二字？在祭祀祖先的仪式中，表达对于先辈的缅怀之情，鼓舞家人修身齐家治国平天下，这是古人祭祀之目的。

孔子道："夫孝，德之本也，教之所由生也。"孝敬父母的人，才是一个有责任心的、高尚的人。如果一个人对父母不尽孝，就不可能为国尽忠。《孝经·士》："故以孝事君则忠，以敬事长则顺。忠顺不失，以事其上，然后能保其禄位，而守其祭祀。"意思是，用侍奉父亲的孝道来侍奉君主，必能做到忠诚；用敬顺兄长的悌道来侍奉上级，必能做到顺从。忠诚和顺从，且没有亏欠，用这样的态度侍奉君主和上级，就能保住俸禄和职位，传承宗庙的祭祀。

古代祭祀时，不忘表彰对于国家有贡献的人。人们以各种方式，把历史上建立功业的人，放进祭祀场所，甚至于专门建立祠庙祭祀那些做出巨大贡献的人。例如，古代许多地方为周公、诸葛亮、张飞建庙。至于曲阜孔庙更是规模宏大，堪比帝王之庙堂，受到中华民族永世的供奉和纪念。《国语·展禽论祀爰居》道："凡禘、郊、祖、宗、报，此五者，国之典祀也。加之以社稷山川之神，皆有功烈于民者也，及前哲令德之人，所以为明质也。"因此，祭祀的作用不仅仅是针对某个人，而是具有多方面的社会功能。

后土忠孝文化受到普遍认同。后土祠配殿塑造了蜀国五虎将的塑像。五虎将指的是蜀国关羽、张飞等人。关羽在历史上就是以忠义而名垂万古的。关羽在桃园与刘备、张飞结义，忠心侍奉刘备约三十五年，三人是朋友、兄弟、君臣。关公在颠沛流离、四处征战、居无定所时与刘备失散，曾一度不得不委身于曹操。但是，他一旦打听到刘备的消息，就放下曹操许诺的荣华富贵，毅然离开曹营，挂印封金，过五关斩六将，千里寻找刘备。虽然刘备当时势单力薄，穷途末路，但是关羽忠心不二，矢志不渝，跟随刘备征伐天下，为建立蜀国立下了不朽功勋。关羽的忠义行为受到敬仰和推崇，被人们奉为"武圣"。后土祠专门建立配殿祭祀关羽等人，就是昭示了后土文化中的忠孝精神。

平民百姓到后土祠祈福也罢，求子也罢，其实是为了实现美好心愿，追求幸福生活。祈福，为了祈求粮食丰收，生活平安；拔花求子，为了让后土保佑子孙繁衍，子孙孝顺，这是父母最大的心愿。如果子孙忤逆不孝，人生何来的幸福？所谓家和万事兴，家庭和睦的标志就是父慈子孝。人们来到万荣县后土祠，祈福求子并报答后土恩德等，起到宣传忠孝文化的作用。

后土的忠孝文化影响深远。万荣是二十四孝之一——董永的故里。《二十四孝·董永卖身葬父》有诗道：

> 葬父将身卖，仙姬陌上迎。
> 织缣偿债主，孝感动天庭。

在今万荣县小淮村一带，保存着完整系统的董永遗迹和纪念性建筑物，

董永故里孝字砖照壁

并有最庄严、最讲究的董永祠，保存着严格的董永祭祀仪式。董永是汉朝时期的人物，董永卖身葬父的故事在中国民间广为流传。最早出现于晋人干宝《搜神记》中："汉董永，千乘人。少偏孤，与父居，肆力田亩，鹿车载自随。父亡，无以葬，乃自卖为奴，以供丧事。"董永家境贫寒，幼年丧母，与父相依为命。父去世后，契身葬父，是《二十四孝》中卖身葬父的主角。民间流传董永的孝心感动天地，西王母的女儿七仙女被人间亲情感动，与其结为夫妻。《诗经》道："自西自东，自南自北，无思不服。"孝悌之至，达于四方，无所不通，孝悌的感召力是如此之强。孝为善之首，是人最基本的道德素养。《论语·八佾》道："祭如在，祭神如神在。子曰：'吾不与祭，如不祭。'"意思是：祭祀祖先就如同祖先真在那里，祭祀神就如同神真在那里。孔子说："我如果不亲自参加祭祀，那就如同不祭祀一样。"

后土忠孝文化源远流长，影响久远。千百年来，人们崇拜后土，祭祀后土，自觉遵循后土忠孝文化的规范。董永的故事与传承数千年的后土忠孝文化是分不开的。

万荣县小淮村董永庙

第八节　生态文化

在科学不发达的时代，人们难以解释一些自然现象，从而产生神秘感和敬畏心。后土信仰源于古人对于土地的崇拜，包含着对于大自然的敬畏以及对自然法则的遵循。远古时期，人们更加依赖自然，森林中的野果，大地上的稻菽，田野中的蔬菜，无一不出于人类赖以生存的大地。土地是人们的衣食之源，居住之地，庇护之神，活动之所，为人的类生存提供了必要保证。因此人们敬畏土地，神化土地，信仰土地，感恩后土，纪念后土，祈求后土赐福。

人们敬畏土地，崇拜后土，必然要爱护土地，维护生态。《礼记·郊特牲》道："社，所以神地之道也。地载万物，天垂象，取财于地，取法于天，是以尊天而亲地也。故教民美报焉。"意思是：举行社祭，是尊敬土神的一种表示。大地孕育万物，上天垂示法象。种种生活资料都是取之于地，种种伦理法则都是效法于天，所以人们对天尊敬对地热爱，百姓要尽量完美地报答土神。土地对于人类如此重要，那么如何来达到报答土地的恩德呢？如何"尊天而亲地"？这就要求人们敬畏土地，爱护土地，爱护一草一木，不让土地受到伤害，并且要保护土地上的草木森林，甚至于与土地上的飞禽走兽休戚与共。古代祭祀后土时，十分重视保护生态环境。《续资治通鉴》记载，宋真宗祭祀后土时，下诏："汾阴路禁弋猎，不得侵占民田。"宋真宗规定汾阴县禁止打猎打鸟，并且不能侵占民田，说明其具有生态保护意识。

由于土地的重要作用，人们把土地人格化。《博物志》道："地以名山为之辅佐，石为之骨，川为之脉，草木为其毛，土为其肉，三尺以上为粪，三尺以下为地，重阴之性也。"把土地和草木比作身体器官，说明人们对于土地的感情。土地有各种类型，都受到普遍的重视。先儒把土地分为五类。蔡邕《独断》道："先儒以神祭五土之神。五土者，一曰山林，二曰川泽，三曰丘陵，四曰坟衍，五曰原隰。曰社者，所在土地之名也。凡土之所在，人皆赖之，故祭之也。若唯祭斯五者，则都邑之土，人不赖之乎？且邑外之土，分为五事之外，无余地也。何必历举共名乎？以此推之，知社神所在土地之名也。又问曰：社既土神，而夏至祭皇地祇于方丘，又何神也？答曰：方丘之祭，祭大地之神；社之所祭，乃邦国乡原之土神也。"凡是山林、川泽、丘陵、坟衍、原隰等，无论贫瘠好坏，人皆依赖，都要立社祭祀。所谓"方丘之祭""社之所祭"都是一回事。

一方水土养一方人，对于生物何尝不是呢？根据五土特性观察其生物特征和百姓的生活习性。《周礼·地官司徒》道："以土会之法，辨五地之物生：一曰山林，其动物宜毛物，其植物宜皂物，其民毛而方。二曰川泽，其动物宜鳞物，其植物宜膏物，其民黑而津。三曰丘陵，其动物宜羽物，其植物宜核物，其民专而长。四曰坟衍，其动物宜介物，其植物宜荚物，其民晳而瘠。五曰原隰，其动物宜臝物，其植物宜丛物，其民丰肉而庳。"古人早已经发现，不同的土地和生物，构成了丰富的生态环境，甚至影响到人民的生活习性和服饰特征。

后土文化蕴含生态文化意识。古人所谓的地，与天相应，是一个由气贯通互相依存的整体。《太平御览·物理论》（卷三十六）曰："地者，底也，底之言著也，阴体下著也。其神曰祇，祇，成也，育生万物备成也。其卦为坤，其德曰母。地形有高下，气有刚柔，物有巨细，味有甘苦。镇之以五岳，积之以丘陵，播之以四渎，流之以四川。盖气，自然之体也。地发黄泉，周伏回转，以生万物。地，天之根本也，形西北高而东南下，东西长，南北短，其尽四海者也。"先秦时期的国家就制定保护生态的措施。《礼记·曲礼》："国君春田不围泽，大夫不掩群，士不取麛卵。岁凶，年谷不登，君膳不祭肺，马不食谷，驰道不除，祭事不县。大夫不食粱，士饮酒不乐。"意思是：国君春天打猎时，不能包围整个猎场，大夫不能猎取整个兽群，士不猎取幼兽和禽蛋。遇到荒年，粮食歉收，国君用膳不杀牲，马不喂粮食，驰道不须整治，祭祀不设钟磬，大夫不加餐稻粱，士在饮酒时不奏乐。夏朝渔猎时间有明确规定："禹之禁，春三月，山林不登斧，以成草木之长；夏三月，川泽不入网罟，以成鱼鳖之长。"(《逸周书·大聚解》)阳春三月不能砍伐山林树木，夏季不能撒网捕鱼。周文王告诫臣民："山林非时，不升斤斧，以成草木之长；川泽非时，不升网罟，以成鱼鳖之长。……是以鱼鳖归其渊，鸟兽归其林，孤寡辛苦，咸赖其生。"(《逸周书·文传解》)山林不能违背季节砍伐，河流不能违背季节打鱼。春秋时期著名的政治家管子认为："为人君而不能谨守其山林菹泽草菜，不可以立为天下王。"管子生态环境意识十分超前，把生态环境与国家命运联系在一起。

春秋时期在春耕之际，天子要带领群臣举行"籍田"仪式，这是祈谷的一种方式。《吕氏春秋·孟春》道："是月也，天子乃以元日祈谷于上帝。乃择元辰，天子亲载耒耜，措之于参保介之御间，率三公、九卿、诸侯、大夫，躬耕帝籍田。"意思是，这个月，天子在元日向谷神祈求五谷，并选择好时辰，亲自用车装载着耒耜，放在车右和御者之间，率领三公、九卿、诸侯、大夫，到帝籍田亲自耕作。立春那天，天子要亲自率领三公、九卿、诸侯、大夫到东郊迎接春天的到来："立春之日，天子亲率三公、九卿、诸侯、大夫，以迎春于东郊。"(《吕氏春秋·孟春》)该书提出了"天地和同"的思想："是月也，天气下降，地气上腾，天地和同，草木萌动。王命布农事，命田舍东郊，皆修封疆，审端径术。"孟春时节，上天之气下降，地中之气上升，天地之气混同一体，草木普遍萌发。国君宣布农事，命令农官住在东郊，监督农民整治耕地的田界，审视并修复田间小路。

古代思想家提出"人定胜天"，但没人提出"人定胜土"。因为天是摸不着的，离人们遥远，人类可以谝谝大话借以显示自己的力量。而土地是实实在在的，就在我们的脚下。没有土地就不能生存，土地上没有粮食，人类就会饥饿。历代国家都是以领土作为国家的根本保证的，没有领土的国家是不存在的。封建时代的豪绅都是以拥有土地的多寡来决定财富的，皇亲国戚也是以封地作为等级的。因此，把国家称作江山社稷就不奇怪了，社，代表土地；稷代表粮食，而粮食还是来源于土地。这就更加说明了人们信仰后土的意义之所在。没有土地，没有粮食，奢谈什么国家？土地自然崇拜中有天地山河，草木鸟兽，但是，最根本还是土地。因为土地是人类的家园，没有土地就没有了家园，何况山川河流、草木鸟兽都是大地的产物呢？

随着社会的发展，文明的进步，科学愈来愈发达，人类可以登上月球，探索宇宙的奥秘。可是，迄今为止，人类已知的星球中存在生命的希望十分渺茫，没有一个星球能够适应人类生存，给人类提供庇护的场所。不要说人类在外星球上获取财富，由于引力作用、温度差异等因素，人类根本无法单独在外星球上立足，更遑论其他了。因此环境学家疾呼要保护地球，保护大地，保护大气，因为人类"只有一个地球"。生产力的发展和科学的进步，是以无尽地利用地球上的资源为代价的。当工业文明席卷地球上每个角落，资源被不断消耗，河流被污染，森林草原遭到破坏，甚至空气也被污染了。许多有志之士寻找解决生态环境问题的良药妙方，想方设法保护大自然和生态环境。

当现代人类把土地看作任意掠夺任意毁坏的对象时，后土文化强调了对于土地的热爱和敬畏，把土地当作神祇来敬仰。土地既然作为心中的神祇，人们怎么能不热爱呢？怎么会肆意破坏呢？董仲舒《春秋繁露·立元神》道："何谓本？曰：天、地、人，万物之本也。天生之，地养之，人成之。天生之以孝悌，地养之以衣食，人成之以礼乐。三者相为手足，合以成体，不可一无也。"意思是：什么是根本？回答道，天、地、人，是万物之本。天生万物，地养万物，人成就万物。天教导人们要孝悌，地供给人们衣食，人们制定礼乐。三者相互依赖，形同手足，无一不可。人类生活在天地之间，天地生长万物，提供衣食作为保证，人与大自然和谐相处。后土文化强调爱护土地，根据节令耕作，依照季节收获，并且通过社庆活动传递对于土地的情感，多么令人感奋啊！

后土文化要求人类从自我中心主义摆脱出来，平等地看待天地万物。人与万物在生态世界中是平等的，宋代理学家张载提出"民胞物与"的思想："乾称父，坤称母；予兹藐焉，乃混然中处。故天地之塞，吾其体；天地之帅，吾其性。民，吾同胞；物，吾与也。"（《西铭》）他认为上天为万物之父，大地为万物之母。我如此地藐小，茫然处于天地之间。因此，充塞于天地之间的"气"，成为我的身体；而统帅天地万物变化的，就是人类的天性。人民是我同胞的兄弟姊妹，万物皆与我为同类。为什么人与万物是同胞姐妹呢？在张载看来，人和万物一样，都是源于阴阳二气的生成，人从本质上同万物是一样的。因此人们要爱一切人，如同爱同胞手足一样，并进一步珍爱万物。

后土文化强调对于土地的敬畏，把土地看作人类生存的保护神，显然与工业文明之下人们对于土地的肆意掠夺观念是大相径庭的。工业文明依赖于先进的技术手段，把土地当作掠夺的对象，为了满足人类的贪欲无限制地破坏生态环境。生态环境一旦被破坏，恢复起来就十分艰难，许多矿产资源都是不可再生资源，一旦开发殆尽，子孙后代如何生存？前人栽树后人乘凉，我们要给后人留下"福田"可耕，留下资源可以利用，留下干净清洁的空气，留下绿水青山，以让后人建设美好的家园。我们要保护森林、草原、河流、植被、湿地，要给各种生物留下生存的环境，因为人类自诞生以来就与各种生物共存共生。针对工业社会的无序开发、生态环境面临挑战的严重问题，后土文化倡导的敬畏土地和亲地意识，对于我们今天建设生态文明、保护环境具有启迪和借鉴作用。

《管子·乘马》道："地者政之本也，是故地可以正政也，地不平均和调，则政不可正也；政不正，则事不可理也。"土地是人民生存的地方，为政者必须重视土地，把土地作为为政的根本。《管子·牧民》道："不务天时，则财不生；不务地利，则仓廪不盈。"人们敬畏后土，希望五谷丰登，就必须遵守天时，按照自然规律务农；就必须利用地利，爱护土地，只有这样才能丰衣足食，仓库充盈。耕种土地，种植五谷，土地给以回报。如果破坏土地，毁坏生态环境，植被破坏，水土流失，就会庄稼歉收，出现洪灾和旱灾，使人类失去土地的恩赐。如今国家大力保护自然环境，加强生态文明建设，这是长治久安的百年大计。后土文化提倡保护生态环境，摆正人在大自然中的位置，让人们从内心深处意识到土地的重要性。

美国生态学家奥尔多·利奥波德提出"土地共同体"，呼吁人们将目光从经济生产转向生态和环境，提出改变人在自然中的统治地位，将道德共同体的边界扩大至非生物的生态环境，将山川、岩石、土地等纳入道德共同体，赋予整体的物种和生态系统以道德地位。生态学家利奥波德道："我不能想象，在没有对土地的热爱、尊敬和赞美，以及高度认识它的价值的情况下，能有一种对土地的道德关系。"生态学家们对于人与自然、人与土地的"道德化"观点，其实在后土生态文化中已经体现出来，人与土地的关系其实就是"尊天而亲地"的关系，天就是自然规律，地就是土地和生态环境。人类只有把土地看作生命共同体，才会从灵魂深处爱护和改善生态环境。

新时代，国家提出了："开展国土绿化行动，推进荒漠化、石漠化、水土流失综合治理，强化湿地保护和恢复，加强地质灾害防治。完善天然林保护制度，扩大退耕还林还草。严格保护耕地，扩大轮作休耕试点，健全耕地草原森林河流湖泊休养生息制度，建立市场化、多元化生态补偿机制。"后土生态文化具有重要的现实意义。建设生态文明是中华民族永续发展的千年大计，必须树立和践行"绿水青山就是金山银山"的理念。

第九节　五行思想

后土文化包含着五行思想。大地负载江河湖海和山林屋宇，被称之为"地母""皇地祇"。中国古代哲学认为，世界由五种基本元素构成，称之为"五行"，即木、火、水、金、土。《白虎通义·五行》道："五行者，何谓也？谓金、木、水、火、土也。言行者，欲为天行气之义也。地之承天，犹妻之事夫、臣之事君也。"天阳地阴，构成了世界。五气凝结，形成了土地，进而衍生出五行——金、木、水、火、土。这些元素充盈于天地之间，相互作用，相互发展，构成了丰富多彩的世界。它们不仅是构成世界的基本元素，而且包含了物质运动的五种基本形态、五种方位、五种品德、五种味道，具有十分丰富的内涵。以五种物质元素为原点，衍生为地理方位、社会道德、相生相克的哲学思想，从而解释物质世界和人类社会的运动规律。

周文王推演八卦，尊"土"为"五行"之首。《尚书·洪范》解释五行元素的特征："五行，一曰水，二曰火，三曰木，四曰金，五曰土。水曰润下，火曰炎上，木曰曲直，金曰从革，土曰稼穑。润下作咸，炎上作苦，曲直作酸，从革作辛，稼穑作甘。"水有流动的特点，产生咸味；火有炎上的性质，产生苦味；木有曲直的性质，产生酸味；金有被熔铸的性质，产生辛味；土用来耕作，产生甘味。木和火在土的上面，水和金在土的下面，所以木、火属阳，水、金属阴，土是中性。从中可知，土在五行中代表生长，只有经过稼穑，才有收获，才能享受生活的"甘美"。根据五行元素的属性，人们赋予五种品德。木曰"曲直"，木性代表"仁"，具有慈爱、行善之德。火曰"炎上"，火性代表"礼"，具有敬上、谦让之德。土曰"稼穑"，土性代表"信"，具有诚实、温厚之德。金曰"从革"，金性代表"义"，具有崇善、勇敢之德。水曰"润下"，水性代表"智"，具有洞察、预测之德。传说中的五帝，根据其德行配以五行，作为王朝的特征。《礼记·王制》："天子将出，类乎上帝。"孔颖达疏道："五行各有德，故谓五德之帝。木神仁，金神义，火神礼，水神知，土神信。"

远古时期，后土是一个管理五行中"土"的官员，句龙曾任此职，死后成了后土神。《孔子家语·五帝》道："少昊氏有四叔，曰重、曰该、曰修、曰熙，实能金木及水使。重为勾芒，该为蓐收，修及熙为玄冥；颛顼氏有子曰黎，为祝融；共工氏有子曰句龙，为后土。此五子生为五行之官，死后以之配祭五行之神也。"当代学者王青教授在《从大汶口到龙山：少昊氏迁移与发展的考古学探索》一文中说："少昊氏是史前东夷人的重要支系，考古发现的陶文和大墓证明，少昊氏不仅存在于大汶口文化时期，而且还延续到龙山文化时期，其间经历了不断迁移和发展的过程。"少昊是传说中远古时期的帝王，可见后土文化源远流长。五行中的"行"，一方面指五种元素，一方面还有"运行"的含义。五行学说揭示了世界万物的形成及其相互关系，所谓一阴一阳谓之道，事物内部在阴阳二气的作用下运动发展，相辅相成，构成了大千世界。《孔子家语·五帝》又道："昔丘也闻诸老聃，天有五行，木金水火土，分时化育，以成万物，其神谓之五帝。古之王者，易代而改号，取法五行。五行更王，终始相生，亦象其义也。故其生为明王者，死配五行。是以太皞配木，炎帝配火，少皞配金，颛顼配水，黄帝配土。"意思是，传说中的五帝，依据五行的属性治理国家，化育万物。

五行思想告诉人们要遵守自然规律，顺势而为。大约在四千年前，黄河流域群山阻隔，洪水为患，对生命财产造成了严重损失。《吕氏春秋》记载："龙门未开，吕梁未凿，河出孟门之上。"面对洪水肆虐，尧帝决心要消灭水患，访求能治理洪水的人。他把手下的大臣找到身边，说："各位大臣，如今水患当头，人民受尽苦难，必须治理洪水，你们看谁能来担当大任呢？"群臣推荐鲧，他是大禹的父亲。鲧采取堵塞洪水的办法，治水九年，大水还是没有消退，治水失败了。舜帝革去鲧的职务，将他流放到羽山，后来鲧就死在那里。舜帝征求大臣们的意见，大家推荐禹接替鲧："禹虽然是鲧的儿子，但是他比其父德行能力都强多了，可以担当治水的大任。"舜帝于是把治水的大任交给了大禹。大禹从鲧治水的失败中吸取教训，改变"堵"的办法，对洪水进行"疏导"。《庄子·天下》道："昔禹之湮洪水，决江河而通四夷九州也。名山三百，支川三千，小者无数。禹亲自操橐耜而九杂天下之川，腓无胈，胫无毛，沐甚雨，栉疾风，置万国。禹大圣也，而形劳天下也如此。"意思是，禹治理洪水，疏开江河沟通四夷九州，大川三百条，支流三千条，小河无数。《淮南子·天文》："中央土也，其帝黄帝，其佐后土，执绳而治四方。"大禹治水的方法是充分认识土和水的属性，因势利导，所以成功了。

土，在五行中具有重要的地位。《太平御览·乐记》曰："春生夏长秋收冬藏，土所以不名时者，地，土之别名也，比于五行最尊，故自居部职也。"土地是人们生存的保证，一旦土地出了问题，社会就出了问题。古代历次农民战争都与土地、饥馑、灾难有关。农民起义的口号是"耕者有其田"，显见土地对于维持生存、稳定社会的重要价值。即使到了现代社会，土地问题依然是国家施政的基本问题。

第十节　和谐文化

　　《论语·学而》提出"礼之用，和为贵"的社会和谐思想。后土祭祀属于中国古代的国家祭祀，体现了丰富的和谐文化。后土祠献殿左右两侧，写着八个大字，其中有四个字为"履中""蹈和"。履中，指的是践行中和思想，做事合乎中庸之道；蹈和，指的是践行和谐思想，天人合一，要求人们敬畏天地，敬畏生命，敬畏大自然。当人们从献殿进入正殿时，首先看到的就是这几个字，传递了后土文化的和谐观。

砖雕"履中"

　　敬畏天地，不失天时，不失地利，方得"人和"。《荀子》道："上不失天时，下不失地利，中得人和，而百事不废。"班固《白虎通义》道："黄者，中和之色，自然之性，万世不易。"《通典》注云："黄者，中和美色，黄承天德，最盛淳美，故以尊色为谥也。"土为黄色，为"中和之色"，黄色是大地的自然之色，亘古不易。这种颜色代表了"天德"之美，即"和谐"之美。宋王楙《野客丛书·禁用黄》记载："唐高祖武德初，用隋制，天子常服黄袍，遂禁士庶不得服，而服黄有禁自此始。"《元曲章》："庶人不得服赭黄。"可见，古代皇帝崇尚黄色，并不是表现富贵，而是表示身为帝王，应当用"和谐"思想治理天下。

和后土有关的春秋社日，其实就是希望达到天人合一，风调雨顺，构建天地人之间的和谐关系。统治者敬畏后土，农人珍惜土地，不误节令，适时稼穑。只有天地人和谐了，风调雨顺，没有旱灾，没有洪涝，大自然才给人回报，人们才能过上和谐快乐的生活。数千年来后土崇拜的历史，其实是人类与大地的对话，对大地的认知，在和谐中建构美好的伦理社会的历史。后土崇拜不同于宗教崇拜，人们建立庙宇，庆祝丰收，饮酒唱歌，表达美好的生活愿望，感谢大地的厚爱，这本来就是上至国家层面下至民间的庆祝节日。没有烦琐的戒律、教条、仪式，就是人与自然的沟通和欢愉，这种没有藩篱的和谐观，绵延整个中国封建社会，是中国古代和谐思想的体现。

为了与自然和谐相处，古人把天地人格化，以三公和诸侯之礼祭祀天地、名山、大川等，并用乐舞使诸神快乐。《史记·封禅书》道："周官曰，冬日至，祀天于南郊，迎长日之至；夏日至，祭地祇。皆用乐舞，而神乃可得而礼也。天子祭天下名山大川，五岳视三公，四渎视诸侯。"意思是：每到冬至日，人们在南郊祭祀上天，迎接漫长冬日的到来；在夏至日，在北郊祭祀地祇，祭祀时采用音乐和舞蹈，地神可以接受你的献礼。不仅如此，天子祭祀天下的名山大川，对待五岳行三公之礼，对待四渎行诸侯之礼。把自然之物等同于人类看待，反映了对于自然的态度，希望与自然以礼相处，这种和谐观是人与自然关系的反映。

后土的和谐思想，在后土祠的祭祀程序和乐舞中也反映出来。古代祭祀后土时的每个程序都是经过精心设计，起承转合环环紧扣的；祭祀行礼时，皇帝、群臣、有司之间，一派庄重雍和；祭祀迎神的音乐有《顺和》《太和》《肃和》《寿和》《雍和》，都带一个"和"字，欢乐吉祥，和悦顺耳，让人心旷神怡，其乐融融；娱神的舞蹈令人赏心悦目，心平气和，舒缓而庄重的舞曲，翩翩起舞的宫女，优美合一的舞姿，宣扬一种盛世华章、国泰民安的和谐景象。正如《荀子·乐论》所言："故乐者，天下之大齐也，中和之纪也，人情之所必不免也。"

古代哲学中的"天人合一"思想，反映了人与自然和谐相处的观念。从道理上讲，人与天是大自然的一个整体，哪有什么不能和谐相处的呢？《淮南子·精神训》曰："天地运而相通，万物总而为一。"万物由阴阳二气构成，生成五行基本元素，天地在运动中形成万物。万物其实是相通的，归根结底是"合一""同一"的。《尚书·泰誓中》："天视自我民视，天听自我民听。百姓有过，在予一人，今朕必往。"意思是：上天所看到的，来自老百姓所看到的；上天所听到的，来自老百姓所听到的。老百姓存在过失，责任由我一人承担，我如今必定前往。这说明，古人并非把天看得高高在上，高不可攀，而是把天看作人，体现着人民的意志。在这里，把"天"与"人"合二为一，天就是民，民就是天。人民的意志代表了上天的愿望。在宇宙自然中，天地人构成世界的三个主体，人成就了自己，成为万物之灵。

应该注意的是，古人所说的"天"，不仅仅指上天，还应当包括大地、自然界和自然规律。人们所说的天时，是四季节令；天道，是自然运行的法则。《史记·郦生陆贾列传》："王者以民人为天，而民人以食为天。"汉代董仲舒进一步提出了天人感应学说，认为天是有意志的，违背了天意，不行仁义，自然就出现灾异，进行谴责。如果推行仁政，天下太平，自然就会出现祥瑞。《春秋繁露·天地阴阳》："世治而民和，志平而气正，则天地之化精，而万物之美起。世乱而民乖，志僻而气逆，则天地之化伤，气生灾害起。"天下得到治理，人民和乐，心志平和，正气充盈，万物呈现美好的气象。如果世道混乱，物欲横流，忤逆不道，伤害了天地之造化，就会发生自然灾害。在科学不发达的古代社会，灾异就是上天对于人类的警示："灾者，天之谴也，异者，天之威也。"《春秋公羊传》道："大雩者何？旱祭也。然则何以不言旱？言雩则旱见；言旱则雩不见。何以书？记灾也。"何休注曰："旱者，政教不施之应。先是桓公无王行，比为天子所聘，得志益骄，去国远狩，大城祝丘，故致此旱。"何休认为，旱灾乃政教不施的结果，由于桓公没有国君的德行，做出了一系列悖德的行为，才导致旱灾的。其实，尽管现在的科技十分进步，人也不能违背自然规律，依然要与自然和谐相处，否则，河流污染，水质污染，耕地毁坏，雾霾连连，这难道不是人类付出的代价吗？不也是自然对于人类的"谴责"吗？

后土文化中的和谐观，反映了人类对于土地的热爱，对于大自然的敬畏，并非无所作为，而要认识自然，遵循自然规律。《庄子·知北游》："天地有大美而不言，四时有明法而不议，万物有成理而不说。圣人者，原天地之美而达万物之理。是故至人无为，大圣不作，观于天地之谓也。"天地具有伟大的美却不言说，四时有鲜明的规律却不妄议，万物有现成的道理却不言语。具有智慧的人，探究天地的大美，从而通晓万物生长的规律。所以"至人"顺应自然无所作为，圣人不干涉自然规律，只是认识和运用自然规律。《周易·序卦传》："有天地，然后万物生焉。"天地是万物生长和赖以存在的根据。人类在对于大地的崇拜之中，学会了观察天象，俯察地理，制定农历，掌握节气，这些都是为了发展农业生产。人们从事生产活动，目的是认识和掌握自然规律，更好地发挥人的主观能动性。古代社会，无论是国家层面，还是民间社会，普遍立社祭祀后土或者庆祝社日，最终希望与自然和谐相处，期盼没有自然灾害，使生活变得更加美好。

中国古代哲人十分清醒，他们与西方"上帝主宰一切决定命运"的观念不一样。他们心中的天是平易近人的，甚至与人是平等的，没有尊卑等级之分。明代海瑞《治安疏》道："天地万物为一体，固有之性也。民物熙洽，熏为太和，而陛下性分中自有真乐矣。可以赞天地之化育，则可以与天地参。"天地万物是一个统一体，这是本来就具有的特性。百姓与自然相处快乐融洽，形成祥和气氛，而陛下自然能够感到真正的快乐。天地是化生万物的，人也有帮助天地化生的能力，可以与天地并列而为"三才"。天、地、人三者，就这样巧妙地成为平等的"三才"，实现"民物熙洽"。正如王阳明《答聂文蔚书》所说："夫人者，天地之心。天地万物，本吾一体者也。"人是天地之心，天地万物与我原本是一体。

那么，中国古代的和谐思想是不是简单化的"同一"，甚至是"一团和气"呢？回答曰：非也。《论语·子路》道："君子和而不同，小人同而不和。"意思是：君子与人保持和谐融洽的关系，而能独立思考，不会人云亦云，盲目附和；小人表面与人完全一致，但不讲究原则，并不是真正的和谐。和谐并非忽视个体权利，而是能够求同存异，共同发展。《国语·郑语》："夫和实生物，同则不继。以他平他谓之和，故能丰长而物归之；若以同裨同，尽乃弃矣。"和谐才能生成万物，绝对"同化"则失去发展的根据。把不同的东西加以协调平衡叫和谐，因此能够发展成长，如同百川归海；如果把相同的东西相加，物尽其用之后就消失了。

后土文化的和谐思想告诉我们，首先，和谐的前提是认同万事万物的差异性，只有差异性才是万物存在的保证。比如太极阴阳，日月星辰，男人女人，春夏秋冬，飞禽走兽，花鸟鱼虫，不同才能焕发事物的生机，所谓"一花独放不是春，百花齐放春满园"。无论是自然界还是人类社会，正是不同的物种、不同的思想存在的前提下，才能物竞天择，进化发展。其次，事物发展的必要条件，是和谐发展。人类历史证明，和谐共存才能发展，和谐合作才能共赢。如百家争鸣、天人合一、阴阳和合、团体合作，所谓"万类霜天竞自由"。《国语·郑语》生动地加以阐述，土和金、木、水、火相配合，从而生成万物，调配五种滋味以适合人的口味，强健四肢来保卫身体，调和六种音律动听悦耳，端正七窍来为心服务，协调身体的八个部分使人完整，设置九脏以树立纯正的德行。无论从哪个方面来看，事物存在不同都是正常的，只要有人存在的地方就有差异，就有不同的观点，关键是能够做好协调，和谐发展。《周易·乾卦》强调和谐的重要作用，和谐是事物正其性命、发展壮大的重要保证："乾道变化，各正性命，保合太和，乃利贞。"

《论语·学而》道："礼之用，和为贵。"和谐是天地的大道，是人类社会和自然界繁荣发展的永恒主题。《中庸》："中也者，天下之大本也；和也者，天下之达道也。致中和，天地位焉，万物育焉。"意思是：中是天下最为根本的，和是天下共同遵循的法度。达到了中和，天地就会各安其位，万物便生长发育了。和谐给予人们的是吉祥、和平、发展、壮大、成熟，反之意味着争斗、排斥、嫉妒、凶险、倾轧。人与自然和谐，人与世界和谐，人与心灵和谐，人与自己和谐，才能使天地归于正位。

第十一节　盟誓文化

人生天地间，光阴越百代。李白《春夜宴桃李园序》道：

> 夫天地者，万物之逆旅也；光阴者，百代之过客也。而浮生若梦，为欢几何？古人秉烛夜游，良有以也。况阳春召我以烟景，大块假我以文章。

李白的文章记述了兄弟们在春夜欢聚，饮酒赋诗的情景，感叹天地无穷，光阴易逝，人生短暂。在李白看来，天地是万物的逆旅，人生只不过是光阴中的过客。浮生若梦，能有几多欢乐，想起古人秉烛夜游珍惜光阴的故事，肯定是有原因的吧。况且春天的景色如此美丽，大地要通过我的文章来书写。李白对春天、大地、大自然是多么热爱啊！

后土盟誓文化很久以前就存在，人们发誓时喜欢让后土做证，表示坚定不移的决心。《尔雅》道："起大事，动大众，必先有事乎社而后出，谓之宜。"意思是人们做大事时，都要到社里祭祀土地之神，名之曰"宜"。马端临《文献通考》（卷七十六）道："后土，社神也。既曰土神，又名社神，是两之也。《书》曰：敢昭告于皇天后土。"盟誓是人与人、氏族与氏族、部落与部落之间，为了某种目的而缔结的誓言，是对神灵做出遵守诺言的保证。盟誓约定对不守信者，神祇将降下灾难，予以惩罚。盟誓给参盟者一定的约束力和心理影响。《左传·哀公十二年》："盟所以周信也，故心以制之，玉帛以奉之，言以结之，明神以要之。"孔颖达在《礼记·曲礼下》疏道："盟之为法，先凿地为方坎，杀牲于坎上，割牲左耳，盛以珠盘；又取血，盛以玉敦，用血为盟书，成，乃歃血而读书。"盟礼最主要的仪式是杀牲歃血而在神灵面前发誓，所谓的神灵主要指皇天、后土和山川日月诸神。

古代建立邦国、发动战争都要祭祀后土，并且请后土做证。《尚书·武成》道："予小子其承厥志，底商之罪，告于皇天、后土，所过名山、大川。"武王征伐纣王时在周庙举行祭祀，陈设木豆、竹笾等祭器，正告天下的诸侯要赓续祖先的事业，并将纣王的罪恶告之于皇天、后土、名山、大川，以表明推翻纣王的坚强决心。《周礼》道："王大封，则先告后土。"大封，为古代国家重要的礼仪，包括两个方面：一是军礼，保卫国家，征伐入侵之敌。二是赏赐诸侯土地、田宅。《左传》道："君履后土，而戴皇天，皇天后土，实闻君之言。"意思是人们立于天地之间，天地听到你说的话，可以做证。《国语·越语下》记越王勾践对范蠡发誓说："后世子孙有敢侵蠡之地者，使无终没于越国，皇天后土四乡地主正之。"勾践发誓时不仅让皇天后土做证，甚至也让四方的"地主"也参与做证。

　　人们发誓时把皇天和后土并列，表达了人们对于天地的尊崇。《左传·僖公十五年》讲了一个秦国以皇天后土发誓的故事：起因是这样的，晋惠公答应给秦穆公黄河以西和以南的五座城，东边到虢略镇，南边到华山，还有黄河之内的解梁城，后来都不兑现。晋国有饥荒，秦国给它运送粟米；秦国有饥荒，晋国却拒绝秦国买粮，所以秦穆公攻打晋国。秦国与晋国打仗，擒获了晋惠公，准备带晋惠公返回秦国。晋国大夫披头散发，走出帐篷跟随晋惠公，不肯离去。秦穆公派使者告诉他们："你们几位为什么那样忧愁啊！我们带晋国国君往西去，难道做得太过分吗？"晋大夫三拜并且叩首道："君履后土而戴皇天，皇天后土实闻君之言，群臣敢在下风。"意思是秦国国君脚踩后土，头顶皇天，皇天后土都听到了您的话，我们也在下边听到您说的话，看您会不会违背。由此可知，春秋战国时期人们就对着"皇天"和"后土"发誓了。

　　秦穆公的妃子听说晋国国君来到秦国，领着太子罃、儿子弘和女儿简璧登上高台，踩着柴草。她派遣使者捧着丧服迎接秦穆公，并转告说："上天降下灾祸，让秦晋两国的国君不是以礼相见，而是通过战争相遇。如果晋国国君早晨进入国都，那么我晚上自焚；晚上进入，那么我早晨自焚。请国君决定！"秦穆公听了使者的话十分为难，就把晋惠公拘留在灵台。大夫向秦穆公请求，希望放了晋惠公回国。秦穆公道："打了胜仗俘获晋惠公，本来以为是好事，不料却带来这么严重的后果。晋国人用担忧感动我，用天地来约束我，如果处理不好，将会加深晋国对秦国的仇恨；如果不履行自己的诺言，就会违背对于天地信诺。晋国仇恨秦国，我担当不起；违背对皇天后土的承诺，我将会遭遇凶险，我还是让晋惠公回到晋国吧。"

晋朝有个故事。李密原是蜀汉后主刘禅的郎官。司马昭灭蜀后，李密沦为亡国之臣。司马炎称帝后采取怀柔政策，泰始三年（267 年），征召李密为太子洗马。李密不愿意为官，就想方设法寻找理由，他以晋朝"以孝治天下"和祖母供养无主为由，写《陈情表》辞官，文中以皇天和后土做证："臣之辛苦，非独蜀之人士及二州牧伯所见明知，皇天后土，实所共鉴。"李密以皇天和后土做证，表明了不愿出仕晋朝和孝敬祖母的决心。天地能主持公道，主宰万物，这是普通百姓都明白的道理，人们以此赌咒发誓。南宋文学家赵与时在《宾退录》中引用安子顺的言论："读诸葛孔明《出师表》而不堕泪者，其人必不忠，读李令伯《陈情表》而不堕泪者，其人必不孝，读韩退之《祭十二郎文》而不堕泪者，其人必不友。"

至于文学作品中，以皇天后土盟誓的事例也为数不少。《三国演义》第一回描写天下大乱、群雄四起的东汉末年，中山靖王刘胜之后刘备，落魄至极，贩屦（麻鞋）织席为业，幸遇关羽、张飞两位英雄，言谈投机。于是，在张飞的庄园备下乌牛白马祭礼等项，三人焚香再拜结义："念刘备、关羽、张飞，虽然异姓，既结为兄弟，则同心协力，救困扶危；上报国家，下安黎庶；不求同年同月同日生，只愿同年同月同日死。皇天后土，实鉴此心。背义忘恩，天人共戮！"誓毕，玄德为兄，关羽次之，张飞为弟。祭罢天地，复宰牛设酒，聚乡中勇士，得三百余人，开始了揭竿起义的英雄事业。正是三人结义之后，请诸葛亮出茅庐，南征北战，三国鼎立，奠定了蜀国的基业。可见，皇天和后土在刘关张三人心中的地位，难怪后土祠的五虎殿里要放关羽的塑像，因为关羽也敬畏后土。《儿女英雄传》第十回："这话皇天后土，实所共鉴，有渝此盟，神明殛之。"这里，不仅要用皇天后土作为见证，而且如果违背盟誓，要求神仙杀死背誓之人。

1937 年 4 月 5 日，正值全面抗日战争爆发前夕，日本帝国主义不断蚕食侵略中国领土，中华民族面临生死存亡的关头。中国共产党为了团结抗日，共赴国难，派林伯渠前往陕西黄陵县黄帝陵致祭，毛泽东撰写《祭黄陵文》：

赫赫始祖，吾华肇造，胄衍祀绵，岳峨河浩。聪明睿知，光被遐荒，建此伟业，雄立东方。世变沧桑，中更蹉跌，越数千年，强邻蔑德。琉台不守，三韩为墟，辽海燕冀，汉奸何多！以地事敌，敌欲岂足？人执笞绳，我为奴辱。懿维我祖，命世之英，涿鹿奋战，区宇以宁。岂其苗裔，不武如斯：泱泱大国，让其沦胥？东等不才，剑屦俱奋，万里崎岖，为国效命。频年苦斗，备历险夷，匈奴未灭，何以家为？各党各界，团结坚固，不论军民，不分贫富。民族阵线，救国良方，四万万众，坚决抵抗。民主共和，改革内政，亿兆一心，战则必胜。还我河山，卫我国权，此物此志，永矢勿谖。经武整军，昭告列祖，实鉴临之，皇天后土。尚飨。

这篇祭文气势磅礴，气壮山河，祭文最后的"经武整军，昭告列祖，实鉴临之，皇天后土"，意思是我们一定要加强武备，整治军队，特此告诉列祖列宗，并请"皇天后土"见证！表达了中国共产党坚决抗日、还我河山的决心。由此可见，"后土"深入人心。

第十一章　后土庙会誉天下

第一节　庙前村

庙前村是黄河和汾河交汇的地方，位于山西省万荣县西南四十公里处，古代属于汾阴县。汾阴，又称纶邑。《读史方舆纪要》记载："（荣河县）在州北百二十里。东北至河津县九十里，西至陕西韩城县三十里，东南至临晋县六十里。古纶地，夏后少康所邑也。战国时为魏汾阴地。汉置汾阴县，属河东郡。"唐开元十年（722年）扩建后土祠得古鼎，将汾阴县改称宝鼎县；宋大中祥符四年（1011年）"荣光幂河"，将宝鼎县即改称荣河县；1954年，荣河县与万泉县合为万荣县。庙前村原属万荣县宝井乡，撤乡并镇之后属荣河镇。

千里汾河一路奔波，在这里汇入滚滚黄河。庙前村的村边耸立着一块天然巨石，写着遒劲有力的行书"河汾同辉"。站在岸边，远看河中有一个河心洲，是黄河泥沙不断冲积形成的。遥想当年，脽上位于两河交汇之处，高达十余丈，面积数平方公里，是人们祭祀后土的理想场所。传说女娲在脽上抟土造人，远古往事，已经深深地藏进了岁月深处。伫立岸边，浮想联翩，兴思古之幽情，接千古之文脉。

庙前村处于晋陕峡谷南端，东依峨嵋，南望风陵，北倚吕梁，西眺三秦，背带汾河，与陕西一河之隔。汉代时官道（汾阴道）从此经过，由汾阴渡河入秦地夏阳（今陕西韩城南），为河东地区主要盐道之一。庙前村的西面还有庙前渡，与陕西韩城芝川镇相望，为秦晋商民往来之官渡，亦是潞盐运销秦地的主要渡口之一。鲁僖公十三年（前647年）冬，晋大饥，使乞于秦。秦输粟。"以船漕车转，自雍相望至绛"。此次漕粮由今山西凤翔县南起运，装船沿渭河至潼关，入黄河溯水而上，于庙前村入汾河，继续逆水行舟至新绛，转陆运至今翼城，史称"泛舟之役"。

后土祠内秋风楼之下，堡子崖之侧，有一条青石铺成的古道，当地人称之为"张仪古道"。张仪，魏国安邑（今山西万荣县王显乡）人，贵族后裔，战国时期纵横家、外交家和谋略家。他拜鬼谷子为师，与苏秦同门，学习游说之术。传说张仪经过后土祠旁边的崎岖古道来到黄河岸边，驾一叶扁舟渡过黄河进入秦国，开始人生的高光时刻。秦惠王封张仪为相，他首创连横的外交策略，出使游说各诸侯国，破除六国的合纵政策，使各国纷纷由合纵抗秦转变为连横亲秦，为秦国消灭六国、统一天下做出了巨大贡献。

张仪古道也是抗日战争时期八路军踏入山西大地的第一站。1937年秋，朱德、邓小平等率八路军总部和一一五师、一二〇师、一二九师，经此古道北上抗日，从此书写了中国人民抗日战争的辉煌篇章。

今天的庙前村是万荣县确定的美丽乡村建设重点村之一。庙前村依托黄汾交汇的独特地理优势，狠抓人居环境整治和美丽乡村建设，着力塑造和打造后土祠、望河台、雕塑园、万亩荷花园等旅游资源。庙前村不仅成为代表后土文化和黄河文化的旅游胜地，而且成为新时代的美丽宜居乡村。

第二节　祭拜仪式

后土祠建立在黄河边，黄河奔腾万里，气势磅礴。后土文化像大河奔腾一样，数千年来绵延不绝，薪火相传，代代不已。尤其是进入新时代以来，中国农民丰收节在后土祠举行，更加确立了后土文化作为根祖文化的重要地位，增加了后土文化的魅力。

文献记载，后土祠的祭祀规格发生了三次变化，由黄帝扫地为坛的祭祀，转变为汉唐宋之际的皇家祭祀，再到元明清时期的民间祭祀。明清时期，后土祠成为道教场所，每年的春秋祭祀皆由当地的民间组织主持。这些民间组织由祠庙周围的一些村落构成，俗称"十村六社"。这些村庄联合举行祭祀活动，轮流主持祭祀仪式。庙会是古代人们在固定的场所和节日，通过祭祀仪式、供品种类、祈祷语言以及娱神节目，沟通祭祀对象的一种方式。后土祠供奉中华民族的土地之神后土，古代社会上至朝廷下至民间，每年都以各种不同的方式祭祀后土。据《荣河县志》记载："至祀土一节，必不可少，习惯相沿，盖有年矣。"由此可知，后土祠庙会最主要的内容是祭祀后土，多少年来沿袭下来成为习俗。该书还记载，多少年来，"每年三月十八日，秦晋豫鲁人士，群相聚集，览胜观剧，拥挤异常"。

改革开放以来，万荣县重视打造后土祠旅游文化，后土庙会逐渐形成了规模。庙会的主要时间是农历三月十八和十月初五。尤其是农历三月十八的仪式比较隆重。此日上午十点，举行大规模仿古祭祀表演。在一阵锣鼓声中，只见皇家队伍迎面走来，队伍中有的人高举旌旗，有的人举着仪幡，上边挂着璎珞、流苏。"汉武帝刘彻"身着龙袍，在官员、宫娥、仪仗的簇拥中，从后土广场出发经过慈恩亭，循阶而上，经过山门，通过过亭台进入后土祠，浩浩荡荡来到献殿。献殿前人流如织，熙熙攘攘，挤满了各地的香客。人们抬着祭品，恭恭敬敬放在献殿前。按照司仪的指令，主祭人恭敬地焚香、献花、上贡、叩首，朗诵祭文："中华民族，经世激扬；源系后土，根在炎黄；尔来五千载，神州映韶光；抚今更追昔，祀祖表衷肠。……"祭文朗读完毕后，在这一阵钟鼓乐声中，祭祀舞蹈开始了，优美的舞姿，曼妙的动作，令人叹为观止。

祭拜程序结束后，人们来到后土大殿，向后土圣母行礼上香，表达崇敬和感恩之情。望着进进出出上香的天南海北的人，让人不禁想起一副对联：

溯祖寻根华夏历来祈后土

瞻秦望鲁河汾自古壮秋风

第三节　戏剧表演

庙前村承载着数千年的后土文化，盛情迎接五湖四海的宾朋。在举办庙会的日子里，庙前村弥漫着节日的气氛，景星庆云，人来人往，香客云集，熙熙攘攘。后土祠庙会中，令人津津乐道的是庙戏。据《搜神记》载："后土皇地祇，三月十八日圣生。后土者，乃天地初判黄土地，故谓土母。"传统庙会都要唱庙戏，分为酬神戏和许愿戏，有彻夜戏、对台戏等演出形式。给后土娘娘献戏的戏曲多为蒲剧、秦腔、豫剧等剧种。蒲剧在清代称作"晋腔""山西梆子""山陕梆子腔"等，是山西四大梆子中最古老的一种，也是流传于山西、陕西、内蒙古等地的剧种。蒲剧艺术音域宽广，腔高板急，起伏跌宕，激越慷慨，深为当地百姓喜爱；豫剧艺术刚柔相济，豁达宽厚，铿锵有力，抑扬有度，热情奔放；秦腔艺术唱腔高昂，吐字清晰，节奏强烈，也为当地百姓喜爱。

舞台上的演员粉墨登场，浓妆艳抹，飒爽英姿，娉娉婷婷，令观众赏心悦目；抑扬顿挫、缠绵悱恻的唱腔，配以唢呐、笛子、二胡、三弦、铙钹、镲等乐器声，回荡在后土祠的上空，飘到九曲黄河之上，越到对面的陕西地界，又绕了几个回旋，在白云上颤动。人们目不转睛，双耳竖立，享受视觉、听觉的文化盛宴。老人们一边看，一边抹眼泪，显然是动情了；年轻人则喜欢扎堆儿，耳朵听着戏，眼睛却四处巡睃，也许看见戏中的人儿就在眼前；小孩子则举着风筝、气球等物，在人群中穿来穿去，叫叫嚷嚷，惹得观众侧目，又无可奈何。庙会上演的戏剧多为古装戏，具有传统的教化作用，刚正不阿的忠良，刻苦读书的秀才，端庄聪慧的小姐，伶牙俐齿的丫鬟，陷害忠良的奸贼，徇私枉法的贪官，行为卑劣的小人，等等，通过对这些人物的逼真表演，歌颂忠良，鞭挞奸人，使人们明辨是非，褒善贬恶，激浊扬清，增长见识。

第四节　名吃名产

庙会期间集中了令人垂涎欲滴的晋南名吃。万荣的凉粉饸饹、炸油糕、热锅子、绿豆糕、火烧、麻花摊位前，总是挤满了赶庙会的人。从外地赶来的游客，逛庙会累了、渴了，顺便满足一下口腹之欲。饸饹是用上等的莜面做的，凉粉是红薯面做的，配以辣子、胡椒、香油、醋、蒜泥、芥末等调料，用筷子长长地挑起来，再仰着脖子吃，既有观感，也有声音，嘴里吸溜吸溜，大快朵颐。油糕是用豆子、糖汁做馅，用万荣本地的麦面做皮，放进滚滚冒气的油锅里，随着嘶嘶嘶的声音，油糕在锅里翻滚，进而由麦色变为金黄色，用笊篱捞进碗里，冒着热气，散着香味，吃起来唇齿生香，一晃眼就吃了好几个。热锅子是当地特制的羊汤，摊位上通常有一口直径一米的大铁锅，煮着老汤，上边挂一副羊架子，惹人注目。老板把羊肉、羊血、豆腐、粉条等放在铁锅里，煮好之后放进大海碗里，配上特制的油辣子、葱丝、调料等，再加一个烫手的火烧，吃起来又辣又美，辣得头上冒汗，吃得浑身舒泰，吃了一碗还要再加一碗汤。只要吃过了万荣的热锅子，外地的羊汤就没味道了。

近年来，民间工艺品是庙会的精彩篇章，这些工艺品出自民间艺人之手，有很多项目属于非物质文化遗产保护项目。这些项目有缚笤帚、叠元宝、剪纸花、编竹筐、捏面人、吹糖人、纺土布、绣香包、面塑、民间布艺等。艺人们通过灵巧的双手，展示精湛的手工技能，片刻之间，剪纸完成了，活灵活现的人物，妙趣横生的民间故事，都通过剪纸反映出来；吹糖人更是妙绝，一团糖泥，放在手里三捏两揉再一吹，刹那间栩栩如生的动物就出现了，让人爱不释手。游客围在民间工艺品展位旁，左挑右选，目不暇接，恨不得多生两只眼睛。

庙会上的物品琳琅满目，各种物资应有尽有。三月是春暖花开的季节，集市上有卖农具的，如铁锹、镰刀、镢头、木铣、锄头等；有卖土特产的，如黄河稷山板枣、万荣柿饼、闻喜煮饼、芮城麻片等；有卖服装的，货架上挂满了时尚的衣服，大多从运城和西安等地进货。秋天的庙会则更加热闹，所谓秋收冬藏，人们忙完秋收，进入农闲时刻。集市上除了各种物品之外，就是当地的水果了。摊位上摆满了鲜红的柿子、红艳艳的万荣苹果、金黄的梨子、一串串的紫葡萄、当地的三白瓜等等。万荣的红富士苹果香甜可口，果香四溢，远销广州，久负盛名。附近的农民、远道而来的客人，在庙会上摩肩接踵，流连忘返，逛着庙会，品尝名吃，购买需要的物品，一派热热闹闹的景象。

庙会期间，万荣的许多景点也受到游客的青睐。如国家级非物质文化遗产董永故里、孝行天下的李家大院、明代第一个从祀孔庙的思想家薛瑄故里、河东名楼飞云楼、汉武帝亲自登临的孤山、芦苇飘荡的黄河西滩，都留下了游客的足迹。

万荣后土祠的庙会，成为河东著名的节日之一。近年来，万荣县对于后土祠大力投资修缮，对周边环境改造，增建了五色坛、后土广场、后土戏台等建筑，更加吸引了游客。每年庙会期间，从祖国各地和海外赶来的游客祭拜后土，接受后土文化的洗礼，把后土文化传播到神州大地和世界各地。

附录一：诗文

冬日羁游汾阴送韦少府入洛序

〔唐〕王勃

游汾胜壤，楼船高汉帝之词；卜洛名都，城邑辨周公之迹。仰天文而窥日月，虽共光华；凭地理而考山川，即殊南北。韦少府玉山四照，珠胎一色。纵横振锋颖之才，吐纳积江湖之量。子云笔札，拥鸾凤于行间；孙楚文词，列宫商于调下。牵丝一命，披林野而随班；考绩三年，指兰台而赴选。移征驾，背长亭。地隔风烟，人离岁月。寒原冠盖，既同斟桂之欢；歧路风尘，即断惊蓬之思。下官诗书拓落，羽翮摧颓。朝廷无立锥之处，邱园有括囊之所。山中事业，暂到渔樵；天下栖迟，少留城阙。忽逢萍水，对云雨以无聊；倍切穷途，抚形骸而何托？于时冰霜裂地，星象回天。朔风动而关塞寒，明月下而楼台曙。

各题一字，传之两乡云尔。

祀汾阴后土

〔唐〕李隆基

古之王者，皆受天命。礼乐有权，神祇是主。郊兆所设，虽定于厥居；

精灵所感，则通乎变化。大匠归正，旁行不流，惟创制者为能之，亦安在守文而已。脽上祠者本魏地癸邱之旧，而汉家后土之宫。汾水合河，梁山对麓。地形堆阜，天然诡异。隆崛岉而特起，忽盘纡而陡绝。景象相传，胏芬如在，有物不可以终否，有典不可以遂废。故推而行之，岁在癸亥，始有事于兹焉。

在昔后王时，迈省方柴燎，告至幽隐胥，洎大舜则五载一巡，武帝则三岁一祭。今时代丕变，人神礼烦，朕就为损益，所以法度一纪，再驾亦无阙焉。二十年冬，勒兵逾万骑，旌旗亘千里，校猎上党至于太原。赫威戎于朔陲，沛展义于南夏。肆亲群后，道有以大备；怀柔百神，文无而咸秩。先是有司宿设，恪敬乃事，己未师顿于斋宫，庚申亲祀于后祇，圣考在天，侑而作主，何礼不举，靡神不遍。往者汉氏之祠也，牲以养牛，五岁茧栗无所责其诚；藉以采席，六重藁秸不得尚其质。事与古反，义不经见。朕因其地而不因其仪，取其得而不取其失。凡牲币法物之事，歌舞接神之类，咨故实于方泽，不遂过于元鼎，此皆公卿大夫鸿生钜儒献其方闻，匡于不逮，朕何有也。且王者事天明，事地察，示其本，教以孝，奈何郊邱之礼，犹独以祈谷为名者邪？

於戏！享于至诚，锡以繁祉，黄云盖于神鼎，绛光烛于灵坛，自昔已然，乃今复见。斯固阴精有所寓，宝气为不诬，虽寂寥而不动，亦动之而斯应。顾朕之不德，灵感何从？赖累圣储祉，福流所致。乃眚灾肆赦，与物更始，大赉天下，有庆兆人，山川鬼神鸟兽鱼鳖，莫不允若，莫不咸宁。此所以仰覆载，报生殖，资元元，虔翼翼，岂与夫封禅有牒，专在求仙，秘祝有辞，密于移过而已。铭曰：

"至哉坤元，万物资生。王者母事，德合天明。义有大报，用协永贞。茫茫九土，思索其精。因天事天，因地事地。彼汾之曲，高脽杰异。景象遗光，坛场旧位。寂寥千祀，精灵长闷。诬神不祥，复古维祺。文所无者，秩而祭之。矧曰后土，昔载明祠。何必因殷，乃为我师。意多汉武，迹在横汾。风流可接，箫鼓如闻。寿官创制，神鼎勒勋。古往今来，岂无斯文。"

祀后土

〔唐〕陈元光

天启鉴湖清，灵源浸天碧。

不为潜龙盘，上翊飞龙续。

花气喷龙香，河光溥龙德。

福以龙德钟，寿以龙仁益。

百礼祀龙神，九歌感龙格。

龙湖配天长，万叶复千亿。

禅社首乐章·顺和

〔唐〕贺知章

至哉含柔德，万物资以生。

常顺称厚载，流谦通变盈。

圣心事能察，增广陈厥诚。

黄祇傥如在，泰折侯咸亨。

河出荣光赋

〔唐〕吕温

丽乎天者曰汉，纪乎地者惟河。居上善以利物，顺朝宗而致和。时否则为灾而独昏垫，运至则呈瑞以叶讴歌。岂徒列四渎以居贵，与百川而随波者乎。当其布德惟新，储庆兹始。浊色既变，荣光乃起。乍若烛龙喷焰，上腾钟岭之云；又似阳乌回翔，下落咸池之水。增华一代，振耀千祀。信能陵晏海而比崇，蔑浴日而专美。时则纤埃不惊，和风充盈。大野初霁，圆灵始清。皎且洁兮，孤明不杂；焕其炳兮，五色斯呈。祥烟敛彩，瑞日韬晶。掩轻云而旁属，拂薰风而上征。百辟具瞻，孰云其相照；一人乃眷，自合于皇明。庶品昭苏，众幽光被。大哉有国之庆，赫兮为君之瑞。朣胧元黄，熠爚丹翠。洞鉴龙宫之人，朗见马图之字。昔在温洛，致美化于陶唐，复效灵于我皇。先后叶德，今古和光。比屋观其自化，遐荒望以来王。讵比流景集坛，独作郊天之应；赤光照室，空称诞帝之祥而已哉。客有目观荣河，心倾圣日。傥余光而见及，庶幽谷之可出。

和御制祀后土

〔宋〕寇准

临晋迎清跸，灵坛备克禋。

荐诚祠后土，求福为蒸民。

展义王猷远，推恩庆赐均。

千官陪汉祀，万国奉虞巡。

仗卫明初日，郊原丽上春。

花飞函谷路，柳暗大阳津。

宿麦深藏雉，柔桑远映人。

河流回二陕，山势壮三秦。

箫鼓闻脽上，旌旗过渭滨。

天声惊远野，兵气慑边邻。

在镐皇欢洽，横汾睿藻新。

周南惭滞迹，空想属车尘。

后土祠

〔明〕薛瑄

一木为桥渡断溪，山风水气冷凄凄。

千年古庙苍崖下，万里河流正在西。

历朝立庙致祠实迹碑文

轩辕氏祀地祇扫地为坛于脽上。二帝八元有司，三王方泽岁举。

汉文帝十六年，诏更以明年为元年，治汾阴庙。方士新垣平言，周鼎在泗水中，今河决通于泗，而汾阴有金宝气，意鼎出乎于是。治庙汾阴欲祀出鼎。

武帝元狩二年，郊雍，帝曰："今上帝亲郊，而后土无祀，则礼不答也。"于是东行汾阴，见汾旁有光如绛，遂立后土祠于汾阴脽上，亲拜如上帝礼。元鼎四年六月，汾阴民巫锦得大鼎于祠旁，言于吏河东守滕胜，以闻诏验问无诈，乃以礼迎至甘泉。荐之郊庙，群臣皆贺。冬十二月，上亲祀后土。元封二年，祀后土，赐二县及杨民无出今年租赋。元封四年三月，祀后土，诏曰："朕躬祭后土，光集灵坛，一夜三烛，其赦汾阴。"元封六年三月，行幸河东，祀后土。太初元年十二月，祀后土。二年三月，幸河东，祀后土，有光应。天汉元年三月，幸河东，祀后土。顾视帝京，欣然中流赋诗。宣帝神爵元年三月，幸河东，祀后土，天气清朗，神鱼舞河。五凤元年三月，幸河东，祀后土。甘露二年三月，幸河东，祀后土，神光耀烛斋宫。元帝初元四年三月，幸河东，祀后土。永光元年，幸河东，祀后土。建昭二年，幸河东，祀后土。

成帝建始元年冬，罢汾阴祀。二年三月，始祀后土于北郊。永始三年冬十月，复汾阴祠。初，帝用匡衡议，罢甘露泰畤。其日大风坏甘露，竹宫折拔畤中树木十围以上百余。帝异之，以问刘向。对曰："家人尚不欲绝种祠，况于国之神宝旧畤？且其始立皆有神祇感应。"诚未易动，上意恨之。又以久无继嗣，白太后令诏有司复甘泉泰畤、汾阴后土如故。四年春正月，帝如河东祀后土。哀帝建平三年冬十一月，祀汾阴。世祖建武十八年三月，帝如河东，祀后土。

唐玄宗开元十一年二月，祭后土于汾阴。初，上将幸晋阳。张说言于上，曰："汾阴脽上有汉后土祠，其礼久废，陛下宜因巡幸修复之，为农祈谷。"上从之。开元十二年冬十一月，祀后土于汾阴脽上。太史奏荣光出河，休气四塞，祥风绕坛，日炀其光。开元二十年冬十一月，祀后土于汾阴。十二月，帝还西京。初，萧嵩奏："自祀后土以来，年谷屡丰，宜因还京赛祠。"上从之，礼毕，上为文刻石。

宋真宗大中祥符四年春二月，帝祭后土于汾阴，大赦。三月，驻跸西京，诏脽上后土庙宜上额为太宁正殿。先是三年六月癸丑，河中府进士薛南等请祀后土。十月辛丑，群臣上表，复请。八月丁未朔，诏以来年春有事于汾阴。上曰："冀民获丰穰，于朕躬固无所惮。"戊申，以王旦兼汾阴大礼使，王钦若为礼仪使，陈尧叟为经度使，李宗谔副之。庚戌命翰林晁迥、杨亿、杜镐、陈彭年、王曾与礼院详定祀汾阴仪注。辛未内出脽上后土庙图，命陈尧叟量加修饰。九月甲午，命宰臣王旦撰《祀汾阴坛颂》，知枢密院王钦若撰《朝觐坛颂》。十月甲子，晁迥上《祀汾阴乐章》十首。十二月二十六日，诏进蔬食，群臣继请御常膳。己巳，帝制《奉天庇民述》以示王旦等。四年正月，帝习仪于崇德殿。丁酉，奉天书，发京师，出潼关，渡河，次河中府。甲寅，以冯起为考制度使，赵湘副之。丁巳，至宝鼎县奉祇宫，有黄云随天书辇。戊午，斋穆清殿。庚申二鼓，上乘金辂法驾，继进至脽坛，夹道设燎，周以黄麾下杖。辛酉，上服衮冕，登坛祀后土地祇。奉天书于左，次以太祖太宗配侑，亲封手册玉匮。少顷，服通天绛纱，乘辇至庙，设登歌奠献。司天监言黄气绕坛，月重轮，大角光明。群臣拜舞朝贺，诏改奉祇宫曰"太宁"。壬戌，御朝觐坛，受朝贺，大赦，赐天下脯三日，大宴群臣于穆清殿，御制《汾阴二圣配飨》，建宝鼎为庆成军，给复三年。乙丑，丁谓而下，以礼成献歌颂者四十二人，付史馆。丙寅，制汾阴礼成诗赐百官。四月甲，至京师。丁未，制《西巡还京歌》。己未，诏脽上后土庙上额为"太宁正殿"，周设栏。壬戌，增葺宫庙。六年八月丁丑，参政丁谓上《新修祀汾阴记》五十卷，诏褒之。七年十一月壬辰，陈尧叟上《汾阴补记》三卷。以上俱见通鉴纲目及文献通考。

癸未年华人公祭后土圣母大典祭文

世界华人协会会长　程万琦宣读

维公元二〇〇三年，夏历三月十八日，神州日丽，万物争荣，汾黄扬波，峨嵋葱茏。子民程万琦谨代表海内外华人敬备鲜花蔬果致祭于后土圣母之前，曰：

巍巍古祠，浩浩汾黄，赫赫元祖，根在脽上。轩辕始祭，母仪乃扬；二帝三王，岁祈丰穰；汉武立祠，黄云覆鼎；唐皇膜拜，烛坛绛光；宋宗伏祭，勒石萧墙。元明之际，坛迁京享；民间社祭，盛载碑藏。河推洪波，脽湮巨浪；幸有戴令，迁祠岭上；百姓沓至，岁祀如常。伟哉圣母，功德无量；驱灾禳祸，功被遐荒；繁衍民族，资育资生；万世千秋，德惠永长。

后土懿德，子孙昭彰，英才辈出，代有辉煌。伟哉中华，屹立东方，五千余年，弥刚弥强。改革开放，东方巨龙腾骧；克成盛世，神州大地沸腾。港澳回归兮，紫荆白荷溢香；台澎翘首兮，切盼两岸同光。加入世贸兮，百业隆昌；开发西部兮，九域咸兴。幸有"三代表"指引方向，喜看"十六大"谱写新章。更兼神舟探月，三峡截流，以德治国，团结自强；开拓创新，科教兴邦，与时俱进，同奔小康。奇哉伟矣，再造辉煌！

梦绕神州路，魂牵故土情。运城市政府，倡议谒祖行；华商行义举，华族齐应响；圣母焕光彩，祖祠披新妆；两岸稻菽千重浪，一楼秋风五谷香；螽斯衍庆，鳞趾呈祥；同胞祭祖备述志，圣母施恩广传情。春风骀荡，春花吐芳；荣光幂河，雅乐悠扬。拳拳此心，伏惟尚飨。

七律·汾脽怀古

〔当代〕薛勇勤

晓日踏歌望远洲，春醪新酿忆脽丘。

轩辕祭祀痕何处？汉武诗词赋上头。

几度荣光说宝鼎，千秋后土佑金瓯。

繁华落尽从来是，世事沧桑不可留。

五色坛记

万荣县后土祠景区开发中心

泱泱华夏，朗朗乾坤。民为邦本，土乃基根。农脉悠远，渊源厚深。播殖耕稼，谓之农民；仓实廪满，名曰丰收。生万物者，汾阴后土；迎一节兮，庚子秋分。于是乎，一方盛举，万户举樽，遂立五色坛，铺五色土以囊天下之壤，汇万荣之心也。

万荣者，汾黄交汇之处，农耕文明之根也。轩辕扫地，后稷教民。卓子打击石器，荆村高粱陶埙。耕织曾发轫，岁月有遗存。殆至新中国，注音识字、海鸥运动、大黄牛养殖，举国学万荣，农民建功勋。改革开放，发展益群。承包联产，兴果富民。义务修路，万荣民众之创举；水利兴县，千载沧桑之新春。终赢得美丽乡村，精准脱贫，一国之农民丰收节落户河汾。

嗟乎！天下之大，唯土为根。斯五色坛者，效后土祠金天会三年之庙像图，集九州五色之土，特成壮慨，以续古今。伏愿圣坛永在，盛世长存。万民欢乐，五谷丰稔。民族复兴，国梦成真。

幸甚至哉，记之以文。

附录二：历代帝王、皇帝祭祀后土年表

　　根据《周礼》《礼记》《史记》《汉书》《旧唐书》《新唐书》《宋史》《元史》《资治通鉴》《续资治通鉴》《历朝立庙致祠实迹》等史料记载，远古时代、汉代至元代有多位帝王和皇帝来汾阴（宝鼎、荣河）祭祀后土。明、清两代，北京建立天坛、地坛之后，皇帝停止来后土祠祭祀。从汉朝至元代，八位皇帝亲自祭祀后土二十次，六位皇帝派大臣代祭七次，共二十七次。自古以来，万荣祭祀后土的民间活动世代沿袭。

　　一、距今五千余年，黄帝统一华夏部落，在汾阴扫地为坛，祭祀后土。

　　二、唐尧、虞舜、夏、商、周时期，帝王在汾阴脽上祭祀后土。后土祠《历朝立庙致祠实迹》碑文记载："二帝八元有司，三王方泽岁举。"意思是尧帝、舜帝委派八位官员祭祀后土，夏、商、周的帝王每年在方泽祭祀。

　　三、汉代时期，皇帝十八次亲自或派大臣祭祀后土。

　　西汉前元十六年（前164年），汉文帝刘恒派大臣在汾阴脽立庙并祭祀。

　　西汉元封四年（前107年），汉武帝刘彻祭祀后土。

　　西汉元封六年（前105年），汉武帝刘彻祭祀后土。

　　西汉太初元年（前104年），汉武帝刘彻祭祀后土。

　　西汉太初二年（前103年），汉武帝刘彻祭祀后土。

　　西汉天汉元年（前100年），汉武帝刘彻祭祀后土。

　　西汉神爵元年（前61年），汉宣帝刘询祭祀后土。

　　西汉五凤元年（前57年），汉宣帝刘询祭祀后土。

　　西汉甘露二年（前52年），汉宣帝刘询祭祀后土。

西汉初元四年（前45年），汉元帝刘奭祭祀后土。

西汉永光五年（前39年），汉元帝刘奭祭祀后土。

西汉建昭二年（前37年），汉元帝刘奭祭祀后土。

西汉永始四年（前13年），汉成帝刘骜祭祀后土。

西汉元延二年（前11年），汉成帝刘骜祭祀后土。

西汉元延四年（前9年），汉成帝刘骜祭祀后土。

西汉绥和二年（前7年），汉成帝刘骜祭祀后土。

西汉建平三年（前4年），汉哀帝刘欣派大臣祭祀后土。

东汉建武十八年（42年），光武帝刘秀祭祀后土。

四、十六国时期

前秦永兴二年（358年），秦王苻坚祭祀后土。

五、唐朝

唐朝开元十一年（723年），唐玄宗李隆基祭祀后土。

唐朝开元二十年（732年），唐玄宗李隆基祭祀后土。

六、宋朝

宋代皇帝派遣大臣祭祀后土三次，亲自祭祀一次：

北宋开宝九年（976年），宋太祖赵匡胤派官员祭祀。

北宋景德四年（1007年），宋真宗赵恒派官员祭祀。

北宋大中祥符元年（1008年），宋真宗赵恒派官员祭祀。

北宋大中祥符四年（1011年），宋真宗赵恒亲自祭祀后土。

七、南宋时万荣为金辖地，金章宗完颜璟曾派大臣祭祀后土。

八、元世祖忽必烈曾派大臣祭祀后土。

2021.8.28　第一稿

2021.9.22　第二稿

2021.10.12　第三稿

后 记

君子之德，与天地相参合。大地承载万物，厚重绵延，博大无边，君子应当效法大地之德，包容万物，善待世人，有所作为。后土是大地之主、大地之神、社稷江山之渊源，自古以来，有作为的帝王或者君子，怎么能不敬仰大地，敬拜后土呢？

纵观中华民族的盛世时期，如汉朝汉武帝之时代、唐朝之开元盛世、宋朝之咸平之治等，都对后土非常敬仰，因为后土是大地之主、社稷江山的象征。后土承载了中国文化的脉络，汉武帝之诗、《宝鼎之歌》、王勃之赋、顾炎武之文、唐宋之碑，都负载了后土雄浑的文化内涵。后土祠位于中华民族的母亲河黄河和山西的母亲河汾河交汇的地方，具有悠久的文化和历史，堪称中华祠庙之祖。

后土文化是中华民族的根祖文化、黄河文化之源，有着丰富的文化根脉。后土祠所在的万荣县属于河东地区。河东地区是古人类繁衍生息的主要地区，是古中国的源头。远古时期，河东地区河汉纵横，水草丰茂，植被丰富，动物成群，飞鸟鸣啾，是一块适宜人类生存的风水宝地。远在四千五百万前的灵长类动物——世纪曙猿，就生活在河东地区垣曲县的寨里村。世纪曙猿的发现，推翻了人类起源于非洲的论断，并且把类人猿出现的时间向前推进了一千万年。芮城县的西侯度遗址中，发现了带切痕的鹿角和动物烧骨，证明一百八十万年前，西侯度人在河东地区点燃了人类文明的第一把火。匼河遗址，位于芮城县匼河村一带，距今约八十万年，属于旧石器时代早期文化，出土了大量动物化石，是华北旧石器时代文化的重要代表。丁村遗址距离万荣县数十公里，遗址发现有砍砸器、刮削器、尖状器和石球等，填补了我国旧石器时代中期人类化石和文化的缺环。夏县西阴遗址发现了半枚经人工切割过的蚕茧壳，距离西阴村不远的师村遗址发现了四枚仰韶早期的石雕蚕蛹，证明了嫘祖养蚕的故事就发生河东地区。万荣县荆村遗址属于新石器时代，发现了彩陶、石器，以及远古乐器埙、粟和高粱的碳化物，证明远古时期河东一带就种植高粱，否定了高粱从国外引进的观点。陶寺遗址距今约四千年，属于新石器时代晚期，该遗址出土有灶、鼎、斝、罐、壶、瓶、盆、盘、豆、瓢等器皿，上边绘有许多几何图案，还出土了龙形陶盘、测日圭表、朱书文字等，为中华文明的发展提供了重要证据。

中华民族的先祖黄帝最先祭拜后土。距今五千余年，黄帝带领部落在河东地区生活，经过了炎黄大战、蚩尤大战等战役，统一了华夏族部落。黄帝为了安定天下，维护和平，赓续文明，亲自到河汾交汇之地脽上扫地为坛，祭祀土地之神——后土，《蒲州府志·事纪》："黄帝祀汾阴扫地而祭。"因而后土祠成为有史以来记载最早的祭祀遗址。万荣汾阴脽："河东岸特堆堀，长四五里，广一里余，高十余丈。"四面环水，中间是高丘，是祭祀土地最理想的地方。后稷在河东教民稼穑，五谷丰登，开启了中国农耕文明。远古时期的"三王"在河东建都："尧都平阳，舜耕历山，禹都安邑。"尧舜禹每年在固定时间祭祀后土。夏商周时期，帝王们保持了祭祀后土的传统。到了汉代，汉文帝在后土祠立庙，汉武帝把后土祠确定为国家祭祀，开启了后土祭祀的高光时期。唐宋时期都曾经举行大规模的国家祭祀后土大典，影响深远。明朝在北京建都，由于路途遥远，在北京建立天坛和地坛，每岁按时祭祀后土。由此可知，后土作为大地之神，数千年来一直受到历朝历代和民间的推崇和祭祀。

在中华文明的发展中，形成了独特的后土文化。后土文化有五个特征，一是黄帝之坛，黄帝设坛祭祀；二是社稷之源，无论哪个朝代的统治者都要祭祀后土——社神，社神和稷神称为江山社稷，因此成为国家的象征；三是祠庙之祖，后土祠从黄帝扫地为坛算起有五千年的历史；四是礼乐之端，祭祀为古代五礼之首，祭祀与音乐、礼仪密不可分，早期的礼乐就是从祭祀时产生的；五是文明之根，后土是中华民族最悠久的祭祀之一，贯穿于各个朝代的历史，《周礼》《礼记》《左传》《论语》《孟子》《淮南子》等都予以记载，因此说后土文化是中华文明的直根。同时后土文化所表现的厚德文化、生态文化、五行思想、求子文化、庙会文化、农耕文化等等，十分丰富，有待于我们进一步研究挖掘。

写作本书时，山西省作家协会党组书记、主席杜学文，著名学者王灵善，对于本书提出有益建议；运城市文联的作家姚灵芝、董鹏飞给予热情帮助；运城学院秦建华教授不辞劳苦，为我引见文化学者阎爱武女士，帮助找到有关后土文化的图书；万荣县人大主任李鹏凯，自我创作《薛瑄传》以来，对我写作大力支持；万荣县政协主席尉艳梅，热情帮助，提供资料；文化学者薛勇勤先生，提供了大作《后土文化中的道德教化探析》，赠送图书和资料，对我帮助很大；万荣县文化和旅游局局长郭学功、副局长沈伟杰，万荣县委宣传部吴雷主任，万荣县诗联协会会长张建平等人提供了大量资料；我的乡友杜刚辰与其子杜晓彬，冒着酷暑到万荣县后土祠等地摄影，为本书提供照片。此外，还要感谢我的爱人张珍珍，为本节的撰写付出了心血。

对以上诸位，深表谢意！

宁志荣

2021 年 10 月

参考文献

1.〔汉〕司马迁:《史记》,中华书局 2014 年。

2.〔汉〕班固:《汉书》,中华书局 2014 年。

3.〔南朝宋〕范晔:《后汉书》,中华书局 2014 年。

4.〔后晋〕刘昫等:《旧唐书》,中华书局 2014 年。

5.〔宋〕欧阳修、宋祁:《新唐书》,中华书局 2014 年。

6.〔元〕脱脱等:《宋史》,中华书局 2004 年。

7.〔明〕宋濂等:《元史》,中华书局 2014 年。

8.〔宋〕司马光等:《资治通鉴》,中华书局 2011 年。

9.〔宋〕李焘:《续资治通鉴长编》,中华书局 2004 年。

10.〔唐〕杜佑:《通典》,中华书局 1992 年。

11.〔清〕徐松辑:《宋会要辑稿》,中华书局 2014 年。

12.徐正英、常佩雨译注:《周礼》,中华书局 2014 年。

13.胡平生、张萌译注:《礼记》,中华书局 2017 年。

14.司义祖编:《宋大诏令集》,中华书局 1962 年。

15.秦建华等:《河东文化及其特质研究》,山西人民出版社 2015 年。

16.李零、唐晓峰:《汾阴后土祠的调查研究》,《九州》(第四辑),商务印书馆 2007 年。

17.王云五主编:《丛书集成初编·太常因革礼》,商务印书馆 1935 年。

18. 万荣县文物旅游局:《中华后土祠资料汇编》,2017 年。

19. 国家图书馆善本金石组编:《宋代石刻文献全编》,北京图书馆出版社 2003 年。

20.《荣河县志》,成文出版社有限公司 1976 年。

21. 朱溢:《事邦国之神祇——唐至北宋吉礼变迁研究》,上海古籍出版社 2014 年。

22. 陈振民:《陈振民文集》,作家出版社 2008 年。

23. 陆峰波:《历代皇帝祀汾阴后土考》,《史志学刊》2015 年第 1 期。

24. 加俊、葛琛佳:《后土祠传统庙会的原始性与功能分析》,《运城学院学报》2007 年第 1 期。

25. 王世仁:《记后土祠庙貌碑》,《考古》1963 年第 5 期。

26. 雷庆、郑显文:《贞观时期礼制改革》,《松辽学刊》1993 年第 2 期。

27. 吴丽娱:《营造盛世:〈大唐开元礼〉的撰作缘起》,《中国史研究》2005 年第 3 期。

28. 姚媛媛:《从宋真宗西祀汾阴看北宋汾阴后土祠地位》,《运城学院学报》2016 年第 2 期。

29. 何平立:《宋真宗"东封西祀"略论》,《学术月刊》2005 年第 2 期。

30. 孙安邦、陆峰波:《后土就是土地神》,《运城学院学报》2006 年第 3 期。

31. 朱渊清:《戏——流行于秦汉时期的方术》,《古籍整理研究学刊》2004 年第 1 期。

32. 方诚峰:《祥瑞与北宋徽宗朝的政治文化》,《中华文史论丛》2011 年第 4 期。

33. 汤其领:《涤耻封禅与北宋道教的兴盛》,《河南大学学报》1995 年第 3 期。

34. 赵民胜、王丽:《道德视域中的后土文化探析》,《太原大学学报》2015 年第 2 期。

35. 李玉洁:《汾阴后土祠神灵形象演变探析》,《山西大学学报》2015 年第 4 期。

36. 李金玉：《古代礼仪的生态环境保护功能探析》，《史学月刊》2011 年第 8 期。

37. 纪倩倩、盖翠杰：《论土地崇拜产生的早期文化因素》，《理论学刊》2014 年第 11 期。

38. 郭倩倩：《农业社会土地崇拜初探》，《文化学刊》2020 年第 11 期。

39. 尹虎彬：《浅谈后土与后土崇拜传统》，《青海社会科学》2012 年第 2 期。

40. 萧放：《社日与中国古代乡村社会》，《北京师范大学学报》1998 年第 6 期。

41. 李懿：《宋代社日诗的村野精神与文化意蕴》，《郑州航空工业管理学院学报》2017 年第 1 期。

42. 魏建震：《春秋战国时期社祀形态特点初探》，《平顶山学院学报》2007 年第 6 期。

43. 张璨：《祭孔礼乐文化的形态与价值传承研究》，《湖南社会科学》2017 年第 1 期。

44. 王静、梁勇：《秦汉时期方术、方士与政治文化之关系》，《河北大学学报》2010 年第 3 期。

45. 晁福林：《试论春秋时期的社神与社》，《齐鲁学刊》1995 年第 2 期。

46. 樊淑敏：《祀地仪式的演化与万荣后土祭祀》，《运城学院学报》2004 年第 1 期。

47. 廖小东、丰凤：《中国古代国家祭祀的政治功能及其影响》，《求索》2008 年第 2 期。

48. 江瀚：《汉武帝时神仙方术思想笼罩下的郊祀歌创作》，《苏州科技学院学报》2012 年第 2 期。

图书在版编目（CIP）数据

皇皇后土 / 宁志荣著 . -- 北京：作家出版社，2022.9
（典藏古河东丛书）

ISBN 978-7-5212-1959-3

Ⅰ.①皇… Ⅱ.①宁… Ⅲ.①散文集—中国—当代
Ⅳ.① I267

中国版本图书馆 CIP 数据核字（2022）第 122136 号

皇皇后土

作　　者：宁志荣
责任编辑：丁文梅　朱莲莲
装帧设计：鲁麟锋
出版发行：作家出版社有限公司
社　　址：北京农展馆南里 10 号　　　邮　　编：100125
电话传真：86-10-65067186（发行中心及邮购部）
　　　　　86-10-65004079（总编室）
E-mail:zuojia @ zuojia.net.cn
http://www.zuojiachubanshe.com
印　　刷：唐山嘉德印刷有限公司
成品尺寸：170×240
字　　数：262 千
印　　张：18
版　　次：2022 年 9 月第 1 版
印　　次：2022 年 9 月第 1 次印刷
ISBN 978-7-5212-1959-3
定　　价：55.00 元